Le châtiment du passé

*

Les secrets de Sunset Rock

DELORES FOSSEN

Le châtiment du passé

Traduction française de
CHRISTINE BOYER

BLACK ROSE

HARLEQUIN

Collection : BLACK ROSE

Titre original :
MAVERICK DETECTIVE DAD

HARPERCOLLINS FRANCE
83-85, boulevard Vincent-Auriol, 75646 PARIS CEDEX 13
Service Clients — www.harlequin.fr
ISBN 978-2-2805-1295-4 — ISSN 1950-2753

Édité par HarperCollins France.
Composition et mise en pages Nord Compo.
Imprimé en janvier 2025 par CPI Black Print (Barcelone)
en utilisant 100% d'électricité renouvelable.
Dépôt légal : février 2025.

FSC
www.fsc.org
MIXTE
Papier issu de sources responsables
FSC® C159065

Pour limiter l'empreinte environnementale de ses livres, HarperCollins France s'engage à n'utiliser que du papier fabriqué à partir de bois provenant de forêts gérées durablement et de manière responsable.

1

Dès qu'elle se gara devant chez elle, Everly Monroe remarqua la boîte couverte de sang, laissée en évidence sous le porche de sa maison.

Cette vision d'horreur la pétrifia.

Alors qu'elle se trouvait à une certaine distance du carton, elle voyait très bien les grandes taches couleur rouille qui le maculaient. Si ce n'était pas du sang, cela y ressemblait beaucoup.

D'une main tremblante, elle tira son smartphone de son sac et composa le 9-1-1, le numéro des secours. Par chance, elle vivait à Silver Creek, une petite ville du Texas, et le bureau du shérif se trouvait à moins d'un quart d'heure de chez elle. Il ne faudrait donc pas longtemps au shérif Grayson Ryland pour lui envoyer un adjoint. Mais ces minutes allaient sans doute lui paraître des heures.

Qui avait mis cette boîte là ? Et pourquoi ?

Sans couper le moteur de son SUV, elle regarda autour d'elle. La personne qui avait laissé ce carton sous son porche était peut-être encore dans les parages. Elle promena les yeux dans la rue et les jardins alentour, mais ils étaient déserts. Ses voisins étaient sans doute déjà partis travailler. Elle aussi avait quitté le quartier depuis un moment.

Mais après avoir déposé Ainsley, sa fille de deux ans, à

la crèche, elle s'était rendu compte qu'elle avait oublié son déjeuner à la maison. Se maudissant pour son étourderie, elle avait alors décidé de retourner le chercher en vitesse avant de se rendre à son cabinet d'avocats sur Main Street.

Ainsley.

La présence de cette boîte sanglante indiquait-elle que sa petite chérie était en danger ?

Le cœur serré, elle appela la crèche.

La directrice, Sara Cordova, répondit à la deuxième sonnerie.

— C'est Everly, balbutia-t-elle, consciente de parler d'une voix hachée par l'émotion. Je... euh...

Elle s'interrompit, ne sachant pas très bien comment exprimer l'indicible.

— Ainsley va bien, lui assura Sara qui avait sans doute perçu son inquiétude. Elle joue avec ses petits camarades, en ce moment.

— Bien, très bien, répondit Everly en essayant de se ressaisir. Ce n'est probablement rien, mais quelqu'un m'a laissé... ce qui ressemble à une menace. Ce n'est probablement rien, répéta-t-elle.

— Oh. Dois-je prendre des mesures pour sécuriser le bâtiment et confiner les enfants ? s'enquit Sara à qui elle avait manifestement transmis son angoisse.

Everly espérait ne pas réagir de manière excessive, mais elle n'avait pas non plus envie de regretter par la suite d'avoir pris la situation trop à la légère. Après tout, elle exerçait comme avocate depuis près de six ans et, au cours des nombreuses affaires dont elle s'était chargée, elle s'était mis plusieurs personnes à dos, elle en était certaine.

Des personnes qui pourraient vouloir lui faire peur, à présent.

Ou pire.

Les rares intimidations qu'elle avait reçues au fil des années n'avaient jamais visé sa fille. Elle seule était ciblée. Mais peut-être tout serait-il différent, cette fois-ci. Dès lors qu'il s'agissait de sa petite chérie, elle ne voulait pas courir le moindre risque.

— Oui, s'il vous plaît, dit-elle à Sara. Confinez-les, par prudence. Dès que j'aurai parlé au shérif, je vous rappellerai pour vous tenir au courant de l'évolution de la situation, ajouta-t-elle avant de mettre fin à l'échange.

Quelques instants plus tard, elle vit surgir le véhicule de patrouille de Silver Creek à l'angle de sa rue. Son téléphone à la main, elle descendit de son SUV au moment précis où Grayson sortait du sien. Le shérif était grand et élancé et, alors qu'il frisait la cinquantaine, dès qu'il entrait en scène, tout le monde comprenait qu'il se chargerait de régler les problèmes.

Il n'était pas seul dans la voiture.

Lorsque Noah Ryland ouvrit sa portière, côté passager, et apparut, Everly se figea. Comme Grayson était l'oncle de Noah et qu'ils vivaient tous les deux à Silver Creek, il n'était pourtant pas rare de les voir ensemble. Mais Noah étant inspecteur à la brigade criminelle de San Antonio, la ville voisine, elle fut surprise que le shérif vienne accompagné de son neveu pour répondre à un appel du 9-1-1.

Et surtout pour se rendre *chez elle*.

Noah et elle s'évitaient avec soin depuis plus d'une décennie, et toute la ville le savait. Il ne s'était encore jamais présenté chez elle.

Comme son oncle, Noah était un Ryland pure souche avec ses cheveux bruns, ses yeux gris pétillants d'intelligence et son séduisant visage. Elle avait toujours pensé qu'un homme n'était jamais trop beau, mais Noah semblait être l'exception qui confirmait la règle.

Heureusement, ce matin-là, il lui fut facile de faire abstraction de ses charmes et de repousser l'inévitable trouble qu'il provoquait par sa seule présence. Il l'attirait depuis toujours. Noah avait été son premier amour, son premier amant. Tous deux avaient alors seize ans. Leur première fois remontait à loin, à près de quinze ans, une éternité…

Et depuis lors, ils se fuyaient.

Ce qui s'était passé cette nuit-là avait mis un point final à leur histoire.

Cette fin brutale n'avait rien eu à voir avec leur première fois. Oh ! non. Mais alors que tous deux étaient encore sur un petit nuage, si heureux qu'ils avaient l'impression de toucher le ciel, leur rêve éveillé s'était terminé en un horrible cauchemar. Un cauchemar qui la hantait encore et la hanterait sa vie durant. Et, comme elle, Noah avait sans doute été incapable d'oublier cette tragédie et de tourner la page.

Comme il était habillé d'un vieux jean, d'une chemise grise et coiffé de son stetson, elle devina qu'il ne s'apprêtait pas à rejoindre son poste à San Antonio. Elle l'avait déjà aperçu en mode « inspecteur à la criminelle ». Pour travailler, il avait adopté une tenue professionnelle décontractée. De toute façon, même avec une veste sur les épaules, il réussissait toujours à ressembler autant à un cow-boy qu'à un policier.

Tout en s'efforçant de recouvrer ses esprits, elle les salua et les entraîna vers le porche.

— Cette boîte n'était pas là quand j'ai quitté la maison pour conduire ma fille à la crèche, il y a environ une demi-heure, dit-elle. Après avoir déposé Ainsley, je me suis arrêtée pour acheter un café à emporter avant de revenir ici pour y chercher quelque chose que j'avais oublié. C'est à ce moment-là que je l'ai vue sous mon porche. Je n'y ai pas touché, ajouta-t-elle, certaine qu'ils voudraient le savoir.

Noah et Grayson regardèrent l'objet qu'elle leur désignait du doigt. La boîte en carton blanc, couverte de sang, avait la taille de celles destinées en général à stocker des classeurs. Si aucun des deux hommes ne semblait surpris par sa présence,

Everly remarqua la profonde inquiétude qui assombrissait leurs yeux.

— J'en ai reçu une, moi aussi, annonça Noah en reportant son attention sur elle. Au ranch, ce matin. Et voilà d'ailleurs pourquoi je me trouvais au bureau du shérif lorsque Grayson a reçu ton appel.

Il faisait allusion au vaste ranch des Ryland, à Silver Creek, où vivaient Noah, Grayson, mais aussi de nombreux autres membres de leur grande famille.

À ses mots, sa propre angoisse grimpa encore d'un cran.

— Qui l'y a déposée et qu'y avait-il dedans ? demanda-t-elle, la gorge serrée.

Noah prit une profonde inspiration et promena les yeux autour de lui. Une autre habitude de policier. Tout en lui parlant, Grayson et lui surveillaient en permanence les environs.

— Elle a été livrée par un coursier de San Antonio, expliqua-t-il. L'un des adjoints est en train de l'interroger au bureau du shérif, mais apparemment il n'a fait qu'effectuer son travail. Il ignorait totalement son contenu.

Everly sentit un grand froid la saisir.

— Et qu'y avait-il à l'intérieur ? parvint-elle à balbutier.

— Tu devrais faire monter Everly dans la voiture, intervint Grayson avant que Noah ne puisse répondre.

Il sortit son téléphone et envoya un SMS.

— L'équipe de démineurs du comté est toujours en ville et je vais leur demander de venir y jeter un œil.

— Elle contenait une bombe ? s'écria Everly, affolée.

Elle avait soudain l'impression que son sang se glaçait dans ses veines.

— Non, non, il n'y avait aucun engin explosif d'aucune sorte dans la boîte livrée à Noah, la rassura tout de suite Grayson. Mais nous devons vérifier qu'il n'y en a pas non plus dans celle-ci... d'autant qu'il semble que la vôtre ait été laissée chez vous plus d'une heure après la sienne.

Malgré sa panique, Everly suivit sans difficulté son raisonnement. La personne qui avait déposé ces cartons aurait eu tout le temps de glisser une bombe dans la sienne afin d'aggraver la menace.

Quelle que soit la raison de celle-ci.

Comme elle s'apprêtait à continuer d'interroger Grayson, il jeta un coup d'œil à Noah avant de se tourner vers le véhicule de patrouille. Elle comprit le message. La personne derrière cette histoire était peut-être encore dans les parages, et ils étaient tous à découvert.

— Peut-être devriez-vous vous mettre, vous aussi, à l'abri, dit-elle au shérif alors qu'elle se dirigeait avec Noah vers la voiture.

— Je vous rejoins tout de suite, répondit-il tout en se rapprochant du porche.

— Sara Cordova, la directrice de la crèche, a appelé Grayson au moment où nous nous engagions dans ta rue et elle nous a dit que tu lui avais demandé de confiner les enfants, dit Noah.

Il ouvrit la portière arrière du véhicule, la fit monter et se laissa tomber sur la banquette à côté d'elle.

— Ainsley va bien ?

À ces mots, elle détourna son attention de Grayson pour la reporter sur Noah. Qu'il connaisse le prénom de sa fille ne l'étonnait pas. Dans une petite ville, tout le monde se connaissait et savait tout ou presque sur ses voisins. Mais qu'il lui parle de l'enfant la poussa à se demander si elle devrait faire quelque chose de plus pour assurer la sécurité de sa petite chérie.

— Sara m'a dit qu'Ainsley allait bien, oui, répondit-elle. Pourquoi ? Pourquoi cette question ? S'est-il passé quelque chose de grave à la crèche ? ajouta-t-elle, le cœur battant.

— Non, non, répondit-il aussitôt. Mais quand Grayson a

appris que ta fille était là-bas, il a envoyé un adjoint, au cas où. Au cas où, répéta-t-il en voyant sans doute le regain de panique dans ses yeux. La crèche est verrouillée et, dès que l'équipe de démineurs sera là et aura jeté un coup d'œil à cette boîte sous ton porche, je te conduirai auprès de ta petite. Je ne peux pas le faire maintenant parce que je ne veux pas laisser Grayson seul ici.

— Et qu'il aura peut-être besoin de renfort, conclut-elle.

Pourtant, elle devait s'assurer que sa puce allait bien.

— J'ai besoin de voir Ainsley.

— Et tu vas la voir. Bientôt, lui assura-t-il.

Il s'exprimait avec calme, d'une voix de policier, mais elle percevait son émotion.

— Sara est-elle susceptible de prévenir quelqu'un d'autre de la situation ? Le père d'Ainsley, par exemple ?

Noah connaissait probablement déjà la réponse. Philip, son ex-mari – et le père d'Ainsley –, avait rompu avec Everly lorsqu'elle lui avait annoncé sa grossesse. Il avait alors quitté la ville et emménagé avec une nouvelle petite amie. Peu après, il avait demandé le divorce. La procédure avait été finalisée alors qu'Everly n'avait pas encore donné naissance à leur fille.

— Le père d'Ainsley risque de s'inquiéter s'il reçoit un appel de Sara, ajouta Noah.

— Philip n'est plus dans le paysage et ne s'est jamais intéressé à la petite, répondit-elle sobrement. Comme tu le sais, Ainsley est ma seule famille.

Elle s'interrompit avant de revenir à son principal sujet d'inquiétude.

— Qu'y avait-il dans la boîte qui t'a été livrée ?

Il hésita un instant avant de répondre.

— Des vêtements ensanglantés. Plus précisément, une robe et des chaussures de femme, maculées de sang. Elles ont été envoyées au laboratoire criminel mais semblent correspondre à des objets manquants sur la scène de crime d'un meurtre sur lequel j'enquête.

Everly avait imaginé mille possibilités à propos du contenu de la boîte, mais pas un instant l'hypothèse de vêtements tachés de sang ne l'avait traversée. D'une certaine manière, elle fut soulagée de l'apprendre. Elle avait envisagé bien pire, des horreurs, y compris le cadavre d'un animal.

— Un meurtre survenu à San Antonio ? demanda-t-elle.

— Oui. Elle s'appelait Jill Ritter, avait quarante-deux ans et un casier judiciaire. Elle avait été plusieurs fois accusée de négliger ses enfants et de consommer de la drogue. Elle travaillait comme serveuse dans un restaurant de San Antonio. Il y a cinq jours, elle a disparu à la fin de son service. Et hier, son corps a été retrouvé dans un fossé d'une route de campagne, à des kilomètres de chez elle.

Everly sentit son ventre se nouer en entendant ces détails. Pourtant, elle avait besoin d'en savoir plus. Pour tenter de comprendre pourquoi quelqu'un avait déposé une boîte sous son porche.

— De quoi est morte cette Jill Ritter ? s'enquit-elle.

— Elle s'est vidée de son sang à la suite d'une entaille de l'artère fémorale.

Il désigna le haut de sa cuisse pour lui montrer l'emplacement de cette blessure.

— Elle avait été droguée et déshabillée, mais il n'y avait aucun signe d'agression sexuelle. Nous n'avons trouvé aucun indice sur les lieux, ajouta-t-il avec un soupir. Et nous n'avons aucun suspect. Le tueur n'avait rien laissé derrière lui. Jusqu'à présent.

En déposant une boîte contenant les vêtements tachés du sang de la victime, l'assassin avait bel et bien envoyé un message. Mais lequel ? Que signifiaient ces habits ensanglantés ? Et pourquoi Noah l'entraînait-elle dans cette histoire alors que son enquête sur cette inconnue ne la concernait en rien ?

De loin, elle regarda Grayson photographier la boîte à l'aide de son smartphone. Pendant ce temps, elle se répétait le nom de la femme assassinée pour voir s'il lui disait quelque chose. Mais non, elle ne l'avait jamais entendu.

Elle finit par lui poser la question :

— Quel rapport y a-t-il entre le meurtre de Jill Ritter et ce carton couvert de sang déposé sous mon porche ?

— Je suis ici pour le découvrir. Je n'enquête pas sur cette affaire depuis longtemps et j'ai besoin d'en apprendre davantage sur Jill et sur ce qui se passe.

Il s'apprêtait à poursuivre mais s'interrompit lorsqu'une camionnette apparut au bout de la rue.

— Voici l'équipe de déminage, annonça-t-il.

Trois hommes bondirent du véhicule. Ils semblaient très pressés. L'un d'eux se dirigea vers Grayson tandis qu'un autre commençait à sortir du matériel. Le troisième enfila une combinaison spéciale. De toute évidence, ils se préparaient au pire, ils pensaient avoir affaire à des explosifs.

De nouveau, Everly s'efforça de maîtriser sa peur. Tandis qu'elle observait les démineurs en action, elle essayait de se concentrer sur la femme assassinée, sur cette Jill Ritter. Si la boîte sous son porche était liée à cette Jill, alors elle-même était sans doute aussi liée à elle. Ce lien impliquait Noah et peut-être une affaire judiciaire antérieure sur laquelle elle aurait travaillé.

Everly avait enregistré la plupart de ses fichiers professionnels sur un compte en ligne sécurisé et, tout en jetant un coup d'œil à l'équipe de déminage, elle s'y connecta à l'aide de son smartphone.

Elle entra « Jill Ritter » dans le moteur de recherche de l'appareil. Mais n'aboutit à rien.

— Sais-tu si Jill Ritter a utilisé des pseudonymes au cours des dernières années ? demanda-t-elle.

— Je ne pense pas. En tout cas, je n'en ai trouvé aucun. Elle avait un frère, quelques ex et deux enfants, à présent adolescents.

Noah énuméra leurs noms, un par un, et Everly entra chacun d'eux sur son moteur de recherche.

Toujours en vain.

Elle s'interrompit en voyant le membre de l'équipe le mieux protégé gravir les marches de son porche et s'approcher du carton. D'une main, il tenait un bouclier et, de l'autre, un petit appareil.

— C'est un scanner portable, expliqua Noah. Il va radiographier le contenu de la boîte avant d'y toucher.

Grayson et les deux autres démineurs reculèrent derrière des boucliers.

Parvenu devant le carton, l'homme déplaça son scanner dessus tout en étudiant l'écran de son instrument. Everly était trop loin pour distinguer ce qu'il y voyait, mais quelques instants plus tard il hocha la tête avant de lever le pouce.

— Fin de l'alerte, cria-t-il.

Everly se colla automatiquement à la vitre de sa portière pour tenter de comprendre ce qui se passait. Elle tendit l'oreille, mais le démineur ne donna aucun élément sur le contenu de la boîte. Au lieu de quoi, il baissa son bouclier et s'écarta pour laisser la place à ses camarades et à Grayson.

Comme elle s'apprêtait à ouvrir sa portière, Noah posa la main sur la sienne pour la retenir.

— Attends, dit-il.

Et le regard qu'il promena autour d'eux lui rappela que si ce carton ne représentait plus un danger les environs restaient, eux, risqués.

Elle baissa les yeux sur la main de Noah sur la sienne et

regretta que ce simple contact déclenche autant de souvenirs. De très bons et de terribles aussi.

Il surprit son expression et la lâcha. Il n'avait plus le visage impassible d'un policier et, à cet instant, elle comprit qu'elle n'était pas la seule à s'efforcer d'oublier cette nuit tragique.

Mais très vite il se ressaisit.

Comme elle reportait son attention vers son porche, elle vit Grayson descendre la volée de marches et s'approcher. Il entrouvrit la portière et se pencha vers eux.

— Il n'y a pas de vêtements ensanglantés à l'intérieur, dit-il en regardant Noah. Mais une enveloppe. Je la laisse en place pour le moment. Pour donner aux gars de la police scientifique la possibilité de la traiter. Ils arrivent.

— Une enveloppe ? répéta Everly.

Grayson hocha la tête et tourna son téléphone vers elle pour lui montrer l'écran.

— J'en ai pris une photo. Je ne sais pas ce qu'elle contient, mais un message est écrit dessus.

Quelque chose dans son ton, dans ses yeux, poussa Everly à se préparer mentalement au pire.

Elle vit la photo de l'enveloppe, les traces de sang qui l'ornaient. Et le message qui la glaça de terreur.

Vous serez la prochaine, Everly.

2

Noah sortit deux petites bouteilles d'eau du réfrigérateur de la salle de repos et regagna le bureau de Grayson où Everly l'attendait. Il aurait aimé avoir un breuvage plus fort à lui offrir, mais il devinait que, de toute façon, rien ne réussirait à calmer ses nerfs à vif.

Vous serez la prochaine, Everly.

Cette terrible menace émanait sans l'ombre d'un doute d'un tueur, et Noah espérait être capable d'empêcher une telle tragédie. Pour commencer, il lui fallait revenir en détail sur le meurtre de Jill pour comprendre comment, où et quand cet assassinat avait croisé la trajectoire d'une avocate de Silver Creek.

Bien sûr, Everly n'était pas qu'une avocate originaire de Silver Creek. Elle avait aussi été sa petite amie au lycée, et il devait découvrir si leur histoire amoureuse passée avait joué un rôle dans ce macabre scénario. Il était en effet possible que quelqu'un se serve d'Everly pour se venger de lui. Cela dit, dans l'immédiat, il ne parvenait pas à imaginer pourquoi ce quelqu'un serait remonté si loin dans son passé. Depuis lors, il avait eu des relations amoureuses avec d'autres femmes. De plus, il avait une grande famille.

Il n'était pas très rassurant de songer qu'un meurtrier avait la possibilité d'utiliser l'un des membres du clan Ryland pour régler ses comptes avec un inspecteur de police.

Comme il longeait le couloir, Noah aperçut l'adjoint Theo Sheldon qui sortait des Kleenex d'un placard. Theo n'était pas lié à lui par le sang, mais il vivait au Silver Creek Ranch depuis sa plus tendre enfance, depuis l'assassinat de ses parents. Après la tragédie qui avait décimé la famille de Theo, Grayson l'avait emmené au ranch et élevé. Dans l'esprit de Noah, il faisait partie, lui aussi, de la tribu Ryland et était donc susceptible de se retrouver dans le collimateur d'un tueur cherchant à l'atteindre, lui.

Cela dit, s'attaquer de front à un policier était toujours risqué et inutile puisqu'il existait des cibles plus faciles.

— J'ai entendu parler de ces boîtes couvertes de sang, dit Theo. Je viens d'avoir un bref échange avec Everly. Cette découverte l'a secouée.

— C'est compréhensible.

Noah faillit en rester là, mais il se souvint soudain qu'Everly et Theo étaient amis alors il décida de creuser.

— Imagines-tu son ex-mari impliqué dans cette histoire ?

Theo n'écarta pas d'emblée cette hypothèse.

— Je n'ai plus de nouvelles de Philip depuis plus de deux ans, depuis qu'il a quitté la ville. Mais si tu veux, je peux interroger les uns et les autres pour apprendre ce qu'il est devenu et ce qu'il fait, à présent.

— Oui, cela m'aiderait, répondit Noah après y avoir réfléchi quelques instants. Cela ne donnera sans doute rien, mais c'est tout ce que j'ai pour le moment. Je préfère ne rien négliger.

— Très bien, je m'en occupe. Tiens, ajouta-t-il en lui tendant les Kleenex. Je m'apprêtais à les apporter à Everly. J'ai l'impression qu'elle va en avoir besoin.

Noah réprima un juron. Bien sûr, Everly avait le droit de verser quelques larmes, mais il espérait qu'elle parviendrait à les réprimer. La voir pleurer ne ferait que raviver des plaies jamais cicatrisées et ne les aiderait pas à se concentrer.

Il lui prit la boîte de mouchoirs des mains et retourna vers le bureau de Grayson. Il connaissait bien les lieux. Ce bâtiment avait été construit treize ans plus tôt, alors que Noah avait dix-sept ans, pour remplacer l'ancien bureau du shérif. Silver Creek était peut-être une petite ville, mais le conseil municipal n'avait pas lésiné sur cet investissement. L'endroit avait fière allure avec ses sols carrelés de gris et ses murs blancs.

Everly était exactement là où il l'avait laissée, recroquevillée dans le fauteuil en cuir de Grayson. Ce dernier ne s'y trouvait pas parce qu'il assistait à la fin de l'interrogatoire du coursier dans une pièce voisine. Et, en attendant son retour, il leur avait dit de s'installer dans son bureau et d'y rester aussi longtemps que nécessaire.

— Un peu d'eau te fera peut-être du bien, dit-il en posant l'une des petites bouteilles devant elle.

Il laissa également la boîte de mouchoirs en espérant qu'elle n'en aurait pas besoin.

— Merci, marmonna-t-elle.

Elle ouvrit la bouteille et en but une longue gorgée.

— Le coursier ou la police scientifique t'ont-ils appris de nouveaux éléments ? demanda-t-elle.

Noah secoua la tête et s'assit sur le petit bureau annexe sur lequel il avait déjà ouvert son ordinateur.

— C'est trop tôt. Mais j'ai bon espoir.

Elle aussi l'espérait.

— J'ai rappelé Sara à la crèche, dit-elle. J'ai hésité à aller chercher Ainsley, mais qu'elle soit ici ne nous faciliterait sans doute pas la tâche. De plus, elle serait contrariée de voir sa routine interrompue.

Elle avait raison. Et, si elle avait insisté pour avoir sa fille près d'elle, il aurait dû l'en dissuader. Du moins tant qu'il ne savait pas s'il était ou non dangereux pour elle de sortir et de se déplacer.

— C'est la première fois que je viens ici, ajouta-t-elle en promenant les yeux dans la pièce. Ce n'est pas mal.

Elle parlait de tout et de rien, peut-être pour tenter de retenir ses larmes. Mais en réalité elle s'était déjà retrouvée dans le bureau de Grayson, dans l'ancien bâtiment. *Cette nuit*-là.

Tous deux y avaient passé plusieurs heures pour raconter au shérif les circonstances du drame.

De l'accident.

Les gens désignaient ainsi la tragédie lorsqu'ils l'évoquaient au détour d'une conversation. Pour Noah, il s'agissait plutôt d'une descente aux enfers, d'un cauchemar qui le hanterait, sa vie durant. Everly l'avait vécue de la même manière, il n'en avait aucun doute.

— Pour ma part, j'ai beaucoup fréquenté le bureau du shérif, enfin, l'ancien bâtiment, avant d'intégrer complètement la police de San Antonio, répondit-il pour ne plus penser à cette descente aux enfers. J'y travaillais alors à temps partiel et, le reste de la semaine, j'étais dans le bureau de mon père à San Antonio.

Son père, le lieutenant Nate Ryland, y avait été policier. Il était désormais à la retraite, tout comme Grayson le serait bientôt. Et la génération suivante de policiers ou d'adjoints au shérif de Silver Creek prendrait le relais.

Elle hocha la tête, refoula ses larmes.

— Pourquoi quelqu'un a-t-il laissé cette boîte sous mon porche ?

Elle revenait à l'essentiel et, plutôt que de tenter de l'apaiser avec de belles paroles, Noah rapprocha sa chaise de la sienne et la regarda en face.

— C'est ce que j'ai l'intention de découvrir. Laisse-moi te résumer ce que je sais jusqu'à présent. Il n'y avait aucune enveloppe dans la boîte qui m'a été envoyée. Uniquement la robe et les chaussures. Quant au sang, il est toujours en cours d'analyse pour déterminer s'il s'agit de celui de Jill. Par ailleurs, l'enveloppe laissée chez toi était vide. J'ai reçu un texto à ce sujet, il y a un instant.

— L'enveloppe ne contenait rien, répéta Everly. La menace était écrite dessus.

Vous serez la prochaine, Everly.

Ces cinq petits mots avaient déclenché un tsunami. Et suscitaient de nombreuses questions.

Noah ouvrit le dossier de Jill sur son ordinateur, afficha la photo de la victime et tourna l'écran pour la montrer à Everly.

— Son nom ne te disait rien, mais qu'en est-il de son visage ?

Everly se rapprocha.

Elle était si près que ses fragrances lui chatouillèrent les narines. Elle ne portait pas de parfum, mais il reconnut l'odeur du savon et, en dessous, celle de sa peau. Des fragrances qu'il n'avait jamais oubliées malgré toutes ces années. Quatorze ans. Ses souvenirs étaient si forts qu'il avait gardé aussi en mémoire la saveur de sa bouche, la chaleur de ses baisers... Et Dieu sait qu'ils s'étaient beaucoup embrassés lorsqu'ils étaient ensemble.

Bien sûr, elle avait changé. Elle n'était plus cette adolescente de seize ans qui avait été sa première amante. *Son premier amour*, corrigea-t-il mentalement. Il avait été fou amoureux d'elle. Elle avait raccourci ses cheveux blonds qui tombaient désormais sur ses épaules et non plus en cascade jusqu'au bas du dos. Son corps s'était épanoui. Son visage était toujours aussi ravissant. Elle était si belle qu'elle attirait toujours les regards lorsqu'elle entrait quelque part.

Seuls ses yeux étaient vraiment différents. Certes, ils étaient toujours d'un bleu profond, magnifique, mais ils avaient perdu leur insouciance. Ils étaient désormais assombris par les problèmes et les tensions d'une mère célibataire. Et par la conscience d'être la cible d'un tueur.

— Je ne la connais pas, dit-elle finalement. Pourquoi a-t-elle été assassinée ?

C'était la question à un million de dollars, et malheureusement il n'avait pas de réponse à lui donner, à ce stade.

— Son corps n'a été découvert qu'hier, j'en suis donc au tout début de l'enquête. Je n'ai aucun suspect, seulement quelques personnes à interroger. En particulier, son dealer et plusieurs de ses ex-petits amis.

Entre la toxicomanie de Jill et son passé mouvementé, il lui faudrait sans doute du temps pour tout comprendre, pour réussir à déterminer un mobile et à identifier des suspects.

Il décida de tout lui expliquer. Peut-être mettrait-elle le doigt sur un détail qui lui aurait échappé.

— Jill se droguait depuis l'adolescence. À cause de son addiction, elle avait perdu la garde de sa fille, alors bébé. Elle avait donc suivi une cure de désintoxication – réussie – pour la récupérer. Mais malheureusement, par la suite, elle était retombée dans l'héroïne et un juge lui avait de nouveau retiré la petite.

— Elle la maltraitait ? demanda Everly.

— Oui, elle la maltraitait et la négligeait. Par miracle, l'enfant n'a jamais dû être hospitalisée, Dieu merci. Mais elle a eu besoin d'une thérapie. La gamine a vingt et un ans maintenant et un alibi. Au moment du meurtre, elle était au cinéma avec des amis.

Everly resta un moment silencieuse.

— Parle-moi de son dealer et de ses ex.

Il sortit les photos des trois hommes. Des photos anthropométriques qui prouvaient qu'ils n'étaient que de vulgaires voyous.

— Ils ont tous été arrêtés à plusieurs reprises pour agression ou pour d'autres délits, expliqua Noah. Le genre de types qui utilisent leurs poings pour régler leurs différends. À part la coupure à la cuisse qui lui a sectionné l'artère fémorale et une légère trace de piqûre, établissant que le tueur l'avait droguée, Jill ne portait aucune blessure.

Il savait qu'Everly essayait de comprendre, de s'imprégner de l'affaire, de mettre en place les morceaux du puzzle. Comme lui.

Il cliqua sur le dossier d'arrestation de Jill pour le consulter. Une fois de plus. Au cours des vingt-quatre dernières heures, il l'avait lu et relu au moins dix fois.

Et soudain, quelque chose le frappa.

Non pas parmi les données qui figuraient dans les différents rapports de police.

Mais ce qui n'y était pas.

— Elle n'a jamais effectué de peine de prison, marmonna-t-il.

Bien sûr, il l'avait déjà noté auparavant, mais tout à coup il se demanda si ce détail était important. Jill avait été arrêtée trois fois. Une première fois, alors qu'elle était mineure pour détention et usage de drogues. Elle avait alors été envoyée en cure de désintoxication ordonnée par le tribunal. Cinq ans plus tard, elle avait de nouveau été interpellée pour les mêmes raisons. Elle était alors majeure. Là encore, une nouvelle cure de désintoxication lui avait permis d'échapper à la prison. Une troisième arrestation pour négligence et maltraitance sur sa fille avait conduit à lui retirer la garde de l'enfant.

— Aucune peine de prison, répéta Everly tout en parcourant l'écran des yeux.

Noah vit le moment exact où elle se figea. Il ne s'attendait pas à ce qu'elle suive le même fil de raisonnement que lui. Pourtant, ce fut évidemment ce qu'elle fit.

— Moi non plus, je n'ai pas été condamnée à une peine de prison, ajouta-t-elle d'un ton grave.

— Parce qu'il s'agissait d'un accident, lui rappela-t-il.

Elle secoua la tête.

— C'était moi qui conduisais ce soir-là.

— Et c'est moi qui avais détourné ton attention.

Alors qu'ils revenaient de la crique où ils avaient fait l'amour, elle avait en effet pris le volant. Et, tandis qu'ils roulaient vers la ville, lui n'avait cessé de l'embrasser, de la caresser.

Tous deux avaient fait preuve d'insouciance, voire d'irresponsabilité, et à cause de leur légèreté une femme était morte. Parce qu'il lui picorait le cou de petits baisers, Everly avait frissonné et tenté de le repousser en riant. La voiture avait alors fait un écart et heurté de plein fouet celle de Helen Fleming qui arrivait en sens inverse. Helen, qui ne portait pas de ceinture de sécurité, avait succombé à ses blessures en arrivant à l'hôpital.

— J'aurais reçu cette menace à cause de ce qui s'est passé il y a quatorze ans ? demanda-t-elle, incrédule.

— C'est possible, oui. Mais cela me semble peu probable.

Malgré tout, pour en avoir le cœur net, il ouvrit la base de données des crimes du Texas. Il y avait déjà cherché des victimes correspondant à la description de Jill et au mode opératoire utilisé pour la tuer. Il avait obtenu tellement de résultats qu'il n'avait pas encore fini de les parcourir. Là, il lança une recherche de meurtres où la victime avait reçu au préalable une boîte d'un expéditeur inconnu.

Et deux résultats s'affichèrent.

Le ventre noué, il jeta un bref coup d'œil aux deux affaires. Un homme assassiné non loin de Houston et une femme tuée à Kerrville, une petite ville située à une heure d'ici. Tous deux étaient morts des suites de coups de couteau. Tous deux avaient été drogués auparavant et dépouillés de leurs vêtements. Tout comme Jill.

— L'homme, un dénommé Delbert Washington, a été tué il y a deux mois, déclara Everly qui lisait le rapport avec lui. Il n'y a pas de photo de la boîte et aucune n'a été trouvée chez lui. Mais il en avait reçu une comme en a témoigné son voisin. Le coursier la lui avait laissée parce que M. Washington n'était pas chez lui. Elle lui avait été livrée la veille du meurtre.

— Et voici la description de la boîte elle-même, dit Noah en tapotant l'écran.

Il sentit son ventre se nouer un peu plus.

Parce que la description correspondait à celle laissée sous le porche d'Everly.

Pourtant, il s'agissait peut-être d'un hasard, s'obligea-t-il à se rappeler.

— Il n'y avait rien dans la boîte.

Celle livrée à l'autre victime, Winona Billings, contenait, elle, une note dactylographiée d'une phrase :

— « Vous payerez de votre vie ce que vous avez fait », lut-il.

Une menace très similaire à celle visant Everly.

Après avoir proféré quelques jurons en sourdine, Noah effectua une nouvelle recherche dans la base de données et cette fois il fouilla le passé des deux victimes.

Il ne lui fallut pas longtemps pour découvrir des liens qu'il aurait préféré ne pas trouver.

Onze ans plus tôt, Delbert avait été condamné à des travaux d'intérêt général et à une peine de probation pour avoir provoqué une bagarre dans un bar qui avait coûté la vie à une femme. Alors qu'il se battait avec un autre homme, Delbert l'avait violemment poussée pour l'écarter, et la malheureuse avait atterri sur du verre brisé.

— Elle s'était vidée de son sang, balbutia Everly d'une voix blanche. À cause d'une plaie à l'artère fémorale. Comme pour Jill.

Noah n'essaya pas de la rassurer en prétendant qu'il s'agissait peut-être d'une coïncidence. Au lieu de quoi, il se pencha sur le passé de Winona.

Bingo.

Une dizaine d'années avant son assassinat, Winona, encore mineure à l'époque, avait heurté un piéton alors qu'elle conduisait en état d'ébriété. L'homme avait survécu mais avait été grièvement blessé et était désormais paraplégique. Winona avait été reconnue coupable mais n'avait été condamnée qu'à un bref séjour dans un établissement pour mineurs.

Un épais silence tomba entre eux. Évidemment, ils avaient besoin de temps pour digérer ces informations. Ou, du moins, pour essayer de les digérer.

Everly le rompit en demandant :

— Jill avait-elle reçu une boîte ?

Il s'apprêtait à répondre non, qu'ils n'avaient rien trouvé de tel chez elle et que Jill n'avait jamais déclaré avoir reçu le moindre colis inquiétant. Mais là encore, pour en avoir le cœur net, il sortit son téléphone et appela Hank Dubois, le propriétaire de l'appartement de Jill.

— Bonjour, inspecteur Ryland, répondit ce dernier.

Il avait manifestement vu le nom de Noah s'afficher sur l'écran de son smartphone.

— Avez-vous arrêté l'assassin de Jill ? ajouta-t-il.

— J'y travaille. Monsieur Dubois, j'ai besoin que vous repensiez aux jours qui ont précédé la mort de Jill. Savez-vous par hasard si elle avait reçu un colis qu'elle n'attendait pas ? Ou peut-être avez-vous vu une boîte laissée devant la porte de son appartement ?

— Je n'ai pas vu cette boîte, répondit-il sans hésiter. Mais Jill était passée chez moi pour s'en plaindre. Quelqu'un avait déposé une boîte remplie de verre brisé sur son paillasson. Le genre de verre provenant d'un pare-brise de voiture, m'avait-elle précisé. Et le quelqu'un avait versé du ketchup dessus.

Everly poussa un petit cri et pressa les mains contre sa bouche.

— Qu'avait-elle fait de la boîte ? insista Noah. Et y avait-il une note ou autre chose à l'intérieur ?

— Jill n'avait fait état d'aucune note, seulement des éclats de verre, et je suis presque sûr qu'elle l'avait jetée à la benne. Elle pensait à une mauvaise blague de gamins. Il s'agissait bien d'une sale blague, non ? reprit-il après un petit moment.

— Je n'en suis pas sûr, se contenta de répondre Noah.

Il regrettait de ne pas avoir appris l'existence de cette boîte plus tôt pour essayer de la récupérer dans la poubelle.

— N'hésitez pas à me contacter si vous pensez à autre chose susceptible de m'aider, dit-il avant de le remercier et de mettre fin à la conversation.

Il envoya un texto à Grayson pour qu'il demande au coursier s'il avait également livré un paquet chez Jill. Il avait l'intention d'appeler ensuite l'entreprise de livraison, mais son téléphone sonna avant qu'il n'ait eu le temps de le faire.

— C'est Kevin Kendall, expliqua Noah à Everly.

Tous deux le connaissaient. Non seulement ils étaient allés au lycée ensemble, mais Kevin était désormais à la tête de l'équipe de la police scientifique.

Noah hésita à mettre ou non l'appel sur haut-parleur. Il le fit. Même si Kevin s'apprêtait à annoncer une mauvaise nouvelle, Everly avait le droit de l'entendre.

— Salut, Kevin. S'il te plaît, dis-moi que tu as découvert quelque chose qui va me permettre d'avancer, de me mettre sur une piste.

Kevin soupira.

— Nous avons trouvé quelque chose, déclara-t-il. Alors que nous transférions la robe de la boîte à un sac d'indice, j'ai remarqué une inscription sur le côté intérieur de l'ourlet.

Noah n'avait rien vu de tel. Mais, à sa décharge, il n'avait pas examiné le vêtement pour ne pas risquer de contaminer d'éventuels indices.

— Il semble que ces mots aient été rédigés avec un feutre noir, poursuivit Kevin.

— Qu'y avait-il d'écrit ? demanda Noah.

Kevin s'éclaircit la gorge.

— Je cite : « La justice ne l'avait pas punie mais, moi, je lui ai fait payer son crime. Everly et vous, vous le payerez aussi. »

Kevin marmonna un juron.

— Il semble que nous ayons affaire à un justicier.

3

Un justicier.

Everly se répétait en boucle ce terrible mot ainsi que la menace inscrite sur la robe de la morte.

La justice ne l'avait pas punie mais, moi, je lui ai fait payer son crime. Everly et vous, vous le payerez aussi.

Deux heures plus tôt, lorsqu'elle avait remarqué la boîte sous son porche, elle n'avait aucune idée de son contenu et de sa signification. Mais maintenant elle le savait. Ou du moins, en partie. Quelqu'un voulait sa mort et celle de Noah, à cause de l'accident de voiture qu'ils avaient provoqué quand ils avaient seize ans.

Et qui avait tué Helen Fleming.

Correction : l'accident qu'*elle* avait provoqué et qui avait tué Helen Fleming. Elle seule en était responsable. Noah n'avait pas grand-chose à se reprocher. Il avait eu la malchance d'être assis à côté d'elle et de l'avoir embrassée au moment où elle avait perdu le contrôle de son véhicule.

Tandis qu'elle arpentait le bureau de Grayson en attendant que Noah finisse sa conversation téléphonique, les souvenirs de cette nuit tragique lui revenaient en mémoire comme autant de coups de poing au ventre.

La journée estivale avait été chaude, mais une averse en fin d'après-midi avait un peu rafraîchi l'atmosphère. Everly était au volant de la voiture de sa mère. Elle la lui avait empruntée parce que la batterie du camion de Noah était à plat. Elle était passée le prendre au bureau du shérif où il travaillait à mi-temps.

La soirée avait été formidable. Ils s'étaient installés dans une crique, près de la rivière, et après s'être régalés de hamburgers achetés au restaurant, ils avaient fait l'amour sur la banquette arrière de la voiture. Un épisode imprévu, pas très confortable, mais fabuleux.

Avec le recul, Everly avait pris conscience que faire l'amour avec Noah avait été si fort, à la fois si tendre et passionné, qu'elle s'était ensuite sentie grisée. Elle n'avait pas bu une goutte d'alcool, mais elle était tellement euphorique qu'elle n'était pas très concentrée sur sa conduite.

Quatorze ans plus tard, elle entendait encore le crissement des pneus lorsqu'elle avait essayé de freiner sur la route mouillée par la pluie. Alors qu'elle s'efforçait de se rabattre sur le côté, ses bras et ses mains sur le volant avaient paru tétanisés. Elle ressentait encore la terreur et le choc qui l'avaient saisie quand sa voiture avait percuté celle de Helen. Elle n'avait rien oublié de la violente collision, des bruits de ferraille, du froissement de tôles, ni du silence de mort qui s'était ensuivi. Stupéfaits par ce qui venait de se passer, ils étaient restés un moment sans voix.

En un instant, leur vie avait basculé pour toujours, cette nuit-là. Elle ne se pardonnerait jamais la tragédie. Apparemment, le tueur non plus ne la lui avait pas pardonnée. Mais pourquoi avoir attendu toutes ces années pour lui faire payer son crime ?

À cette pensée, elle sortit de nouveau son smartphone pour appeler la crèche et leur annoncer qu'elle venait récupérer Ainsley. Ce n'était pas la première fois qu'elle en avait envie et, comme les autres fois, elle y renonça finalement. La crèche était surveillée par deux adjoints. Elle les connaissait et leur faisait confiance. De plus, amener Ainsley ici la bouleverserait.

Et la mettrait sans doute en danger.

Le tueur essayerait peut-être d'utiliser la petite pour les atteindre, Noah et elle, et si tel était le cas il valait mieux que sa fille ne soit pas exposée au grand jour. Du moins, pas avant qu'ils ne soient parvenus à maîtriser la situation.

— Je vais embaucher un garde du corps, marmonna-t-elle.

Elle parlait pour elle-même, mais Noah dut l'entendre parce qu'il planta les yeux dans les siens.

— Je peux vous mettre toutes les deux sous ma protection, dit-il après avoir terminé son échange téléphonique. J'ai également la possibilité de vous faire bénéficier des ressources de la police de San Antonio.

Everly n'avait pas l'intention de refuser les mesures de sécurité, mais être sous la protection de Noah signifiait une proximité accrue avec lui. Sans doute se sentirait-elle mal à l'aise. Mais bien sûr sa fille était prioritaire.

Noah devinait sans doute son inquiétude, cependant elle préférait ne pas aborder le sujet avec lui. Voilà pourquoi elle décida de remettre l'accent sur l'enquête.

— Cet appel téléphonique t'a-t-il appris quelque chose ? demanda-t-elle.

Elle ne savait même pas avec qui il s'était entretenu mais, d'après ce qu'elle avait compris, son interlocuteur était quelqu'un de la police de San Antonio.

— Non. Je voulais seulement mettre ma lieutenante au courant des événements. Elle nous apportera toute l'assistance possible et va demander au laboratoire criminel d'accélérer le traitement des vêtements ensanglantés, de l'enveloppe et des cartons.

Très bien. Si ces examens ne leur donnaient pas le nom du criminel, ils les mettraient peut-être sur une piste. Noah estimait sans doute qu'Everly n'avait pas à s'impliquer dans l'enquête, mais elle avait bien l'intention de s'en mêler. La sécurité de sa fille était en jeu. Voilà pourquoi identifier le tueur était désormais sa priorité absolue.

Noah se tourna vers son ordinateur.

— Je commence quelques recherches pour savoir s'il y a eu d'autres meurtres qui correspondraient à...

Il s'interrompit pour reporter son attention sur la zone de réception. Elle suivit son regard. L'un des adjoints promenait une baguette de détection d'armes sur un homme dans un fauteuil roulant.

— Tu le connais ? demanda Everly.

Noah secoua la tête.

— Non, mais j'ai vu une photo de lui lorsque j'ai parcouru la base de données. Sauf erreur de ma part, il s'agit de Jared Jackman.

— Qui est-ce ?

— Le gars que Winona Billings avait renversé avec sa voiture.

L'accident l'avait laissé handicapé à vie. S'il était ici, à Silver Creek, il ne s'agissait certainement pas d'un hasard. Peut-être avait-il été lui aussi contacté par le tueur.

Everly l'observa à la dérobée. Jared avait dans les trente-cinq ans. Il paraissait en forme avec de larges épaules et un torse musclé qui se devinaient sous un T-shirt gris bien ajusté.

Elle l'entendit demander à l'accueil à s'entretenir avec Noah Ryland.

— Je suis l'inspecteur Ryland, dit Noah en se dirigeant vers lui, Everly sur les talons.

— Bien. J'espérais vous trouver ici. J'ai appelé votre bureau à San Antonio, mais vous étiez absent. Je n'avais pas votre numéro, donc j'ai lancé une recherche sur Internet et découvert que vous viviez à Silver Creek. Puisque votre oncle y est shérif, j'ai pensé qu'il saurait où vous étiez.

Une fois passé le contrôle de sécurité, il serra la main de Noah et considéra Everly d'un air interrogateur.

— Voici Everly Monroe, expliqua Noah. Une avocate locale.

Il avait choisi ses mots avec soin pour ajouter cette précision. Il avait également veillé à éviter toute allusion à la boîte ensanglantée. Mais peut-être l'évoquerait-il plus tard, si Jared leur communiquait des informations à ce sujet.

Jared la salua d'un mouvement de tête avant de reporter son attention sur Noah.

— J'aimerais vous parler, dit-il.

Noah l'entraîna vers le bureau de Grayson.

— À propos du meurtre de Winona Billings, je suppose ? demanda-t-il dès qu'ils furent à l'intérieur.

Jared hocha la tête avec un profond soupir et manœuvra son fauteuil roulant pour refermer la porte.

— J'ai entendu dire qu'elle avait été tuée et j'ai découvert que vous étiez l'enquêteur principal sur un autre meurtre, celui de Jill Ritter. D'après mes sources, elle est morte de la même manière que Winona.

Everly s'étonnait que Jared ait réussi à reconstituer si rapidement les faits. Cela dit, la découverte du corps de Jill avait fait la une des journaux et il n'était pas si surprenant que Jared ait glané des renseignements sur le meurtre de la femme qui l'avait renversé. Il n'avait pas été difficile pour lui d'établir le lien.

Elle se tourna vers Noah pour voir s'il partageait son raisonnement. Ou s'il pensait que Jared avait obtenu ses informations d'une autre source. Du tueur, par exemple.

— La presse a rapporté la cause du décès de Jill, dit Noah, répondant à ses interrogations tacites.

— Oui, affirma Jared. Et les journalistes ont parlé de ses antécédents criminels. Avez-vous un suspect ?

— Je ne suis pas autorisé à parler des détails d'une enquête en cours.

Que Noah ait esquivé la question ne la surprit pas. C'était la procédure standard, mais la réponse parut frustrer Jared. Il secoua la tête en marmonnant.

— Que savez-vous des meurtres de Winona et Jill Ritter ? reprit Noah.

— Plus que je ne l'aurais voulu, répondit Jared avec un gros soupir.

Noah se pencha en avant de façon à pouvoir dégainer son arme en vitesse, si cela devenait nécessaire. Il venait manifestement d'arriver à la même conclusion qu'elle.

Jared était peut-être le tueur.

— Attendez, dit Noah comme Jared rouvrait la bouche. Je vais commencer par vous lire vos droits et ensuite, si vous décidez de poursuivre votre déclaration sans la présence d'un avocat, vous aurez la possibilité de me dire tout ce que vous savez.

Jared ne se mit pas en colère et ne sembla pas particulièrement alarmé à l'idée d'être suspecté d'un crime. Il se contenta d'attendre que Noah ait fini.

— Je n'ai pas besoin d'avocat parce que je n'ai pas tué Winona ni cette autre femme sur laquelle vous enquêtez, asséna-t-il. Je n'ai tué personne.

De toute évidence, il n'avait pas l'intention d'exercer son droit au silence.

Il tapota les accoudoirs de son fauteuil roulant.

— Et si j'avais eu envie de mettre fin à la vie de quelqu'un, je n'aurais pas été capable d'y parvenir...

Everly perçut l'amertume qui teintait sa voix. Comment la lui reprocher ?

— Avant l'accident, j'étais entraîneur de football, poursuivit-il.

Mon métier me passionnait et j'étais plutôt bon dans ce domaine. Mais évidemment, j'ai dû y renoncer.

— Et vous en voulez à Winona de vous avoir privé de votre travail, de votre passion, dit Noah.

Il n'avait pas réajusté sa position, ce qui signifiait qu'il n'était pas encore convaincu que Jared soit innocent du meurtre d'au moins deux femmes.

— Bien sûr, reconnut Jared. Elle a causé l'accident, je lui en veux beaucoup. Mais cela ne signifie pas que je l'ai tuée. À mon avis, devoir vivre avec mon handicap sur la conscience est le pire des châtiments. Maintenant qu'elle est morte, sa punition est terminée. Alors que moi, je vais continuer à vivre dans un fauteuil roulant.

Il éprouvait beaucoup d'acrimonie, d'accord, mais Everly le comprenait. Il avait raison, quelque part. La culpabilité avait la capacité de ronger quelqu'un sa vie durant, elle était bien placée pour le savoir. Cependant, comme Noah, elle continuait à se demander s'ils n'étaient pas face à un tueur.

— Que souhaitiez-vous me dire à propos des meurtres de Winona et Jill ? répéta Noah.

Jared poussa un gros soupir.

— J'ai hésité à vous en parler parce que ce que je vais vous apprendre se révélera sans doute inutile pour votre enquête. Je l'espère vraiment, ajouta-t-il. Mais je fais partie d'un groupe de soutien destiné aux victimes de violences physiques ou de traumatismes. Les Peace Seekers, les Chercheurs de Paix. Le nom n'est pas terrible, je vous l'accorde, mais ils m'ont bien aidé. Nous nous retrouvons une fois par semaine au centre municipal de San Antonio et d'ailleurs nous avons eu une réunion hier soir. Quoi qu'il en soit, l'un des membres m'inquiète.

— Un membre qui pourrait être impliqué dans les meurtres de ces femmes ? lança Noah.

— Peut être... Il s'appelle River Parnell.

Ce nom ne disait rien à Everly et, à en juger à la façon dont Noah secoua la tête, il ne lui évoquait rien non plus. Bien sûr, par la suite, il mènerait une enquête approfondie sur lui. Elle aussi.

— Parlez-moi de ce River Parnell, reprit Noah.

— Il a une vingtaine d'années et a rejoint le groupe parce que sa mère a assassiné son père quand il était enfant. Elle s'en était tirée à l'époque en invoquant la légitime défense. Mais River est certain qu'elle avait tout manigancé afin de toucher l'argent de son assurance-vie.

Il s'interrompit de nouveau et croisa le regard de Noah.

— River est un jeune homme très en colère. Il en veut au monde entier.

— Connaissez-vous le nom de sa mère ?

— Non. Mais River a raconté qu'elle avait été tuée dans un accident de voiture, il y a quelques années. Je ne suis sûr de rien, ajouta-t-il, mais River adore donner les détails de sa mort. Il ne cesse de répéter qu'elle n'a pas souffert et n'a pas payé assez cher pour ce qu'elle a fait.

Les faits pourraient en effet servir de mobile à un justicier.

— River est-il au courant pour Jill Ritter et Winona ? demanda Noah.

— Il sait ce que Winona m'a fait, reconnut Jared. À vos yeux, je suis sans doute, moi aussi, un homme en colère, parce que j'en ai beaucoup parlé. Et River connaissait également Jill Ritter parce que la fille de Jill, Megan, fait partie du groupe de soutien.

Grand Dieu. Bien sûr, tout cela n'était peut-être qu'une succession de coïncidences, mais elles méritaient d'être examinées de près.

— Megan a souvent évoqué sa mère au cours de nos réunions, ce qu'elle lui faisait subir, quand elle était enfant. Lorsque j'ai entendu parler du meurtre de Jill, j'ai pensé à la mort de

Winona. Et à River. Après avoir écouté nos témoignages, il a peut-être décidé de faire quelque chose…

Noah resta un moment silencieux. Manifestement, il y réfléchissait.

— Qui d'autre fait partie de ce groupe ?

Jared haussa les épaules.

— Je ne connais que quelques personnes. De plus, la plupart utilisent des surnoms et tout le monde ne vient pas régulièrement aux réunions. Comme je l'ai dit, je connais Megan Ritter et, à la réunion d'hier soir, elle m'a appris que sa mère avait été assassinée. J'ai lu les articles de presse en ligne et l'un d'eux mentionnait que vous étiez l'inspecteur chargé de l'enquête. Voilà comment j'ai su comment entrer en contact avec vous.

Ce qui expliquait en effet pourquoi il était ici et, en se manifestant, il venait de corroborer le mobile le plus probable des meurtres de Winona et de Jill.

Everly se rendit compte – non sans amertume – qu'elle était dans la même catégorie que ces dernières. Et pire, elle était, elle, responsable de la mort d'une femme alors que les victimes de Winona et de Jill étaient encore en vie.

— Qui dirige les Peace Seekers ? demanda Noah à Jared.

— Daisy Reyes. Elle est thérapeute. Je ne sais rien d'elle car elle n'évoque jamais sa situation personnelle. Par ailleurs, j'ai appris que River Parnell ne vivait pas à San Antonio. Mais dans le ranch de ses grands-parents. J'ignore où il se trouve.

— Je chercherai son adresse et j'irai lui parler, lui assura Noah. Je m'entretiendrai également avec Daisy Reyes et avec tous les autres membres du groupe. À part Megan, la fille de Jill Ritter, vous souvenez-vous que quelqu'un d'autre ait mentionné quoi que ce soit sur l'un des meurtres ? River a-t-il dit quelque chose à propos des deux mortes, par exemple ?

— Non, rien, répondit Jared en secouant la tête. J'espère que je ne lui cause pas de problèmes, s'il n'a rien fait de mal.

— Ne vous inquiétez pas. Je sais gérer ce genre de situation. Le nom de Delbert Washington vous dit-il quelque chose ? ajouta-t-il après un moment.

C'était l'homme assassiné à Houston. Celui qui avait provoqué la mort d'une femme lors d'une bagarre dans un bar.

Jared répéta le nom à mi-voix en fronçant les sourcils.

— Non. Vous pensez qu'il fait partie des Peace Seekers ?

Noah émit un grognement évasif, mais Everly savait à quoi il pensait. Puisque Delbert avait déjà été assassiné, il était plus probable qu'une personne liée à sa victime ait rejoint les Peace Seekers. Si ce meurtre suivait le même modèle que les deux autres.

Jared se pencha vers eux.

— Écoutez, je m'en veux un peu d'attirer ce genre de soupçons sur River, surtout s'il est innocent. Mais je n'avais pas envie de rester assis, les bras croisés, en attendant de voir si quelqu'un d'autre allait être tué.

— Vous avez eu raison de vous manifester, lui assura Noah. Je vais enquêter et vous préviendrai si j'ai du nouveau.

Il tendit à Jared un bloc-notes et un stylo qu'il prit sur le bureau de Grayson.

— Notez vos coordonnées et les noms des membres que vous connaissez. N'hésitez pas à m'appeler si vous vous souvenez par la suite de quoi que ce soit susceptible de m'aider.

— Je le ferai, répondit-il en écrivant. Suis-je en danger ? Parce que je ne suis pas vraiment en mesure de me défendre...

— Je ne le pense pas, mais je vous conseille de ne pas contacter River ni qui que ce soit d'autre du groupe de soutien, pour le moment. Je m'en chargerai. Je ne mentionnerai notre échange ni à River ni aux autres. Je vous demande la même discrétion. Ne dites à aucun d'eux que vous êtes venu me voir. Pas avant que je vous y autorise.

Jared poussa un soupir de soulagement. Si quelqu'un dans

ce groupe était un tueur, il en voudrait à Jared d'être allé trouver la police. Les instructions de Noah contribuaient à assurer sa sécurité.

Noah prit le bloc-notes des mains de Jared et le posa sur le bureau de Grayson.

— Je raccompagne Jared à la porte, Everly, annonça-t-il.

Elle ne perdit pas de temps. Dès que les deux hommes furent sortis du bureau, elle regarda ce que Jared avait écrit. Son adresse, celle du centre où se tenaient les réunions des Peace Seekers et quelques noms.

Daisy Reyes, la conseillère et thérapeute.

Megan Ritter, la fille de la femme assassinée sur laquelle enquêtait Noah.

River Parnell, le suspect que Jared venait de leur signaler.

Un certain Bobby dont le nom de famille lui était inconnu.

Everly sortit son smartphone, effectua une recherche rapide sur les Peace Seekers. Elle se rendit sur leur site web. Illustrée d'une photo pastorale de fleurs sauvages du Texas, la page d'accueil invitait tous les survivants de violences ou de traumatismes à les rejoindre. Les seules coordonnées indiquées étaient celles de la thérapeute, mais Everly vit aussi des numéros d'aide en ligne et ceux d'autres associations de soutien. La liste des membres ne s'y trouvait pas, ce qui ne la surprit pas. Les groupes de ce genre ne faisaient en général pas de publicité.

Lorsqu'elle entendit des pas, elle leva les yeux et vit Noah revenir. Son smartphone collé à l'oreille, il laissait un message vocal en demandant à son correspondant de le rappeler au plus vite.

— J'essayais de joindre Daisy Reyes, lui dit-il après avoir glissé l'appareil dans sa poche. Le dispatcher m'a obtenu son numéro, mais elle ne répond pas. J'espère qu'elle me recontactera sans tarder.

— Moi aussi. Mais peut-être refusera-t-elle de coopérer pour protéger le secret professionnel auquel elle est tenue.

— Si elle se rend compte que l'un des membres de son groupe de soutien est un tueur et risque de s'attaquer à d'autres personnes, elle est autorisée à le rompre, lui rappela-t-il.

Il composa un autre numéro.

— Le dispatcher m'a également trouvé le numéro de River, dit-il.

Mais, là encore, l'appel tomba sur la messagerie vocale. Il laissa un message pour demander à River de le rappeler dès que possible puis regarda l'écran d'Everly. La page web Peace Seekers y était toujours affichée.

— Y a-t-il quelque chose là-dedans susceptible de m'aider ?

— Pas à première vue, mais ils sont sans doute aussi sur les réseaux sociaux, un moyen pour permettre aux membres de rester en contact entre les réunions.

— Espérons-le, parce que les liens entre ces meurtres et ce groupe de soutien ne sont certainement pas le fruit du hasard. Pas avec la fille de Jill Ritter et Jared dans le même groupe.

Elle partageait son avis et s'apprêtait à le lui dire quand le téléphone de Noah sonna. Everly espérait que la thérapeute le rappelait et qu'elle allait leur apporter quelques réponses. Mais ce n'était pas le cas.

— C'est Grayson, lui dit Noah, avant de mettre l'appel sur haut-parleur.

— Je suis chez Everly et la police scientifique a fouillé son jardin, dit Grayson. Ils ont trouvé un cadavre.

4

Un cadavre.

Noah sentit une sourde terreur l'envahir.

Cette nouvelle victime découverte par l'équipe de la police scientifique le préoccupait, bien sûr, mais l'effroi qu'il voyait dans les yeux d'Everly l'inquiétait presque autant. La boîte couverte de sang sous son porche était déjà de mauvais augure, comme les informations que Jared leur avait confiées. Mais apparemment elles n'étaient que les prémices d'un véritable cauchemar.

— De qui s'agit-il ? demanda-t-il à Grayson en priant pour que le corps ne soit pas celui d'un membre de la famille.

— Non l'ignorons encore. C'est une femme, mais elle n'a aucune pièce d'identité sur elle. Le tueur l'a déshabillée et sa mort semble être due à une blessure au couteau à l'artère fémorale.

Il entendit Everly pousser un cri avant de se laisser tomber sur une chaise comme si ses jambes ne la portaient plus. Son visage perdit toute couleur, et très vite la panique la saisit.

— Ainsley, marmonna-t-elle avant d'envoyer d'une main tremblante un texto à la crèche.

Noah savait qu'il devrait bientôt y conduire Everly pour récupérer sa fille, mais il voulait d'abord obtenir tous les détails sur leur dernière victime.

— Deux adjoints veillent sur Ainsley, lui rappela-t-il. Elle est en sécurité.

Il résista à l'envie – non, au besoin – de la prendre dans ses bras pour essayer de la rassurer. Cela dit, dans ce contexte, un tel geste ne lui apporterait pas grand-chose. Retrouver ce tueur et le jeter en prison afin qu'Everly et son enfant ne soient plus en danger serait plus utile. Puisque lui-même était également ciblé, identifier ce type et le mettre hors d'état de nuire assurerait également sa propre sécurité, ainsi que celle de sa famille.

— Peux-tu me décrire cette inconnue ? demanda-t-il à Grayson.

Même si son enquête en était au stade préliminaire, il effectuerait une recherche sur une femme correspondant à sa description.

— Elle a dans les vingt-cinq ans, les cheveux bruns, les yeux marron, répondit Grayson. Elle mesure environ un mètre soixante pour une cinquantaine de kilos. Je ne vois aucune marque ni aucun tatouage sur son corps. Hormis la plaie à l'aine, elle ne porte aucun signe de violence. Aucune blessure défensive. Elle n'a certainement pas été tuée là où nous l'avons trouvée. Il n'y a pas assez de sang.

Elle avait donc été assassinée ailleurs et apportée chez Everly. Le tueur l'avait peut-être déposée en même temps que la boîte. Si tel était le cas, il n'avait pas manqué d'audace. Les voisins auraient pu remarquer son manège. Cela dit, le corps gisait peut-être là depuis la veille au soir.

Savoir que ce type avait été si proche d'elle et d'Ainsley ne serait pas une pensée réconfortante pour Everly.

— La morte était-elle toxicomane ? demanda-t-il à Grayson.

Jill avait les traits typiques d'une junkie, et Noah savait qu'un shérif chevronné reconnaîtrait au premier coup d'œil les signes de quelqu'un ayant vécu une existence difficile.

— Non, répondit Grayson. Elle avait l'air d'être en bonne santé.

Jusqu'à ce que quelqu'un ne la tue. Cette femme n'avait pas été à la rue, toxicomane ou alcoolique. Elle avait été ciblée pour une autre raison. Là encore, Everly et lui étaient en bonne santé, eux aussi.

— La police scientifique a déjà recueilli ses empreintes digitales, poursuivit Grayson. Nous allons chercher une correspondance dans les fichiers. De ton côté, consulte celui des personnes disparues pour voir si l'une d'elles collerait.

— Je m'en occupe, lui assura Noah tout en rouvrant son ordinateur pour commencer sans attendre. Par ailleurs, j'ai reçu une visite pendant ton absence.

Et il résuma à Grayson ce que Jared leur avait dit et sa nouvelle piste pour cette enquête. Une piste qui indiquait jusqu'à présent trois meurtres liés à ce justicier et peut-être au groupe de soutien. Plus précisément, à l'un de ses membres, le dénommé River Parnell.

Étant donné qu'ils avaient tous deux reçu des boîtes, Noah et Everly étaient désormais les cibles du tueur, quel qu'il soit.

— Préviens-moi si je peux t'être utile d'une manière ou d'une autre, ajouta Grayson. Comment va Everly ?

Elle entendit évidemment la question de Grayson parce que leurs regards se croisèrent, se soutinrent, et il y vit briller la tornade d'émotions dont elle était la proie.

— Elle se sentira sans doute mieux lorsqu'elle aura retrouvé Ainsley, répondit-il.

— Attendez encore un peu, conseilla Grayson. Je n'ai pas les effectifs pour le moment pour vous y escorter et, dans ce contexte, je préfère que vous ne soyez pas seuls sur les routes.

Noah partageait son avis. Certes, la crèche n'était pas loin, mais le tueur se doutait qu'ils s'y rendraient et les y attendait peut-être. Qu'une attaque ait lieu à proximité de tous ces enfants n'était souhaitable pour personne.

— Dès que je serai rentré au bureau, je libérerai Theo pour qu'il vous accompagne d'abord à la crèche, puis à...

Grayson s'interrompit et lâcha un juron.

— Everly ne va pas être contente, je le sais, ajouta-t-il, mais la police scientifique n'en aura pas fini chez elle, ce soir. J'aimerais que tu les conduises, elle et sa fille, au ranch pour la nuit.

Everly pinça les lèvres, confirmant que non, elle n'avait aucune envie de s'installer sur la propriété des Ryland. Mais il le fallait, Noah devrait l'en convaincre. Là-bas, entre sa famille et les employés du ranch, ils ne manqueraient ni de renfort ni de protection.

Noah mit fin à l'appel et se tourna vers Everly. Il s'apprêtait à lui expliquer pourquoi elle et sa fille devaient rester avec lui. Mais, avant qu'il n'ait la possibilité de dire quoi que ce soit, elle grommela :

— Ce sera uniquement pour cette nuit. Ensuite, je prendrai d'autres dispositions.

Il hocha la tête. Il aviserait de la suite demain, en fonction des événements. Mais leur sécurité restait sa priorité.

Avant de se plonger dans les rapports de personnes disparues et d'effectuer les autres vérifications d'antécédents, Noah envoya un texto à sa mère, Darcy, procureure à la retraite. Il lui demanda de trouver quelqu'un pour aménager une chambre d'enfant chez lui. Elle ne lui posa aucune question à ce sujet, sans doute parce que son père, Nate, avait déjà été mis au courant via la police scientifique ou via Grayson. De plus, dénicher des articles de puériculture ne serait pas un problème puisque beaucoup de ses cousins au ranch avaient de jeunes enfants.

Sa mère répondit simplement :

Je m'en occupe. Sois prudent.

Il reporta son attention sur Everly. Dans l'espoir de la calmer, il décida de lui donner du travail. Après tout, il n'en manquait pas et des heures s'écouleraient sans doute avant qu'ils n'aient la possibilité d'aller chercher Ainsley.

— Je vais lancer une recherche dans la base de données des personnes disparues, lui dit Noah. Pendant ce temps-là, pourquoi n'utiliserais-tu pas l'ordinateur de Grayson pour vérifier les antécédents de River Parnell et de Daisy Reyes ?

Il lui désigna l'appareil posé sur la petite table derrière le bureau de Grayson. Malheureusement, il ne pouvait lui permettre de consulter les dossiers officiels. Mais Everly était pleine de ressources. Elle parviendrait à l'aider, il n'en doutait pas. Il se chargerait ensuite du reste.

Elle hocha la tête et, sans hésiter, se dirigea vers l'ordinateur. Elle l'ouvrit et commença à taper sur le clavier.

Noah fit de même, mais très vite il fronça les sourcils. Lorsqu'il enregistra la description de la morte, il ne trouva rien. Aucune disparition inquiétante concernant ce profil n'avait été signalée au cours des derniers jours. Il élargit donc la recherche, remonta à un mois en arrière.

Toujours rien. Il était possible que personne n'ait remarqué l'absence de cette femme. Ou que personne ne s'en soucie.

Le corps de Jill n'avait pas été retrouvé tout de suite après sa mort, et pourtant aucun signalement de disparition inquiétante n'avait été enregistré à son sujet.

Noah essaya de repousser l'image du cadavre de Jill. Et, surtout, de ne pas penser que le tueur espérait faire subir le même sort à Everly. Heureusement, tous deux avaient un avantage dont les autres victimes n'avaient pas bénéficié. Ils savaient que quelqu'un voulait leur mort. Ils avaient donc la possibilité de prendre des mesures pour se préserver d'un tel destin. Il le fallait. Il n'était pas question que quiconque meure à cause d'un justicier autoproclamé qui s'estimait en droit de rendre justice.

— J'ai réuni quelques renseignements sur River Parnell, dit Everly, l'obligeant à reporter son attention sur elle. Via plusieurs réseaux sociaux ou bases de données professionnelles auxquelles j'ai accès, j'ai appris qu'il a vingt-cinq ans, travaille pour Images, une société de relations publiques chargée de créer et d'héberger des sites web pour les entreprises. Il exerce son métier en télétravail et vit en effet près de Bulverde dans le ranch de feu son grand-père.

Elle avait recueilli beaucoup d'éléments après seulement quelques instants de recherche, remarqua Noah, admiratif. Il retint l'emplacement de Bulverde. Cette ville n'était qu'à une vingtaine de minutes de route de Silver Creek. Si River était leur homme, le justicier, alors il était très proche.

— River adore les réseaux sociaux et poster des messages sur des blogs, poursuivit-elle. J'ai effectué une recherche sur Google et trouvé de nombreux articles dont il est l'auteur.

Elle s'interrompit pour les lire.

— Il a ainsi rédigé une attaque en règle contre la justice pénale prétendument corrompue.

Noah mit sa recherche de personnes disparues en mode automatique et la rejoignit pour jeter un œil sur les pages de River. Sur un autre blog, il avait posté une diatribe sur le fait que sa mère s'en était tirée sans être inquiétée par la justice après avoir assassiné son père.

Comme Noah voulait savoir si cette version des faits était fantaisiste ou proche de la vérité, il se servit de l'ordinateur de bureau de Grayson pour consulter le dossier officiel de l'affaire. Il obtint aussitôt un résultat.

— Il y a six ans, alors que River était étudiant à l'université d'Austin, lut-il à Everly, son père, Vance, a été tué d'une balle en pleine poitrine. Au moment de sa mort, son taux d'alcool dans le sang était cinq fois supérieur à la limite autorisée sur la voie publique.

Everly le dévisagea et fronça les sourcils.

— La mère de River l'avait réellement abattu ?

— C'était en effet elle qui avait appuyé sur la gâchette. Au cours de l'enquête, la mère de River, Jackie, a affirmé qu'elle pensait que son mari, dont elle était séparée, était un intrus. Il n'avait pas répondu lorsqu'elle avait appelé pour savoir qui avait enfoncé sa porte. Alors, elle avait fini par lui tirer dessus, en croyant qu'il allait la tuer.

Everly soupira.

— Je comprends pourquoi River estime qu'il s'agissait d'un meurtre. Et peut-être était-ce le cas. Ils vivaient un divorce compliqué, j'imagine ?

— Leurs amis et voisins l'ont confirmé. Ils ont également témoigné que Vance avait des problèmes avec l'alcool et que Jackie le trompait. Ils ont connu de nombreuses ruptures et réconciliations.

Il avait lancé cela avec désinvolture mais, par association d'idées, Noah songea alors à son histoire d'amour avec Everly. Certes, ils n'avaient pas connu les mêmes difficultés que les Parnell. Mais ils avaient bel et bien rompu, et chaque fois qu'il était près d'elle, comme maintenant, son corps lui rappelait à quel point ils avaient été heureux ensemble avant le drame. Il regrettait leur séparation et aurait bien aimé se remettre avec elle.

Une éventualité qui ne se produirait sans doute jamais.

Pour elle, il était un souvenir de cette terrible nuit au cours de laquelle ils avaient accidentellement tué une femme.

— River a des antécédents judiciaires pour agression, poursuivit Noah, en reportant son attention sur son écran. Elle a eu lieu au cours d'une vive dispute, lors d'une fête.

Ce qui ne prouvait pas nécessairement qu'il avait un côté

violent. Il s'agissait peut-être d'un dérapage exceptionnel. Pourtant, cette accusation ne jouait pas en sa faveur.

Noah envoya les fichiers sur River sur son propre ordinateur pour les examiner plus tard. Il lança ensuite une recherche sur Daisy Reyes et, au moment où ses informations de base apparurent, il repéra un élément troublant.

— Daisy Reyes est la fille de la femme tuée par Delbert Washington au cours d'une bagarre dans un bar, dit-il à Everly.

Stupéfaite, elle se leva et regarda l'écran.

— Un lien inquiétant.

En effet, et qui, bien sûr, faisait de Daisy leur nouvelle suspecte. Elle aurait pu tuer Delbert pour se venger de la mort de sa mère puis continuer à jouer les justicières. Ou se servir des autres meurtres pour brouiller les pistes.

— Je dois mettre la main sur le dossier du meurtre de Delbert, marmonna Noah.

Il envoya un mail à la police de Houston pour le leur demander. Dans l'espoir de les pousser à se hâter, il leur précisa que ces éléments étaient indispensables à une enquête sur un assassinat. S'il ne l'avait pas reçu cet après-midi, il chargerait sa lieutenante de leur téléphoner pour accélérer le processus. Plus tôt il aurait ces informations, plus tôt il aurait la possibilité d'agir pour empêcher un autre meurtre.

— Voici peut-être quelque chose d'intéressant à propos de l'une des diatribes de River sur les réseaux sociaux, poursuivit Everly. Megan Ritter l'a commentée.

Comme elle lui jetait un autre regard, il vit une nouvelle inquiétude dans ses yeux.

— Il s'agissait d'un article sur la corruption dans les tribunaux et Megan a écrit, je cite : « Les tribunaux sont remplis de gens qui se moquent bien du sort des victimes. Il faut faire quelque chose pour mettre fin à l'injustice. »

Noah n'aimait pas le ton de ce commentaire. Il était possible que Megan ait seulement cherché à soutenir River. Mais son « Il faut faire quelque chose pour mettre fin à l'injustice » signifiait peut-être qu'elle avait décidé de prendre les choses en main.

— Tu es sûr que l'alibi de Megan est solide ? demanda Everly qui partageait manifestement ses inquiétudes.

Noah hocha la tête.

— Elle était au cinéma à San Antonio avec un groupe d'amis. Les caméras de surveillance en attestent. Et rien n'indique qu'elle ait embauché quelqu'un pour effectuer ce travail… Bien sûr, elle est peut-être complice de River ou de quelqu'un d'autre.

Everly y réfléchit.

— Une seule personne aurait-elle pu commettre les meurtres et déplacer les cadavres ? Je veux dire, y avait-il des traces de traînée ou un détail indiquant que quelqu'un l'aurait fait seul ?

— Aucune marque de traînée sur Jill, et s'il y en avait eu sur cette dernière victime, Grayson l'aurait mentionné. Je vais vérifier ce qu'il en était sur les scènes de crime de Winona et de Delbert. Mais pour répondre à ta question, oui, il est possible qu'une personne ait commis ces meurtres seule si elle était assez forte pour soulever une personne inconsciente ou si elle avait un moyen de la déplacer. La drogue que le tueur a utilisée sur Jill l'avait neutralisée en quelques instants.

— En quelques instants, répéta Everly en frissonnant.

Elle imaginait sans aucun doute la scène.

— Je dois protéger Ainsley, ajouta-t-elle.

Il perçut sa terreur.

— Et tu vas la protéger. Nous allons la protéger.

— En m'installant au Silver Creek Ranch… Ironie du sort, je garde de bons souvenirs de cet endroit, dit-elle. Je m'y rendais souvent lorsque nous étions au lycée. Mais les bons souvenirs risquent d'en déclencher de mauvais. Il m'a fallu cinq ans de thérapie pour faire face aux pires. Et parfois, malgré ce travail sur moi-même, tout me revient...

Il en était de même pour lui. Il avait également suivi une thérapie, sa mère ayant insisté pour qu'il le fasse. Cela l'avait aidé. Mais rien n'avait effacé sa profonde culpabilité. Rien. Celle d'Everly était sans doute mille fois pire.

Il savait qu'elle avait fait une dépression nerveuse après le drame. Et que son médecin l'avait envoyée dans un hôpital psychiatrique de San Antonio. Comme Noah n'avait eu aucun contact avec elle lorsqu'elle était là-bas, il ignorait comment elle avait vécu ce séjour. En tout cas, elle avait fini par s'en sortir. Cependant, elle n'était pas retournée au lycée et avait terminé sa scolarité par correspondance.

Noah entendit des pas vifs se dirigeant vers le bureau et il se leva automatiquement pour se mettre en mode défensif. Pourtant, il ne s'agissait pas d'une menace mais de l'adjointe Ava Lawson. Avant de devenir adjointe au bureau du shérif de Silver Creek, elle avait été policière à San Antonio. Noah la connaissait donc bien et savait qu'elle faisait un excellent travail.

— J'avais entendu Grayson dire que c'était ton jour de congé, lui lança Noah avec étonnement.

Ava les salua d'un sourire.

— Bonjour, Noah, Everly. C'était en effet mon jour de congé, mais Grayson m'a expliqué la situation. Si vous êtes prêts à aller chercher la petite à la crèche puis à vous rendre au ranch, je vous escorterai en renfort.

— Oui, merci, répondit Everly en se levant également. J'ai vraiment besoin de voir ma fille.

— Bien sûr, je comprends, dit Ava avec chaleur. Grayson a suggéré que vous utilisiez l'une des voitures de patrouille. Il y en a une garée derrière, dit-elle en tendant les clés à Noah.

— Lorsque nous irons chercher Ainsley, nous aurons besoin d'un siège auto pour enfant, dit-il.

— Grayson y a déjà pensé, et en chemin, j'ai appelé la crèche. Sara m'a dit qu'elle pouvait t'en prêter un.

Parfait. Ils n'auraient donc pas à retourner chez Everly pour récupérer le sien.

Noah sauvegarda les recherches qu'ils avaient commencées, éteignit son ordinateur portable et le tendit à Everly. Elle ne lui demanda pas pourquoi. Elle savait qu'il voulait garder les mains libres au cas où il devrait sortir son arme.

Ils s'apprêtaient à quitter le bureau quand son téléphone sonna et le nom de Grayson s'afficha sur l'écran. Noah espéra qu'il ne lui annonçait pas une autre mauvaise nouvelle.

— Que se passe-t-il ? demanda-t-il.

— Nous avons identifié le cadavre découvert dans le jardin d'Everly, grâce à ses empreintes digitales, répondit Grayson avant de soupirer. Il s'agit de Daisy Reyes, la conseillère des Peace Seekers.

5

Daisy Reyes.

Everly ne l'avait jamais rencontrée, mais Noah lui avait montré le portrait de la thérapeute figurant sur son permis de conduire qu'il avait trouvé dans ses dossiers.

Apparemment, cette Daisy était la dernière victime du justicier.

Everly n'avait vu aucune photo de la scène de crime, Dieu merci, mais son imagination fonctionnait à plein régime. Et, très vite, des images du cadavre de la jeune femme déposé dans son jardin s'imposèrent à son esprit. Le tueur avait sans aucun doute choisi de le mettre là pour les tourmenter, Noah et elle.

Il avait atteint son but.

Il leur était maintenant difficile de penser à autre chose qu'au danger qui planait au-dessus d'eux.

Assise dans son siège auto à l'arrière de la voiture de patrouille, Ainsley éclata de rire à la vue de l'une des illustrations du petit livre qu'elle « lisait ». Et Everly s'efforça de s'accrocher à ce rire joyeux, de le laisser l'imprégner, l'ancrer. Sa fille ne semblait pas avoir peur ni s'inquiéter de quoi que ce soit tandis que Noah les conduisait au ranch Ryland, leur destination.

Comme promis, l'adjointe Ava Lawson les suivait, à bord d'un autre véhicule de patrouille, et surveillait les alentours, tout comme eux deux le faisaient. Mais ils roulaient sur une route de campagne extrêmement sinueuse et il serait facile à un tueur de leur tendre une embuscade.

Au volant, Noah lui jeta un bref coup d'œil avant de répondre à Jake O'Malley, son collègue inspecteur de police de San Antonio. Everly ne le connaissait pas mais, avant de quitter le bureau du shérif de Silver Creek, Noah avait téléphoné à cet O'Malley pour le charger d'effectuer une enquête approfondie sur Daisy et sur les Peace Seekers.

— J'ai les infos que tu m'as demandées sur Daisy Reyes, lança O'Malley dès que Noah prit l'appel.

Parce qu'il utilisait le kit mains libres, la voix de son collègue résonna dans l'habitacle.

— Très bien, mais surveille ton langage, lui recommanda Noah. J'ai des passagères dans la voiture dont une petite fille.

— Ça marche, répondit son collègue d'un ton léger. Daisy Reyes avait trente-deux ans. Elle n'a jamais été mariée, n'avait pas d'enfant. Elle a obtenu une maîtrise en psychologie clinique à Baylor et, au moment de sa mort, elle travaillait dans un centre d'accueil pour les victimes de violence conjugale. Elle dirigeait Peace Seekers pendant son temps libre.

— Quelqu'un s'est-il rendu compte qu'elle semblait s'être évaporée dans la nature ? demanda Noah.

— Personne ne s'en est inquiété. Elle avait pris trois jours de congé et ne devait revenir au centre que demain. D'après ce que je sais, elle n'avait pas d'amis proches, à l'exception de quelques collègues.

Ce qui expliquait pourquoi personne n'avait signalé sa disparition.

— Elle était née de père inconnu, poursuivit O'Malley. Et comme tu me l'avais signalé, sa mère a été tuée il y a onze ans au cours d'une bagarre dans un bar. Par Delbert Washington qui est lui-même mort, à présent. À l'époque, Delbert avait été accusé d'homicide involontaire, mais il avait trouvé un arrangement avec le juge et s'en était tiré avec une période de mise à l'épreuve et des travaux d'intérêt général.

Ironie du sort, la clémence du juge à l'encontre de Delbert avait sans doute été à l'origine de son meurtre. S'il avait purgé une peine de prison, peut-être serait-il encore en vie.

Et ce détail ne fit que raviver les craintes d'Everly et d'autres terribles souvenirs de l'accident de voiture.

Elle aussi n'avait écopé d'aucune peine de prison et voilà pourquoi elle était désormais dans le collimateur de ce tueur. Noah aussi.

— Par ailleurs, tu m'avais demandé de chercher si Daisy avait été arrêtée ou avait fait l'objet d'une enquête après avoir commis un crime ou un délit quelconque, au cours de sa vie. Je n'ai rien trouvé, poursuivit O'Malley. Soit nous avons affaire à un imitateur, soit ce justicier l'a tuée pour une autre raison.

Everly pariait sur cette deuxième hypothèse.

— Et qu'en est-il de la liste des membres des Peace Seekers ? reprit Noah. As-tu avancé sur le sujet ?

— Non, reconnut son collègue. J'y travaille, mais la tâche va être plus ardue maintenant que Daisy a été assassinée. Elle était sans doute la seule à connaître tous les membres de ce groupe de soutien.

— Oui, renchérit Noah, et voilà peut-être pourquoi, d'ailleurs, elle a été tuée. J'ai déjà parlé à l'un des Peace Seekers, Jared Jackman, et j'ai l'intention de m'entretenir bientôt avec un autre, River Parnell. D'après Jared, un dénommé Bobby fait, lui aussi, partie du groupe. Si tu le vois apparaître, rappelle-moi.

— Bien sûr, répondit O'Malley.

Lorsque Noah mit fin à l'appel, il se tourna de nouveau vers elle, sans doute pour voir comment elle gérait ces informations. Pas bien.

— Je ne vais pas craquer, lui assura-t-elle.

Et certainement pas devant Ainsley.

Everly n'était pas sûre que Noah y croie, mais il ne dit mot et reporta son attention sur la route. Bientôt ils franchirent l'imposant portail du ranch des Ryland.

Le ranch lui-même était immense. Il s'étendait sur des centaines d'hectares, et elle apercevait des maisons et les dépendances éparpillées un peu partout dans les pâturages. Elle n'avait aucune idée du nombre de personnes qui vivaient ici. Les oncles, tantes et cousins de Noah étaient nombreux.

Voilà des années qu'elle n'était pas revenue sur cette propriété. À la vue de la demeure des parents de Noah, une myriade de souvenirs afflua à sa mémoire. Mais seule la situation présente provoquait les battements précipités de son cœur, elle le savait. Elle était la cible d'un tueur, l'idée que sa fille chérie soit en danger la terrifiait. Et, cerise sur le gâteau, elle s'apprêtait à vivre sous le même toit d'un homme qui avait fait partie du cauchemar qu'elle avait connu, des années auparavant.

— J'ai demandé à mon père et à mon oncle Mason de surveiller les allées et venues du ranch, dit-il, sans doute pour tenter d'apaiser son angoisse.

— Il y a beaucoup d'employés qui travaillent ici, répliqua-t-elle. Et sans doute aussi beaucoup de livreurs et de visiteurs.

— Oui, mais les ouvriers agricoles ont tous fait l'objet d'un contrôle, lui assura-t-il. Ils veilleront à empêcher l'accès à toute personne suspecte.

Elle ne doutait pas de leur bonne volonté, mais il leur serait impossible d'écarter toutes les menaces. Elle en eut la preuve en observant plusieurs hommes faire descendre des chevaux d'un grand van à l'entrée de la parcelle de son oncle Mason. Comme ce dernier était un ancien adjoint, il était sûrement prudent. Mais comment aurait-il pu empêcher quelqu'un – le tueur – de se glisser dans le camion pour s'introduire en catimini sur le ranch ?

Cette éventualité n'avait rien de réconfortant.

— Quelle est la qualité de ton système d'alarme ? demanda-t-elle.

— Bonne, répondit-il tout en promenant le regard alentour.

Il s'engagea sur un chemin caillouteux.

— Et elle va encore s'améliorer, ajouta-t-il. Mes parents y sont, là, avec Hudson Granger, le responsable de la sécurité. Il est en train d'installer du nouveau matériel.

Elle n'était pas étonnée qu'un ranch de cette taille ait son propre technicien chargé de la sécurité. Le domaine des Ryland abritait de nombreuses personnes. Il y avait beaucoup de maisons, de bétail, d'équipements à protéger.

Preuve supplémentaire de l'immensité du ranch, Noah parcourut au moins un kilomètre supplémentaire avant d'atteindre sa parcelle. Les arbres y étaient plus nombreux, et un ruisseau serpentait entre eux. Au-delà du cours d'eau se trouvait une forêt. La route communale n'était pas vraiment tout près, mais quelqu'un pourrait s'introduire sans grande difficulté sur le ranch en passant par les bois.

— Les clôtures sont toutes équipées de caméras de surveillance et de détecteurs de mouvement, poursuivit Noah.

Elle s'en félicita. Elle voulait que toutes les mesures soient prises pour assurer la sécurité d'Ainsley.

Comme elle reportait son attention sur le chemin, elle aperçut une petite maison blanche. D'après ce qu'elle avait entendu dire, Noah l'avait fait construire à la fin de ses études. Il en avait fait sa résidence principale, mais il possédait également un studio près de son travail à San Antonio.

Deux SUV à l'effigie du ranch étaient garés dans l'allée de Noah, ceux de ses parents et du technicien, sans doute. Mais il ouvrit la porte du garage via une application sur son téléphone. Il y entra et le referma aussitôt. Même si le ranch était clos, un tireur d'élite se cachait peut-être dans ces bois.

Ainsley posa son livre et regarda autour d'elle en se demandant manifestement où elle était.

— C'est une maison de vacances, prétendit Everly. Nous allons jouer ici pendant un moment.

Le petit visage d'Ainsley s'éclaira, et elle gigota pour tenter de descendre du siège auto.

Everly sortit du véhicule et la prit dans ses bras. La porte de la maison s'ouvrit alors. Saisie d'une brusque frayeur, elle serra instinctivement Ainsley contre elle mais il ne s'agissait pas d'une menace. Elle reconnut Darcy, la mère de Noah.

Vu la taille de Silver Creek, Everly l'avait parfois croisée en ville, mais elles se contentaient en général d'un bonjour poli. Mais là, Darcy lui décocha un sourire radieux, destiné à la rassurer sur le fait que tout irait bien.

— Bonjour, Everly.

Elle s'approcha d'elle et l'embrassa avant de caresser la joue d'Ainsley.

— Et voilà sans doute ta fille. Elle te ressemble.

Elle se tourna ensuite vers Noah :

— Grayson m'a dit qu'ils avaient encore besoin de travailler dans la maison d'Everly, mais tout est en place ici. Allons-y. J'avoue que je me suis fait plaisir avec les jouets. J'ai peut-être exagéré.

Noah l'embrassa.

— Merci de t'en être occupée.

Il y avait toujours eu beaucoup d'amour entre Noah et sa famille.

Ils entrèrent dans la cuisine ouverte sur le salon, chaleureux et confortable. Une grande table en bois trônait au centre.

— Tu veux que je te montre les jouets ? proposa Darcy à Ainsley.

Intimidée, la petite se contenta de hocher la tête et, un sourire aux lèvres, la mère de Noah les entraîna dans une grande chambre. La pièce avait été aménagée pour une fillette de deux ans avec un lit à barreaux, des albums, une ribambelle d'animaux en peluche et une avalanche de jouets.

— Maman, s'exclama Noah avec un soupir. Tu as dépassé les bornes.

— C'est vrai, reconnut sa mère. Beaucoup de membres de la famille m'ont aidée et j'ai demandé à Leah de venir s'assurer que tout était sans danger pour les enfants.

Leah était la fille de Kade, l'un des oncles de Noah, et elle avait un fils un peu plus jeune qu'Ainsley.

— Merci beaucoup, dit Everly. Merci à tous.

Ainsley se tortillait dans ses bras pour descendre et, dès qu'elle la posa sur le sol, la petite fille courut explorer son nouveau domaine.

— Ton père est sous le porche arrière avec Hudson, dit Darcy à Noah. Ils installent de nouvelles caméras.

— J'y vais.

Il s'apprêtait à s'éloigner, mais il s'arrêta et se tourna vers Everly pour lui demander du regard s'il pouvait la laisser quelques instants. Elle hocha la tête. Les caméras de surveillance, comme tous les autres éléments de sécurité, étaient importantes. Et tant pis si elle se retrouvait, du coup, seule avec Darcy.

— Noah se fait du souci pour toi, murmura cette dernière après le départ de son fils. Et je m'en fais pour vous deux. Nate essaye de minimiser l'affaire, mais je suis femme de policier depuis des années. Je sais donc quand une menace doit être prise au sérieux. Et nous la prenons tous très au sérieux.

— Merci, répéta Everly tout en regardant sa fille se précipiter d'un jouet à l'autre.

— Ne t'inquiète pas, continua Darcy. Nate et moi ne serons pas dans vos jambes. Nous partirons dès que le nouveau système d'alarme sera installé. En revanche, si tu as besoin de quoi que ce soit, nous ne serons pas loin.

Elle pointa du doigt une pièce de l'autre côté du couloir.

— La chambre d'amis et sa salle de bains sont là. Le coin salon peut servir d'espace de bureau.

— Merci beaucoup.

De toute évidence, Noah et sa mère avaient pensé à tout.

Darcy rit en voyant Ainsley renverser un sac de cubes en bois sur le tapis.

— La compagnie d'enfants m'enchante, avoua-t-elle. La présence de tout-petits me manque.

Darcy n'avait pas de petits-enfants, et aucun de ses trois enfants n'était encore marié. La sœur de Noah, Kim, était procureure adjointe et leur jeune frère, Hayden, marshal.

— J'espère qu'Ainsley et moi ne perturberons pas trop la vie de Noah, dit Everly.

— Sûrement pas, dit Darcy. Il adore les gosses.

Elle s'interrompit et porta la main à sa bouche comme si elle venait de gaffer. Par les ragots de la petite ville, Everly avait appris que Noah avait été fiancé, cinq ans plus tôt, à une collègue policière de San Antonio. Sa fiancée avait perdu l'enfant qu'ils attendaient, tard dans la grossesse. Apparemment, cette épreuve avait été trop lourde pour leur relation parce qu'ils avaient rompu.

Quand ils étaient adolescents, Noah lui avait souvent dit qu'il aimerait un jour être père. Perdre son bébé quelques semaines avant la naissance avait sans doute été horrible pour lui, elle le comprenait parfaitement. Imaginer que quoi que ce soit arrive à Ainsley lui était insupportable. Et là, elle craignait de ne pas être capable de protéger sa fille chérie.

Comme un regain de panique s'emparait d'elle, elle fut soulagée de voir Noah revenir avec son père. Nate salua Everly et Ainsley avec un sourire accueillant.

— Les caméras de surveillance sont toutes installées, lui assura-t-il. Elles sont orientées vers l'extérieur pour préserver votre intimité.

Il lui montra le trio d'appareils montés sur chacune des fenêtres de la pièce et sur la porte.

— Elles ont été posées à l'intérieur pour qu'il soit plus difficile de les neutraliser, expliqua Noah.

Il dut remarquer sa peur parce qu'il prit discrètement sa main pour lui rappeler qu'elle n'était pas seule pour affronter la situation.

Cette petite attention lui fit à la fois du bien et du mal.

Du bien parce qu'elle avait besoin de l'aide de Noah et de sa famille. Du mal parce que ce geste lui rappela tous ceux qu'ils avaient autrefois l'un pour l'autre. Malgré tout ce qui se passait, ces gestes la touchaient toujours autant. Et la troublaient quelque part.

Être si proche de Noah n'allait pas être facile. Le désir était toujours là.

Mais, pour bien des raisons, il n'était pas question d'y céder. Elle ne supporterait pas le rappel constant du passé. Cette délicatesse, cette attention à l'autre, lui rappelait aussi qu'elle en avait cruellement manqué, par la suite. Elle n'avait pas un palmarès très brillant en matière de relations amoureuses. La preuve, Philip avait rejeté sa propre fille avant même sa naissance. Ainsley méritait mieux. Bien sûr, Noah n'était pas Philip, mais Everly n'avait pas envie de provoquer de bouleversements dans la vie de sa petite fille.

Surtout maintenant, alors qu'ils devaient affronter le danger.

— Regarde, murmura Darcy en lui montrant Ainsley.

Sa fille s'endormait en serrant contre son cœur un petit cheval en peluche. C'était l'heure de sa sieste, mais Everly avait cru que l'excitation provoquée par le nouvel environnement et tous ces jouets l'empêcherait de dormir. Apparemment, non.

— Voici un babyphone, murmura Darcy, en le sortant de sa poche pour le tendre à Everly. Mais je peux la surveiller, si tu as du travail.

— Merci, mais je préfère rester proche d'elle, répondit-elle.

Elle emprunterait un ordinateur à Noah pour continuer ses recherches sur les suspects de chez lui.

— Je comprends, lui assura Darcy. Mais si tu changes d'avis, n'hésite pas à faire appel à moi. De plus, Leah a dit qu'elle avait une baby-sitter en or à ta disposition, si nécessaire.

Everly la remercia avec chaleur, et bientôt Noah raccompagna ses parents à la porte.

Quelques instants plus tard, il revint vers elle.

— J'ai tout verrouillé et branché le système d'alarme, dit-il.

Il regarda Ainsley et sourit.

— Combien de temps va-t-elle dormir ?

— Deux heures, en principe. Quand elle se réveillera, elle voudra son goûter. Je vais donc voir ce que tu as dans le réfrigérateur.

— Ma mère s'est chargée de le remplir. Elle y a mis trois sortes de lait. Trois, précisa-t-il avec un soupir. Et aussi des fruits et des petits pots en pagaille.

Everly se mordilla les lèvres, consciente qu'il lui serait difficile de maintenir ses distances avec Noah si sa famille se mettait en quatre pour elle.

— Je la protégerai, murmura Noah, les yeux rivés sur Ainsley.

— Je sais et je t'en remercie.

Il se tenait si près d'elle qu'elle en était troublée.

— Peut-être devrions-nous travailler jusqu'à ce qu'Ainsley se réveille ? proposa-t-elle dans l'espoir de recouvrer ses esprits.

— Absolument.

Il lui fit signe de le suivre jusqu'à la chambre d'amis de l'autre côté du couloir. Elle était immense, peinte d'un vert pâle apaisant avec, en effet, un coin salon équipé d'un bureau.

— Peut-être pourrais-tu te connecter sur les réseaux sociaux pour tenter d'identifier tous les membres des Peace Seekers, suggéra Noah. Je vais chercher mon ordinateur et je te rejoins.

Comme elle ne voulait pas s'attarder sur Noah et sur leur situation, elle s'installa au bureau et se mit immédiatement au travail.

Noah revint avec non seulement son ordinateur sous le bras mais aussi des sandwichs, un sachet de chips et deux bouteilles d'eau.

— Ma mère a vraiment rempli le frigo, dit-il. Et tant mieux puisque tu n'as pas déjeuné.

Everly n'était pas certaine que son estomac noué supporte la moindre nourriture. Noah croqua avec appétit dans son sandwich tout en installant son ordinateur sur le bureau, à côté du sien. Lorsqu'il arrêta brusquement de mastiquer, elle jeta un coup d'œil dans sa direction pour comprendre ce qui avait retenu son attention. À en juger à son expression, sa découverte n'était pas positive.

— Ma lieutenante a obtenu du laboratoire les résultats des analyses pratiquées sur les boîtes que nous avons reçues, expliqua-t-il tout en continuant de lire le rapport affiché sur son écran. Le sang sur les vêtements contenus dans la mienne était celui de Jill. Mais ce n'est pas le cas du sang sur la boîte laissée sous ton porche. Le laboratoire effectue des comparaisons pour voir s'il s'agit de celui de Daisy.

Everly prit une profonde inspiration pour essayer de desserrer ses nœuds au ventre. Si le sang n'était pas celui de Daisy, cela tendait à prouver l'existence d'une autre victime... qui n'avait pas encore été retrouvée.

Elle retint de justesse un gémissement.

— Le tueur pense sans doute que beaucoup de gens n'ont pas été assez punis par la justice et méritent son châtiment. Il a l'embarras du choix.

— Oui, reconnut Noah. Et voilà pourquoi nous avons besoin de recenser les membres des Peace Seekers au complet.

Il sortit son téléphone.

— J'appelle Megan Ritter et River Parnell. J'aurais préféré leur parler de visu, mais cela suffira pour le moment.

Elle partageait son avis. Il était essentiel qu'ils obtiennent des informations au plus vite. Le tueur n'allait sans doute pas tarder à frapper de nouveau. Ils n'avaient pas un instant à perdre.

— J'ai échangé quelques mots avec Megan hier, poursuivit-il. Je voulais lui annoncer le décès de sa mère. Elle n'était pas chez elle, alors je l'ai appelée au travail. Elle m'a dit qu'elle se moquait du sort de sa mère comme de l'an quarante, qu'elle ne l'avait pas revue depuis des années. J'ai demandé où elle se trouvait à l'heure du meurtre, elle me l'a dit. Son alibi a été confirmé.

Noah passa l'appel, le mit sur le haut-parleur, et une voix féminine endormie répondit à la troisième sonnerie.

— Allô ? dit-elle en bâillant bruyamment.

— Megan ? lança Noah.

— Oui. Qui est à l'appareil ? Si vous m'appelez pour que j'arrive plus tôt pour mon service, c'est mort.

Les recherches d'Everly sur Megan via les réseaux sociaux lui avaient appris qu'elle travaillait comme hôtesse dans un restaurant très prisé de San Antonio River Walk.

— L'inspecteur Noah Ryland, répondit-il. Je vous ai téléphoné hier.

Megan marmonna un juron.

— Écoutez, je vous l'ai dit, je n'ai aucune envie d'entendre parler de ma prétendue mère. Que son assassin n'ait pas été arrêté et ne le soit jamais est le cadet de mes soucis…

— L'assassin de Jill a tué une autre femme, la coupa Noah.

Il ne lui donna pas le nom de Daisy, peut-être parce que

les plus proches parents de celle-ci n'avaient pas encore été informés.

— Vous êtes sérieux ?

— Très sérieux, affirma-t-il. En fait, le tueur a sans doute assassiné au moins quatre personnes qui, à ses yeux, n'avaient pas reçu de la justice un châtiment suffisant.

Megan resta un moment silencieuse.

— Le tueur ne s'attaque donc pas à des innocents, conclut-elle.

— Les victimes ne méritaient pas d'être assassinées. Peut-être méritaient-elles une peine de prison, *peut*-être, ajouta-t-il, mais pas d'être tuées. De plus, le tueur a abattu quelqu'un qui n'a jamais rien eu à se reprocher pour le faire taire et voilà pourquoi j'ai besoin de votre aide.

— Vous croyez que je connais l'assassin ? Vous vous trompez.

— Peut-être en savez-vous plus que vous ne le pensez. Je suis sûr que l'un des Peace Seekers serait susceptible de faire avancer l'enquête. Quels sont les noms des membres du groupe ?

Elle poussa un cri de surprise.

— Vous pensez que le tueur fait partie du groupe de soutien ?

Everly en était certaine. Mais Noah n'était pas encore prêt à le révéler à Megan.

— En tout cas, quelqu'un dans le groupe détient des informations qui m'aideraient beaucoup, dit-il. Donnez-moi les noms de ses membres.

— Je ne les connais pas tous, répondit-elle. Certains assistent à une réunion et ne reviennent jamais. D'autres se présentent sous leur prénom ou un pseudo.

Ses propos corroboraient ceux de Jared.

— Un dénommé Bobby, par exemple, ça vous dit quelque chose ? insista Noah.

— Bobby, répéta-t-elle. Oui. Il vient souvent, mais je ne connais pas son nom de famille.

— Pourquoi est-il dans le groupe ?

— Je n'en ai aucune idée. Il porte toujours un carton rouge.

— Un carton rouge ?

— Lorsqu'un nouveau membre se présente, il a la possibilité de poser un carton rouge sur la table pour signifier qu'il ne veut pas parler de son histoire personnelle ni répondre à des questions. La plupart laissent tomber leur carton rouge après une réunion ou deux... mais pas Bobby.

— Depuis combien de temps se rend-il chez les Peace Seekers ? s'enquit Noah.

— Depuis quelques mois.

Ce comité de soutien semblait l'endroit idéal pour permettre à un justicier d'identifier ses cibles. Il écoutait les tragédies dont avaient été victimes les participants puis il passait à l'action. Il rendait alors justice.

Mais comment Noah et elle s'étaient-ils retrouvés dans le collimateur de ce type ?

Quelqu'un dans le groupe lui avait-il parlé d'eux ? Le tueur avait-il d'autres sources pour cibler ses futures victimes ? Peut-être. Découvrir la façon dont l'assassin obtenait ses informations était un élément déterminant.

— Donnez-moi les noms des autres membres du groupe, répéta Noah.

Cette fois, Megan soupira.

— Écoutez, cela m'ennuie. Vous devriez plutôt vous adresser à la thérapeute et conseillère du groupe, Daisy Reyes. Si quelqu'un a la liste des Peace Seekers, c'est elle.

Ils l'auraient évidemment contactée si le tueur ne l'avait pas retrouvée en premier. Noah préféra ne pas le préciser.

— N'oubliez pas que cette personne a tué un innocent, rappela-t-il à Megan. Votre aide empêcherait peut-être le meurtre de quelqu'un d'autre.

— De quelqu'un comme ma mère qui méritait de mourir ?

répliqua Megan. Merci mais, non merci. Au revoir, inspecteur Ryland.

Et, sur ces mots, elle mit fin à l'appel.

Noah resta assis un moment, à regarder le téléphone, en songeant sans doute à ce que Megan venait de lui dire. Avec son alibi, elle n'était visiblement pas le tueur et, d'après Noah, rien n'indiquait qu'elle avait engagé quelqu'un pour se débarrasser de sa mère. Pourtant, Megan en savait sans doute plus qu'elle ne le pensait et pourrait les aider.

— Je vais la convoquer pour un interrogatoire officiel, dit-il finalement. Je veux l'interroger de visu pour lui mettre la pression. Je lui annoncerai alors que Daisy a été assassinée. Pour l'inciter à me dire ce qu'elle sait.

— J'aimerais être là pour l'entendre, lâcha Everly avant de prendre conscience de ce que cela signifiait.

Noah et elle seraient alors à l'extérieur, à la merci du tueur.

Cela dit, peut-être n'était-ce pas une mauvaise chose. L'essentiel était qu'Ainsley soit en sécurité ici, au ranch, protégée par la famille Ryland. Grâce à eux, ce monstre n'aurait pas la possibilité de l'atteindre.

Il valait mieux que le tueur s'attaque à elle pendant qu'elle était loin de l'enfant.

— Non, dit Noah. Il n'est pas question que tu te sacrifies pour tenter de coincer ce type.

Soit il était doté de capacités extrasensorielles, soit il la connaissait mieux qu'elle ne l'imaginait.

— Nous n'allons pas rester calfeutrés ici ad vitam, répliqua-t-elle. Parce que ce serpent va continuer à tuer. Il me veut. Moi. Et même si je n'ai pas particulièrement envie de croiser sa route, il faut à tout prix faire cesser la menace qui pèse sur Ainsley et sur les autres. Nous devons l'arrêter, et la seule façon d'y parvenir est d'aller interroger Megan, River Parnell et peut-être même Jared. Nous les tannerons jusqu'à ce qu'ils nous disent qui est ce Bobby.

Il secoua la tête.

— Je refuse de t'utiliser comme appât, ajouta-t-il.

Everly fit pivoter sa chaise pour qu'ils soient face à face, les yeux dans les yeux.

— Un appât avec des renforts, des défenses. Lorsque nous nous irons les interroger, tu demanderas à un adjoint ou à un autre inspecteur de nous accompagner. Il restera hors de vue, peut-être en s'allongeant sur la banquette arrière, par exemple. Pour minimiser les risques, nous porterons des gilets pare-balles.

Envisager de s'exposer ainsi lui tordait le ventre mais, tant qu'Ainsley serait en danger, la peur et l'inquiétude seraient son quotidien.

La seule façon de mettre fin à ce cauchemar était d'attraper le tueur et de l'enfermer.

Noah resta silencieux. Il pesait sans doute le pour et le contre.

— Je vais y réfléchir, grommela-t-il finalement.

Mais, avant qu'il ne puisse ajouter quoi que ce soit, son téléphone sonna et Everly vit un nom familier s'afficher sur l'écran : River Parnell.

— Inspecteur Ryland, lança River dès que Noah prit l'appel. Je viens de recevoir un coup de fil de Megan. Pourquoi lui avoir fait peur comme ça ?

— Je lui ai fait peur parce que je lui ai dit la vérité. Un tueur en série a assassiné sa mère et est sans doute lié aux Peace Seekers.

River n'allait pas le nier.

— Vous voulez la liste des membres du groupe, dit-il.

— Oui, affirma Noah, et si vous n'avez pas la liste complète, j'aimerais que vous me donniez au moins tous les noms que vous connaissez.

River poussa un faible gémissement.

— Laissez-moi en parler à Daisy d'abord et je vous rappellerai.

Une fois de plus, Noah ne lui révéla pas la mort de Daisy mais, si River était leur tueur, il le savait déjà.

— Je vais vous convoquer à un interrogatoire officiel. Je vous recontacterai pour vous donner l'heure précise. Et, pour information, vous aurez le droit à la présence d'un avocat présent pendant cet interrogatoire.

River jura.

— Suis-je suspecté du crime ?

— À votre avis ? répliqua Noah avant de raccrocher.

Il regarda à nouveau Everly alors qu'il rangeait son téléphone.

— Demain matin, nous rendrons visite à River.

Elle comprit qu'ils se mettaient sur le chemin d'un tueur.

6

Tout en rangeant les assiettes du petit déjeuner dans le lave-vaisselle, Noah refusait de s'attarder plus longtemps sur l'éventualité de s'exposer avec Everly en devenant des appâts. Il s'agirait d'une erreur majeure.

Il avait passé une grande partie de la nuit à tourner et à retourner cette idée dans sa tête sans parvenir à trouver meilleur moyen d'identifier le tueur. En attendant de découvrir une solution, il décida de se concentrer sur la logistique. Quand ils se rendraient chez River, il tenait à ce que l'itinéraire comme les conditions du trajet soient les moins risqués possible.

Il espérait avoir réussi.

Son cousin, l'adjoint Theo Sheldon, les accompagnerait mais veillerait à rester hors de vue. De plus, non seulement tous deux seraient armés, mais ils emporteraient des armes et des munitions en réserve. Et, comme l'avait suggéré Everly, ils porteraient tous des gilets pare-balles.

Que le tueur n'ait jamais tué ses victimes par balle ne signifiait pas qu'il s'en priverait si l'occasion se présentait.

Noah devait donc s'assurer qu'il n'en aurait pas la possibilité.

Il ne ferait entrer Everly chez River qu'après avoir vérifié que ce dernier n'était ni armé ni décidé à les abattre. Après tout, River était l'un de leurs principaux suspects. Il avait les moyens et le mobile pour les tuer. Et l'occasion s'il n'avait pas d'alibis. Les moyens, le mobile et l'occasion constituaient le tiercé gagnant aux yeux d'un enquêteur, dès lors qu'il s'agissait de suspects de meurtre.

Noah espérait que cet interrogatoire leur donnerait beaucoup de renseignements, à commencer par les noms des autres membres des Peace Seekers. Cela dit, cette liste s'avérerait peut-être inutile si River laissait échapper un élément susceptible de conduire à son arrestation.

Noah ramènerait ensuite Everly auprès de sa fille. Elle reprendrait alors le cours de sa vie.

À cette perspective, il sentit son ventre se nouer et se le reprocha en silence. Une partie de lui – une grande partie – n'avait pas envie de laisser se défaire les liens qu'ils avaient recréés entre eux. Des liens forgés par le danger et par un regain d'attirance. Mais il refusait aussi de provoquer chez elle de nouveaux cauchemars. Par sa seule existence, il ne cesserait jamais de lui rappeler le passé, la tragédie. Cette situation ne changerait peut-être jamais, il devait l'accepter.

Ses bonnes résolutions s'effondrèrent quand Everly entra. Oui, l'attirance était toujours là, et Noah ne put s'empêcher de remarquer que son pantalon bleu était de la même couleur que ses yeux. La veille au soir, l'un des employés du ranch était allé récupérer des vêtements chez elle, dès que Grayson et la police scientifique leur en avaient donné le feu vert. Il avait également rapporté quelques affaires pour Ainsley. Il était revenu avec deux valises pleines, mais Noah était certain qu'Everly aspirait à rentrer au plus vite chez elle.

Comment le lui reprocher ?

Il se demandait si elle considérerait un jour sa maison comme un endroit sûr. Après tout, le cadavre d'une femme assassinée avait été déposé dans son jardin. Serait-elle un jour capable de regarder sa cour ou son porche sans se souvenir des horreurs macabres que le tueur lui avait laissées ?

— J'espère que tu n'as pas changé d'avis à propos de notre plan, dit Everly en ajustant son gilet pare-balles. Parce que laisser ma fille à tes parents pendant que nous essayons de mettre un terme à cette histoire n'a pas été simple pour moi. De plus, nous n'avons pas d'alternative, ajouta-t-elle.

— C'est vrai, reconnut-il.

En effet, il avait des doutes, il en avait même beaucoup, mais lui aussi était déterminé à tout faire pour empêcher de nouveaux meurtres.

— Comment va Ainsley ? demanda-t-il.

Il connaissait déjà la réponse. Il l'avait vue au petit déjeuner, l'avait écoutée babiller et rire à propos de ses nouveaux jouets. Lorsque les parents de Noah et Ava étaient arrivés, la petite fille n'avait pas perdu sa gaieté. Manifestement, elle considérait ces changements comme une grande aventure.

— Elle lit un livre avec ta mère, répondit Everly.

— Ma mère sait y faire avec les enfants, lui rappela-t-il. Et Ava veillera sur elles.

L'adjointe le ferait via l'ordinateur portable que Hudson avait installé et qui permettait de visionner toutes les images enregistrées par les nouvelles caméras.

— De plus, le portail sera fermé et les employés du ranch ont reçu des ordres stricts. Ils ne feront entrer ni visiteurs ni livreurs.

Il avait pris d'autres mesures de sécurité. Des ouvriers agricoles armés patrouilleraient le long de la clôture. Ses oncles et cousins seraient également en alerte, à l'affût de tout élément suspect. En d'autres termes, ils avaient transformé le ranch en véritable forteresse.

— Tout ira bien, murmura Everly comme pour s'en convaincre.

Il s'approcha d'elle et lui prit la main.

Ce simple geste était risqué d'autant qu'ils étaient face à face. Tout près l'un de l'autre. Et voilà pourquoi avoir été amants dans le passé posait un problème. Même dans ces circonstances, leurs corps réagissaient à la présence de l'autre en permanence.

Le soupir qu'elle poussa était assez éloquent. Elle aurait aussi bien pu crier sur les toits qu'elle le désirait toujours. Pire encore, quand les yeux d'Everly tombèrent sur sa bouche, il se demanda si elle se rappelait leurs baisers d'autrefois. Lui ne les avait pas oubliés. Certainement pas. Il s'en souvenait et avait très envie de recommencer, de l'embrasser encore et encore. Il résista cependant à la tentation et fut soulagé lorsque son téléphone bipa pour lui annoncer la réception d'un SMS.

— C'est Theo, dit-il. Il est déjà allongé sur la banquette arrière de la voiture de patrouille.

Celle-ci était garée dans le garage. Ainsi, si quelqu'un les surveillait de loin, il ne s'apercevrait pas qu'un autre policier les accompagnait.

— Il est temps d'y aller, marmonna Everly.

Il vit son regard se diriger vers la salle de jeux. Elle hésitait sans aucun doute à y retourner pour dire au revoir à Ainsley et l'embrasser une dernière fois. Mais elle se ressaisit et secoua la tête.

— Elle risque de se mettre à pleurer si elle me voit partir. Et aujourd'hui, ses larmes me seraient insupportables.

Elle avait raison. Heureusement, River n'habitait pas loin. Il vivait dans un petit ranch à un quart d'heure de route. Pour donner à River la possibilité d'être assisté par un avocat, Noah lui avait précisé leur heure d'arrivée. C'était un risque. River en profiterait peut-être pour leur tendre une embuscade, mais Noah n'avait pas voulu se rendre au ranch de River et ne pas le trouver chez lui.

Ils montèrent dans la voiture. Derrière eux, Theo se laissa glisser sur le plancher, entre les deux banquettes, pour que personne ne remarque sa présence.

Il répondit à un appel de Grayson.

— Grayson me charge de vous dire que la police scientifique a fini d'examiner la scène du crime chez Everly mais n'a rien trouvé d'autre que le cadavre et la boîte couverte de sang, leur annonça-t-il. De plus, la police de San Antonio a fouillé la maison de Daisy. Son ordinateur portable et son téléphone ont disparu.

Noah n'en fut pas surpris. Le tueur avait veillé à ne rien laisser derrière lui qui permette de l'identifier. Daisy avait peut-être enregistré sur son ordinateur non seulement la liste des membres de Peace Seekers mais aussi des commentaires sur ces derniers.

— Les techniciens de la police scientifique vont essayer de découvrir si Daisy utilisait un cloud pour stocker ses données sur les Peace Seekers, poursuivit Theo. Et ta lieutenante à San Antonio envoie un inspecteur au centre d'accueil où travaillait Daisy, dès ce matin, pour interroger ses collègues. Puis ses voisins. Ils ont peut-être vu ou entendu quelque chose. Ou sauront si elle avait reçu un colis suspect.

Ce travail d'enquête était nécessaire, mais Noah n'en attendait pas grand-chose. En effet, dans un centre d'accueil pour victimes de violence conjugale, beaucoup d'éléments restaient confidentiels. Néanmoins, elle avait peut-être échangé des petits faits sur les Peace Seekers qui leur seraient utiles. De plus, si une boîte avait été déposée devant chez elle, un voisin l'aurait peut-être remarquée. Cela dit, Noah restait persuadé que Daisy était l'exception au mode opératoire du criminel. Elle n'avait pas été assassinée à cause de ses crimes passés – elle n'en avait commis aucun –, mais elle avait été réduite au silence pour ne jamais être tentée de dénoncer le tueur.

— Quand vas-tu parler à Megan ? demanda Everly.

Elle ne le regarda pas pour poser la question. Comme lui,

elle promenait sans cesse les yeux alentour. À la recherche d'une menace.

— Cet après-midi, si la rencontre avec River se déroule sans accroc. En principe, je l'interrogerai dans mon bureau, au poste de police de San Antonio. Un cadre officiel la rendra, j'espère, plus coopérative. Au cas où elle en saurait plus que ce qu'elle prétend sur les Peace Seekers. Sauf problème de dernière minute, tu pourras m'accompagner à San Antonio et suivre l'entretien.

Everly hésita puis hocha la tête.

— Tu lui annonceras le meurtre de Daisy ?

— Maintenant que la famille de Daisy a été informée, plus rien ne m'en empêche. Et cela devrait l'inciter à collaborer.

Le ranch où vivait River était situé loin des grands axes et, pour l'atteindre, Noah dut emprunter des dizaines de petites routes de campagne. Il était bien conscient qu'un tireur aurait pu anticiper cet itinéraire et préparer une attaque. Mais rien ne le suggérerait pour le moment. Bien entendu, elle se produirait peut-être lorsqu'ils parviendraient à destination.

Tandis qu'il roulait, Noah remarqua que les petites fermes et les ranchs qui parsemaient le paysage étaient rares par ici. Grâce à ses recherches, il avait appris que le voisin le plus proche de River habitait à plusieurs kilomètres de chez lui.

La petite maison et la minuscule grange se trouvaient au bout d'une route étroite.

— Branche ton micro et ton oreillette, Theo, ordonna-t-il en s'arrêtant. Nous y sommes.

Theo était en effet équipé de façon à suivre l'interrogatoire via son oreillette. Une autre mesure de sécurité, au cas où…

La porte d'entrée s'ouvrit et River apparut. Sans doute les avait-il entendus arriver. Il portait un short cargo et un T-shirt blanc. Il était pieds nus et ne s'était pas donné la peine de coiffer sa tignasse. Visiblement, il ne s'était pas mis sur son trente et un pour cet entretien. Comme il n'y avait qu'un seul véhicule garé devant chez lui, un camion bleu, il n'avait pas fait appel à un avocat.

— Je suis l'inspecteur Noah Ryland, dit-il en sortant de la voiture.

— Je l'avais deviné, grommela River.

Il repoussa ses cheveux longs en arrière.

Apparemment, il ne portait pas d'arme et, comme il sirotait un mug, sa main droite était occupée. Pourtant, Noah avait bien l'intention de le garder à l'œil.

— Je suis accompagné d'Everly Monroe, une avocate de Silver Creek, poursuivit-il. Êtes-vous d'accord pour qu'elle assiste à notre entretien ?

— Plus on est de fous, plus on rit, répondit River d'un ton sarcastique.

Tout en buvant son café, il les invita à le suivre. Noah promena les yeux autour de lui et, ne voyant personne, il ouvrit la portière d'Everly et l'aida à sortir.

— Cours vite à l'intérieur, lui chuchota-t-il. Pour ne pas être une cible facile, si le tueur est dans les parages.

Dès qu'ils atteignirent la maison, Noah chercha River du regard. Il était assis dans un fauteuil inclinable. Soulagé, Noah fit entrer Everly et referma la porte.

— J'ai essayé d'appeler Daisy pour obtenir cette liste de membres, déclara River. Mais elle n'a pas décroché ni rappelé. Quelqu'un d'autre vous l'a-t-il donnée ?

Noah secoua la tête.

— Non, mais j'ai quelques noms. Qui est Bobby ?

— Le gars du carton rouge, répondit River sans hésiter. Je ne connais pas son nom de famille. Et pour tout vous dire, je me méfie de lui.

— Pourquoi ? demanda aussitôt Noah.

— Il reste toujours assis là, à écouter les autres en silence.

Rien ne dit qu'il cherche la paix, d'ailleurs. Certaines personnes s'en moquent et veulent seulement se repaître des tragédies vécues par d'autres et de leurs malheurs.

— Vous pensez que c'est son cas ?

River haussa les épaules.

— Peut-être et maintenant que quelqu'un a tué la mère de Megan, vous le considérez sans doute comme coupable.

— Lui ou quelqu'un d'autre du groupe, répliqua Noah en posant son regard perçant sur lui.

River jura.

— Quoi ? Vous croyez que j'ai tué quelqu'un ? Eh bien, vous vous trompez, ajouta-t-il sans attendre la réponse.

— Nous avons lu vos publications sur les réseaux sociaux, poursuivit Noah. Vous êtes très en colère contre votre mère, vous lui reprochez ce qu'elle a fait.

— C'est vrai, je suis très en colère contre elle. Et plus encore contre la justice de ce pays, beaucoup trop clémente voire laxiste, à mon goût. Mais ça ne fait pas de moi un tueur.

Il se tourna vers Everly.

— Et vous, madame l'avocate de Silver Creek, pensez-vous que j'aie tué quelqu'un ?

Elle refusa de répondre et soutint le regard intense de River.

— Je ne sais pas, mais nous devons empêcher d'autres meurtres. Voilà pourquoi il est si important pour nous d'obtenir la liste des membres de ce groupe de soutien. Qui d'autre en fait partie ?

River soupira.

— Jared Jackman. Je me souviens de son nom de famille, parce que, un jour, il a plaisanté sur le fait qu'il n'avait aucun lien de parenté avec l'acteur Hugh Jackman. Il n'utilise pas le carton rouge et je connais son histoire. À cause de l'imprudence d'une conductrice, il est condamné à vivre jusqu'à la fin de ses jours cloué dans un fauteuil roulant. Si vous estimez que je suis en colère, sachez que la mienne n'est rien, comparée à la sienne.

— Vraiment ? dit Everly pour l'encourager à continuer.

— Il est enragé. Tellement furieux qu'il serait capable de tuer, oui… s'il n'était pas paraplégique, bien sûr.

Noah l'avait également senti, lui aussi. Il se rappela que Jared avait pointé du doigt River. Il se promit mentalement de creuser les finances de Jared pour voir s'il disposait des ressources nécessaires pour embaucher un tueur. Il ferait de même pour River. Il doutait que ce dernier soit très riche. En tout cas, s'il avait de l'argent, il ne l'utilisait pas pour embellir son ranch.

— Cela dit, poursuivit River, si Jared avait tué cette femme qui a fait de lui un handicapé, elle l'aurait mérité. Elle a ruiné sa vie. Alors, œil pour œil, dent pour dent.

— Cela signifie-t-il que vous auriez tué votre mère si vous en aviez eu l'occasion ? demanda Noah.

River le fusilla du regard.

— Non.

Noah continuait de le dévisager en espérant le rendre assez nerveux pour qu'il se trahisse.

— Dites-moi où vous étiez hier matin, insista Noah.

— Ici, répondit River. Et non, je n'ai aucun moyen de vous le prouver.

— Avez-vous travaillé ? Parce que dans ce cas, les enregistrements et modifications du dossier dans lequel vous étiez plongé en attesteront.

— Je ne suis pas du matin. En général, je ne commence à bosser qu'après le déjeuner. Je continue jusqu'au dîner.

Il n'avait donc pas d'alibi pour le meurtre de Daisy ni pour les cartons laissés chez Everly et chez lui.

Noah lui posa la même question pour une autre date et une autre heure. Celles du meurtre de Jill.

— Et alors ? Où étiez-vous ?

— Ici. Écoutez, avant que vous débitiez d'autres dates et me lanciez des accusations à la tête, sachez que je ne sors pas beaucoup et presque exclusivement pour me rendre aux réunions des Peace Seekers. Je fais mes courses à la supérette en y revenant et parfois je m'arrête dans un bar pour boire un verre avec des amis.

Il se pencha en avant pour ajouter :

— Vous a-t-il traversé l'esprit que le véritable tueur sait que je n'ai pas d'alibi et essaye de me piéger ?

River n'attendit pas de réponse et jeta :

— Qui dans le groupe vous a parlé de moi ? Qui vous a donné mon nom et conseillé d'enquêter sur moi ?

Noah n'avait évidemment pas l'intention de le lui dire, mais il était possible que River identifie tout seul son « accusateur ». Il se promit mentalement de contacter Jared pour lui demander s'il voulait bénéficier de la protection de la police.

— J'interroge de nombreuses personnes et trouve des renseignements auprès de diverses sources, se contenta-t-il de répondre. Pas uniquement auprès des Peace Seekers. Vous avez publié de multiples articles remplis de colère sur les réseaux sociaux et, d'après ce que vous venez de dire, vous n'avez pas d'alibis.

River jura de nouveau, mais il n'eut pas l'occasion d'ajouter quoi que ce soit d'autre parce qu'ils entendirent une voiture qui approchait. Comme River reportait son attention vers la fenêtre, Noah en profita pour consulter son smartphone. Il l'avait mis en silencieux avant de venir, mais il avait vu le texto de Theo à l'écran.

Quelqu'un arrive. Je ne vois pas encore qui.

Noah se mit en état d'alerte maximale. Il se leva, remit Everly sur pied pour la positionner derrière lui.

River alla à la fenêtre.

— C'est Megan, annonça-t-il.

Megan avait peut-être un alibi en béton pour le meurtre de sa mère, mais rien ne disait qu'elle n'avait pas amené l'assassin avec elle. Ou qu'elle n'était pas là pour aider River à tenter de les tuer, Everly et lui.

Tous deux attendirent à l'intérieur pendant que River se dirigeait vers le porche, mais Noah regardait par la fenêtre. Megan s'arrêta derrière la voiture de patrouille, mais elle ne s'y intéressa pas et se précipita vers River. Elle n'avait rien dans les mains, pas même un sac, et son visage était rouge comme si elle avait pleuré.

Dès qu'elle parvint à la hauteur de River, elle se jeta dans ses bras et explosa en sanglots.

— Daisy est morte, balbutia-t-elle. Quelqu'un l'a tuée.

Noah continuait à les observer, à noter leurs réactions. Le choc et le chagrin de Megan semblaient sincères. *Semblaient*. Au fil des années, Noah avait appris à se méfier des apparences.

River ne fondit pas en larmes, n'exprima ni chagrin ni même la surprise, mais il se raidit. Peut-être parce qu'il était vraiment étonné par la nouvelle ou peut-être parce qu'il voulait qu'ils le pensent.

— L'inspecteur Ryland est là ? s'enquit Megan.

River hocha la tête, la prit par la taille et l'entraîna à l'intérieur. Megan tourna ses yeux larmoyants vers Noah.

— Pourquoi n'avez-vous pas empêché ce meurtre ? lança-t-elle. Pourquoi avez-vous laissé ce monstre assassiner Daisy ?

Noah s'était préparé à l'accusation.

— Je suis ici pour essayer d'empêcher d'autres meurtres. Si vous le souhaitez aussi, alors coopérez. Vous aussi, ajouta-t-il à l'attention de River. Et racontez-nous tout sur les Peace Seekers.

La peur traversa les yeux de Megan.

— Vous pensez que River et moi pourrions être des cibles ?

Noah opta pour la sincérité.

— Tous ceux qui connaissent l'identité du tueur le sont sans doute.

Son regard de policier glissa de Megan à River. Si River était le justicier, ces mots l'empêcheraient peut-être d'assassiner Megan.

— Racontez-nous tout sur le groupe de soutien, répéta-t-il.

Megan s'essuya les yeux.

— Bobby, l'homme au carton rouge dont vous m'aviez parlé. J'avais oublié son nom de famille. Mais ce matin, je me suis souvenue qu'il l'avait donné à Daisy lorsqu'ils avaient échangé leurs coordonnées. Il s'appelle Marshall. Bobby Marshall.

— Bobby Marshall, répéta Everly en sortant son smartphone pour lancer une recherche sur lui.

— Était-il habituel pour Daisy d'échanger des coordonnées avec les membres du groupe ? demanda Noah

River et Megan se regardèrent et secouèrent la tête.

— Apparemment, Bobby essayait d'organiser des séances privées avec elle.

Ce qui lui aurait permis d'entrer chez Daisy et expliquerait pourquoi son téléphone et son ordinateur portable avaient disparu. Là encore, River aurait également eu la possibilité de se rendre chez Daisy. S'il s'était présenté à son appartement, elle lui aurait sans doute ouvert.

— Voilà pourquoi vous m'avez demandé où j'étais tôt hier matin, marmonna River. Vous vouliez savoir si j'avais un alibi pour le meurtre de Daisy. Non, ajouta-t-il avec un gémissement. Mais jamais je ne l'aurais tuée. Elle faisait tout pour nous aider.

Il avait raison mais, pour un tueur qui chercherait à effacer ses traces, Daisy représentait un danger majeur.

— Qu'allez-vous faire pour assurer notre sécurité ? s'enquit Megan.

— Voulez-vous une protection policière ? lui demanda

Noah, en jetant un coup d'œil à River pour qu'il sache que l'offre s'appliquait aussi à lui.

Noah observa leur réaction. Megan hocha tout de suite la tête, mais River plissa le front. Soit il y réfléchissait, soit il essayait de trouver un moyen de refuser sans avoir l'air coupable.

— Je n'ai pas envie que les flics espionnent mes faits et gestes dit-il finalement. Mais je m'enfermerai la nuit et surveillerai mes arrières.

Cette réponse propulsa River tout en haut de sa liste de suspects. Bien sûr, Noah n'avait pas assez d'éléments pour l'arrêter. Mais il devrait être capable d'obtenir d'un juge un mandat de perquisition pour fouiller le ranch et le véhicule de River. Trancher une artère fémorale provoquait d'importantes pertes de sang. Un tueur prudent aurait veillé à ne pas en rapporter chez lui, mais peut-être auraient-ils de la chance.

— Avez-vous récemment reçu des colis auxquels vous ne vous attendiez pas ? leur demanda Noah.

— Non, dit Megan. Quel genre de colis ?

Noah n'avait pas l'intention de le leur dire.

— Un colis auquel vous ne vous attendiez pas, se contenta-t-il de répéter.

Megan lui assura que non et, après quelques instants, River secoua la tête.

— Non plus. Cela a-t-il un rapport avec le tueur ?

C'était le cas puisque les autres victimes ainsi qu'Everly et lui en avaient reçu. Heureusement, pas Megan, mais le tueur déciderait peut-être de l'éliminer s'il estimait qu'elle en savait trop.

Noah envoya un texto à l'inspecteur Jake O'Malley et le chargea de prendre les dispositions nécessaires pour assurer la protection de Megan. Quand il eut obtenu l'accord de son collègue, il se tourna vers elle.

— Quand vous partirez d'ici, allez directement au siège

de la police de San Antonio, dit-il. Empruntez la voie express pour vous y rendre, évitez les petites routes. Lorsque vous y arriverez, demandez à parler à l'inspecteur Jake O'Malley. Il veillera à ce que vous bénéficiiez d'une protection policière.

— Merci, dit Megan, manifestement soulagée.

Elle embrassa River et se précipita vers sa voiture.

Noah ne pensait pas que Megan courait un risque élevé, mais il espérait qu'elle suivrait ses recommandations.

— Vous êtes sûr de ne pas vouloir de protection ? demanda Noah à River après le départ de Megan.

— Certain, répondit-il. Écoutez, je suis désolé pour Daisy, mais je préfère mettre une certaine distance entre moi et la police. À mon avis, si le tueur imagine que je coopère avec vous, il s'attaquera à moi.

Peut-être, mais ce genre de logique ne le retirait pas de la liste des suspects. Noah lui laissa sa carte de visite. Il verrait comment le reste de la journée se déroulait mais, tôt ou tard, il convoquerait River dans les bureaux de la police pour un autre interrogatoire. Il espérait lui mettre assez de pression pour réussir à le faire craquer. Cela dit, par expérience, il savait qu'un tueur de sang-froid ne s'effondrait pas facilement.

Ils retournèrent au véhicule de patrouille. River ne sortit pas sous le porche pour les accompagner, mais il se tint à la fenêtre et les observa de loin.

— J'ai un ami qui travaille pour la police de Bulverde, dit Theo, toujours allongé sur le plancher du véhicule. Veux-tu que je lui demande d'obtenir un mandat de perquisition pour cette maison ?

— Merci, mais je m'en occupe, répondit Noah.

Il préférait que quelqu'un qu'il connaissait se charge des recherches, avec un peu de chance Jake O'Malley serait disponible. O'Malley ne passerait pas à côté de quelque chose d'important.

Everly ressortit son téléphone de son sac pendant que Noah prenait le chemin du retour.

— Si j'utilise toutes les variantes du prénom – Robert, Robbie, Bob –, il y a beaucoup de Bobby Marshall au Texas, dit-elle. Au moins une douzaine d'entre eux se trouvent dans la région de San Antonio. Je vais regarder les publications sur les réseaux sociaux pour essayer d'obtenir des détails plus précis.

Noah hocha la tête, mais il était possible que Bobby ait préféré rester discret sur Internet aussi. Une réaction intelligente de sa part. Tenir des propos provocants comme River avait attiré l'attention sur lui. En évitant de se faire remarquer, un tueur avait la possibilité de planifier ses attaques et de les exécuter sans être inquiété.

— Je peux t'aider dans cette recherche, proposa Theo.

Dès qu'ils furent loin de la maison de River, il se leva et s'installa sur la banquette.

Il resta pourtant allongé. Il n'oubliait pas que jusqu'à leur retour au ranch ils étaient toujours en danger.

— Tu crois que River nous a dit la vérité sur tout ? demanda Everly tandis qu'elle poursuivait sa recherche sur son smartphone.

Noah y réfléchissait déjà.

— Difficile à dire. Il n'a pas l'air de craindre de figurer sur la liste du tueur.

— C'est vrai, marmonna Everly. J'ai peut-être quelque chose.

Elle continuait de se concentrer sur son téléphone sans perdre de vue leur environnement.

— À propos d'un certain Bobby Marshall à San Antonio. Il a posté un message sur les réseaux sociaux avec le numéro de téléphone d'un service de santé. Il n'a rien ajouté, cela ne veut sans doute rien dire d'important, mais c'est peut-être notre gars.

Noah ne répondit pas. Parce que son attention se focalisait sur ce qu'il voyait devant lui. Au beau milieu de la route.

Une grande caisse de la taille d'un réfrigérateur.

Recouverte de sang.

7

À la vue de la caisse sanguinolente, Everly se figea. Elle était beaucoup plus grande que celle laissée sous son porche mais elle aussi provenait du tueur, elle n'en avait aucun doute.

Noah pila.

— Je ne peux pas la contourner, dit-il entre deux jurons. Je finirais dans le fossé. Ni prendre le risque de rentrer dedans parce que j'ignore ce qu'elle contient. Il y a peut-être quelqu'un à l'intérieur.

Everly se sentit blêmir. Elle n'avait pas envisagé cette éventualité, mais il était en effet possible que le tueur ait mis un cadavre à l'intérieur. Ou pire. Quelqu'un de vivant qui serait tué si un véhicule le heurtait.

— J'appelle tout de suite la police de Bulverde et Grayson, dit Theo. Pour leur demander d'envoyer quelqu'un au plus vite.

Elle était certaine qu'ils répondraient favorablement à sa requête, mais les secours n'arriveraient pas dans la minute. Il leur revenait donc de tout faire pour qu'un autre conducteur ne percute pas cette caisse. Et de s'assurer que le tueur n'avait pas mis en place ce « barrage routier » pour les piéger et tenter de les tuer.

Noah actionna ses gyrophares et ses sirènes avant de se garer sur le bas-côté de la route.

— Vérifiez que personne ne se cache dans le fossé, leur demanda-t-il.

Everly et Theo collèrent leurs nez aux vitres de leurs portières pour l'inspecter des yeux. Elle n'y vit que de l'eau trouble et des mauvaises herbes. Mais Theo, qui examinait les alentours via le pare-brise arrière, aperçut quelque chose.

— Il y a une autre boîte à une dizaine de mètres, annonça-t-il. Elle a la taille d'une boîte à chaussures. Apparemment, il n'y a pas de sang dessus. Peut-être n'a-t-elle rien à voir avec l'autre et a-t-elle été jetée là par un automobiliste lambda.

Comme Everly commençait à décrocher sa ceinture de sécurité pour se retourner et mieux voir, Noah posa la main sur la sienne pour l'arrêter. Il sortit son arme.

— Reste attachée au cas où nous devrions filer d'ici en vitesse, dit-il.

Elle hocha la tête. Il avait raison, et elle promena le regard autour d'elle pour tenter de repérer un sentier forestier qu'ils pourraient emprunter pour s'enfuir. Il n'y en avait pas, mais le bois était touffu. Par ailleurs, le sol en pente douce était inégal par endroits. Elle remarqua des petites cavités dans lesquelles il était sans doute possible de se cacher.

Elle s'obligea à repousser la panique qui s'emparait d'elle. Elle songeait à toutes les éventualités susceptibles de se produire. Puisque le tueur avait déposé cette caisse sur la route, il était sans doute encore dans le coin, à les surveiller.

Peut-être étaient-ils déjà dans le collimateur d'un tireur embusqué.

— Les vitres du véhicule sont à l'épreuve des balles, dit Noah qui lisait dans ses pensées. La voiture est blindée.

Il cherchait manifestement quoi faire. Ils étaient coincés. Il ne lui était pas possible d'avancer, mais faire marche arrière n'était pas une option non plus. La route était non seulement étroite mais très sinueuse. Un virage derrière eux leur occultait la vue. Et voilà sans doute pourquoi le justicier avait choisi cet endroit.

Everly ne le dit pas à voix haute, mais elle se demandait si Megan se trouvait dans cette caisse. Si tel était le cas, le tueur avait fait vite. Cela dit, s'il avait tout planifié à l'avance, quelques minutes lui avaient sans doute suffi pour mettre son plan à exécution.

— Grayson et deux adjoints de Bulverde sont en route, leur annonça Theo. Les adjoints seront là dans dix minutes.

Dix minutes. Cela semblait une éternité, mais les attendre était l'option la plus sûre.

Peut-être, peut-être, s'agissait-il d'une menace non létale comme la boîte laissée sous son porche. Bien entendu, l'assassin avait également déposé un cadavre dans son jardin. Et voilà pourquoi elle doutait que cette caisse ne soit qu'une tactique pour leur rappeler qu'ils avaient un tueur à leurs trousses.

— Appelle Megan, lui demanda Noah.

Il lui tendit son téléphone sur lequel il avait enregistré son numéro dans ses contacts.

Sans cesser de surveiller les alentours, Everly tapota sur le numéro et attendit. À chaque sonnerie, son ventre se nouait un peu plus. À la cinquième, l'appel fut transféré sur la messagerie vocale.

— Elle ne répond peut-être pas quand elle conduit, grommela-t-elle avant de laisser un message pour demander à la jeune femme de les rappeler au plus vite.

Everly entendit Noah jurer dans sa barbe. Sans doute se reprochait-il d'avoir laissé Megan partir seule. Il ne servirait à rien de lui dire qu'elle était peut-être saine et sauve. Pourtant, la probabilité qu'elle le soit était forte. Après tout, elle était partie dans la direction opposée à la leur. En outre, le tueur se concentrait sans doute davantage sur elle et Noah, ses principales cibles.

— Merde, s'exclama soudain Noah.

Everly tourna la tête pour suivre son regard. Une camionnette surgissait du virage devant eux. Elle roulait beaucoup trop vite. Quand l'homme qui la conduisait vit la caisse et leurs gyrophares, il tenta de freiner, de s'arrêter. Everly entendit le crissement des freins sur l'asphalte.

Mais trop tard.

Le conducteur donna un coup de volant pour éviter l'obstacle, mais la route était trop étroite et il n'y parvint pas. Il percuta la caisse de plein fouet.

Et l'enfer se déchaîna.

Une explosion assourdissante s'ensuivit, si forte qu'elle secoua la voiture de patrouille. Des débris volèrent tandis qu'une épaisse fumée blanche s'échappait de la caisse et créait aussitôt un petit nuage. Mais le pire était à venir. En un instant, Everly comprit ce qui allait se passer et elle sentit son cœur cesser de battre.

La camionnette allait les pulvériser.

La collision contre la caisse en bois l'avait fait déraper et l'explosion avait soufflé son pare-brise. Même si le conducteur les avait vus, il n'avait plus la possibilité de s'arrêter.

— Préparez-vous au choc ! cria Noah une fraction de seconde avant que la fourgonnette ne les emboutisse.

Everly entendit un énorme fracas de ferraille, ressentit une violente secousse. Et l'airbag se déploya en lui frappant le visage et la poitrine.

Des flash-back s'imposèrent aussitôt à son esprit. Des images d'un autre accident au cours duquel une femme était morte. Et Everly sentit la panique s'emparer d'elle, devenir incontrôlable.

— Tout le monde va bien ? lança Noah.

Everly s'accrocha au son de sa voix. Il était vivant. Theo

aussi, car il grommela une réponse inaudible depuis la banquette arrière.

Tant bien que mal, ils repoussèrent les airbags. Le pare-brise avait explosé, mais il était encore possible de voir au travers.

Seigneur.

La camionnette ne les avait pas seulement heurtés. Elle s'était écrasée sur l'avant de leur véhicule.

— Tu crois que le tueur conduisait cette fourgonnette ? demanda Theo.

Noah considéra l'homme affalé sur son volant mais finit par secouer la tête.

— Impossible à dire. Je le surveille en attendant les renforts. De ton côté, occupe-toi de sa plaque d'immatriculation.

Noah leva son arme. Il ciblait la camionnette mais jetait également des coups d'œil autour d'eux. Sans doute craignait-il que le tueur ne soit dans les parages, prêt à tirer, à les achever.

Heureusement, Grayson et les adjoints de Bulverde étaient en route.

La plaque d'immatriculation n'était pas difficile à voir puisqu'elle était sous leurs yeux, et Everly entendit Theo pianoter sur son téléphone depuis la banquette arrière.

— La fourgonnette est immatriculée au nom d'un certain George Millard, leur annonça-t-il quelques instants plus tard. Il habite à proximité.

L'accident n'était donc peut-être pas intentionnel.

— Bon sang, marmonna Noah.

Everly n'eut pas besoin de demander pourquoi il jurait. Parce qu'une terrible odeur lui chatouilla les narines.

De l'essence.

Elle provenait de la camionnette. La violente collision avait sans doute provoqué la rupture du réservoir d'essence.

Comme la fourgonnette leur bloquait la vue, Everly ignorait ce qui restait de la caisse, mais elle sentit très vite autre chose.

De la fumée. Elle se souvint des volutes blanches qui s'échappaient de la caisse lorsque la camionnette l'avait heurtée. Et elle se sentit blêmir.

Le tueur y avait-il mis quelque chose afin de déclencher un incendie ? Ou pire ?

De toute évidence, cette horrible éventualité traversa également l'esprit de Noah.

— Il faut sortir de cette voiture, cria-t-il. Tout de suite.

Noah n'avait pas particulièrement envie de se retrouver avec Everly exposés à l'extérieur, à la merci d'un tueur. Mais la camionnette était susceptible d'exploser à tout moment et leur voiture avec elle.

Il voyait les flammes jaillir de la caisse calcinée. Le tueur y avait sans doute installé un engin incendiaire, un dispositif qui deviendrait vite mortel si le feu atteignait l'essence.

En revanche, seul point positif de cette histoire, rien n'indiquait qu'il y avait un cadavre à l'intérieur.

Theo ouvrit la portière arrière de la voiture de patrouille et, l'arme au poing, promena les yeux autour de lui. Il n'avait pas la possibilité d'inspecter correctement les alentours à cause de la fumée. Mais c'était un risque qu'ils devaient prendre.

Quand Everly descendit à son tour de l'habitacle, Noah se glissa derrière elle. À part les marques causées par l'airbag sur son visage, elle ne semblait souffrir d'aucune blessure, Dieu merci.

Il lui enlaça la taille et sauta par-dessus le fossé avec elle. Malheureusement, elle atterrit contre une pierre, se tordit la cheville et faillit s'étaler de tout son long sur le sol, mais Noah la rattrapa au vol.

Il observa les pâturages et les bois qui les entouraient tout en essayant de guetter le moindre signe de danger. La fumée compliquait sa tâche, mais la forte odeur d'essence qui empestait toujours l'air l'inquiétait bien davantage. L'incendie de leur voiture et l'explosion qui s'ensuivrait inévitablement représentaient, dans l'immédiat, un danger plus important qu'un tueur.

— Le conducteur de la camionnette essaye de s'extraire de son véhicule, leur annonça Theo.

Noah, qui se préparait déjà à fuir avec Everly, s'arrêta et poussa un juron.

Tout en positionnant Everly derrière lui, il se pencha pour ne pas être une cible trop facile et brandit son arme, prêt à affronter la menace.

Et à tirer si nécessaire.

Et il attendit. Même à cette distance, Everly et lui risquaient d'être tués par une explosion. Le conducteur de la fourgonnette et Theo seraient alors les premières victimes. Mais, si cet homme n'avait pas provoqué sciemment cet accident, il n'était pas question de le laisser mourir.

— Attends-moi ici, dit Noah à Everly avant de courir vers Theo. Et reste à plat ventre. Couvre-toi la tête avec tes mains.

Il n'osait pas lui dire d'aller se cacher parce que le tueur s'y attendait peut-être. S'ils se séparaient, il serait plus facile de les éliminer un par un.

La portière de la camionnette accidentée s'ouvrit en grinçant, et après quelques instants, un sexagénaire aux cheveux gris et au visage noirci se laissa tomber sur ce qui restait du pare-chocs avant du véhicule de patrouille. Noah n'avait vu que la photo du permis de conduire du propriétaire de la fourgonnette, mais il fut alors certain qu'il s'agissait bien de George Millard, un éleveur du coin.

Theo le reconnut sans doute, lui aussi, parce qu'il se précipita vers lui. Il aida le malheureux encore hébété à rejoindre le bas-côté de la route et à franchir le fossé pour s'éloigner au plus vite du danger. Par acquit de conscience, il le fouilla rapidement.

— Il ne porte pas d'arme, dit-il.

Sans hésiter davantage, Noah courut les rejoindre. L'homme était blessé à la jambe et tomba en sautant, provoquant un clapotis dans l'eau boueuse. Theo prit son bras gauche, Noah son bras droit pour le soutenir. Ils le traînèrent vers Everly. Noah priait pour réussir à la mettre à l'abri à temps.

Au loin, il entendait le hurlement des sirènes. C'était à la fois une bonne et une mauvaise nouvelle. Une bonne parce que des renforts seraient bientôt là. Mais aussi une mauvaise parce que les policiers risquaient de se retrouver en plein milieu d'une explosion.

— Je me charge du blessé, assura Theo à Noah. Occupe-toi d'Everly.

Ils avanceraient plus vite ainsi. Heureusement, Everly était déjà sur pied et ils coururent se cacher sous les arbres, dans l'une des cavités des collines.

Sachant que Theo surveillait les environs à l'affût de la moindre menace, Noah sortit son smartphone et appela le dispatcher de Silver Creek pour alerter Grayson et les adjoints de Bulverde du danger sur la route.

— Mon Dieu, s'écria Everly d'une voix tremblante.

Noah se tourna vers elle pour comprendre ce qui avait provoqué cette réaction. Il se figea à la vue des papiers sur lesquels ils avaient marché sans y faire attention en sautant sur le sol. Mais il ne s'agissait pas de papiers, se rendit-il compte en y regardant de plus près.

Mais de photos.

Il y en avait au moins une dizaine. Des photos en noir et blanc de la voiture d'Everly. Prises après l'accident qui avait tué Helen.

Quel que soit l'individu qui les avait mises là, il les avait barbouillées de taches de sang d'un rouge vif. Le sang de Helen, resté sur la route après que les membres du SAMU avaient emmené la malheureuse.

Noah sentit ses propres souvenirs menacer de l'anéantir et devina que la situation était encore pire pour Everly. Ces photos, ajoutées à tout ce qui se passait, risquaient de lui provoquer une crise de panique.

— C'est ce que veut le tueur, lui dit-il. Que tu sois tellement bouleversée que tu en perdes tous tes moyens, que tu n'arrives plus à réfléchir.

Elle se tourna vers lui. Elle était livide, mais elle hocha la tête. Pour lui confirmer qu'elle allait se ressaisir.

Noah continuait de surveiller les alentours, tout en espérant que le dispatcher avait réussi à entrer en contact avec la voiture de patrouille qu'il entendait se rapprocher.

Mais il continuait à se préparer à une éventuelle attaque. Elle pourrait venir de plusieurs directions. Un bosquet d'arbres épais à une trentaine de mètres de là l'inquiétait particulièrement. L'endroit parfait pour positionner un tireur embusqué.

Cette pensée lui traversait l'esprit quand Noah entendit un énorme bruit. Il ne s'agissait pas de coups de feu.

La déflagration fut tellement énorme que le sol trembla sous leurs pieds.

L'arme au poing, il regarda par-dessus le talus et découvrit un terrible spectacle.

La camionnette et la voiture de la patrouille venaient d'exploser.

8

Tandis que Grayson les conduisait au bureau du shérif de Silver Creek, Everly, assise sur la banquette arrière avec Noah, serrait les poings pour empêcher ses mains de trembler. Elle se reprochait son émotivité. Et surtout d'avoir failli s'effondrer à la vue de ces horribles photos.

Lorsqu'elle avait quitté le ranch Ryland avec Noah pour aller interroger River chez lui, tous deux savaient que le tueur profiterait peut-être de ce déplacement pour leur tendre un piège.

Ce qu'il avait fait.

L'appât avait fonctionné. Mais pas comme ils l'avaient espéré. Certes, le tueur était bien sorti de sa cachette mais, au lieu de l'attraper et de l'arrêter comme prévu, ils avaient failli y perdre la vie, tout comme Theo et l'éleveur.

Sans oublier les deux adjoints du Bulverde qui se trouvaient à proximité dans leur voiture de patrouille au moment de l'explosion.

Songer à la tragédie à laquelle ils avaient échappé de justesse la rongeait. Si tous trois étaient restés un instant de plus dans leur véhicule ou s'il leur avait fallu un peu plus de temps pour sortir le conducteur de sa camionnette et l'éloigner, ils auraient été réduits en charpie.

Par miracle, aucun d'eux n'avait été grièvement blessé,

même si le chauffeur de la fourgonnette avait été transporté à l'hôpital pour commotion cérébrale.

Theo, Noah et elle s'en étaient tirés avec quelques égratignures et contusions. Ils avaient eu de la chance.

Mais ils n'avaient pas capturé le justicier.

Il était toujours en liberté, à chercher sans doute un autre moyen de les éliminer. Voilà pourquoi Grayson et Noah continuaient de surveiller les alentours. Everly aussi, mais elle avait les nerfs tellement à vif qu'elle avait l'impression de voir un tueur derrière chaque clôture, chaque arbre et dans chaque fossé.

Au moins, Ainsley et tous les autres au ranch Ryland étaient-ils en sécurité. Dès qu'elle avait été en état de parler, Everly avait appelé la mère de Noah. Dieu merci, Darcy lui avait assuré que tout allait bien, mais elle-même avait été secouée en apprenant le drame auquel ils avaient échappé.

Megan était, elle aussi, saine et sauve. Peu après l'arrivée de Grayson, Noah avait reçu un appel de l'inspecteur O'Malley. Il l'avait informé qu'elle était bien arrivée et était désormais sous protection.

Noah était monté à l'arrière avec elle, sans doute pour essayer de la rassurer. Il lui prit la main. Un geste qu'il avait souvent depuis le début de cette épreuve. Cela ne l'ennuyait pas, bien au contraire. Tous deux étaient embarqués dans le même bateau, et Noah était sans doute la seule personne de Silver Creek à comprendre totalement ce qu'elle éprouvait.

Malheureusement, ce qu'elle ressentait ne se limitait pas au danger auquel ils étaient confrontés.

Cette proximité avec Noah réveillait beaucoup de sentiments. Du désir, bien sûr, mais pas uniquement. Autrefois, elle avait été folle amoureuse de lui. Cet amour remontait à des années, ils étaient alors adolescents, mais elle l'avait aimé de toute son âme. Et elle devait veiller à ne pas retomber amoureuse de lui.

Construire un avenir avec lui était impensable. Et ne ferait que déclencher des souvenirs cauchemardesques pour eux deux. Ils avaient provoqué la mort d'une femme, cette culpabilité ne disparaîtrait jamais.

Quand le téléphone de Grayson sonna, Everly vit le nom de Theo apparaître sur le tableau de bord. Il était resté sur place pour aider les adjoints de Bulverde. Peut-être avaient-ils trouvé quelque chose d'utile à l'enquête. Après l'explosion, il ne restait plus grand-chose de la caisse en bois, mais les photos étaient intactes. Le tueur n'avait sans doute pas été imprudent au point d'oublier d'y effacer ses empreintes, mais il avait peut-être commis une erreur qui permettrait de l'identifier.

— Tu es sur haut-parleur, dit Grayson à Theo.

— Je voulais seulement vous apprendre que l'équipe de démineurs était arrivée peu après votre départ et recherche la présence éventuelle d'autres engins explosifs alentour. Ils enverront les pièces de celui qui se trouvait dans la caisse au laboratoire criminel. Dans l'espoir d'en tirer une signature.

Une signature qui les aiderait peut-être à identifier le fabricant de l'explosif. S'il ne s'agissait pas du tueur lui-même, il pourrait les mener à lui.

— La police scientifique est là aussi, poursuivit Theo. La route a été coupée à la circulation pour ne pas risquer de détruire d'éventuels indices. Ils ont repéré des empreintes de pas dans l'herbe près de l'endroit où les photos ont été laissées. En plus des nôtres. Elles ne sont pas assez nettes pour être exploitées, mais elles permettent au moins d'estimer la taille des chaussures. Du 44.

Elles avaient donc sans doute été laissées par des chaussures d'homme. Ce détail les aiderait à restreindre la liste des suspects parmi les Peace Seekers. S'ils obtenaient cette liste, bien sûr.

— Ont-ils une idée de la façon dont cette caisse s'est retrouvée sur la route ? demanda Noah.

— Pas encore, mais ils vont étudier les traces de pneus. Comme vous le savez, la route n'est pas assez large pour y effectuer un demi-tour. En théorie, le type aurait pu se garer sur un sentier voisin et la porter sur son dos, mais elle était grosse et contenait un engin explosif.

— Il s'est donc probablement arrêté sur la route, l'a installée où nous l'avons trouvée avant de s'éloigner, conclut Noah.

— Oui, répondit Theo. Mais il a peut-être emprunté ensuite l'un des sentiers forestiers pour observer ce qui se passait.

— C'est vrai, dit Noah.

Everly partageait, elle aussi, son avis. Manifestement, le tueur prenait un malin plaisir à les narguer et à les tourmenter. Voilà pourquoi il avait sans doute voulu assister à leur mort, tout en restant à distance pour ne pas risquer de se faire pincer. Peut-être avait-il espéré qu'ils seraient restés assez longtemps près de la caisse pour exploser avec elle.

— Je vous transmettrai les rapports de la scène de crime dès que je les recevrai, ajouta Theo. Vous comptez demeurer au bureau pour un moment ?

— Un bon moment, affirma Grayson. Je dois m'entretenir avec le médecin légiste dans une heure. Il a fini l'autopsie de Daisy Reyes. Il nous en dira sans doute quelques mots. Après quoi, je reconduirai Noah et Everly au ranch.

Grayson croisa son regard dans le rétroviseur. Il semblait essayer de deviner si elle était assez calme pour être près de sa fille. Everly était loin de l'être, et Ainsley risquait de sentir sa nervosité. Mais elle avait encore un peu de temps pour recouvrer ses esprits.

Ils poussèrent tous un soupir de soulagement lorsqu'ils arrivèrent enfin au bureau du shérif.

— Installez-vous dans mon bureau, leur dit immédiatement Grayson, une fois à l'intérieur du bâtiment. Je vais passer quelques coups de fil dans la salle de repos, puis je partirai à l'institut médico-légal m'entretenir avec le légiste. Je mettrai cette réunion sur Face Time si vous souhaitez lui poser des questions en direct, proposa-t-il.

— Très bonne idée, merci, dit Noah.

Il entraîna Everly dans le bureau de Grayson.

Il la fit entrer, referma la porte et, dans le même mouvement, la prit dans ses bras. Elle crut d'abord que ce geste était destiné à la réconforter. Sans doute devinait-il que les derniers événements l'avaient secouée. Mais elle comprit vite qu'il en avait autant besoin qu'elle. Une telle étreinte représentait un risque certain, compte tenu du désir toujours prêt à jaillir entre eux. Mais, après tout ce qu'ils venaient de vivre, elle se réjouit de son initiative.

— Je suis désolé, marmonna Noah en resserrant son emprise pendant quelques instants avant de reculer.

Il ne la lâcha pas mais la dévisagea.

Elle secoua la tête.

— Tu n'as pas à t'excuser, lui assura-t-elle. Ce plan était mon idée.

— Et je l'avais accepté. Je pensais que le tueur voudrait se rapprocher de nous et j'espérais avoir ainsi l'occasion de le coincer et de l'arrêter. Ce qui s'est passé ne colle pas avec ce que je croyais savoir de lui.

En effet. Pourtant, si l'explosion ou la collision les avait tués, le fait de n'avoir pas porté lui-même les coups mortels, comme avec ses précédentes victimes, n'aurait sans doute pas dérangé le justicier.

— La caisse n'était pas là lorsque nous sommes allés chez River, observa-t-elle. Il n'aurait donc pas pu la déposer lui-même à cet endroit-là. Mais il a peut-être embauché quelqu'un pour le faire.

— Absolument, reconnut Noah. Jusqu'à présent, le tueur n'a pas montré de compétences particulières en matière d'explosifs. Ce qui ne signifie pas qu'il n'en a pas. Mais dans ce cas, pourquoi ne les a-t-il pas utilisées plus tôt ? Il aurait été plus facile de piéger une voiture que d'enlever ses victimes au risque d'être vu et dénoncé.

Il avait raison. S'il maîtrisait l'art de fabriquer une bombe, l'assassin aurait eu d'autres moyens – plus sûrs – de les tuer.

— Avec nous, il est sorti de son mode opératoire habituel, conclut-elle, sans doute parce qu'il pensait n'avoir pas d'autre façon de nous atteindre. Et si le tueur est River, il a peut-être non seulement embauché quelqu'un pour fabriquer la bombe, mais aussi pour la poser.

Noah hocha la tête, puis la dévisagea un long moment.

— Jouer les appâts est trop risqué pour toi, dit-il finalement.

Everly n'eut aucun mal à comprendre ce que Noah n'avait pas ajouté mais qu'il pensait.

— Et pas pour toi peut-être ? répliqua-t-elle. Continuer à le faire serait de la folie.

Il la saisit par les épaules et la regarda bien en face.

— Je dois arrêter ce type. Tant qu'il est en liberté dans la nature, tu n'es pas en sécurité.

Everly s'apprêtait à lui expliquer qu'il serait alors, lui aussi, en danger. Surtout s'il se mettait en travers du chemin de ce tueur. Mais Noah baissa la tête et lui effleura les lèvres des siennes. Le contact fut bref, à peine de quoi le qualifier de baiser, mais il lui fit l'effet d'un électrochoc. Comme toujours dès lors qu'il s'agissait de Noah.

Il le perçut. Il ressentait sans doute le même trouble, le même désir, mais il ne s'écarta pas d'elle. Au contraire, il captura sa bouche pour l'embrasser à nouveau. Cette fois, leurs langues entamèrent une danse sensuelle, et elle sentit un puissant désir la soulever.

Mais soudain il s'arrêta, aussi vite qu'il avait commencé.

Il la lâcha et recula comme si ce baiser l'avait brûlé.

— Désolé, marmonna-t-il. Ce n'était pas très malin de ma part de t'embrasser, ajouta-t-il en se frottant le visage. Surtout ici.

— C'est vrai, reconnut-elle doucement.

Mais comme elle n'avait pas résisté, bien au contraire, elle lui offrit une porte de sortie.

— Un moment de faiblesse dont je porte autant que toi la responsabilité. Nous ferons en sorte de l'oublier.

Elle ne voulait pas que Noah assume seul la culpabilité de ce qui venait de se passer entre eux.

Quelqu'un frappa à la porte, et Noah prit un instant, sans doute pour recouvrer son sang-froid, avant d'aller ouvrir.

L'adjointe Lawson apparut.

— Nous avons un visiteur, dit-elle. Il dit s'appeler Bobby Marshall et vous connaître tous les deux.

Bobby Marshall ? Everly avait cru qu'ils devraient le chercher. Au lieu de quoi, il avait pris l'initiative de venir vers eux. Tant mieux. Voilà qui leur épargnerait un travail d'investigation. Mais elle ne comprenait pas pourquoi il prétendait les connaître. Elle ne pensait pas avoir un jour croisé quelqu'un de ce nom.

L'adjointe Lawson s'écarta pour leur permettre de voir l'homme qui traversait la zone de réception. Il avait des cheveux blonds, une silhouette mince et baissait la tête. Il la releva en s'approchant et planta son regard sur eux.

Everly eut l'impression que quelqu'un venait de la frapper au ventre.

À en juger au cri étouffé de Noah, il eut une réaction similaire. En effet, ils le connaissaient. Ils l'avaient rencontré quatorze ans plus tôt. Bobby n'en avait que onze à l'époque. Mais tous deux comprirent aussitôt qui il était.

Bobby Marshall était le beau-fils de la femme qu'Everly avait tuée sur la route, il y a quatorze ans.

Mais, à l'époque, il ne s'appelait pas Bobby Marshall mais Robert Fleming.

— Inspecteur Ryland, madame Monroe, bonjour, lança Bobby. J'ai appris que vous aviez essayé de me joindre.

Il n'y avait aucune trace de colère dans sa voix ni dans ses yeux bleus glacés. Il y a quatorze ans, il en était submergé. Everly se souvenait qu'il l'avait fusillée du regard à la sortie du palais de justice avant de se mettre à hurler. L'audience venait de se terminer, l'audience au cours de laquelle elle avait appris qu'elle ne purgerait aucune peine pour avoir provoqué l'accident.

« Vous avez tué ma mère ! » avait-il crié.

Et il avait continué de le hurler jusqu'à ce que son père l'entraîne enfin.

— J'imaginais bien que vous auriez envie de m'interroger, poursuivit-il en se dirigeant vers eux.

— Il a passé le détecteur de métaux, leur assura l'adjointe Lawson. Et je l'ai fouillé aussi.

Everly lui en fut reconnaissante. Aucune mesure de sécurité n'était superflue avec lui. D'autant plus que Bobby était de toute évidence l'un des principaux suspects des meurtres du justicier.

— Peux-tu lancer une recherche sur son passé pour moi ? demanda Noah à l'adjointe.

Il ne baissa pas la voix pour formuler sa requête.

— Bien sûr, dit-elle avant de regagner son bureau.

Bobby ne parut pas se formaliser que Noah ait prié l'adjointe d'effectuer cette démarche. Là encore, s'il était venu ici, il savait sans doute qu'il faisait partie de suspects.

Bobby sur les talons, ils retournèrent dans le bureau de Grayson. Noah fit asseoir Everly dans le fauteuil du bureau. Il se doutait que ces « retrouvailles » l'avaient bouleversée. Peut-être aussi parce que la table de travail en bois massif ferait office de barrière entre elle et Bobby. Noah n'avait pas oublié la colère du garçon qui avait crié sur elle, des années auparavant.

— Comment avez-vous su que nous désirions vous interroger ? demanda-t-il.

Bobby se laissa tomber sur la chaise des visiteurs, et Noah s'assit sur le coin du bureau.

— J'étais au courant du meurtre de Jill Ritter. Megan en avait parlé lors de la dernière réunion. Alors, quand j'ai appris que Daisy avait également été tuée, j'ai compris que vous alliez enquêter. Et que tôt ou tard, vous auriez envie de parler à tous les membres de Peace Seekers.

Everly l'observa avec attention en essayant de détecter chez lui une éventuelle colère. Elle ne l'entendait pas dans sa voix, mais le regard qu'il lui lança était polaire. Il avait une bonne raison de la détester. Elle avait tué sa belle-mère et, à en juger à sa réaction au palais de justice, à la fin de l'audience, il avait été très proche de cette femme qui l'avait élevé. La mort de Helen l'avait anéanti et, à l'époque, en tout cas, il en avait beaucoup voulu à Everly de lui avoir arraché celle qu'il considérait comme sa maman.

Mais peut-être son émotion d'alors était-elle due au fait que la responsable de sa mort n'avait pas été condamnée à une peine de prison.

— J'aimerais établir la liste des Peace Seekers, dit Noah à Bobby après un long silence.

Peut-être se faisait-elle des idées, mais elle avait l'impression que Noah étudiait Bobby, lui aussi, pour déterminer s'ils étaient face au justicier.

Bobby secoua la tête.

— Je n'ai pas cette liste. Et je ne connais que les noms de quelques membres. Megan Ritter, bien sûr, et deux hommes, Jared et River.

Il s'interrompit avant d'ajouter :

— Je ne participais pas beaucoup pendant les réunions.

— Pourquoi ? demanda Noah.

Everly était contente qu'il ait posé cette question. Elle devait se mettre en retrait et le laisser mener l'interrogatoire. Non seulement il était policier et il lui revenait d'effectuer ce travail, mais surtout Bobby n'avait pas dirigé sa colère et sa haine contre Noah, il y a quatorze ans. Il ne visait qu'elle et, si elle lui demandait des informations, il refuserait sans doute de lui répondre.

— Pourquoi ? répéta Bobby avec un profond soupir. Je vous ai entendu demander à l'adjointe des renseignements sur moi. Si je vous racontais ce que j'ai vécu, vous comprendriez pourquoi je cherche la paix. J'espérais la trouver au sein de ce groupe de soutien.

Noah ne perdit pas de temps à tourner autour du pot et se lança tout de suite dans le vif du sujet.

— Qu'avez-vous vécu ?

Bobby prit une longue inspiration.

— Je ne sais pas si vous vous souvenez de ma mère, mais je l'aimais profondément. Sa mort m'avait dévasté.

Bobby la regardait maintenant, Eh oui, sa fureur était toujours là et n'avait pas baissé d'intensité. Ce qui signifiait qu'il aurait pu utiliser toute cette rage qui l'habitait encore pour tuer en prétendant agir au nom de la justice.

— Helen était ma belle-mère, en réalité, poursuivit-il, mais j'ai perdu ma mère biologique quand j'avais cinq ans. Je considérais donc Helen comme ma mère dans tous les sens qui comptent.

Il baissa un peu la voix pour ajouter :

— Je ne peux pas en dire autant de mon père.

Everly sentit davantage de douleur encore, davantage de colère. Elle se souvint que, au cours de l'audience, quelqu'un avait mentionné que peu de temps avant sa mort, Helen avait porté plainte contre son mari, Isaac Fleming, pour violence conjugale.

— Mon père battait ma mère, poursuivit Bobby. Après sa mort, il ne m'a pas fait subir de mauvais traitements à proprement parler, mais il me négligeait complètement. J'ai finalement été confié à une famille d'accueil, ajouta-t-il, les mâchoires serrées. Si ma mère n'avait pas essayé de s'éloigner de mon père, cette nuit-là, elle n'aurait pas pris le volant et elle ne serait pas morte. Mais elle se trouvait sur cette route parce qu'il l'avait rouée de coups, qu'il l'aurait tuée si elle était restée.

Helen portait en effet des traces de coups antérieurs à l'accident. Un expert en avait témoigné au cours de l'audience.

— Helen n'avait pas voulu vous emmener avec elle, ce soir-là ? demanda Noah.

Un regain de haine brilla dans les yeux de Bobby.

— Elle ne le pouvait pas. Elle s'enfuyait pour sauver sa peau et, quand elle a tenté de m'emmener, mon père, lui, a redoublé de violence. Et il l'a menacée, lui a juré qu'il allait la tuer, alors elle s'est enfuie. Elle n'était pas une lâche, ajouta-t-il avec un grognement. Dès qu'elle aurait été dans un endroit sûr, elle m'aurait fait sortir de là, j'en suis certain. Mais elle n'est jamais arrivée dans un endroit sûr, n'est-ce pas ?

Bobby avait été fou de douleur et de fureur, et il l'était encore. D'horribles souvenirs remontèrent à la mémoire d'Everly. Mais elle se força à réprimer ce qu'elle ressentait. Après tout, Bobby avait le droit d'être très en colère contre elle.

— Pourquoi avez-vous changé de nom ? s'enquit Noah pour relancer leur échange dans une direction différente.

Peut-être parce que Bobby semblait sur le point d'exploser.

Il poussa un gros soupir avant de répondre.

— Je ne voulais garder aucun lien avec mon père et Marshall était le nom de jeune fille de ma belle-mère.

Everly l'ignorait. Là encore, elle n'avait pas l'esprit clair après l'accident et, par la suite, elle n'avait pas cherché à recueillir des informations personnelles sur Helen.

— J'ai changé de patronyme, poursuivit Bobby, et j'ai commencé à me faire appeler Bobby parce que mon père m'appelait toujours Robert.

Il s'interrompit, soupira encore.

— Le passé peut vous ronger, les souvenirs vous broyer.

Oui, Everly était bien placée pour le savoir.

— Et voilà pourquoi vous avez rejoint les Peace Seekers ? demanda-t-elle dans un murmure.

Bobby hocha la tête.

— Même si j'ai toujours utilisé le carton rouge pour ne pas avoir à m'expliquer ni à répondre aux questions, ces réunions m'apportaient beaucoup. Il ne s'agissait pas pour moi de me complaire dans le malheur d'autrui. Mais entendre des gens qui, comme moi, avaient connu de terribles épreuves et qui y avaient survécu me faisait du bien. Me donnait de l'espoir.

Everly essaya de comprendre ses propos pour déterminer si, après avoir entendu les terribles récits des autres participants, Bobby avait décidé d'agir pour redresser la balance de la justice.

Peut-être.

Un petit coup à la porte les interrompit. L'adjointe Lawson passa la tête dans l'entrebâillement. Elle regarda Noah et lui tendit une feuille de papier.

— Le rapport que tu m'as demandé, dit-elle avant de se retirer en refermant la porte.

Puisqu'il s'agissait du passé de Bobby, Everly y jeta un coup d'œil et vit une ligne surlignée.

Aucune connaissance connue en matière d'explosifs.

Bien sûr, peut-être avait-il embauché quelqu'un qui avait cette expertise mais, dans ce cas, ils trouveraient des traces du paiement dans ses relevés bancaires.

Everly parcourut des yeux le document et apprit que Bobby avait été arrêté pour agression, mais que les poursuites avaient été abandonnées.

— Je suppose que ce que vous lisez est à propos de moi, dit Bobby.

S'il s'inquiétait de tout ce qu'ils trouveraient dans le rapport, il n'en montrait aucun signe.

— Vous cherchez à savoir si j'aurais été capable de tuer Daisy et la mère de Megan. Je ne les ai pas tuées, ajouta-t-il.

Noah leva les yeux du rapport et dévisagea Bobby.

— Alors, qui dans le groupe aurait, d'après vous, développé une interprétation perverse de la justice et aurait pu les assassiner ?

Bobby pinça les lèvres un instant. Sans doute parce que la façon dont Noah avait formulé la question ne lui convenait pas. Il ne voyait pas ces meurtres comme une perversion.

Puis son expression se détendit, et Everly crut voir du chagrin ou quelque chose traverser ses yeux.

— Daisy était quelqu'un de bien. Je regrette qu'elle se soit laissé entraîner dans tout ça.

Noah hocha la tête pour exprimer son accord.

— Alors, qui l'a tuée ? lança-t-il.

— Je ne sais pas qui, pas avec certitude, mais je suis persuadé qu'elle est morte parce qu'elle soupçonnait quelqu'un dans le groupe. Et que ce quelqu'un a craint qu'elle ne le dénonce.

Bobby haussa les épaules et poursuivit :

— Bien sûr, elle avait d'autres clients, des gens qui ne faisaient pas partie des Peace Seekers. Son meurtrier est peut-être l'un d'eux.

— Revenons à la première partie de votre réponse, reprit Noah. Vous avez dit que vous ne saviez pas avec certitude qui l'avait tuée. Mais vous suspectez quelqu'un ?

Le silence de Bobby fut plus long encore. Il serrait les

mâchoires et semblait en débat avec lui-même pour décider ce qu'il devait dire. Ou pas.

— Si vous avez une idée de l'identité du tueur, alors il faut nous le dire, insista Noah d'un ton de policier. Et s'il s'en prenait à quelqu'un comme Megan ? Ou à vous ? Et si... ?

— Jared, lâcha Bobby.

Everly ne s'attendait pas à ce nom.

— Jared ? répéta-t-elle, incapable de dissimuler son scepticisme. Il est en fauteuil roulant.

— Peut-être, marmonna Bobby.

Cette réponse attira leur attention.

— Êtes-vous en train de dire que Jared n'est pas paralysé ?

Bobby regarda Noah en face.

— Lors de la dernière réunion, j'ai remarqué que ses chaussures étaient tachées de boue. Comment la boue est-elle arrivée là s'il ne peut pas marcher ? Vous devriez enquêter sur lui parce que pour ma part, si je devais parier sur celui qui tue dans le groupe, je miserais sur Jared.

9

Jared.

Dès que Bobby quitta le bureau de Grayson, Noah entreprit une recherche approfondie sur le passé et les antécédents de Jared. Sur ceux de Bobby également.

Et il appela Jared pour qu'il revienne immédiatement au bureau du shérif pour un autre interrogatoire. Jared protesta, discuta, ce qui n'avait rien d'étonnant. Mais Noah insista. Et quand il lui dit qu'il s'agissait d'une convocation officielle, d'un ordre, Jared finit par céder et accepta de retourner à Silver Creek. Il promit à Noah d'arriver dans l'heure.

Son accord avait, en tout cas, épargné à Noah toute la paperasserie nécessaire pour demander à la police de San Antonio d'aller chercher Jared manu militari et de le conduire au bureau du shérif de Silver Creek. Une petite victoire en soi. Cependant, il s'agissait peut-être d'une énorme perte de temps si Bobby leur avait menti.

Pire encore, Bobby était peut-être le justicier.

Si tel était le cas, la situation raviverait pour eux une myriade de mauvais souvenirs. Et de raisons de se sentir coupables.

Bien sûr, la culpabilité avait toujours été là. *Toujours.* Comment se pardonner d'avoir provoqué la mort d'une femme ?

Mais, si Bobby croyait rendre justice à celle qu'il considérait comme sa mère en tuant, ces meurtres ne feraient qu'aggraver leur faute. En effet, ils prouvaient qu'avec cet accident, il y a quatorze ans, Everly et Noah avaient déclenché un terrible engrenage.

Ils devaient donc à tout prix découvrir la vérité afin d'empêcher le tueur de s'attaquer à quelqu'un d'autre.

— Helen essayait d'échapper aux mauvais traitements, aux coups de son mari, marmonna Everly.

Noah reporta son attention sur elle.

Cela dit, elle ne quittait pas ses pensées depuis le départ de Bobby. Le récit de ce dernier n'avait fait que remuer le couteau dans de vieilles plaies jamais cicatrisées, il le savait.

— Cette collision était un accident, dit Noah, dans l'espoir de le lui rappeler, ainsi qu'à lui-même.

Comme elle ne répondait pas et semblait toujours sur le point de fondre en larmes, il repoussa son ordinateur, mit un instant ses recherches de côté et se leva pour s'approcher d'elle.

Everly était à la fenêtre. Elle regardait au-dehors, mais il doutait qu'elle voie quoi que ce soit à l'extérieur. Elle se repassait les images cauchemardesques de l'accident d'il y a quatorze ans, il en était certain.

Il la saisit par les épaules pour la retourner vers lui.

— C'était un accident, répéta-t-il.

Cette fois, elle hocha la tête et murmura :

— Je sais.

Mais, comme il s'y attendait, reconnaître qu'elle n'avait pas voulu cette tragédie n'atténua pas sa culpabilité.

Noah hésita à lui dire que comme Helen fuyait un mari violent, après une scène, elle était sans doute distraite au volant. Et en excès de vitesse. La police l'avait d'ailleurs établi, à l'époque. Mais rejeter une partie de la responsabilité du drame sur la victime n'aiderait pas Everly. La prendre dans ses bras peut-être pas non plus. Pourtant, il l'attira à lui avec douceur.

— Nous allons identifier ce tueur, murmura-t-il à son

oreille. D'une certaine manière, l'arrêter sera une bonne façon de rendre justice à Helen. Je refuse de croire qu'elle voudrait que quelqu'un commette un meurtre pour la venger.

Everly ne répondit pas mais se rapprocha de lui avec un gros soupir. Comme elle se collait contre lui, il sentit son corps se tendre. La culpabilité le rongeait, et pourtant il la désirait. Il se maudit mais fut incapable de s'interdire d'aller plus loin.

Il déposa un baiser sur sa joue.

Il avait tort, il le savait. Ce baiser le replongeait dans des souvenirs différents. À une époque où tous deux ne se contentaient pas d'échanger de gentils baisers sur la joue. À une époque où ils s'embrassaient à pleine bouche. À une époque où ils étaient amants.

Que les images de cette nuit d'amour soient désormais mélangées à celles de l'accident de voiture le rendait malade. Lui se rappelait leurs baisers, leurs caresses, leurs étreintes passionnées. Mais il doutait qu'Everly soit capable de se remémorer les uns sans les autres.

Pourtant, lorsqu'elle recula et le dévisagea, il vit le désir dans ses yeux, sentit le frisson fiévreux qui traversa son corps de femme. Et le sien. Voilà longtemps qu'il avait appris que le désir ne le poussait pas toujours aux décisions les plus intelligentes. Il en avait à présent la preuve.

Quand il se pencha et l'embrassa.

Si le baiser sur la joue lui avait fait l'effet d'un coup de poing, capturer sa bouche ressembla plutôt à une avalanche de feu. Elle l'emporta dans des souvenirs torrides. Des images qu'il n'avait jamais réussi à effacer s'imposèrent à sa mémoire. Il tenta de recouvrer ses esprits. Il n'était pas question de céder à la tentation.

Noah eut beau se le répéter en silence, il fut incapable de s'empêcher de l'embrasser comme un fou. Il se délecta quelques instants de la saveur de sa bouche, un plaisir qu'il n'avait pas le droit d'éprouver.

Finalement, il fit appel à toute sa volonté et parvint à s'écarter d'Everly.

Quand leurs regards se croisèrent, il vit la faim impérieuse briller dans le sien. La confusion aussi et il comprenait très bien pourquoi. Ils ne devaient pas aller plus loin. Ce n'était ni le lieu ni le moment. Ils étaient dans le bureau de Grayson où quelqu'un risquait à tout moment d'entrer et de les surprendre. Et, surtout, il leur fallait travailler, avancer dans l'enquête.

Sa plus grande crainte – et elle était énorme – était que ce baiser réveille les drames du passé au point qu'il leur soit impossible d'être ensemble sans mettre l'enquête en péril. Cette éventualité ne devait pas se produire. Arrêter le tueur, assurer la sécurité d'Everly et d'Ainsley, étaient ses priorités absolues.

— Je suis désolé, dirent-ils en même temps en s'écartant.

Cela fit sourire Noah, même s'il n'avait pas beaucoup de raisons de sourire. Pourtant, il fut soulagé de constater qu'ils étaient d'accord, sur le même pied. Bien sûr, il ne regrettait en rien ce baiser et il rêvait de l'embrasser encore et encore. Mais l'enquête devait précéder son envie de lui faire l'amour comme s'il en avait le droit, comme si elle était à lui.

Elle ne l'était pas.

Il se le répéta mentalement plusieurs fois et s'éloigna d'elle pour retourner à son ordinateur. Il l'entendit inspirer longuement et comprit qu'elle était, elle aussi, en train de se recentrer. Elle se replongea ensuite dans ses propres recherches.

Il fronça les sourcils en découvrant le mail de l'inspecteur O'Malley. Après le départ de Bobby, Noah avait demandé à son collègue de l'aider à accélérer les formalités administratives pour accéder au dossier médical de Jared. Il avait espéré qu'O'Malley ferait vite, mais il mesurait les difficultés d'obtenir une telle autorisation.

D'autant qu'il n'avait aucune preuve mais uniquement des soupçons qui émanaient de surcroît d'un autre suspect. Pourtant, il avait espéré aboutir. Cet espoir s'atténua considérablement lorsqu'il lut la réponse d'O'Malley.

La demande a été refusée d'office, lui expliquait O'Malley. Donne-moi tout ce que tu auras réussi à tirer du nouvel interrogatoire avec Jared et je réessayerai.

Noah doutait sérieusement que Jared leur remette quoi que ce soit pour faciliter leurs démarches pour leur permettre d'accéder à son dossier médical. Sauf s'il n'avait vraiment rien à cacher. Il ne montrait pas beaucoup de bonne volonté envers la police. Mais, même s'il était innocent, il n'aurait sans doute pas envie que les enquêteurs fouillent dans ses dossiers personnels.

Si Noah parvenait à lui mettre assez de pression, Jared changerait peut-être d'avis. Noah lui ferait comprendre qu'il ne le lâcherait pas avant d'avoir découvert la vérité.

— Quel est le problème ? demanda Everly.

Noah se rendit compte qu'il avait émis un grognement pendant qu'il répondait à O'Malley.

— Accéder au dossier médical de Jared risque de prendre un certain temps, dit-il sobrement.

Inutile de préciser qu'il n'y parviendrait peut-être jamais.

— Oui, répondit-elle avec douceur.

Il entendait dans sa voix qu'elle était tout à fait consciente de la situation. Leurs chances d'obtenir ce dossier médical étaient minces voire nulles, vu le peu de preuves dont ils disposaient. Après tout, Everly était avocate et se serait opposée à ce genre de requête visant n'importe lequel de ses clients. Il était beaucoup plus facile d'obtenir les dossiers financiers d'un éventuel suspect que ses antécédents médicaux.

— Penses-tu que Bobby ait raison en affirmant que Jared est capable de marcher ? demanda Everly.

— C'est possible, mais d'autres circonstances peuvent expliquer la boue sur ses chaussures, répondit-il. Il est peut-être passé sur une flaque de boue avec son fauteuil. Il conduit une voiture adaptée pour handicapés, mais elle ne le préserve pas des intempéries quand il entre et sort de son véhicule.

Cela dit, Noah le découvrirait grâce à l'étude plus approfondie de son passé, de ses antécédents. Il se plongea dans cette recherche sans attendre et apprit que Jared avait loué une maison de ville à San Antonio. Il obtint aussi des informations sur le type de véhicule que Jared conduisait. Il s'agissait d'une camionnette.

— La maison de Jared bénéficie d'un garage, dit-il.

Bien entendu, il avait peut-être garé son véhicule ailleurs, lors d'un déplacement. Un déplacement pour déposer un cadavre quelque part, par exemple.

— S'il n'est pas capable de marcher, il est possible qu'il soit quand même le tueur. Il a l'air fort. Ses épaules et ses bras sont musclés. Il serait peut-être capable de soulever les victimes tout seul. Ou de les attirer dans sa camionnette.

Everly hocha la tête d'un air pensif.

— Comme Ted Bundy, le tueur en série qui avait reconnu avoir assassiné une trentaine de femmes dans différents États et qui en avait sans doute tué bien davantage, en réalité. Pour attirer ses victimes, il feignait d'être blessé. Et quelqu'un comme Daisy n'aurait peut-être même pas eu besoin de se laisser attirer. Elle savait peut-être la vérité mais lui faisait confiance.

Noah était d'accord.

— Et aucune des victimes n'avait une corpulence importante. Si Jared avait réussi, sous un prétexte ou un autre, à les attirer vers l'arrière de sa camionnette ou à se garer à côté de leurs véhicules, il lui aurait alors été plus facile de les neutraliser et de les pousser à l'intérieur.

Cependant, si cette théorie était séduisante, elle n'était pas fondée, Noah le savait. Tous les voisins d'Everly avaient été interrogés, et aucun d'eux n'avait signalé la présence d'une camionnette ou de tout autre véhicule étranger dans le quartier.

Les gens des petites villes remarquaient ce genre de choses.

Cela dit, le tueur avait peut-être contourné ce problème. S'il avait effectué des recherches sur Everly – et Noah en était certain –, il avait appris quand ses voisins étaient là, quand ils étaient au travail. En d'autres termes, son raisonnement n'excluait aucun de leurs suspects.

Son téléphone bipa pour lui annoncer l'arrivée d'un texto. Il émanait de Grayson, et il le lut à haute voix :

— Le légiste a dû annuler notre rendez-vous à cause d'une urgence familiale. Sa femme est malade. Je vais reporter, mais en attendant, j'aimerais que tu épluches les relevés bancaires qui viennent d'arriver. J'ai demandé à Theo de t'en envoyer des copies par mail.

Noah consulta immédiatement sa boîte de réception et enregistra les rapports financiers sur Jared, Bobby, River et même Daisy. Il rédigea un bref SMS de remerciement pour Grayson et se mit au travail.

— Je peux en parcourir certains, pour accélérer le processus, proposa Everly.

Sans hésiter, il lui fit suivre le mail de Theo. En principe, il n'avait pas le droit de transmettre ces données. Mais il était prêt à s'aventurer dans une zone grise pour trouver au plus vite quelque chose qui mettrait fin à cette menace. Il lui transféra les dossiers de Daisy et de Bobby et, pendant qu'elle travaillait dessus, il se plongea dans celui de Jared.

Jared avait un compte courant, un compte d'épargne classique et un compte-titres. Il recevait chaque mois des prestations d'invalidité sur son compte courant. Cet argent provenait d'une compagnie d'assurances privée dont Jared avait manifestement bénéficié après l'accident.

L'examen des dépôts et des retraits ne révéla rien d'anormal. Idem pour les mouvements sur son compte d'épargne. Mais, lorsqu'il s'intéressa au compte-titres, il fut surpris de son importance. Jared disposait d'un peu plus d'un demi-million de dollars investis dans divers fonds de placement. Le montant lui parut élevé, vu que Jared ne venait pas d'un milieu aisé. Mais il constata que le compte avait été ouvert avec le dépôt d'un paiement forfaitaire de la compagnie d'assurances de Winona Billings. Par la suite, Jared avait fait fructifier cette somme en réinvestissant régulièrement les intérêts. Il y avait peu de retraits.

L'un d'eux se démarquait pourtant.

— Il y a une semaine, Jared a retiré dix mille dollars de son compte-titres, dit Noah à Everly. En espèces.

Elle se tourna aussitôt vers lui.

— Il les a retirés en espèces ? répéta-t-elle d'un ton alarmé. As-tu des indications sur la raison pour laquelle il a sorti l'argent ?

— Aucune.

Cet argent avait peut-être servi à payer quelqu'un pour installer cet explosif. Ou pour se débarrasser de cadavres.

Si c'était le cas, quelqu'un était susceptible d'identifier Jared comme étant le tueur.

Après avoir examiné les paiements de Jared via sa carte de crédit, Noah s'intéressa aux comptes de River.

Ce dernier n'était pas aussi à l'aise, financièrement, que Jared. Il ne possédait qu'un compte courant. À en croire les relevés bancaires, River gagnait beaucoup d'argent grâce à son travail, mais il en dépensait la majeure partie. Il adorait les jeux vidéo en ligne.

— Deux éléments m'interpellent, annonça Everly après avoir travaillé un quart d'heure sur ces documents. Il y a peut-être quelque chose de suspect dans les comptes de Bobby. Peut-être, souligna-t-elle. Depuis plusieurs semaines, il retire trois cents dollars à un distributeur. J'ignore à quoi lui sert cet argent puisqu'il paye tout le reste avec sa carte de crédit.

Noah comprenait pourquoi elle l'avait précisé.

De nombreuses raisons légitimes expliquaient pourquoi une personne utilisait du liquide plutôt que sa carte bancaire. Mais, comme il s'agissait d'un suspect de meurtre, ils devraient enquêter sur ces retraits. Et donc interroger à nouveau Bobby.

— Et le deuxième élément que tu as trouvé ? s'enquit Noah.

— Un dépôt douteux sur le compte de Daisy. Dix mille dollars déposés il y a une semaine.

Cela attira l'attention de Noah.

— À la même date que le retrait de Jared ? demanda-t-il en lui donnant le jour exact.

— Oui, répondit-elle après avoir vérifié.

Avec un soupir, elle se tourna vers lui.

— Tu penses que Daisy soupçonnait Jared et qu'il l'a payée pour qu'elle ne le dénonce pas ?

— Oui, c'est exactement ce que je pense.

Et Noah se mit aussitôt à creuser cette possibilité.

— Le chantage n'est pas un procédé intelligent ni sûr, surtout face à un tueur. Mais peut-être Daisy avait-elle cru que le tueur ne connaîtrait pas l'identité du maître chanteur.

— Si c'est vrai, cela n'était pas très malin de sa part. Si le tueur était l'un de nos suspects, il soupçonnerait forcément quelqu'un du groupe.

— C'est certain. Y a-t-il autre chose dans les finances de Daisy qui indiquerait qu'elle avait pris l'habitude de faire chanter les gens ?

Everly reporta son attention sur les comptes.

— Non, répondit-elle quelques instants plus tard. Mais si elle avait accepté le paiement cette fois-ci, cela signifie qu'elle savait qui était le tueur.

En effet, et avec le retrait de Jared correspondant au dépôt de Daisy, il devenait évident que Daisy savait Jared coupable.

— Daisy n'aurait peut-être pas voulu dénoncer la personne qui avait aidé à obtenir justice pour sa mère, ajouta Noah. Et d'ailleurs, le paiement n'était peut-être pas de l'argent du chantage mais plutôt destiné au règlement de la personne qui a aidé avec les explosifs.

Everly soupira à nouveau.

— Si c'est vrai...

Elle s'interrompit, sans finir sa phrase, mais Noah savait à quoi elle pensait. Si Daisy avait effectivement aidé un tueur, alors elle avait joué avec le feu et s'était brûlée. Elle l'avait payé de sa vie.

Le téléphone de Noah bipa pour signaler la réception d'un autre SMS de Grayson.

— La police scientifique a fini de traiter ta maison et ton jardin, dit-il à Everly. Ils t'autorisent à rentrer chez toi.

Il observa sa réaction. Le soulagement, oui, mais vite balayé par une inquiétude, compréhensible au demeurant.

— Chez moi, répéta-t-elle avec soupir. Je vais devoir rentrer chez moi.

— Rien ne t'y oblige. Attends peut-être que le tueur soit arrêté, lui proposa Noah. Ainsley et vous êtes invitées à rester chez moi aussi longtemps que vous le souhaitez.

— Je sais, dit-elle dans un murmure teinté d'angoisse et de frustration.

Noah devinait que le baiser qu'ils avaient échangé et l'attirance qu'ils éprouvaient toujours l'un pour l'autre jouaient un rôle dans sa réaction.

Elle pensait sans doute qu'il serait sage de mettre une

certaine distance entre eux. Et elle avait raison. Loin d'elle, il serait moins tenté de l'embrasser et d'aller plus loin...

— J'aimerais récupérer des affaires chez moi, poursuivit-elle. Quelques vêtements supplémentaires pour Ainsley aussi et quelques-uns de ses jouets préférés. Et j'ai besoin de réfléchir à la sécurité. Même après avoir capturé le tueur, il me sera difficile de rester là-bas sans avoir pris quelques précautions supplémentaires.

Imaginer son départ ravageait le cœur de Noah, mais il avait toujours su qu'elle s'en irait. Tôt ou tard, Everly rentrerait chez elle et recommencerait à ériger des barrières entre eux.

— Je peux demander à Hudson de venir chez toi pour te prodiguer de bons conseils, suggéra-t-il.

Il faillit lui rappeler qu'aucun système, cependant, n'était infaillible, mais ce n'était pas nécessaire. Il faudrait sans doute longtemps avant qu'Everly ne parvienne à se détendre dans sa propre maison.

Elle hocha la tête, le remercia et retourna à ses recherches sur les finances. Noah envoya un texto à Hudson pour lui demander de venir au bureau du shérif afin de les accompagner chez Everly.

Il venait d'envoyer le SMS lorsqu'il entendit la voix retentissante d'un homme qu'il reconnut aussitôt.

— Inspecteur Ryland ! lança Jared.

Noah n'avait pas besoin de le voir pour savoir qu'il était très énervé. Il percevait sa colère dans sa voix. Eh bien, lui-même n'était pas vraiment de bonne humeur non plus et, d'une manière ou d'une autre, il avait la ferme intention d'obtenir des réponses.

Noah se leva et se dirigea vers la porte pour voir l'adjointe Lawson vérifier que leur visiteur n'était pas armé, mais Jared ne lui prêtait aucune attention.

Il fusilla Noah du regard.

— Que voulez-vous maintenant ? grommela-t-il.

Noah décida de ne pas tourner autour du pot et d'aller droit au but.

— J'ai appris que vous n'aviez pas besoin de ce fauteuil roulant, déclara-t-il en guettant la réaction de Jared.

— Qui vous a dit ça ?

— Une source très fiable, prétendit-il.

Il gardait son œil de policier fixé sur l'homme et asséna un autre mensonge.

— J'ai déjà demandé qu'un examen médical soit pratiqué sur vous pour vérifier les dires de cette source fiable.

Un moment s'écoula puis Jared laissa échapper quelques grossièretés dans sa barbe.

Et, sous les yeux éberlués de l'adjointe Lawson, de Noah et d'Everly, il agrippa de ses mains musclées les accoudoirs de son fauteuil roulant.

Et tendit les muscles de ses bras pour se redresser.

10

Everly regarda Jared s'efforcer de se relever. Non seulement il y parvint, mais il repoussa l'adjointe Lawson qui voulait l'aider. Il se mit debout et leur fit face avec colère.

Everly s'était attendue à ce que Jared nie avoir la moindre possibilité de bouger les jambes, d'autant qu'il n'avait pas caché son amertume à propos de son handicap lors de sa dernière visite. Elle n'avait pas imaginé qu'il reconnaîtrait être capable de se redresser. Un tel aveu faisait de lui un suspect majeur en tant que tueur justicier, il le savait forcément.

— Êtes-vous satisfait ? lança-t-il d'un ton écœuré. Oui, j'arrive à me lever. Et même à faire quelques pas. Cela ne signifie en aucun cas que je suis un tueur.

— Vous avez menti lors d'un interrogatoire officiel, répliqua Noah avant de lui faire signe de le suivre jusqu'au bureau de Grayson. J'aimerais que vous m'expliquiez pourquoi. Et ensuite, vous essayerez de me convaincre de ne pas vous inculper pour fausse déclaration à un policier et entrave à la justice.

Jared soupira mais, après s'être rassis dans son fauteuil roulant, il les suivit.

— Pourquoi croyez-vous donc que j'ai menti ? cria-t-il. Parce que je savais que vous me soupçonneriez d'avoir commis ces meurtres. À tort. Je l'ai dit et je le répète, je n'ai tué personne.

Noah le regarda droit dans les yeux.

— Alors, vous auriez dû dire la vérité, tout faire pour m'aider à empêcher le tueur de frapper à nouveau. Au lieu de quoi, vous avez dissimulé un fait important, sans doute parce que vous avez beaucoup à cacher.

Il se pencha vers lui pour asséner :

— Mentez-moi encore. Donnez-moi une raison de vous jeter en prison.

Jared ouvrit la bouche comme pour riposter mais parut ensuite se raviser.

Il poussa un gros soupir, et une partie de la colère s'envola de son visage.

— Je vous ai déjà lu vos droits, lui rappela Noah. Souhaitez-vous que je les répète ?

— Non, répondit-il sèchement. Je n'ai confié à personne que j'avais retrouvé une certaine mobilité. Et comme je vous l'ai dit, je parviens à peine à effectuer quelques pas. Je suis loin de marcher normalement.

D'un geste, Noah l'encouragea à poursuivre, son regard de policier dardé sur lui. Everly comprenait très bien pourquoi il était à bout de nerfs. Ils étaient en danger. D'autres l'étaient aussi, et Jared en était peut-être responsable.

— Je ne voulais pas en parler parce que je ne suis pas sûr que ce progrès va perdurer. Mon médecin m'a fait subir une batterie d'examens, mais il ignore encore si je vais, peu à peu, retrouver l'usage de mes jambes ou si cette amélioration n'est que provisoire.

Everly aurait aimé avoir accès à son dossier médical, pour savoir s'il mentait. Il avait intérêt à ce que la police ne le croie pas en état de commettre les meurtres.

— Je souhaite que vous me donniez l'autorisation de m'entretenir avec votre médecin, reprit Noah après un long silence.

De nouveau, Jared serra les mâchoires.

— Si je refuse, vous en conclurez que je suis coupable.

Il s'interrompit, les yeux toujours rivés sur ceux de Noah. Mais il finit par hocher la tête.

— Très bien. Je vais l'appeler et l'informer que je vous ai permis de consulter mon dossier. Puis-je partir maintenant ?

— Non, répondit Noah. Parlez-moi d'abord des dix mille dollars que vous avez retirés en espèces, il y a huit jours.

Jared jura de nouveau.

— C'était un cadeau, je les ai offerts à une amie.

— À Daisy, dit Noah.

Jared haussa les épaules sans répondre, mais Everly vit la surprise traverser ses yeux.

— Si vous mentez, répéta Noah, vous vous retrouverez derrière les barreaux.

Un petit moment s'écoula avant que Jared ne reconnaisse enfin :

— Oui, je les ai donnés à Daisy.

Pour maintenir la pression, Noah lança aussitôt :

— Vous faisait-elle chanter ?

Jared fronça les sourcils.

— Non, non, répéta-t-il en se déplaçant dans son fauteuil roulant. Elle avait envie d'organiser une collecte pour aider la famille de l'homme assassiné qui avait tué sa mère autrefois. Je suis allé lui parler après la réunion et je lui ai proposé de l'argent.

Everly avait imaginé de nombreuses explications que Jared était susceptible de leur donner, mais elle n'avait pas pensé à celle-là.

— Pourquoi Daisy voulait-elle les aider ? demanda Everly.

— Parce qu'elle était une femme bonne et généreuse.

Il ferma les yeux un instant et frissonna.

— Sa mort m'a ravagé.

Sa réaction semblait sincère. *Semblait*. Mais peut-être éprouvait-il cette dévastation parce qu'il avait tué Daisy. Peut-être s'était-il senti acculé, peut-être avait-il eu l'impression de ne pas avoir le choix, si elle le faisait chanter. Ou si elle avait compris qu'il tuait au nom de la justice.

— Daisy vous avait-elle fourni un reçu ou écrit un mot de remerciement pour votre générosité ? s'enquit Noah sans chercher à cacher son scepticisme.

Jared redressa les épaules et le regarda de nouveau.

— Non, grogna-t-il. Et je pense qu'il est temps pour moi d'appeler mon avocat. D'après l'Avertissement Miranda que vous m'avez lu, c'est mon droit, ajouta-t-il d'un air suffisant.

— En effet, répondit Noah. Appelez-le.

— Je le ferai, mais je ne peux pas l'attendre, aujourd'hui. J'ai rendez-vous chez le médecin. Je reviendrai demain pour poursuivre cet interrogatoire avec lui.

Noah le dévisagea un long moment comme s'il cherchait le meilleur moyen de gérer la situation. Everly hésita à lui dire que les preuves dont il disposait étaient indirectes et donc peu fiables. L'avocat de Jared en ferait sans doute état, lui aussi. Aucune preuve matérielle ne permettait de relier Jared à l'un des crimes. Et ils ne savaient même pas avec certitude s'il avait la mobilité nécessaire pour commettre les meurtres.

— Je vous attends demain matin à 9 heures, dit finalement Noah. Si vous n'êtes pas là, je délivrerai un mandat d'arrêt contre vous.

Obtenir un tel mandat serait un véritable parcours du combattant, vu le manque de preuves dont il disposait. Mais, tôt ou tard, Noah réussissait toujours à convoquer un suspect. Surtout un suspect qui avait déjà menti lors d'un interrogatoire.

— Demain, 9 heures, répéta Jared.

Il manœuvra son fauteuil roulant et partit.

Comme il traversait le hall d'entrée, il passa devant l'adjointe Lawson qui discutait avec un grand brun vêtu d'un jean et d'un T-shirt noir. Ses bras étaient tatoués. Contrairement à Jared, il n'était pas très musclé, mais il avait une carrure solide qui rappelait celle d'un boxeur.

Il salua Noah d'un mouvement de tête mais, d'un geste, ce dernier lui demanda d'attendre. Il sortit son smartphone, et elle le vit tapoter le numéro de l'inspecteur O'Malley.

— J'ai besoin d'un mandat de perquisition pour l'appartement de Jared Jackman, dit-il dès qu'il eut son collègue en ligne.

Il lui donna l'adresse.

— Tu as un motif pour justifier cette requête ? répondit aussitôt O'Malley.

— Oh ! oui. Jared me l'a donné en prétendant être paraplégique. Alors qu'il est capable de marcher, au moins un peu. Il a également reconnu avoir donné dix mille dollars à notre dernière victime, Daisy Reyes. Elle le faisait peut-être chanter et dans ce cas, nous trouverons, j'espère, quelque chose chez lui pour le prouver. Et peut-être aussi des éléments liés à l'engin explosif qui se trouvait dans cette caisse.

— D'accord. Je m'en occupe tout de suite, assura O'Malley. Je suppose que tu es toujours à Silver Creek ?

— Oui. Je m'apprête à reconduire Everly chez elle pour lui permettre de récupérer quelques affaires. Et surtout, d'examiner les options pour un nouveau système de sécurité. Puis nous retournerons au ranch.

Everly glissa un autre regard à l'homme tatoué qui patientait dans le hall et comprit soudain qu'il s'agissait sans doute de Hudson Granger, la personne chargée de la sécurité du ranch Ryland. Il n'habitait pas Silver Creek. Elle le saurait, s'il y vivait. Mais elle l'avait déjà vu dans les parages.

Noah termina son appel avec O'Malley, rangea son téléphone, glissa leurs ordinateurs portables dans une sacoche avant de l'entraîner hors du bureau de Grayson.

— Nous poursuivrons les recherches sur les données financières en route.

La maison d'Everly était à une très courte distance en voiture, mais ils auraient le temps de le faire ensuite, lorsqu'ils se rendraient au ranch des Ryland.

— Avons-nous besoin d'un adjoint suppléant pour nous accompagner ? demanda-t-elle.

— Non. Hudson sera là pour nous protéger.

Il s'interrompit pour se charger des présentations puis ajouta :

— Hudson faisait partie des Forces spéciales.

Elle avait deviné qu'il avait une formation militaire à ses yeux verts perçants. Il aurait également pu être policier, policier avec peut-être un côté sombre. En tout cas, il semblait en effet plus que capable de les protéger. Everly espérait surtout qu'il n'aurait pas à intervenir.

Ils se précipitèrent dehors, non pas vers une voiture de patrouille mais vers un SUV noir garé devant la porte.

— Il est blindé, et les vitres sont à l'épreuve des balles, dit Hudson en prenant le volant.

Noah et Everly s'installèrent sur la banquette arrière.

— Hudson propose toutes sortes de services liés à la sécurité, précisa Noah qui devinait sans doute qu'elle s'interrogeait à son sujet.

Le SUV n'avait rien d'ordinaire. Le tableau de bord ressemblait au cockpit d'un avion de combat.

Hudson confirma d'un grognement qu'il était multi-opérationnel dans le domaine de la sécurité. Puis il envoya par commande vocale un fichier à Noah.

— Grayson m'a demandé de dresser une liste de possibilités pour identifier la personne qui a installé l'engin explosif dans la caisse sur la route, poursuivit Hudson alors qu'il s'éloignait du bureau du shérif.

À l'aide de son ordinateur portable, Noah afficha le fichier, et Everly regarda le document se charger. Des dizaines de noms apparurent.

— Ce sont les experts en explosifs de la région, expliqua Hudson pendant qu'il conduisait.

Elle remarqua que les écrans sur le tableau de bord affichaient tous les angles de la route.

— J'ai mis en haut de la liste ceux qui ont des addictions à la drogue, à l'alcool ou à d'autres vices parce qu'ils ont souvent d'énormes besoins d'argent. Pour en obtenir, ils sont capables de tout, y compris d'aider un tueur.

Noah et Everly commencèrent à parcourir des yeux la liste des noms ainsi que les brèves biographies fournies par Hudson. À en juger à leurs démêlés avec la justice, il ne s'agissait pas de citoyens modèles.

— Embaucher quelqu'un pour fabriquer des explosifs coûte cher ? demanda Everly à Noah. Je pense à cet argent que Bobby retire chaque semaine.

— Moins cher qu'on pourrait le croire, répondit Hudson, son attention toujours sur la route et les écrans. Quelqu'un qui a besoin d'argent pour se camer acceptera de le faire pour mille ou deux mille dollars. J'ai vérifié auprès de l'équipe de déminage les spécificités de l'explosif contenu dans cette caisse. Il ne s'agissait pas d'un engin très sophistiqué. Il était relativement facile pour quelqu'un à proximité de le faire exploser à distance, à l'aide d'une télécommande.

Un frisson glacé la parcourut. *Quelqu'un à proximité.* Le tueur les surveillait sans doute.

Everly s'obligea à repousser ces images et à se concentrer sur la liste.

Et un nom l'interpella.

— Freddie Barker, dit-elle en touchant l'écran avant d'ouvrir son ordinateur pour accéder aux pages de réseaux sociaux sur lesquelles elle avait effectué des recherches.

Elle retrouva rapidement ce qu'elle cherchait.

— Il a commenté l'un des articles délirants de River.

Noah fronça les sourcils en lisant à haute voix le commentaire de Freddie Barker.

— « Ces fumiers doivent tous mourir. »

Il sortit son téléphone et demanda à la police de San Antonio de localiser immédiatement Freddie et de le conduire au poste pour l'interroger. Il venait d'obtenir l'accord de son supérieur quand Hudson s'engagea dans sa rue.

Même si elle avait envie de découvrir le reste de la liste que Hudson avait compilée, Everly s'interrompit pour regarder sa maison par la vitre. Un frisson glacé la parcourut.

Qu'elle ressente cet effroi devant chez elle la rendait malade. Que des images d'un cadavre et d'une boîte couverte de sang reviennent la hanter lui était insupportable.

Pourtant, elles s'imposèrent aussitôt à son esprit.

Elle ne dit rien mais, à son expression, Noah devina sans doute ce qu'elle ressentait parce qu'il lui prit la main avec douceur.

— Personne ne t'oblige à y aller maintenant, si tu n'es pas prête, dit-il.

Elle secoua la tête. Repousser le moment ne faciliterait rien, elle le savait. Au contraire. Tôt ou tard, elle devrait y faire face, alors autant affronter sa peur sans attendre.

Hudson se gara devant son porche et pressa quelques touches sur le tableau de bord.

— Je scanne la maison et les environs, dit-il. Il n'y a personne dans les parages et je ne détecte aucun explosif, ajouta-t-il quelques instants plus tard. Tout va bien. Alors pourquoi n'iriez-vous pas à l'intérieur, tous les deux, pendant que j'installe quelques caméras ?

Il tira un sac d'équipement du siège passager et descendit du véhicule. Noah et Everly l'imitèrent.

À l'aide d'une application sur son téléphone, elle déverrouilla la porte d'entrée et ils se hâtèrent vers la maison.

Everly leva les yeux vers le ciel qui s'assombrissait. Un orage se préparait, un gros orage apparemment, et elle fut heureuse que les hommes de la police scientifique aient fini de traiter les lieux.

Laissant Hudson sous le porche, Noah entra avec Everly et referma la porte derrière eux. Elle fit quelques pas avant de s'arrêter pour inspirer profondément dans l'espoir de se calmer.

En vain.

Noah lui reprit la main. Pour lui rappeler qu'elle n'était pas seule pour gérer cette situation. Il était là. Elle en fut soulagée. Elle n'était pas sûre d'y parvenir sans lui.

— Cela prendra du temps, marmonna-t-elle, s'adressant plus à elle-même qu'à lui. Je dois seulement me rappeler à quel point j'aime cette maison.

À quel point je l'aimais, corrigea-t-elle *in petto*.

Mais elle refusa de s'y attarder.

Elle n'avait pas l'intention de laisser le tueur la priver de sa propre maison.

— Je vais chercher une valise dans ma chambre, dit-elle en s'y dirigeant.

Noah l'accompagna, bien sûr, mais au lieu d'entrer à sa suite il s'arrêta sur le seuil et l'observa, les mains sur les hanches.

— Je ne vais pas te demander si tu vas bien, dit-il. Mais si je peux faire quoi que ce soit pour t'aider à aller mieux.

À sa grande surprise, l'image qui lui vint à l'esprit cette fois n'avait rien à voir avec un tueur ou des attaques. Mais avec le souvenir de Noah l'embrassant.

Un baiser de Noah la libérerait peut-être de ses angoisses. Quelque part, elle en était certaine. Mais ce serait jouer avec le feu, elle en était consciente.

Noah sourit comme s'il savait exactement à quoi elle pensait. Sans doute éprouvait-il le même désir.

Furieuse contre elle-même et contre ses difficultés à gérer

ses émotions, elle sortit une valise et se dirigea vers la chambre d'enfant pour emballer les affaires d'Ainsley.

Mais, incapable de s'en empêcher, elle s'arrêta devant Noah. Et, avec un profond soupir, elle se pencha et caressa ses lèvres des siennes.

Elle se le reprocha aussitôt. Ce n'était vraiment pas bien de sa part de se réconforter ainsi. Mais Noah ne parut pas lui en vouloir. Au contraire, il eut l'air d'apprécier.

Il la saisit par les épaules et l'embrassa vraiment. Son baiser fut profond mais bref et, quand il recula, elle vit le regret dans ses yeux.

Il ne regrettait pas de l'avoir embrassée. Non.

Mais de ne pas pouvoir aller plus loin.

Elle s'éclaircit la gorge, dans l'espoir de s'éclaircir du même coup les idées, mais elle devinait que bientôt elle devrait faire face à ses sentiments pour Noah.

Des sentiments qui ne se limitaient pas au désir sexuel. Y céder n'était pas une bonne idée, se répétait-elle.

Même s'ils retombaient amoureux, Everly doutait qu'ils puissent un jour vivre heureux ensemble. Leur culpabilité les poursuivrait leur vie durant.

Elle se força à s'écarter et à sortir de la chambre, même si cela signifiait passer devant Noah. Et le toucher dans le mouvement.

Lorsqu'elle l'effleura, elle entendit son bruit rauque de gorge. Un bruit qu'elle n'eut aucun mal à interpréter. Il exprimait une faim qui voulait être rassasiée. Mais il ne l'attira pas vers lui pour un autre baiser. Il la suivit jusqu'à la chambre d'enfant pendant qu'elle commençait à rassembler ce qu'elle était venue y chercher.

Elle emballa des petits vêtements, la crème hydratante qu'elle utilisait sur sa fille après son bain, trois animaux en peluche qu'Ainsley aimait câliner pour s'endormir. Des petites choses qui, elle l'espérait, rendraient le séjour d'Ainsley au ranch plus confortable.

Elle jeta un coup d'œil à la caméra de surveillance, connectée au babyphone, et hésita à la prendre également. Mais elle se souvint qu'il y en avait déjà une dans la chambre que Noah avait aménagée chez lui pour l'enfant.

Elle ajouta quelques articles de toilette pour elle. Un peu de maquillage aussi, même si elle se reprocha de se soucier de telles futilités alors qu'ils étaient poursuivis par un tueur.

Il ne lui avait pas fallu longtemps pour faire ses valises – et embrasser Noah – mais, lorsqu'ils ouvrirent la porte d'entrée, ils virent Hudson, juché sur une petite échelle, accrocher une caméra, à l'extrême droite du porche.

— Grâce à ses deux objectifs, elle couvrira le porche et le côté droit de la maison sur toute sa longueur, expliqua-t-il tout en continuant de travailler. J'en ai déjà installé une à l'arrière et je l'ai positionnée de manière qu'elle couvre de la même façon tout le côté gauche de la maison. Elles se déclenchent par le mouvement, et je vous ai envoyé à tous les deux le lien qui vous permettra de visualiser le flux d'images sur votre ordinateur. Et de créer un compte pour les visionner également sur vos smartphones. Faites-le sans attendre pour savoir en permanence si vous avez reçu des visiteurs indésirables.

Il n'avait sans doute pas été difficile pour un homme de son expertise d'obtenir son adresse mail pour lui faire parvenir ce lien.

— Merci beaucoup, dit-elle avec sincérité.

— C'est un début, déclara Hudson. Une fois de retour au ranch, je demanderai à quelqu'un de vous livrer davantage d'équipements. Quel système d'alarme avez-vous ?

Everly lui montra l'application qu'elle utilisait via son smartphone.

— Il y a des détecteurs de mouvement sur les portes et

fenêtres, dit-elle. Ils déclenchent une alarme si quelqu'un entre par effraction. Ils fonctionnent parce que plusieurs fois j'ai oublié de les désactiver avant d'ouvrir la porte. L'alarme n'était pas très forte mais tout à fait suffisante pour attirer mon attention.

Hudson grimaça.

— J'ai bien mieux à vous installer. Et les caméras à l'intérieur ?

Elle secoua la tête.

— Je n'en ai pas, à part la caméra connectée au babyphone dans la chambre de ma fille.

— Elle est activée par le mouvement ? demanda-t-il.

— Oui, mais elle ne déclenche pas d'alarme. Une application sur mon téléphone me permet de surveiller Ainsley pendant la nuit ou sa sieste. Le volume est réglé de façon à me réveiller si Ainsley commence à s'agiter.

Elle s'interrompit en ressentant une nouvelle vague d'inquiétude.

— Pensez-vous que des caméras de surveillance intérieures soient nécessaires ?

— Ça ne ferait pas de mal, répondit Hudson.

Il dut voir l'angoisse sur son visage car il ajouta :

— Quand le tueur a laissé cette boîte et le cadavre de Daisy, il n'était pas entré par effraction.

En effet et cela aurait été bien pire s'il avait mis le corps de Daisy à l'intérieur.

Everly frémit à cette éventualité et elle se promit de se procurer sous peu d'autres caméras et de les installer dans la maison.

— Quelle est la portée de la caméra que vous avez dans la chambre d'enfant ? demanda Hudson.

Il lui fallut un moment pour se rappeler cette information.

— Une centaine de mètres. Elle couvre toute la pièce puisque

Ainsley y joue beaucoup, et j'aime garder un œil sur elle quand je suis dans une autre partie de la maison.

Même si elle ne laissait jamais sa fille seule très longtemps.

— J'ai installé la caméra au mur pour la voir si elle sort dans le couloir.

Avec le recul, Everly aurait aimé mettre une caméra dans le couloir. Elle gardait en général les portes de sa chambre et de sa salle de bains fermées mais, depuis qu'Ainsley avait appris à se servir des poignées, elle risquait de se retrouver dans une pièce dans laquelle elle n'avait rien à faire.

Hudson descendit de l'échelle, leva les yeux vers le ciel et poussa un juron.

— Si je me dépêche, j'espère terminer avant l'orage. J'ai consulté les prévisions météo. Elles ne sont pas bonnes.

— Ont-ils annoncé des tornades ? demanda Everly.

— Elles sont possibles, répondit-il avec un hochement de tête en repliant l'échelle.

— Ma maison est équipée d'un abri anti-tornade, expliqua Noah en regardant à son tour son téléphone.

Everly avait, elle aussi, un abri de ce type auquel elle accédait par une trappe située dans la buanderie, mais elle espérait ne pas avoir à l'utiliser.

Ils étaient encore dans l'embrasure de la porte lorsque le smartphone de Noah sonna, et elle vit le nom de River s'afficher.

Visiblement, Noah l'avait ajouté à ses contacts.

— Inspecteur Ryland, répondit-il tout en balayant les alentours des yeux.

Peut-être pensait-il que cet appel était un moyen de distraire son attention.

— Je me rends tout de suite au bureau du shérif de Silver

Creek, lâcha River, le souffle court. Je dois vous voir immédiatement.

— Pourquoi ? Que se passe-t-il ? s'enquit Noah.

— Quelqu'un vient d'essayer de me tuer.

11

Noah jura. Comme il ne faisait pas plus confiance à River qu'à leurs autres suspects, il poussa Everly à l'intérieur de sa maison.

Hudson les y rejoignit et, tout en tirant son arme d'un holster à l'arrière de son jean, il consulta les images prises par la caméra via son smartphone.

S'il y avait quelqu'un dans les environs, il le verrait.

— Pour info, vous êtes sur haut-parleur, annonça Noah à River. Maintenant, dites-moi qui a essayé de vous tuer ?

Noah referma la porte et s'assura qu'Everly ne se tenait pas devant les fenêtres.

— Je crois que c'était Bobby, répondit River.

— Bobby ? répéta Everly, stupéfaite.

— Vous avez vu, de vos yeux vu, Bobby essayer de vous tuer ? insista Noah.

River poussa un gémissement de peur et de frustration – qui pouvaient toutes deux être simulées.

— Non, mais il sortait de chez moi et je suis donc à peu près sûr qu'il s'agissait de lui.

— Pourquoi Bobby était-il chez vous ? Vous avez prétendu que vous ne connaissiez même pas son nom de famille.

— Je ne le connaissais pas, répliqua River. Je lui ai laissé un message sur le tableau de la salle où nous nous réunissons avec les Peace Seekers. Pour m'adresser à lui, je n'ai pas utilisé son patronyme que j'ignorais. Je l'ai appelé « Carton Rouge » et j'ai ajouté mon numéro de téléphone en le priant de me joindre au plus vite. Il l'a vu et m'a appelé.

Noah se demanda comment la police de San Antonio avait pu passer à côté de cette note. Cela dit, peut-être ne s'y trouvait-elle pas encore lorsqu'ils avaient fouillé la pièce.

— Quand Bobby m'a téléphoné, poursuivit River, je lui ai donné mon adresse et il est venu sur-le-champ. Je lui ai dit que j'avais peur, que je pensais que Jared était le tueur et qu'il risquait de s'attaquer à nous... pour nous faire taire. J'étais presque sûr que Bobby avait, lui aussi, vu la boue sur les chaussures de Jared.

Noah garda pour lui la capacité de Jared à marcher. Au lieu de quoi, il demanda plus de détails sur cette prétendue tentative de meurtre.

— Racontez-moi ce qui s'est passé lorsque Bobby vous a rendu visite.

River prit une profonde inspiration.

— Il m'a demandé si j'étais certain que Jared était le tueur. Je lui ai répondu que je n'étais sûr de rien, qu'il s'agissait d'une simple intuition. Il m'a conseillé de faire attention et de ne faire part de mes suspicions à personne. Pour lui, Jared finirait forcément par en entendre parler et, s'il n'était pas le tueur, mes soupçons reviendraient tôt ou tard aux oreilles de l'assassin.

Là encore, ces propos n'étaient peut-être qu'une ruse mise en place par River pour écarter les soupçons de lui.

— Bobby n'est pas resté longtemps, poursuivit-il. Il est parti, et environ dix minutes après, j'ai entendu une énorme déflagration. J'ai regardé par la fenêtre et j'ai vu que mon porche avait explosé. Il y avait des morceaux de bois partout.

Noah se demanda si l'explosif avait réellement été destiné à le tuer. Peut-être s'agissait-il d'un avertissement.

— Avez-vous entendu ce que je viens de vous dire ? répéta River. Bobby a sans doute installé une bombe chez moi.

Même si Noah connaissait la réponse, il posa quand même la question :

— Avez-vous vu Bobby l'y mettre ?

— Non, mais je l'ai laissé seul pendant quelques instants pour me rendre aux toilettes. Il a dû la poser à ce moment-là.

Sans doute, mais dans ce cas Bobby aurait fait preuve d'une grande témérité. Il ignorait alors combien de temps River serait parti.

— Je suppose que vous n'avez pas appelé la police à ce sujet ? reprit Noah.

— Non. Je ne voulais pas attendre les flics. Il leur aurait fallu un moment pour arriver et Bobby risquait de revenir pendant ce temps-là pour me descendre. J'ai préféré courir vers mon camion et filer. Si vous n'êtes pas au bureau du shérif, vous devez m'y retrouver au plus vite. J'y arriverai dans cinq minutes.

Noah soupira. Il n'avait vraiment aucune envie qu'Everly se retrouve coincée au bureau du shérif. Il ignorait combien de temps il lui faudrait travailler sur cette affaire avec River. Il devait également contacter la police de Bulverde pour demander à ses collègues d'enquêter sur cette explosion. Même si Everly tenait à entendre ce que River avait à dire, elle ne voudrait sans doute pas rester éloignée d'Ainsley plus longtemps.

— Très bien, dit-il finalement. J'ai quelque chose à terminer puis je vous rejoindrai au bureau du shérif. Allez-y tout de suite, ordonna-t-il à River, au cas où ce dernier serait vraiment une cible. Et attendez-moi là-bas.

Noah mit fin à l'appel et se tourna vers Everly.

— Hudson et moi allons te déposer au ranch. Pendant que je m'occupe de River, peut-être pourrais-tu continuer à travailler sur les relevés bancaires de nos suspects et sur la liste des experts en explosifs que Hudson nous a donnée.

Everly comprit qu'ainsi elle aurait la possibilité de participer à l'enquête tout en étant avec sa fille. Et elle accepta.

Noah ressentit un soulagement instantané à l'idée qu'elle soit au ranch, en sécurité. Elle ne serait pas seule avec Ainsley non plus. Il s'assurerait que certains des ouvriers agricoles surveillent les lieux et qu'il n'y ait ni visites ni livraisons jusqu'à son retour.

Il se tourna vers Hudson qui consultait toujours les images enregistrées par les caméras de surveillance sur son smartphone.

— Tu vois quelqu'un ?

Hudson secoua la tête.

— Non, mais je ne peux pas te jurer qu'il n'y a personne. Les caméras captent la lumière infrarouge, la chaleur émise par un objet ou une personne autour du SUV. Mais dans un rayon d'une quinzaine de mètres seulement.

En d'autres termes, si quelqu'un attendait de l'autre côté de la rue ou derrière la maison, les caméras ne le repéraient pas. Et voilà pourquoi Noah sortit son arme.

Pour être prêt au cas où le pire se produirait.

— Dépêche-toi, ordonna-t-il à Everly.

Il avait hâte de la faire monter dans le SUV, de la mettre à l'abri derrière des vitres blindées.

Hudson s'élança le premier et, avec Everly entre eux, ils sortirent de la maison. Noah claqua la porte derrière lui, certain qu'Everly la verrouillerait à l'aide de son smartphone dès qu'ils seraient à l'intérieur du véhicule.

Ils n'avaient même pas atteint la dernière marche du porche qu'il entendit un étrange bruit, un petit « pop ».

Il crut d'abord que quelqu'un venait de tirer une balle avec une arme équipée d'un silencieux. De toute évidence, Hudson le pensa aussi parce qu'il cria :

— Baissez-vous !

Plié en deux, Hudson courut vers son SUV, ouvrit la portière et l'utilisa comme bouclier tout en lançant des regards autour d'eux. Noah fit de même, et son cœur cessa un instant de battre lorsqu'il remarqua la minuscule fléchette plantée dans le cou d'Everly.

— J'ai été touchée, murmura-t-elle, les yeux déjà vitreux, avant de s'effondrer dans ses bras.

Noah arracha l'aiguillon d'une main frénétique et lui prit le poignet pour chercher son pouls. Il le sentit, mais les paupières d'Everly se fermaient déjà. Elle perdait connaissance.

— Appelle une ambulance, cria Noah à Hudson.

Il surprit alors un mouvement du coin de l'œil.

L'ombre de quelqu'un qui s'enfuyait.

Il n'avait pas aperçu son visage, mais il fut presque certain qu'il s'agissait d'un homme.

Peut-être le tueur.

Noah hésita mais décida de se lancer à sa poursuite.

— Fais monter Everly dans le SUV, ordonna-t-il à Hudson, en lui donnant la fléchette pour qu'elle soit analysée. Et appelle une ambulance et des renforts.

Certain que Hudson protégerait Everly de sa propre vie, il s'élança vers le fuyard. Il prenait un risque, il en était conscient.

Mais il s'estimait capable de rattraper n'importe lequel de leurs suspects et, surtout, il ne voulait pas que ce fumier s'échappe et revienne plus tard achever le travail.

Des gouttes de pluie s'écrasaient sur lui alors qu'il traversait la cour arrière. Au pas de course, il s'engouffra dans une épaisse rangée de haies et d'arbustes qui séparait la propriété d'Everly de celle de ses voisins. Des haies et des arbustes qui menaient à une large étendue de verdure et à quelques arbres.

Cette zone abritait trop d'endroits où se cacher et, située loin de la maison, elle était hors de portée du scanner de Hudson.

Noah ne cessait de regarder par-dessus son épaule pour s'assurer que personne ne s'attaquait à Hudson et à Everly. Et il essayait de ne pas penser à Everly, au sang sur son cou, là où la fléchette l'avait touchée. En vain, bien sûr. L'inquiétude le rongeait.

Peut-être, peut-être, le tueur avait-il utilisé un simple sédatif, quelque chose destiné à l'assommer sans commettre de réels dégâts, se répétait-il pour se rassurer.

Perdre Everly n'était pas une option.

Il refusait de l'envisager.

Comme il jetait de nouveau un coup d'œil derrière lui, il vit avec soulagement que Hudson avait fait monter Everly dans le SUV. Il reporta toute son attention sur la chasse à l'homme. Il ne voyait toujours pas le fuyard, mais il l'entendait courir devant lui.

Il pleuvait de plus en plus fort, et les roulements de tonnerre au loin annonçaient l'imminence de l'orage.

Tout en écartant des branches du bras, il se précipita en avant. Il parvint dans une petite clairière, à temps pour apercevoir quelqu'un filer derrière les arbres. De gros chênes parsemaient le paysage et offraient de bonnes cachettes. L'individu se dirigeait vers une route de l'autre côté du bois. S'il y avait laissé un véhicule, et Noah en était certain, il parviendrait à s'enfuir.

Mais Noah avait bien l'intention de l'en empêcher.

— Je sais que vous êtes là, cria-t-il, dans l'espoir que l'autre se montre.

Cela ne fonctionna pas mais, au bruit de pas, il comprit que le tueur s'était remis à avancer et Noah repartit aussi. Il n'était pas facile de courir sous une pluie battante et tout en luttant contre son inquiétude pour Everly. Mais les enjeux étaient énormes.

Il devait à tout prix l'arrêter.

Noah n'avait toujours pas la moindre idée de l'identité du type qu'il poursuivait. Il se demandait duquel de leurs suspects il s'agissait. Peut-être Bobby ou River si ce dernier avait menti et ne s'était pas réellement rendu au bureau du shérif. River aurait pu l'appeler d'ici, de Silver Creek. En fait, peut-être avait-il provoqué lui-même l'explosion de son porche pour avoir une bonne raison de venir ici.

Mais Noah ne parvenait pas non plus à exclure Jared.

Le type courait à toute vitesse. Certes, Jared leur avait assuré qu'il en serait incapable, mais il était possible qu'il ait menti sur sa mobilité. Il n'avait peut-être aucun problème physique. Rien ne disait qu'il n'utilisait pas ce fauteuil roulant pour leur faire croire qu'il était handicapé et donc innocent.

La pluie tombait de plus en plus fort, un véritable déluge, et un éclair zébra le ciel. À en juger au coup de tonnerre qui le suivit presque aussitôt, l'orage était proche. Trop proche. Noah était conscient d'être sous des arbres, des arbres susceptibles d'être touchés à tout moment par la foudre. De plus, le tueur avait peut-être semé des explosifs derrière lui pour empêcher un éventuel poursuivant de l'attraper.

Pourtant, Noah refusait de renoncer.

Il continua de courir et se fraya un chemin à travers l'épais sous-bois jusqu'à une autre petite clairière.

Et c'est à ce moment-là qu'il le vit.

Non pas le tueur, mais un téléphone gisant dans l'herbe mouillée. Comme il s'agissait peut-être d'un leurre destiné le faire sortir à découvert pour être abattu, Noah ne s'y arrêta pas. Il contourna l'appareil et s'élança en avant.

Ce qu'il entendit alors le fit jurer.

Un rugissement de moteur suivi d'un crissement de pneus. Le tueur s'enfuyait à bord d'un véhicule.

Noah accéléra encore et parvint enfin sur la route. Il tendit son arme en direction des bruits de moteur.

Mais il était trop tard.

Il aperçut un camion noir qui s'éloignait à toute vitesse. Un camion sans plaque d'immatriculation.

Il n'aurait donc aucun moyen de le pister, de l'identifier. Il ne vit pas qui était au volant, mais il sortit son smartphone et appela le dispatcher de Silver Creek. Il lui donna une description du camion et demanda une aide immédiate pour le localiser. Ils auraient peut-être de la chance.

Peut-être.

Cependant, le tueur avait certainement planifié son évasion avant de tirer cette fléchette sur Everly.

En pensant à elle, Noah pivota sur ses talons et se précipita vers la maison. Conscient que la pluie effacerait toutes les empreintes et tous les indices, il s'arrêta et utilisa son mouchoir pour ramasser le téléphone abandonné dans l'herbe. Ce n'était pas la procédure standard mais, si cet appareil leur permettait d'identifier le tueur, il ne voulait pas risquer qu'il soit abîmé par l'eau. Il le glissa dans sa poche.

Noah garda son arme au poing tandis qu'il rebroussait chemin. Il entendit les sirènes et, au moment où il atteignait la cour arrière d'Everly, il vit l'ambulance qui s'engageait dans sa rue. Une voiture de patrouille de Silver Creek la suivait de près.

Hudson sortit du SUV et se tourna tout de suite vers lui. Noah secoua la tête pour lui faire comprendre qu'il n'avait pas rattrapé l'individu, mais dans l'immédiat sa principale préoccupation était ailleurs.

— Everly ? demanda-t-il.

— Elle est toujours consciente. À peine, ajouta Hudson. Mais ses signes vitaux sont bons.

Noah le constata par lui-même et, pendant que les membres du SAMU et l'adjointe Lawson sortaient à la hâte de leurs véhicules, il rejoignit le SUV. Everly était étendue sur la banquette arrière et marmonnait quelque chose.

— Noah.

— Je suis là, lui dit-il en se penchant vers elle pour qu'elle le voie.

Elle avait le regard flou mais, au son de sa voix, elle se tourna vers lui.

— Tu es vivant, balbutia-t-elle.

Ses mots étaient confus et, très vite, sa tête retomba en arrière.

— Je ne l'ai pas rattrapé, lui dit-il. Je suis vraiment désolé.

Mais il n'était même pas sûr qu'Everly l'ait entendu parce que son visage se relâchait. Pendant un instant d'horreur, il crut qu'elle était morte, et ses doigts tremblaient lorsqu'il chercha son pouls. Elle était en vie, Dieu merci, mais le produit qui lui avait été injecté l'avait visiblement assommée.

— Analysez cette fléchette en urgence, ordonna Hudson aux membres du SAMU en leur confiant l'objet. Ainsi, vous saurez quelle drogue a été utilisée sur elle.

Noah recula pour permettre aux urgentistes de s'occuper d'elle et il sortit le téléphone ramassé dans l'herbe pour le confier à l'adjointe Lawson.

— J'ai trouvé cet appareil lorsque j'étais à la poursuite du suspect.

L'adjointe fouilla dans sa poche pour y prendre un petit sac d'indice.

— Je vais immédiatement l'apporter au laboratoire criminel, lui assura-t-elle.

Elle jeta un coup d'œil autour d'elle. Comme les autres, ses vêtements et ses cheveux étaient trempés.

— Pendant le trajet jusqu'ici, j'ai entendu la description du camion. Quelqu'un l'a peut-être croisé.

Elle ne semblait pas particulièrement optimiste à ce sujet.

Noah non plus. Avec l'orage, beaucoup de gens avaient préféré rester chez eux. La pluie réduirait également la visibilité. Le tueur était retourné dans son trou et aurait tout loisir de planifier un autre moyen de s'attaquer à Everly et à lui.

Les membres du SAMU installèrent Everly sur une civière,

et Noah les suivit jusqu'à l'ambulance. Hudson aussi. L'adjointe Lawson se précipita vers son véhicule.

— Je me charge de fermer la maison à clé, lui dit Hudson, et ensuite je te retrouve à l'hôpital. Ça va, toi ?

Noah n'allait pas bien, et la situation ne s'améliorerait pas tant qu'il ne serait pas certain qu'Everly s'en sortirait.

— Je dois attraper ce serpent, marmonna-t-il en grimpant à l'arrière de l'ambulance avec Everly.

— Je t'aiderai de toutes les manières possibles, lui assura Hudson. Pour info, j'ai appelé Grayson et il est en route vers ici. Et River ne s'est jamais pointé là-bas.

Avec un juron, Noah sortit son téléphone pour émettre un avis de recherche sur River.

Parce que si River n'était pas victime d'un acte criminel, alors il était probablement le tueur.

12

Dans un état second, Everly se sentait piégée dans un enchevêtrement d'images et de bruits. Les souvenirs de sa voiture percutant celle de Helen se mêlaient aux coups de tonnerre et aux éclairs.

Et elle voyait du sang partout.

Le sang de Helen.

Cette vision d'horreur lui retourna l'estomac, et elle dut faire appel à toute sa volonté pour la repousser. Et pour remonter à la surface.

Alors qu'elle prenait une profonde inspiration, elle devina un mouvement près d'elle. Elle entendit des pas et sentit son cœur s'accélérer dans sa poitrine. Le tueur était-il venu la chercher ?

— Everly, murmura quelqu'un.

Noah.

Elle reconnut sa voix et, soulagée, elle ouvrit les yeux.

Il lui fallut quelques instants et plusieurs battements de paupières pour parvenir à distinguer les traits de son visage.

Un visage crispé d'inquiétude.

Et soudain, tout lui revint. Elle se remémora la piqûre de la fléchette qui lui frappait le cou, la drogue injectée dont l'effet avait été presque immédiat et Noah s'élançant à la poursuite du tueur.

— Tu es vivant, réussit-elle à balbutier.

Un profond soulagement l'envahit. Le tueur ne l'avait pas tué. Noah n'avait pas été blessé. Il allait bien.

Il hocha la tête.

— Et toi ? Comment te sens-tu ?

Elle était encore la proie de vertiges et de nausées, sa gorge était sèche, mais elle était en vie.

Noah aussi. C'était l'essentiel.

Comme le tueur avait réussi à se rapprocher suffisamment d'eux pour tirer cette fléchette, il aurait eu la possibilité de les abattre tous les deux.

— L'as-tu rattrapé ? demanda-t-elle, même si elle devinait la réponse à la lassitude de son regard.

— Non, dit-il.

Une telle culpabilité teintait ce seul mot qu'elle lui prit la main. Le geste lui demanda beaucoup d'efforts, elle était si fatiguée, mais elle parvint à la saisir et à mêler leurs doigts.

Elle se souvint avoir été placée dans une ambulance et maintenant elle se trouvait sur un lit d'hôpital. Mais pas dans une véritable chambre. Elle était aux urgences, dans l'une des salles d'examen.

— Ainsley, dit-elle en essayant de se lever.

Elle devait aller retrouver sa fille.

Mais Noah l'obligea à se rallonger.

— Elle va bien. Je reçois régulièrement des SMS de ma mère qui dit qu'Ainsley joue avec ses nouveaux jouets. Elle est en sécurité. Mes parents ne laisseront personne l'approcher.

Elle scruta ses yeux pour voir si Noah essayait de minimiser le danger, les menaces qui planaient peut-être au-dessus de l'enfant.

Il lui disait la vérité, et elle respira mieux. Elle avait de nombreuses raisons de s'inquiéter, mais Ainsley était tout en haut de la liste.

— Que s'est-il passé ? demanda-t-elle. Quelle drogue le tueur m'a-t-il injectée ?

Il serra les mâchoires.

— Il faut attendre les résultats des analyses toxicologiques pour le savoir avec certitude, mais le médecin qui t'a examinée pense qu'il s'agissait d'un puissant antalgique destiné à t'assommer. Tes signes vitaux sont bons, ajouta-t-il. Et tu t'es réveillée beaucoup plus tôt qu'il ne le pensait. Il avait estimé que tu resterais inconsciente pendant encore une bonne heure.

Son agresseur lui avait peut-être administré une petite dose. L'objectif n'était sans doute pas de la tuer mais plutôt de la neutraliser suffisamment pour... quoi ?

Pour lui permettre de la capturer, de l'enlever et de s'enfuir ?

L'hypothèse semblait absurde. Un tel scénario ne se serait jamais produit en présence de Noah et de Hudson, le tueur le savait forcément. Il n'était donc pas exclu qu'il ait eu l'intention de les droguer, eux aussi, mais un événement imprévu l'en avait empêché. Ou peut-être avait-il seulement voulu lui faire peur, lui rappeler qu'il pouvait frapper à tout moment.

— Si Ainsley avait été avec moi aujourd'hui, elle aurait pu être blessée, marmonna Everly.

— Elle n'était pas avec toi.

Et, quand elle se redressa, il la prit dans ses bras.

— Elle n'était pas avec toi, répéta-t-il.

Everly fut réconfortée par son étreinte. Et par le doux baiser qu'il déposa sur sa joue. Mais l'apaisement ne dura pas. En effet, elle devait maintenant lui poser une question très difficile.

— Sais-tu qui est le tueur ?

Il secoua la tête.

— Non, je suis désolé. Je l'ai poursuivi, mais je ne l'ai pas rattrapé. Il s'est enfui.

Sa culpabilité avait grimpé d'un cran, et Everly y mit un terme en l'embrassant. De toute évidence, Noah avait besoin d'être réconforté, lui aussi, parce qu'il gémit et approfondit leur baiser. Elle en éprouva un plaisir intense mais trop bref. Lorsqu'il recula, il pressa le front contre le sien.

— River ne s'est jamais présenté au bureau du shérif et il ne répond pas au téléphone, dit-il. J'ai lancé un mandat d'arrêt contre lui. Et j'ai convoqué Jared et Bobby demain matin, à la première heure, pour les interroger.

Une étape nécessaire pour l'enquête, mais elle doutait que l'un ou l'autre avoue être un tueur.

— Par ailleurs, j'ai découvert un téléphone dans l'herbe, près du bois derrière chez toi, poursuivit Noah. Le tueur l'a laissé tomber dans sa fuite et le laboratoire criminel en tirera peut-être quelque chose.

Elle l'espérait. Cette erreur les aiderait peut-être à identifier ce monstre avant qu'il ne frappe à nouveau.

— La police de San Antonio fouille toujours l'appartement de Jared, ajouta Noah. Ils n'ont rien trouvé jusqu'à présent.

Ce n'était pas une surprise. Si Jared était le tueur, il avait veillé à ne rien laisser de compromettant chez lui avant l'arrivée de la police.

Il n'y avait pas de fenêtres au service des urgences, mais elle entendait l'orage au-dehors. Il semblait aussi violent qu'annoncé.

Elle se rendit compte qu'elle portait toujours ses propres vêtements et non la blouse de papier attribuée aux personnes hospitalisées.

— Le médecin tient à te garder toute la nuit en observation, dit Noah. Cela me semble une bonne idée.

Elle secoua la tête.

— Je serais une cible facile ici. Il y a trop d'entrées et de sorties dans un établissement hospitalier.

Noah ne pouvait le nier. Tous les adjoints de Silver Creek

ne suffiraient pas pour surveiller l'ensemble du bâtiment, surtout en pleine nuit et au milieu d'un orage.

— Quel genre d'effets secondaires vais-je ressentir ? demanda-t-elle.

— De la fatigue, des étourdissements. Tu auras également besoin de passer des examens.

— Des examens qui attendront, répliqua-t-elle.

Il ouvrit la bouche pour protester, mais Everly n'avait pas l'intention de céder. Si leurs situations étaient inversées, il n'aurait pas non plus accepté de rester à l'écart.

Elle laissa Noah lui tenir le bras lorsqu'elle se leva.

Elle fut prise de vertige mais resta debout.

— Quelqu'un est-il disponible pour nous accompagner jusqu'au ranch ? reprit-elle comme si la question était réglée.

Noah soupira, hocha la tête puis sortit son téléphone.

— Hudson y est déjà rentré pour garder un œil sur ce qui s'y passe, mais Grayson est dans la salle d'attente. Je vais lui dire que tu es prête à partir.

Avant qu'il puisse envoyer un message à Grayson, son téléphone sonna et il fronça les sourcils lorsqu'il vit le nom de l'appelant.

— River, grogna Noah.

Il lui répondit et, dans le même mouvement, il la fit asseoir sur le bord du lit.

Everly ne s'y opposa pas. Elle éprouvait de nouveaux vertiges et elle préférait se concentrer sur cet appel. D'autant que River était peut-être la personne qui lui avait lancé cette fléchette empoisonnée.

— Où êtes-vous ? demanda Noah. Et au fait, j'ai mis cet appel sur haut-parleur.

— Je suis assez loin de Silver Creek.

La réponse évasive de River déplut à Noah.

— Vous m'aviez dit de vous retrouver au bureau du shérif. Où étiez-vous quand vous me l'avez demandé ?

— J'étais en voiture en périphérie de Silver Creek, déclara River sans hésitation. Je suis arrivé et je vous ai attendu au bout de la rue. Vous n'êtes pas venu.

— Parce que quelqu'un a essayé de tuer Everly, rétorqua Noah. Que savez-vous à ce sujet ?

River parut hésiter.

— Je n'ai rien à voir avec cette tentative de meurtre.

— Mais vous savez qui est derrière, contra Noah.

— J'en ai entendu parler après coup. J'ai vu la voiture de patrouille sortir en trombe du parking du bureau du shérif et j'ai pensé qu'il y avait un problème. J'ai alors appelé un ami qui espionne les scanners radio de la police et des services de secours. J'ai ainsi appris qu'il se passait quelque chose chez Everly, que les flics et une ambulance avaient été dépêchés sur place. Rester ici ne me semblait pas une bonne idée.

Noah resserra sa prise sur son téléphone.

— Pourquoi devrais-je vous croire ? Vous appelez et dites que vous venez à Silver Creek, et quelques instants plus tard, quelqu'un s'attaque à Everly. C'est bizarre, non ?

— Vous devez me croire parce que je dis la vérité, cria River. Je n'ai rien à voir avec cette attaque. Rappelez-vous, quelqu'un a fait exploser mon porche. Si j'étais le tueur, pourquoi aurais-je fait ça ?

— Pour vous présenter comme une victime dans l'espoir qu'un tel statut vous exclurait de la liste des suspects. Ce n'est pas le cas, déclara Noah d'une voix dure, les mâchoires serrées. Où êtes-vous, maintenant ?

— Je n'en suis pas sûr. C'est la vérité, répéta River. L'orage est violent et la route menant chez moi a été inondée. J'ai essayé de me rendre chez un ami à San Antonio, mais j'ai fini par m'arrêter sur un sentier forestier parce qu'il me semblait trop dangereux de rouler sous cette tempête.

Everly entendait la pluie en arrière-fond. Le tonnerre aussi. Mais River pouvait être n'importe où.

Y compris sur le parking de l'hôpital.

— Je sais que vous m'en voulez, poursuivit River. Vous pensez que je suis le tueur justicier. Mais vous n'avez aucune preuve et n'en aurez jamais parce que je suis innocent.

— Si vous êtes innocent, expliquez-moi les retraits hebdomadaires d'argent que vous avez effectués, répliqua Noah. Avez-vous utilisé l'argent pour engager quelqu'un pour vous aider avec les explosifs ?

Bonne question, et Everly avait vraiment envie d'entendre la réponse. Cet élément était sans doute la preuve qui reliait River aux meurtres.

— Quel argent ? demanda River.

Il s'interrompit, s'en souvint et ajouta :

— Oh ! ça ! Cela n'a rien à voir avec un meurtre ou des explosifs.

— Alors, expliquez-moi à quoi il était destiné, dit Noah.

River marmonna un juron.

— J'ai contracté un prêt personnel. Je me suis agrandi, mais j'avais mal calculé les impôts et taxes à payer. Si je ne trouvais pas la somme, j'aurais perdu le ranch, il aurait été saisi.

— Donnez-moi le nom et les coordonnées de la personne qui vous a prêté de l'argent, répliqua Noah.

— Je n'ai pas son nom. C'est un ami d'ami.

— Un usurier.

— Sans doute. Les intérêts sont élevés, mais je rembourse tout.

— Je veux son nom, insista Noah.

— Je l'ignore. Il m'a dit de l'appeler Freddie. Je le rencontre une fois par semaine dans un café de Bulverde pour lui verser ce que je lui dois. Il est du genre violent donc je ne suis jamais en retard pour le régler. J'aurai remboursé la totalité de ma dette dans quelques mois.

Tout cela avait sans aucun doute rapporté beaucoup d'intérêts à l'usurier.

Si River disait la vérité... Et Everly n'en était pas si sûre.

— Je vous ai parlé de la boue sur les chaussures de Jared, poursuivit River. J'essaye de vous aider à identifier le tueur parce que je suis peut-être une cible.

— Venez au bureau du shérif demain à 9 heures, ordonna-t-il. Si vous ne vous présentez pas, je vous ferai arrêter.

Sur ce, Noah mit fin à l'appel et la regarda.

— J'ai aperçu de dos le type que je poursuivais, dit-il. Cela aurait pu être River. Mais Jared ou Bobby aussi.

Et jusqu'à présent le tueur n'avait pas commis d'erreur assez grave pour leur permettre de l'arrêter. Le téléphone confié au labo les y aiderait peut-être.

Noah envoya un texto à Grayson pour lui dire qu'ils étaient prêts, mais son téléphone bipa alors pour annoncer la réception d'un SMS. Ce texto arrivait trop tôt pour que ce soit la réponse du shérif. Everly se prépara à de mauvaises nouvelles, mais Noah sourit lorsqu'il regarda l'écran.

Il tourna l'appareil vers elle pour lui montrer la photo d'Ainsley endormie dans le lit à barreaux que Noah lui avait installé chez lui. La petite fille avait l'air paisible. Darcy avait ajouté une légende :

Elle dort comme un bébé

Malgré tout ce qui se passait, Everly sourit. Elle savait qu'elle allait devoir remercier avec chaleur la famille de Noah quand tout serait fini. Non seulement ils veillaient à la sécurité de sa petite chérie, mais ils prenaient bien soin d'elle.

Quelqu'un frappa à la porte, et un instant plus tard Grayson apparut. Son attention se porta directement vers Everly, et il fronça les sourcils. Peut-être n'approuvait-il pas qu'elle se lève sans attendre l'accord du médecin.

— Je vais bien, lui dit-elle.

Elle ne mentait pas. Elle se sentait encore un peu étourdie, mais déjà beaucoup mieux qu'à son arrivée.

Grayson se tourna vers Noah.

— Il y a un problème. Pas à cause des suspects ni d'une autre attaque, ajouta-t-il. Mais la plupart des routes entre ici et le ranch sont inondées.

— J'ai besoin de voir Ainsley, insista Everly.

Grayson hocha la tête.

— Je comprends, mais l'un de mes ouvriers agricoles qui essayait de rentrer au ranch en voiture m'a signalé que le pont de Silver Creek était complètement recouvert d'eau. Il serait trop dangereux de l'utiliser.

Elle sentit son estomac se serrer et la peur l'envahir. Elle avait espéré voir Ainsley ce soir. La prendre dans ses bras. Le simple fait d'être avec son enfant apaiserait un peu ses nerfs à vif, elle en était sûre.

— Le ranch est sécurisé, poursuivit Grayson. Tout est verrouillé et les systèmes d'alarme sont tous activés. Nate, Darcy et deux employés du ranch armés sont chez toi, ajouta-t-il à l'adresse de Noah.

Everly se remémora la photo de sa fille qui dormait paisiblement. Et aussi le souvenir des Ryland et des ouvriers agricoles qui montaient la garde pour s'assurer que personne ne s'approcherait de l'enfant. Cela la calma un peu. Mais il n'y avait rien d'apaisant à être à l'hôpital, d'autant que le tueur savait certainement qu'elle avait été conduite aux urgences.

— Je ne veux pas rester ici, dit-elle.

— Je suis d'accord, déclara Grayson. Dans ce genre de bâtiment, il est très facile d'entrer sans se faire remarquer et d'attendre qu'une opportunité se présente. Vous pouvez revenir tous les deux avec moi au bureau du shérif et passer la nuit dans la salle de repos. Il n'y a pas de lit, mais vous prendrez le canapé.

— Et toi, où t'installeras-tu ? demanda Noah.

— Dans mon bureau, répondit-il.

Ces arrangements ne semblaient pas particulièrement confortables, mais elle doutait que l'un d'eux parvienne à dormir de toute façon.

— Je vais dire à Ava de rentrer chez elle parce qu'elle travaille là-dessus depuis quinze heures d'affilée, poursuivit Grayson. Elle devrait retourner chez elle sans encombre si elle part maintenant et j'assurerai la permanence.

Il s'interrompit et ajouta :

— Une autre option serait que vous alliez tous les deux chez vous.

Il fallut un moment à Everly pour comprendre que Grayson s'adressait à elle.

— Est-ce sûr ? lança-t-elle.

— Aussi sûr que possible. J'ai demandé à l'un des adjoints suppléants de surveiller les lieux ces dernières heures. Et après avoir fait livrer du matériel, Hudson a renforcé votre système d'alarme et la sécurité. Il m'a dit de ne pas hésiter à l'appeler si vous aviez des questions.

Bien sûr, les images de la dernière attaque s'imposèrent aussitôt à son esprit, et Everly s'en voulut d'être incapable de les repousser.

— L'adjoint suppléant restera là-bas ? s'enquit Noah.

Grayson hocha la tête.

— Il s'agit de Roger Norris. Je l'ai envoyé après le départ de Hudson.

Noah et Everly étaient allés au lycée avec Norris, et elle savait qu'il avait servi dans l'armée.

En plus de diriger le ranch familial, il était bon policier, mais Everly n'était toujours pas convaincue de partir. Jusqu'à ce qu'une idée s'impose à elle.

— Peut-être vaudrait-il mieux que le tueur s'attaque à moi, dit-elle, et il sera sans doute plus enclin à le faire si je suis chez moi.

Noah serra les mâchoires. Son idée lui déplaisait, manifestement.

— Tu veux servir d'appât ? Je n'ai pas besoin de te rappeler ce qui s'est passé lorsque nous avons essayé cette stratégie en allant voir River.

Le tueur avait failli les réduire en miettes.

— Ainsley n'était pas avec nous à ce moment-là, murmura Everly. Et elle ne sera pas avec nous non plus chez moi, cette nuit.

Grayson semblait loin d'être convaincu que l'idée était bonne. Il s'apprêtait sans doute à expliquer pourquoi mais, au bruit des pas derrière lui, il se retourna, la main sur son arme.

Noah fit de même et se plaça devant elle pour la protéger. Everly regarda par-dessus leurs épaules, en se demandant s'il s'agissait d'une autre attaque. Mais la personne qui apparut n'était aucun de leurs suspects.

Mais une femme.

Le souffle coupé, Everly se figea. Le cœur serré, elle se demanda si elle était devant un fantôme ou si ses cauchemars devenaient réalité.

Parce qu'elle voyait devant elle le visage de Helen Fleming.

La femme qu'elle avait tuée, quatorze ans auparavant.

13

Noah regarda la femme qui se dirigeait vers eux. Même s'il ne l'avait jamais rencontrée, il avait vu suffisamment de photos de Helen Fleming pour savoir qui elle était.

Ou plutôt à qui elle ressemblait.

Il n'était pas possible que ce soit elle. Helen Fleming était morte.

Avec un juron, il jeta un coup d'œil à Everly. À en juger à son air hagard et à son teint livide, elle ne gérait pas bien la situation.

Visiblement, des souvenirs cauchemardesques de l'accident de voiture qu'elle avait causé, il y a quatorze ans, lui revenaient en mémoire.

Helen – ou qui que soit cette femme – continuait de marcher, à pas lents et prudents, les yeux rivés sur eux.

Son imperméable noir et son parapluie, maintenant fermé, ruisselaient de pluie.

— J'imagine que ma soudaine réapparition est un choc pour vous, dit-elle en s'immobilisant devant eux.

C'était un euphémisme. Peut-être s'agissait-il d'un piège tendu par le tueur. Certes, leur interlocutrice ressemblait à s'y méprendre à Helen Fleming, mais l'assassin avait peut-être découvert son sosie et l'utilisait pour se rapprocher d'eux afin de terminer ce qu'il avait commencé.

— N'avancez pas, la prévint Noah en dégainant son arme.

Elle écarquilla les yeux mais ne paniqua pas.

— Je suis désolée, dit-elle. Pendant le trajet jusqu'ici, j'ai cherché la meilleure manière de procéder. J'ai hésité à vous téléphoner d'abord. Mais je savais que, quelle que soit la manière dont j'établirais le premier contact, il serait de toute façon... difficile.

Un nouvel euphémisme. Derrière lui, Noah entendait Everly respirer de façon hachée et il espérait qu'elle n'était pas au bord d'une crise de panique.

— Qui êtes-vous ? demanda Noah.

— Vous savez qui je suis. Helen Fleming, mais je n'utilise plus ce nom. Je m'appelle désormais Helen Markham et j'habite au 471 Pine Lane à Dallas. J'ai cinquante et un ans maintenant et je travaille chez un fleuriste du centre-ville, Pretty Petals.

— Garde un œil sur elle, ordonna Grayson tout en sortant son smartphone.

Sans doute pour vérifier ses dires.

— Je vais tout vous expliquer, poursuivit-elle pendant que Grayson effectuait une recherche sur elle.

Elle s'interrompit, déglutit avec difficulté.

— Je suis désolée de vous avoir fait croire que j'étais morte.

Everly en resta sans voix. Si cette femme était vraiment Helen Fleming, elle leur avait fait vivre un enfer durant quatorze ans. Pensait-elle que « être désolée » suffirait à passer l'éponge sur tant de souffrances ?

— Y a-t-il un endroit plus tranquille où nous pourrions parler ? s'enquit la quinquagénaire.

— Ici, ça ira, répliqua Noah d'un ton désagréable.

La salle d'attente des urgences n'avait rien d'idéal. Située à l'entrée de l'établissement, elle ouvrait sur le parking. N'importe qui risquait de surgir, à tout moment. Pourtant, il n'avait pas l'intention de laisser leur visiteuse s'introduire dans la salle d'examen et approcher Everly.

Elle hocha la tête comme si elle s'attendait à cette réponse.

— J'ignore ce que vous savez de ce qui se passait, la nuit de l'accident, dit-elle.

— Je sais tout, répondit Everly avec colère. Je me souviens de tout. Je vis avec ce cauchemar depuis quatorze ans, la moitié de ma vie.

Leur interlocutrice poussa un gros soupir et leva les yeux au ciel, comme si elle espérait une aide divine, avant de les poser sur Everly.

— Si j'étais restée avec mon mari, il m'aurait tuée. C'est une certitude absolue. Il me battait et j'avais déjà fini deux fois à l'hôpital. Et ce soir-là, il m'avait juré que j'allais mourir, qu'il me frapperait jusqu'à ce que j'y reste.

Noah avait lu les dépôts de plainte de Helen et les témoignages des voisins qui avaient confirmé la violence qu'elle subissait au quotidien. Lors de ses deux séjours à l'hôpital, des assistantes sociales lui avaient proposé de l'aide, il en était certain, mais elle ne l'avait pas acceptée. Elle était retournée auprès de son mari violent. Comme de trop nombreuses femmes battues, elle était dépendante de son bourreau au point d'être incapable de le quitter.

Mais elle poursuivait :

— Ce soir-là, je devais à tout prix lui échapper. C'était une question de vie ou de mort. Il m'avait rouée de coups, j'étais meurtrie, terrifiée et désespérée. Mais je n'avais pas prévu l'accident de voiture, ajouta-t-elle rapidement.

— Qu'aviez-vous prévu ? demanda Everly.

Sa fureur commençait à prendre le dessus, Noah le sentit. Il était lui-même hors de lui, mais il s'interposa pour empêcher Everly d'affronter physiquement Helen.

— Helen Markham n'existe que depuis quatorze ans, leur annonça Grayson.

— C'est exact, dit-elle. J'ai reçu de l'aide pour réussir à couper tous les ponts avec Isaac et commencer une nouvelle vie.

— Je vous ai vue morte, dit Everly. Votre sang sur la route.

— Oui.

Helen resta silencieuse un long moment. Elle semblait prise au piège de ces mêmes horribles souvenirs.

Peut-être l'était-elle.

Mais Noah était certain que les souvenirs de Helen n'atteignaient pas le niveau d'horreur des leurs.

— Le sang était réel. J'ai vraiment été blessée lors l'accident, mais mes blessures n'étaient pas mortelles. Cette nuit-là, j'avais prévu de m'enfuir, reprit-elle. J'étais en contact depuis des mois avec un groupe qui aide des femmes victimes de violence conjugale comme moi à disparaître. J'avais rendez-vous avec l'un de ses membres dans une supérette non loin de la voie express. J'étais au téléphone avec lui quand vous avez heurté de plein fouet ma voiture et il m'avait dit de faire semblant d'être inconsciente.

La comédie avait fonctionné, mais cela n'aurait évidemment pas suffi à la déclarer morte.

— D'après les dossiers, vous êtes morte peu de temps après votre arrivée à l'hôpital, lui rappela Noah.

Elle le confirma d'un signe de tête.

— Le groupe qui m'aidait s'était arrangé pour qu'un médecin prétende que je n'avais pas survécu.

Noah repensa à cette époque. Il fouilla dans ses souvenirs pour tenter de se remémorer le médecin en question. Mais il y avait beaucoup de chaos ce soir-là aux urgences. De plus, tous deux avaient également été blessés. Il se souvint brusquement d'une jeune interne qui donnait un coup de main aux services des urgences de Silver Creek quand ils étaient débordés.

— Dr Jones, lança Noah.

— Dr Smith, corrigea la femme. Elle a déclaré mon décès, rempli les papiers, s'est chargée des formalités administratives. Puis d'autres membres du groupe m'ont organisé une nouvelle vie à Dallas. Et non, je ne vous donnerai pas la véritable identité du Dr Smith ni de ceux qui m'ont aidée parce que je n'ai jamais su qui ils étaient réellement.

Noah connaissait l'existence de groupes de ce genre, de réseaux clandestins qui se démenaient pour sortir les femmes battues et leurs familles des situations de violence. Et il savait que certains membres étaient médecins. En revanche, il n'avait jamais entendu parler de l'un d'entre eux faisant croire à la mort d'une victime pour lui permettre de disparaître de la circulation.

— Un tel scénario est-il possible ? demanda Noah à Grayson.

Son oncle était en train de lire le certificat de décès de la femme qu'ils pensaient avoir tuée.

— Oui, répondit Grayson. Je crois qu'il s'agit bien de Helen Fleming.

Noah était arrivé à la même conclusion, et pourtant cette confirmation lui fit l'effet d'un coup de poing dans le ventre. Everly éprouvait la même émotion, il n'en avait aucun doute. Elle saisit son bras et s'appuya contre lui, comme si ses jambes étaient sur le point de se dérober.

Grayson détourna son attention de son smartphone pour la reporter sur Helen.

— Pourquoi êtes-vous ici ?

Bonne question. Noah ne pensait pas qu'elle avait voulu soulager sa conscience et leur apporter un peu de paix.

— J'ai entendu parler des meurtres, répondit-elle. Ils sont partout dans les journaux. Quand j'ai vu qu'Everly et Noah avaient failli être tués dans une explosion, je me suis dit que ce qui se passait était peut-être lié à moi, à l'accident de voiture d'il y a quatorze ans.

— Est-ce le cas ? demanda Everly.

— Peut-être, reconnut-elle. J'ai trouvé les coordonnées de Bobby sur les réseaux sociaux et je me suis d'abord rendue chez lui, mais il n'y était pas alors je lui ai téléphoné.

Everly poussa un petit cri de surprise.

— Bobby sait donc que vous êtes en vie ?

Helen hocha la tête, et une nouvelle vague de lassitude envahit son visage.

— Au début, il ne m'a pas crue mais, lorsque je lui ai donné des détails personnels sur sa vie quand il était enfant que moi seule pouvais connaître, il s'est rendu compte que je disais la vérité.

Elle s'interrompit et ajouta :

— Il n'a pas bien pris la nouvelle. Il est bouleversé.

— À juste titre, répliqua Noah. On le serait à moins.

Quelque part, il se reprochait de n'éprouver aucune sympathie, aucune compassion, pour cette femme qui avait enduré des mauvais traitements de la part de son mari. Mais, au fond, il n'était pas sûr d'être un jour capable de lui pardonner ce qu'elle leur avait fait. Bobby ressentait probablement la même chose.

Et une autre réflexion s'imposa alors à Noah.

Si Bobby était le justicier, comment avait-il réagi en apprenant que sa belle-mère bien-aimée n'était pas morte mais bien en vie ? Allait-il cesser de tuer maintenant que son mobile pour s'attaquer à eux avait disparu ?

Peut-être.

Ou peut-être cette révélation le plongerait-elle dans une colère noire qui déclencherait une série de nouveaux meurtres. Peut-être ciblerait-il alors cette femme qui l'avait laissé souffrir toutes ces années.

— Depuis combien de temps Bobby connaît-il la vérité ? demanda-t-il.

— Quelques heures. Je lui ai dit que j'allais tout vous raconter, être honnête avec vous deux, poursuivit-elle. Puisque Isaac est en prison et ne peut plus me faire de mal, j'ai l'intention de l'être avec tout le monde. Je n'ai plus besoin de me cacher

Noah faillit lui faire remarquer que ses aveux arrivaient beaucoup trop tard, mais il se l'interdit, conscient que ce serait sa colère qui s'exprimerait alors. Une fois qu'ils auraient digéré la nouvelle et mis le tueur derrière les barreaux, Everly et lui trouveraient peut-être la paix. Ils l'avaient perdue depuis cette nuit tragique où ils avaient cru avoir mis fin à une vie. Peut-être enfin parviendraient-ils à...

Noah laissa cette hypothèse se dérouler dans son esprit.

Enfin libérés de cette culpabilité, ils allaient peut-être pouvoir se regarder comme ils le faisaient autrefois. Mais il repoussa vite cette idée. Il ne devait pas s'attarder là-dessus. La culpabilité avait peut-être disparu, elle n'avait plus lieu d'être, mais un tueur était toujours en liberté.

— Comment saviez-vous qu'Everly et moi serions ici ? demanda Noah, revenant en mode « policier ».

— Oh ! marmonna Helen, surprise par le changement de sujet. Je me suis arrêtée pour faire le plein à la sortie de la ville et le pompiste m'a raconté qu'il y avait eu des problèmes et qu'Everly avait été blessée.

Noah ne fut pas surpris que les gens parlent déjà de la dernière attaque. Ce genre d'événement ne restait jamais secret longtemps, et voilà d'ailleurs pourquoi Everly avait tellement hâte de sortir d'ici. Bien sûr, elle voulait le faire pour devenir un appât, mais ils en reparleraient après avoir terminé cette conversation avec Helen.

— J'ai décidé de me rendre d'abord à l'hôpital, poursuivit Helen. Si vous n'aviez pas été là, je serais allée au poste de police.

Elle jeta un coup d'œil par-dessus son épaule en direction des portes des urgences.

— L'orage s'aggrave et je n'étais pas sûre d'être en mesure d'atteindre le ranch des Ryland. Et je n'avais pas l'adresse d'Everly.

Noah scruta l'expression de Helen pour juger de sa sincérité. Oui, elle semblait dire la vérité, ce qui ne signifiait pas qu'il lui faisait confiance. Elle n'était pas responsable des meurtres et des agressions, il en était certain. Mais, comme ces derniers étaient liés à l'accident de voiture d'il y a quatorze ans, le tueur avait sans doute un lien avec elle.

Au moment précis où cette pensée lui traversait l'esprit, la preuve de sa théorie arriva en trombe par les portes des urgences.

Bobby.

Contrairement à Helen, il ne portait ni imperméable ni parapluie et il était trempé, ses vêtements lui collaient à la peau.

Au premier regard, Noah mesura l'étendue de sa colère.

— N'avancez pas, lui ordonna-t-il.

Et Bobby s'immobilisa.

Noah en fut soulagé. Le petit l'hôpital de Silver Creek ne disposait pas de détecteurs de métaux, et il ignorait si le jeune homme était armé.

Il se précipita vers Bobby, qui leva les mains en l'air, et il le fouilla. Il ne portait aucune arme, mais il arborait un regard mortel. Ce regard ne visait pas Everly ni lui. Non.

Il ciblait Helen.

Les larmes montèrent aux yeux de celle-ci, et elle joignit les mains.

— Bobby, je suis vraiment désolée.

— Ne le sois pas, répondit-il sèchement. Je refuse d'entendre tes excuses minables. Elles n'expliquent pas pourquoi tu m'as laissé avec ce fumier.

— Il allait me tuer.

Ses larmes roulaient sur ses joues comme de la pluie.

— Tu m'as laissé avec lui, répéta Bobby dans un cri.

Ce cri attira l'attention de l'infirmière au comptoir d'enregistrement qui s'empara de son téléphone. Elle appelait probablement l'agent de sécurité de l'hôpital, mais Noah doutait qu'ils aient besoin de lui.

Grayson et lui étaient tous deux armés et prêts à réagir, si Bobby tentait de s'en prendre à Helen.

— Sais-tu à quoi ressemblait mon existence avec ce monstre ? continua Bobby. C'était l'enfer !

Helen sanglotait maintenant.

— Tu as ruiné ma vie, poursuivit Bobby avant de pointer le doigt vers Everly et Noah. La leur également.

Sa voix se brisa et lui aussi se mit à pleurer.

— Tu as tout gâché.

Noah était d'accord avec Bobby sur ce point, mais il sentait également un certain soulagement monter en lui. Et un immense espoir. Connaître la vérité les aiderait peut-être à reprendre leur vie en main.

— Avez-vous tué ces gens et vous êtes-vous attaqué à Everly et à moi à cause de tout ce gâchis ? demanda Noah à Bobby.

Bobby se tourna vers Noah et, même si les larmes étaient toujours là, un regain de colère était aussi perceptible.

— Non ! cria-t-il Je vous ai dit que je n'avais rien à voir avec ces meurtres.

Helen le regarda comme si elle essayait de décider si c'était vrai. Malgré les larmes, l'espoir était également peint sur son visage. Peut-être pensait-elle qu'elle finirait par convaincre Bobby de lui pardonner. Et peut-être y parviendrait-elle. Après tout, elle avait eu une excellente raison de vouloir laisser son ancienne vie derrière elle. En revanche, elle aurait dû essayer de sortir Bobby de cette situation infernale. Même si elle n'avait pas réussi à l'emmener avec elle cette nuit-là, elle aurait pu demander à quelqu'un du groupe clandestin de le sauver, lui aussi, par la suite.

Helen fit quelques pas vers Bobby.

— Pouvons-nous aller quelque part et parler ? demanda-t-elle à voix basse.

— Non, rétorqua-t-il en la fusillant d'un regard haineux. Je regrette que tu ne sois pas vraiment morte, ce soir-là.

Sur ces mots, il tourna les talons et courut vers la sortie. Les portes automatiques s'ouvrirent en grand, et il se rua dehors.

Noah s'apprêtait à s'élancer à sa poursuite, mais il se rappela aussitôt à quel point s'éloigner d'Everly serait une mauvaise idée. Toute cette scène, y compris la visite de Helen, était peut-être un piège destiné à les distraire ou à éloigner Noah d'Everly pour permettre au tueur de la capturer.

— Reste ici et appelle des renforts, ordonna Grayson. Je vais essayer de le rattraper.

Noah n'eut pas le temps d'en discuter. Grayson se précipitait déjà sous l'orage.

14

L'orage était si violent qu'Everly avait l'impression que la voiture de patrouille dans laquelle elle avait pris place avec Noah tremblait sous les éléments déchaînés. De nombreux éclairs zébraient le ciel nocturne et déclenchaient des coups de tonnerre retentissants.

Aucune tornade n'avait encore été annoncée, mais la pluie tombait avec tant d'intensité que les essuie-glaces ne parvenaient pas à suivre. Quant aux rafales de vent, elles étaient si fortes qu'elles menaçaient de pousser leur véhicule dans le fossé. La visibilité était tellement faible qu'elle contraignait Noah à rouler à la vitesse d'une tortue. Le trajet qui en temps normal était très court devenait interminable, si long qu'Everly avait le temps de réfléchir.

Tant de pensées lui passaient par la tête qu'il était difficile d'en retenir une seule. Les effets du puissant antalgique qui lui avait été injecté n'arrangeaient rien. Mais, indépendamment de cette drogue, elle n'arrivait pas à assimiler le tourbillon d'émotions liées aux révélations des dernières heures.

Helen était vivante.

Ils ne l'avaient pas tuée, il y a toutes ces années.

Leur vie avait été bouleversée à cause d'une tragédie qui ne s'était jamais produite, en réalité.

Bientôt, elle devrait digérer la nouvelle, mais dans l'immédiat il lui fallait mettre ses préoccupations personnelles en veilleuse et s'occuper des urgences du moment. S'ils ne réussissaient pas à les régler, ils risquaient d'être tués. Cette idée la hantait tandis que Noah roulait vers chez elle.

Oui, ils se rendaient chez elle.

Grayson, Noah et elle avaient eu une discussion à ce sujet après la tentative infructueuse de Grayson pour retrouver Bobby. Helen était partie, elle aussi. Elle avait l'intention de prendre une chambre à l'hôtel de Silver Creek. Il lui semblait trop dangereux de conduire en plein milieu d'une tempête pour rentrer à Dallas. Après d'âpres argumentations, Noah et Grayson avaient fini par accepter à contrecœur le stratagème de l'appât.

Un appât enrobé de beaucoup de sécurité.

Grayson devait s'occuper du bureau du shérif, mais un adjoint suppléant resterait garé toute la nuit devant sa maison. Un autre serait positionné derrière, à l'orée du petit bois, au cas où le tueur tenterait d'emprunter cette voie pour s'introduire chez elle. Ils seraient visibles, ce qui inciterait sans doute l'individu à les éviter, à les contourner, ce qui ne lui serait pas facile avec l'orage qui faisait rage. La route qui menait chez elle n'était pas inondée, mais les fossés ne tarderaient sans doute pas à déborder, si ce n'était pas déjà le cas.

Autres mesures de sécurité : Noah serait armé, bien sûr, et tous deux garderaient en permanence un œil sur les images des caméras que Hudson avait installées sur les porches.

Les adjoints, les portes verrouillées, les caméras et les armes ne seraient peut-être pas assez dissuasives. Et, si le tueur était River ou Jared, son mobile pour l'inciter à poursuivre les meurtres était toujours là.

Le téléphone de Noah bipa pour annoncer la réception d'un SMS, ce qu'il avait fait à plusieurs reprises depuis leur départ de l'hôpital. Mais, cette fois, il ne fronça pas les sourcils lorsqu'il vit le message qui apparut sur l'écran de son tableau de bord. Il émanait de sa mère. Elle leur avait envoyé une autre photo d'Ainsley endormie.

Everly s'accrocha à cette image de son enfant qui lui donna la force et la détermination dont elle avait besoin. Le tueur avait peut-être des raisons pour agir ainsi, mais son désir à elle de protéger son bébé était plus puissant encore. Quoi qu'il en coûte, elle ferait tout pour qu'ils attrapent et arrêtent ce monstre.

— Si Bobby est l'assassin et qu'il cesse de tuer, dit-elle alors qu'ils s'engageaient dans sa rue, tu continueras à chercher des preuves pour le traduire en justice ?

Elle se doutait de la réponse, mais elle lui posa la question pour en être certaine.

— Bien sûr, lui dit-il. Quel qu'il soit, il ne va pas s'en tirer comme ça. Pas après ce qu'il a fait.

Tant qu'il était en liberté, il représentait une menace. Il ne cherchait peut-être plus à obtenir justice, mais seulement à éliminer ceux qui l'avaient vu ou qui le soupçonnaient. Pour s'assurer qu'il ne serait jamais identifié.

Noah passa devant le SUV bleu sombre de l'adjoint suppléant et se gara devant chez Everly. Il lut le texto qu'il avait reçu.

— Grayson a lancé un avis de recherche pour Bobby, dit-il. Il est introuvable, tout comme River et Jared.

— La police de San Antonio fouille-t-elle toujours l'appartement de Jared ? demanda-t-elle.

Il secoua la tête.

— Ils ont fini et n'ont rien trouvé. Ils l'ont appelé pour lui dire qu'il pouvait rentrer chez lui, mais il ne s'y est pas encore présenté.

Ce qui signifiait qu'il se trouvait peut-être ici à Silver Creek, à chercher le meilleur moyen de les atteindre. Il y a quelques heures encore, Everly avait été sûre et certaine que le tueur était sur leur piste pour les abattre. Mais la réapparition de Helen avait peut-être changé la donne. En tout cas, si Bobby était l'assassin, il n'avait plus aucune raison de demander justice et…

Elle s'interrompit alors qu'une hypothèse lui traversait l'esprit.

— Bobby aura peut-être envie de s'attaquer à Helen, tu ne crois pas ?

— C'est possible.

Il avait manifestement déjà envisagé cette possibilité, lui aussi.

— Grayson a appelé l'hôtel pour leur demander de s'assurer que toutes les portes étaient bien verrouillées. Helen a refusé la protection policière, ajouta-t-il.

Noah se tourna vers elle, et même si le seul éclairage dans l'habitacle provenait des petites lumières du tableau de bord, elle vit l'inquiétude peinte sur son visage.

— Il est encore temps de changer d'avis, lui rappela-t-il. Et de passer la nuit dans la salle de repos du bureau du shérif. Je tiens à arrêter le tueur, mais je refuse de faire quoi que ce soit qui te mettrait en danger.

Il esquissa un rapide sourire avant d'ajouter :

— Je ne m'inquiète pas pour moi. Mais pour toi. Tu comptes plus que tout.

Leurs regards se croisèrent, et même si elle savait ce qu'il avait voulu dire dans ce contexte, ses mots ressemblaient à ceux qu'il lui chuchotait à l'oreille, autrefois. *Tu comptes plus que tout, tu comptes plus que moi.* Il y a des années, avant l'accident, avant cette terrible nuit, il lui disait de belles paroles comme celles-là, et elle les croyait. Et voilà pourquoi elle s'était donnée à lui et avait pensé qu'ils finiraient leur vie ensemble.

Elle se tourna vers lui :

— Il n'est pas possible de revenir en arrière et d'effacer la culpabilité, les regrets, les souffrances de ces quatorze dernières années, dit-elle.

— Non, c'est vrai.

Il soutint son regard quelques instants avant de le reporter sur la maison. Elle pensait qu'il allait en dire davantage, sur le fait qu'il était temps de tourner le dos au passé et de voir où l'avenir les mènerait. Mais il promena les yeux en silence sur la rue, le petit jardin et sur la façade. Elle comprit qu'il était repassé en mode « adjoint du shérif » et le resterait jusqu'à ce que le tueur soit arrêté.

— Tu vas déverrouiller la porte via l'application de ton smartphone, dit-il en s'emparant de la sacoche contenant leurs ordinateurs.

Il l'avait glissée dans un sac-poubelle pour les protéger de la pluie.

— Nous allons courir jusqu'à la maison. Lorsque nous serons à l'intérieur, n'allume pas les lumières et reste loin des fenêtres. Si le tueur est là-bas, je ne veux pas lui faciliter la tâche. De plus, il n'utilisera sans doute pas de fléchette pour t'injecter un tranquillisant, cette fois-ci. Il décidera peut-être de t'envoyer directement une balle en plein cœur.

Sa réflexion était, bien sûr, destinée à lui faire mesurer le danger. La situation était susceptible de mal tourner, à tout moment. Et de devenir mortelle. Pourtant, ne pas réussir à résoudre le problème semblait pire à Everly qu'une attaque. Tant qu'il ne serait pas réglé, tant qu'ils n'auraient pas identifié et arrêté le coupable, elle n'aurait jamais la possibilité de retrouver une vie normale avec Ainsley.

— Hudson m'a envoyé par SMS le mode d'emploi de l'équipement qu'il a mis en place avant l'orage, poursuivit Noah.

Il lui montra la nouvelle application sur son téléphone.

— Les caméras extérieures vont maintenant déclencher une alarme, je dois donc les couper pour que nous puissions entrer.

Elle était heureuse que Hudson soit parvenu à ajouter autant de sécurité chez elle, et avec un peu de chance tout fonctionnerait à merveille et compléterait ce qu'elle avait déjà. De cette façon, ils ne seraient pas surpris si quelqu'un s'introduisait chez elle.

Everly fit ce que Noah lui avait demandé et déverrouilla la porte pendant qu'il mettait les caméras sur « pause ». L'éventualité d'utiliser un parapluie ne l'effleura même pas. Le vent soufflait si fort qu'il le retournerait immédiatement. Ils s'élancèrent pour parcourir le plus vite possible la distance qui séparait la voiture du porche.

Une fois à l'intérieur, elle referma la porte, la verrouilla et activa le système d'alarme via son smartphone. Avec ses mains mouillées, l'opération ne fut pas simple mais elle était indispensable. Comme l'installation intégrait toutes les portes et fenêtres, une alarme retentirait si quelqu'un tentait d'entrer par effraction.

La climatisation ne fonctionnait pas, elle l'avait coupée en partant. Mais avec l'orage une certaine fraîcheur régnait dans la maison.

Ses cheveux et ses vêtements étaient trempés, et elle sentit le froid s'insinuer en elle, la faisant frissonner.

Les nerfs à fleur de peau, elle était tendue à l'extrême.

Il faisait très sombre à l'intérieur et il fallut quelques instants à ses yeux pour s'adapter à la faible luminosité. Elle regarda autour d'elle. Elle ne remarqua personne caché dans l'ombre mais une feuille de papier sur la table dans le hall.

La main sur son arme, Noah posa le sac de l'ordinateur dans un coin et se mit en devoir de rebrancher les caméras de surveillance. Lui aussi était trempé, mais il ne prit pas le temps de se sécher. Il commença, à son tour, à examiner les lieux pendant qu'Everly lisait le feuillet à l'aide de la lampe de poche de son smartphone.

— Hudson nous a laissé un mot, dit-elle à Noah. Il s'excuse de ne pas avoir pu terminer d'installer tous les éléments de sécurité qu'il avait l'intention de mettre. Mais il voulait que nous sachions qu'il avait ajouté des serrures ultra-sécurisées aux portes.

Everly ferma immédiatement celle de la porte d'entrée et entendit Noah faire de même avec celle de la cuisine.

— Parce que quelqu'un parviendra peut-être à neutraliser le système d'alarme, marmonna-t-elle dans sa barbe.

Hudson avait certainement choisi le meilleur équipement, mais aucun appareil n'était infaillible.

Tout en coupant l'application « lampe de poche » de son smartphone, Everly suivit Noah pour inspecter les chambres. Plusieurs objets n'étaient pas à leur place. Ils étaient sur l'étagère, par exemple, et non sur la commode, là où elle les avait laissés. Mais elle avait déjà remarqué ces déplacements plus tôt, lorsqu'elle était venue chercher des affaires. La police scientifique les avait sans doute bougés lorsqu'elle avait fouillé les lieux.

Comme elle s'arrêtait devant la chambre d'enfant, elle sentit une myriade de sentiments contradictoires l'envahir. Quelque part, elle se sentait coupable de se mettre en danger, en jouant les appâts, alors que sa fille avait besoin d'elle. Mais l'essentiel à ses yeux était qu'Ainsley soit en permanence en sécurité et, en revenant dans cette maison pour attirer le tueur, elle parviendrait peut-être à écarter le danger de l'enfant.

Peut-être.

Un autre coup de tonnerre fit trembler les vitres des fenêtres, et elle se demanda si l'assassin s'aventurerait sous un tel orage. Sans doute s'il était déterminé à les tuer.

Elle consulta l'application météo sur son smartphone. La tempête devrait commencer à faiblir vers 2 heures du matin. Le criminel à leurs trousses les croirait alors assoupis. Bien sûr, ils ne dormiraient pas. Ils seraient incapables de fermer l'œil, cette nuit, elle en était certaine. Mais il choisirait peut-être cette heure pour s'attaquer à eux.

Everly prit deux serviettes propres dans la salle de bains et en tendit une à Noah. Il s'en frotta vigoureusement le visage et les cheveux pour les sécher, mais elle ne lui était pas très utile pour ses vêtements.

— Je n'ai rien ici qui t'irait, mais je pourrais mettre ton jean et ta chemise au sèche-linge, suggéra-t-elle.

Everly aurait dû réfléchir avant de formuler sa proposition. Elle le comprit en croisant le regard de Noah au moment où les mots sortaient de sa bouche. Elle prit alors conscience de sa bévue. Si ses vêtements étaient dans le sèche-linge, il serait nu. Il lui décocha ce maudit sourire qui avait le don de lui faire tout oublier, enfin, presque tout.

— Aurais-tu un sèche-cheveux ? demanda-t-il.

Elle repoussa le trouble dans lequel la plongeait toujours ce sourire et hocha la tête. Elle alla dans sa salle de bains, prit l'appareil et le lui tendit.

— Je vais me changer dans mon dressing, marmonna-t-elle en s'y dirigeant.

Lorsqu'elle avait imaginé pour la première fois l'intérêt de servir d'appât, elle n'avait pas pensé que l'un des aspects les plus difficiles de l'opération serait la proximité avec Noah. Bien sûr, elle savait combien il l'affolait, mais elle avait cru que le danger suffirait à calmer ses ardeurs.

Elle avait eu tort sur ce point.

Elle se précipita vers son dressing et attrapa une robe en coton sur un cintre. Une tenue, confortable mais peu flatteuse, qu'elle mettait en général le week-end pour être à l'aise lorsqu'elle jouait par terre avec Ainsley.

L'avantage de ce vêtement était qu'il avait des poches, très utiles pour transporter son téléphone et entendre si quelqu'un déclenchait les caméras des porches.

Bien sûr, Noah serait également à l'écoute, mais mieux valait être deux aux aguets.

Il était dans la salle de bains des invités, de l'autre côté du couloir et, via les jeux de miroirs, elle le voyait.

Lorsqu'elle lui jeta un coup d'œil, elle s'aperçut qu'il avait retiré sa chemise. Tout en passant le sèche-cheveux dessus, il gardait un œil sur son smartphone posé sur le lavabo. Sans doute parce qu'il craignait de ne pas entendre l'alarme avec le bruit de l'appareil.

Il leva le nez, et leurs regards se croisèrent. Et restèrent verrouillés pendant quelques instants avant que celui de Noah ne glisse sur son corps. Apparemment, sa robe ne lui paraissait pas peu flatteuse parce qu'elle vit un éclair de désir passer dans ses yeux. Mais il réussissait à le tenir en laisse.

— Tout va bien ? demanda-t-il en coupant le sèche-cheveux. Laisse-moi reformuler. Tout va bien dans la maison ?

Elle hocha la tête et hésita à lui dire ce qui lui traversait l'esprit. Il ne s'agissait pas de désir, cette fois. Une autre pensée la hantait.

— Nous devrons parler de ce que nous avons appris, ce soir, dit-elle. Et tenter de dépasser les quatorze dernières années.

— Oui.

Il rangea le sèche-cheveux sous le lavabo et sortit dans le couloir pour la rejoindre. Il parut hésiter, et elle savait pourquoi.

Maîtriser leur désir devenait compliqué, dès lors qu'ils se touchaient.

Mais ce fut pourtant ce qu'il fit.

Il l'attira à lui et, dans le même mouvement, déposa un chaste baiser sur sa tempe.

— Il va nous être difficile de ne pas détester Helen pour ce qu'elle a fait, dit-il.

Everly était d'accord. Helen avait ruiné leur vie, brisé leur couple et creusé entre eux un fossé qui les avait tenus à distance l'un de l'autre pendant toutes ces années.

Mais ce fossé entre eux avait disparu.

Il avait commencé à se combler lorsque le tueur les avait mis dans son collimateur, mais Everly sentait qu'il n'existait plus.

Désormais, il n'y avait plus que Noah, et même si ce qu'ils s'apprêtaient à faire était sans doute une erreur, elle l'acceptait sans réserve.

Elle noua les bras autour de son cou, captura sa bouche et l'embrassa.

Noah se doutait qu'ils auraient envie de s'embrasser et se croyait armé pour résister à la tentation. Mais il se trompait. Il lui était impossible de refuser un baiser d'Everly. Surtout ce baiser.

Ils avaient tellement besoin de se serrer dans leurs bras.

Il y avait tant de désir entre eux.

Leur vie était de nouveau bouleversée, et ils devaient une fois de plus affronter le passé. Mais tout avait changé. Désormais, ils n'éprouvaient plus aucune culpabilité, elle n'avait plus lieu d'être. Ils n'avaient tué personne.

Ils avaient perdu quatorze ans de leur vie à souffrir pour rien. Ils ne se seraient sans doute jamais perdus s'ils avaient su la vérité dès le début.

Noah s'interdit d'aller au-delà de cette pensée, au-delà de ce moment. Il ne devait pas imaginer un avenir possible avec Everly et Ainsley. Leur situation actuelle était trop incertaine pour tirer des plans sur la comète.

Il décida donc de profiter de cette étreinte, de ce baiser, sans se torturer à tenter d'imaginer la suite.

Lorsque leurs langues entamèrent une danse sensuelle, il

se délecta de la saveur de sa bouche. Rien qu'en s'embrassant, ils parvenaient à créer une merveilleuse petite bulle au sein de laquelle le monde extérieur disparaissait, le danger aussi. Il n'y avait plus qu'eux deux. Il n'avait jamais ressenti ces sensations avec une autre.

Everly était la seule femme à avoir compté.

Il ne lui dit pas. Elle n'était peut-être pas prête à l'entendre. Peut-être ne le serait-elle jamais. Alors, il se contenta d'approfondir leur baiser, de s'y noyer.

Bien sûr, son désir grimpa aussitôt en flèche, mais heureusement il n'en perdit pas tout bon sens.

Sans rompre le contact, il resserra son emprise sur elle et l'entraîna dans la salle de bains où se trouvait son smartphone, sur le lavabo. La pièce n'avait pas de fenêtre et était donc l'une des plus sûres de la maison. Si le tueur était dehors et commençait à tirer en espérant que les balles traverseraient les murs, il ne parviendrait pas à les atteindre.

Noah pensait qu'Everly allait lui faire remarquer qu'ils s'apprêtaient à commettre une grosse erreur. Mais elle ne le fit pas. Lorsqu'il verrouilla la porte de la salle de bains, elle se colla à lui pour l'embrasser plus goulûment encore. Manifestement, elle avait autant envie que lui d'aller plus loin.

Au petit gémissement de plaisir qu'elle poussa, il comprit qu'elle avait déjà dépassé le point de non-retour.

La veilleuse lui permettait de voir l'excitation sur son visage lorsqu'il picora son cou de petits baisers brûlants. Le plaisir de l'embrasser, de la toucher, était aussi fort qu'il y a des années. Il avait à la fois l'impression de rentrer à la maison et de fêter Noël.

Il retrouva sans difficulté les endroits les plus sensibles, les plus tendres, de son cou.

Là encore, ils s'étaient beaucoup entraînés autrefois. Ils

avaient toujours aimé s'embrasser. Avant de faire l'amour cette nuit-là, ils s'étaient octroyé une longue séance de baisers.

Noah s'aventura à glisser les mains sous son chemisier pour lui caresser les seins. Là encore, il était en terrain connu et, comme autrefois, il passa son pouce sur son mamelon pour en exciter les pointes avec une infinie douceur.

Everly se plaqua plus étroitement contre lui et frotta son sexe contre le sien pour lui faire comprendre que ces préliminaires avaient assez duré. Elle avait envie de passer à la vitesse supérieure.

Il captura de nouveau sa bouche pour l'embrasser avec plus d'ardeur encore. Puis il saisit sa robe et la lui passa par-dessus la tête avant de l'envoyer valser. Il promena alors ses lèvres sur sa peau nue. Très vite, il la débarrassa de son soutien-gorge et sa culotte. Il s'agenouilla alors pour plonger son visage entre ses cuisses et exciter de sa langue son bouton de rose.

— S'il te plaît, dis-moi que tu as un préservatif, balbutia-t-elle, le souffle court.

— Dans mon portefeuille.

Il le récupéra tandis qu'Everly lui ouvrait sa braguette.

Elle fit courir ses doigts sur toute la longueur de son sexe. Ses caresses le rendaient fou, il vit les étoiles.

Il enleva son jean, son boxer et ses bottes. Non sans mal, il réussit à mettre le préservatif, même si Everly ne lui facilitait pas la tâche. Collée à lui, elle l'embrassait dans le cou.

Il n'en pouvait plus et l'assit sur le lavabo. Quand elle noua les jambes autour de sa taille, il la pénétra. Un tel bonheur l'envahit qu'il ferma les yeux et dut s'interrompre. Il craignait de partir trop vite, d'exploser avant de lui avoir fait toucher le ciel.

Everly s'immobilisa aussi et le regarda dans les yeux.

Elle ne dit rien. Elle n'en avait pas besoin. Elle commença à bouger, tout en lui caressant le dos, les épaules. Ses gestes étaient doux, tendres, lents, mais l'excitaient de façon extraordinaire.

Il avait si faim d'elle qu'il se remit à aller et venir entre ses cuisses, accélérant le rythme avant de ralentir pour mieux repartir.

En gémissant, elle s'accrocha à lui et se cambra. Il s'enfonçait de plus en plus loin, de plus en plus fort, de plus en plus vite. Everly commença à crier. Elle était au bord de l'orgasme et le suppliait de continuer, encore et encore.

Quand elle toucha le ciel, il la sentit s'effondrer, pantelante, contre lui.

Et il s'autorisa à jouir à son tour.

15

Everly avait envie de rester dans les bras de Noah. Comblée, alanguie, elle avait l'impression de flotter sur un petit nuage. Non sans mal, elle se rappela que ce n'était pas une option.

Ils venaient de vivre des moments volés. Mais rester concentrés sur le danger qui planait au-dessus de leurs têtes était une question de survie. Or le sexe était la plus grande des distractions.

Dehors, la tempête continuait à faire rage. Pourtant, malgré l'orage, le tueur essayerait peut-être d'échapper à la vigilance des adjoints pour pénétrer dans la maison. Bien sûr, dans cette hypothèse, les alarmes se déclencheraient mais, si cette intrusion devait se transformer en confrontation, il valait mieux qu'ils ne soient pas nus et vulnérables.

Noah dut parvenir à la même conclusion parce qu'il l'embrassa et s'écarta d'elle.

Il était certainement conscient que faire l'amour dans un tel contexte n'avait pas été très sage, mais tous deux savaient surtout qu'ils n'avaient rien décidé. Un désir impérieux s'était imposé à eux, les avait emportés. Ils avaient ressenti l'envie – le besoin – de se réconforter mutuellement en étant ensemble de la manière la plus intime qui soit.

— Sortons d'ici et rhabillons-nous, dit-il en déposant un dernier baiser sur ses lèvres. Puis j'appellerai les adjoints pour m'assurer que tout va bien. De ton côté, te sens-tu d'attaque pour réexaminer les données financières de nos suspects ?

Elle hocha la tête. Elle était très motivée pour s'y atteler. Elle voulait se concentrer sur l'enquête et ne plus penser à Noah ni à ce qui venait de se passer entre eux.

Après avoir ramassé sa robe et ses sous-vêtements, elle retourna dans sa chambre pour les mettre.

Bien sûr, cette pudeur semblait idiote puisqu'ils venaient de faire l'amour, mais il s'agissait surtout pour elle de se ressaisir. Noah en ressentait aussi le besoin, manifestement, parce qu'il resta un moment dans la salle de bains. Cela dit, très vite, il la rejoignit et envoya des textos aux adjoints. Il ne tarda pas à recevoir leurs réponses.

— Ils n'ont rien remarqué de suspect, lui dit-il. As-tu envie de t'installer ici ?

Le coin salon paraissait parfait pour travailler, mais elle se rendit compte soudain que les deux chaises faisaient face à une grande baie vitrée. L'endroit aurait été très agréable, s'il n'y avait pas eu un tueur à l'extérieur, prêt à tirer.

Noah perçut évidemment le problème parce qu'il déplaça la petite table et les chaises de l'autre côté de la pièce, près de la salle de bains.

Tandis qu'il allait chercher les ordinateurs, Everly se rendit dans la cuisine. Elle ouvrit le réfrigérateur pour y prendre deux petites bouteilles d'eau et deux canettes de Coca.

La nuit promettait d'être longue.

Et peut-être ne mènerait-elle à rien.

En tout cas, peut-être ne leur permettrait-elle pas de capturer un tueur.

Tous deux se plongèrent dans les dossiers financiers. Pourtant, avant de les étudier, Everly décida d'examiner d'abord la liste des experts en explosifs transmise par Hudson. Elle commençait à la parcourir des yeux quand la sonnerie du smartphone de Noah retentit.

— C'est la dispatcher de Silver Creek, annonça-t-il en mettant l'appel sur haut-parleur.

— Inspecteur Ryland, ici Carlene Banks, la dispatcher. J'ai une certaine Helen Fleming en ligne et elle aimerait vous parler. Dois-je vous la passer ou préférez-vous que je prenne un message ?

— Passez-la-moi, répondit Noah.

— Avez-vous vu Bobby ? lança Helen dès qu'il prit l'appel.

Au désespoir qui teintait sa voix, Everly devina qu'il s'était produit quelque chose de grave.

À en juger au regard soudain sombre de Noah, il s'attendait, lui aussi, à de mauvaises nouvelles.

— Pas depuis qu'il a surgi à l'hôpital, répondit-il. Pourquoi ?

— Parce qu'il m'a appelée. Du moins, je pense que c'était lui. J'ai reconnu son numéro, mais quand je lui ai demandé ce qui n'allait pas, il ne m'a pas répondu. Il est resté en ligne pendant ce qui m'a paru une éternité. Et avant de raccrocher, il m'a conseillé d'une voix étrange de m'enfuir si je voulais rester en vie. Inspecteur Ryland, je ne suis pas sûre qu'il s'agissait réellement de Bobby. Je crois plutôt que quelqu'un essayait de se faire passer pour lui.

— Et pourquoi quelqu'un ferait-il ce genre de choses ?

— Peut-être pour me faire peur, répondit-elle. Peut-être pour me faire croire que Bobby a tué ces gens. Je suis certaine qu'il n'est pas coupable. Quelqu'un cherche à le piéger, à lui faire porter le chapeau pour les meurtres.

C'était possible, bien sûr, et Everly trouvait intéressant que Bobby soit le seul de leurs trois suspects à n'avoir opéré aucun retrait douteux. Bien sûr, peut-être était-il simplement plus prudent que les autres et avait-il su mieux dissimuler ses méfaits. Mais que Jared ou River aient en effet été tentés de piéger Bobby ne semblait pas absurde à ses yeux.

— Où êtes-vous ? demanda Noah.

Et Everly savait pourquoi il lui posait la question.

En arrière-plan, elle entendait le claquement des essuie-glaces et le ronronnement d'un moteur de voiture.

— Je sillonne la région à la recherche de Bobby, répondit Helen.

— Vous ne devriez pas être dehors en plein orage, protesta Noah. Retournez à l'hôtel et enfermez-vous à double tour.

— Je ne peux pas ! Je dois trouver Bobby. S'il est en danger à cause de quelqu'un qui se fait passer pour lui, je veux tout faire pour le sauver. Je refuse de l'abandonner une nouvelle fois.

Noah poussa un juron.

— Vous réglerez ça avec lui plus tard, quand nous aurons arrêté le justicier. Le simple fait de rouler sous cette tempête vous expose au danger. Avez-vous envie de provoquer un accident ?

Noah tentait sans doute ainsi d'inciter Helen à cesser ses recherches et à rentrer à l'hôtel. Et apparemment il atteignit son but. Elle poussa un sanglot.

— J'ai besoin de lui faire comprendre dans quelle situation je me trouvais à l'époque, dit-elle, en larmes. J'aimerais tant qu'il me pardonne.

— Alors retournez à l'hôtel afin de vous donner une chance de vivre assez longtemps pour vous réconcilier avec lui, répliqua Noah.

— Vous croyez que j'y arriverai, que je parviendrai à me réconcilier avec lui ? demanda-t-elle, pleine d'espoir.

Noah mit du temps à répondre, peut-être parce qu'il y réfléchissait. Bobby serait-il un jour capable de lui pardonner ?

— Je n'en sais rien, dit-il finalement. Rentrez à l'hôtel et n'oubliez pas de verrouiller la porte de votre chambre. Si vous avez des nouvelles de Bobby, prévenez-moi.

— Bien sûr, répondit-elle d'un ton peu convaincu.

Rouler en plein orage était dangereux, et elle risquait en effet un accident. Everly espérait qu'elle n'avait pas l'intention d'attenter à ses jours.

Noah recontacta la dispatcher pour lui demander de lui passer immédiatement tous les appels éventuels de Helen. Il espérait qu'il n'y en aurait pas et qu'elle s'était mise en sécurité.

— Tu penses vraiment que Jared ou River aurait pu appeler Helen ? demanda Everly quand il termina son échange téléphonique.

— Peut-être, mais si c'est le cas, cela signifie que l'un ou l'autre retient Bobby. Sinon, comment l'un d'eux aurait-il réussi à récupérer son téléphone ? Et si l'un ou l'autre l'a enlevé, l'objectif est sans doute de lui faire porter la responsabilité des meurtres.

Il avait raison. Bobby ferait un bon bouc émissaire. S'il n'était pas le véritable tueur, bien sûr. Mais, s'il était le justicier, peut-être avait-il appelé Helen pour la narguer.

— Je vais essayer de tracer le téléphone de Helen, déclara Noah. De cette façon, je parviendrai peut-être à comprendre d'où provenait l'appel de Bobby.

Everly hocha la tête. Comme elle s'apprêtait à reporter son attention sur les relevés bancaires des suspects, son regard tomba soudain sur le babyphone qu'elle avait laissé sur la table de chevet.

La petite lumière rouge de l'appareil était allumée.

— Quelque chose ne va pas ? demanda Noah devant son air alarmé.

— Ce n'est peut-être rien. En tout cas, je l'espère. Mais la petite lumière du babyphone est allumée. Elle s'allume lorsque l'appareil est en marche. La caméra se trouve dans la chambre de ma fille et est activée par un détecteur de mouvement. Peut-être l'un de nous l'a-t-il déclenchée en entrant dans la maison. Le babyphone aurait alors émis un petit bip que nous n'aurions peut-être pas entendu.

Un mauvais pressentiment la saisit, lui tordant le ventre.

Parce qu'ils avaient été à l'affût du moindre bruit, et que même s'ils étaient loin de la chambre de l'enfant, Everly était quasi certaine qu'elle aurait entendu l'appareil biper. Ce babyphone était le seul moyen infaillible de la tirer d'un profond sommeil. Il y était toujours parvenu, y compris durant les nuits où elle était très fatiguée. Le bip la prévenait ainsi qu'Ainsley était éveillée et bougeait dans son lit à barreaux.

Noah regarda le petit appareil.

— Enregistre-t-il ce qui l'a activé ?

— Oui. Et il conserve les images pendant une dizaine d'heures.

Comme elle se levait pour aller le chercher, Noah lui fit signe de rester assise. Il traversa lui-même la pièce pour le récupérer.

Elle se rendit alors compte que le babyphone se trouvait sous une fenêtre. Les stores étaient fermés, mais elle se souvint des caméras à infrarouge que Hudson avait installées. Si le tueur avait ce genre d'équipement à sa disposition, peut-être avait-il déclenché le babyphone à distance, à l'aide d'une télécommande, par exemple. Et il attendait que l'un d'entre eux s'en approche pour l'abattre.

Noah avait évidemment pensé à cette hypothèse parce qu'il sortit son arme. Il se baissa pour se diriger vers la table de nuit, saisit l'appareil et le lui rapporta.

Everly s'en empara et regarda l'heure à laquelle il s'était mis en marche. Son ventre se noua un peu plus.

— Apparemment, il s'est déclenché peu de temps après que j'ai été transportée à l'hôpital, balbutia-t-elle.

Noah resta un moment silencieux.

— Hudson est revenu ici, quelques heures plus tard, pour poser les serrures sécurisées. Peut-être est-ce arrivé à ce moment-là. Je lui avais confié ton téléphone pour lui permettre d'entrer dans la maison. Il l'a déposé à l'hôpital avant ton réveil.

À ces mots, elle sentit un immense soulagement l'envahir. Tout s'expliquait. Hudson était venu installer les deux serrures supplémentaires et, par acquit de conscience, il avait voulu inspecter toutes les pièces de la maison.

Everly pressa le bouton du babyphone pour regarder les images que la caméra avait enregistrées. Mais Hudson n'y apparut pas.

Et ce qu'elle vit la fit blêmir.

Les yeux rivés sur le petit écran, elle aperçut un homme qui forçait la fenêtre de la chambre de l'enfant. Elle ne distinguait pas son visage parce qu'il portait un imperméable sombre dont il avait rabattu la capuche et qu'il gardait la tête baissée.

Il entra dans la chambre de sa fille par la fenêtre.

— Mon Dieu, marmonna-t-elle d'une voix tremblante.

Lorsqu'elle arrêta l'enregistrement, l'image de l'intrus se figea sur l'écran. Avec sa capuche sombre et sa posture imposante, il ressemblait à un monstre.

Noah s'ordonna de ne pas tirer de conclusions hâtives, mais le pire des scénarios s'imposa très vite à son esprit. Le tueur avait déjoué la vigilance des adjoints, réussi à entrer et déposé une bombe dans la maison.

Une bombe susceptible d'exploser à tout moment.

Il était également possible que l'intrus soit toujours là. D'instinct, il eut envie d'attraper Everly et de la faire sortir au plus vite.

Mais il se l'interdit. Le criminel espérait peut-être une telle réaction.

Pour tuer ses victimes, le justicier avait sectionné leurs artères fémorales, une méthode assez simple à mettre en œuvre.

Plutôt que de les réduire en miettes via un engin explosif, il préférait sans doute leur faire subir le même sort, reproduire le mode opératoire dont il était coutumier. Sans doute cherchait-il à ce qu'ils prennent la fuite pour leur lancer des fléchettes chargées d'un puissant somnifère. Il aurait alors la possibilité de s'approcher pour leur trancher l'artère. Et les regarder se vider de leur sang.

Everly se leva, visiblement prête à prendre ses jambes à son cou, mais Noah la saisit par le bras et l'entraîna dans un coin de la pièce.

Loin des fenêtres et de la porte.

Il promena le regard autour de lui. La seule luminosité émanait de la veilleuse de la salle de bains, mais ses yeux s'étaient suffisamment adaptés à la pénombre. Rien ne semblait déplacé dans la pièce et il n'entendait aucun bruit inhabituel. Cela dit, la tempête au-dehors l'empêcherait de percevoir une respiration ou des pas qui approchaient. De plus, son rythme cardiaque s'était accéléré et le sang rugissait à ses oreilles.

— La fenêtre était fermée quand nous sommes arrivés, chuchota Everly d'une voix tremblante.

— En effet.

Elles étaient toutes fermées, il s'en était assuré. Il avait également fait le tour de la maison pour une brève inspection, à la recherche d'éventuels signes indiquant une présence.

Il n'en avait vu aucun.

Il culpabilisait, à présent, de ne pas avoir mieux regardé. Il aurait dû vérifier tous les coins et recoins. Il n'était pas sûr à cent pour cent qu'Everly soit en sécurité ici.

Tout en surveillant les alentours, il pressa le bouton du babyphone pour examiner la suite des images.

Sur l'écran, l'intrus s'arrêta et promena les yeux autour de lui. Noah ne voyait pas son visage, mais il était prêt à parier qu'il souriait. Il devait être fier de lui. Il avait réussi à pénétrer chez Everly.

Avait-il remarqué la caméra ?

Difficile à dire. L'homme ne regardait pas dans cette direction, mais la caméra était là, bien en vue. Bon sang, il aurait même pu la voir depuis la fenêtre, avant d'entrer. De cette façon, il aurait su quels angles éviter pour que l'objectif ne capture pas son visage.

Tous les scénarios étaient possibles, mais Noah ne devait pas exclure l'hypothèse d'une tentative de déstabilisation, d'une volonté de les énerver, de les inquiéter. Le tueur était peut-être certain que tôt ou tard Everly découvrirait ces images. Il se doutait qu'une mère aurait installé une caméra dans la chambre de son enfant. Même s'il était reparti tout de suite après une visite éclair, cette intrusion se révélait sacrément efficace. Noah devinait qu'Everly ne se sentirait plus jamais en sécurité ici.

Mais il n'était pas reparti.

L'arme au poing, Noah observa la silhouette encapuchonnée traverser la chambre d'enfant à pas lents et prudents sans rien toucher. Il portait des gants, Noah en aurait mis sa main au feu.

Noah étudia la démarche, la carrure du gars, la façon dont il se comportait, pour tenter de déterminer s'il s'agissait de l'un de leurs suspects. Peut-être. Sans doute. Mais il était incapable de déterminer lequel.

L'intrus se dirigea vers la porte de la chambre, puis jeta un coup d'œil dans le couloir comme pour s'assurer qu'il était seul. Et, à en juger au timing, il l'était. Noah nota l'heure et comprit que cette scène s'était déroulée à peu près au moment où l'ambulance d'Everly arrivait à l'hôpital.

Ainsi, le tueur avait tiré sur elle cette fléchette tranquillisante et avait attendu qu'ils partent aux urgences pour avoir la possibilité de s'introduire chez elle. Une initiative risquée puisque la police était sur place, mais ils cherchaient alors le type dans le petit bois où Noah l'avait entendu s'enfuir.

Il s'agissait évidemment d'une ruse, et le tueur était vite revenu sur ses pas pour entrer dans la maison par effraction.

— Depuis combien de temps Hudson est-il revenu ici pour installer les nouvelles serrures ? demanda Everly dans un murmure, le souffle court.

Noah savait ce qu'elle éprouvait. Il partageait sa peur.

— Il y a une demi-heure, peut-être un peu plus.

Il avait en effet été obligé d'attendre qu'un membre de son équipe les lui apporte.

Ce qui signifiait que le tueur aurait pu entrer par effraction et partir avant l'arrivée de Hudson.

Noah imagina une autre hypothèse.

Il pressa le bouton pour accélérer le flux des images. Il espérait que l'intrus jetterait un coup d'œil autour de lui avant de ressortir par la fenêtre et de la refermer derrière lui.

Mais cela ne se produisit pas.

L'homme jeta un coup d'œil dans le couloir, et même s'il était maintenant dos à la caméra et qu'ils ne voyaient pas son visage, Noah savait que le serpent regardait la chambre d'Everly. Sans doute, en souriant de nouveau. Sans doute en rêvant de la tuer.

Puis, le type retourna à la fenêtre de la chambre d'enfant.

Et la ferma.

Everly poussa un gémissement et, une fois de plus, elle se serait enfuie si Noah ne l'avait pas retenue. Il se positionna devant elle pour lui servir de bouclier humain. Il continuait de visionner les images en jurant en silence. Il craignait de découvrir la suite.

Le tueur sortit de la chambre d'enfant et disparut du champ de l'objectif alors qu'il se dirigeait vers le salon. Noah ne pensait pas qu'il partait. Non. Il explorait sans doute toutes les pièces pour trouver le meilleur endroit où se cacher.

Noah appuya sur le bouton « Pause » du babyphone, le tendit à Everly, pour adresser un SMS à Hudson.

Quand tu es revenu chez Everly pour mettre les serrures, as-tu passé le scanner à infrarouge sur la maison comme nous en avions parlé ?

Il eut l'impression d'attendre une éternité l'arrivée de la réponse, mais il ne fallut en réalité que quelques instants à Hudson pour l'envoyer.

Oui. Comme tu l'avais dit, Everly n'avait pas eu la possibilité d'activer le système d'alarme avant d'être touchée par cette fléchette. Tu craignais donc que quelqu'un soit entré en catimini chez elle en son absence. Je n'ai vu personne, mis à part les adjoints et l'équipe de la police scientifique dans la cour.

Les tensions qui nouaient le ventre de Noah s'atténuèrent un peu jusqu'à ce qu'il se souvienne des mots d'Everly.

As-tu scanné l'abri anti-tornade ?

La réponse de Hudson mit plus de temps à lui parvenir, cette fois.

J'ai scanné toute la maison mais, si l'abri est entouré de blocs en béton armé, ce dernier a pu perturber le scan.

Oui, c'était même certain. De plus, si le tueur avait vu Hudson utiliser le scanner à infrarouge après leur arrivée, il avait peut-être préparé sa venue en apportant de quoi neutraliser l'appareil. Avec une couverture en Mylar, par exemple. Ou même du papier d'aluminium qu'il aurait pu prendre dans la cuisine d'Everly.

As-tu besoin de renfort ? demanda Hudson.

Noah pensa aux deux adjoints suppléants.

Non, merci. Mais le tueur est entré chez Everly. Il y est peut-être encore, dans l'abri anti-tornade. Je te tiens au courant.

Il envoya de brefs SMS aux adjoints pour les informer d'un problème possible, mais leur demanda de rester où ils étaient pour l'instant. Celui qui se trouvait dans la cour, l'adjoint Cruz Molina, était susceptible d'arriver à la porte en quelques instants. Malheureusement, il faudrait alors que Noah la déverrouille manuellement pour le faire entrer. Mais au moins aurait-il de l'aide à portée de main, en cas de besoin.

L'adjointe à l'arrière, Nelline Rucker, n'était pas aussi proche et, avec la tempête qui faisait toujours rage, il lui faudrait cinq bonnes minutes, voire plus, pour arriver. Pourtant, il préférait la garder en place car s'il se trompait, si le tueur ne se trouvait pas dans l'abri anti-tornade, Noah ne voulait pas laisser l'arrière de la maison sans surveillance.

— Les adjoints suppléants sont tous deux d'excellents éléments, dit-il à Everly. Et ces images ne sont peut-être qu'une tactique destinée à nous alarmer.

Cela dit, cette hypothèse n'était sans doute qu'un vœu pieux.

Si le tueur avait pris le risque de pénétrer dans la maison, il était probablement toujours là.

Il ne voulait pas les effrayer.

Mais les tuer.

Noah entendit Everly haleter derrière lui et il lui jeta un coup d'œil par-dessus son épaule. Il croyait que la vue de quelque chose ou de quelqu'un dans le couloir l'avait terrifiée.

Mais non. Elle regardait le babyphone.

Et Noah comprit la raison de sa frayeur.

Environ cinq minutes après que l'intrus masqué soit entré par la fenêtre de la chambre d'enfant, il réapparut sur les images. Noah jura quand il vit ce que le gars tenait dans ses mains.

Un rouleau de papier d'aluminium.

Everly émit un cri étranglé. Noah continuait à scruter les images sans cesser de surveiller les alentours.

Et il découvrit la suite.

L'un des pires scénarios se déroulait sous ses yeux et le remplit de terreur. Le tueur n'entra pas dans la chambre de l'enfant et ne gagna pas la fenêtre. Il ne se dirigea pas non plus vers la cuisine où il avait trouvé ce papier d'aluminium.

Non.

Il retourna dans la chambre d'Everly.

À l'endroit précis où tous deux se trouvaient, en ce moment.

Il sentit Everly se tendre. Elle était prête au combat.

Parce que la caméra avait filmé le tueur faire signe à la caméra avant de s'allonger par terre. Sur le dos. Pour se glisser sous un meuble jusqu'à ce qu'il soit hors de vue.

Il était sous le lit d'Everly.

16

Everly fit appel à toute sa volonté pour empêcher sa panique de prendre le dessus. Mais il lui était presque impossible de se maîtriser. Elle avait envie de hurler et de partir en courant.

Le tueur était sous son lit.

Il s'y trouvait sans doute depuis des heures, à se cacher, à les écouter, en attendant le bon moment pour les tuer.

Noah, lui, garda son sang-froid. Positionné devant elle pour la protéger, il brandit son arme et visa le matelas.

— Sortez si vous ne voulez pas mourir, ordonna-t-il.

Everly s'attendait à une réaction de l'intrus. À un mouvement. À des coups de feu, peut-être. À tout et à n'importe quoi.

Mais l'homme ne répondit pas, ne bougea pas. Ils n'entendaient que le bruit de la pluie qui frappait les vitres.

Le type attendait-il que Noah se rapproche ?

Mais, dans cette hypothèse, pourquoi ne l'avait-il pas attaqué lorsqu'il avait traversé la pièce pour récupérer le babyphone ? Ou pire, pourquoi n'avait-il pas enfoncé la porte de la salle de bains quand ils y faisaient l'amour ? Ils étaient loin d'être sur leurs gardes à ce moment-là et auraient été des cibles faciles. Il aurait alors été très simple d'ouvrir la porte et de les abattre avant même que Noah n'ait eu la possibilité de saisir son arme.

Noah y pensait certainement, à présent. Sans doute comprenait-il que le tueur avait pu entendre leurs ébats et se reprochait-il sa légèreté. Plus tard, elle s'en voudrait, elle aussi, mais dans l'immédiat l'unique préoccupation d'Everly était de sortir de ce cauchemar. Ce type avait déjà tué trop de personnes. Elle n'avait aucune envie qu'ils soient ses prochaines victimes.

Son cœur battait trop fort, trop vite, et elle s'efforça de se calmer. Céder à la panique ne servirait à rien. Au contraire, le justicier espérait sans doute qu'elle s'affolerait et s'enfuirait en courant. Il aurait alors le plaisir supplémentaire de voir sa peur avant de frapper.

— Pour la dernière fois, lança Noah, le canon de son arme toujours pointée vers le matelas. Sortez si vous ne voulez pas mourir.

De nouveau, Everly retint son souffle et attendit, en essayant de se préparer à toutes les éventualités.

Mais il n'y eut aucune réponse.

— Bouche-toi les oreilles, lui murmura Noah. Je vais tirer un coup de semonce.

Il attendit quelques instants et fit feu. Le bruit fut assourdissant. La balle percuta la tête de lit. Des éclats de bois volèrent mais ne poussèrent pas l'intrus à sortir de sa cachette.

Le téléphone de Noah bipa pour annoncer la réception d'un SMS, mais il ne le prit pas. Son attention restait focalisée sur le lit.

— L'un des adjoints m'a sans doute adressé ce texto, chuchota-t-il. Sors mon smartphone de ma poche et lis-le-moi.

Comme ses mains tremblaient, elle mit du temps à s'emparer de son appareil.

— C'est l'adjoint Molina, dit-elle après avoir parcouru le message des yeux. Il a entendu le coup de feu.

— Rédige-lui un mot pour lui expliquer que le tueur est peut-être dans la maison. Je veux qu'il reste où il est pour le moment mais qu'il se tienne prêt à réagir s'il perçoit des signes de problème.

La voix de Noah était beaucoup plus ferme que la sienne, et manifestement, comme il n'avait pas hésité dans sa réponse, il y avait déjà réfléchi.

Si le tueur n'était pas sous le lit, il était sans doute ailleurs dans la maison et risquait d'abattre l'adjoint si celui-ci tentait d'entrer.

Elle envoya le SMS et obtint une réponse presque aussitôt.

Dois-je contacter Grayson ?

— Pas tout de suite, répondit Noah quand elle lui montra l'écran. L'orage est encore fort et il s'agit peut-être d'une ruse.

Elle adressa sa réponse à l'adjoint Molina.

— Y a-t-il autre chose sur le babyphone qui montre ce que l'intrus a fait après s'être glissé sous ton lit ? reprit alors Noah.

Everly n'avait pas oublié qu'elle tenait toujours le petit appareil à la main. Elle pressa le bouton d'avance rapide jusqu'à ce qu'elle aperçoive Noah qui inspectait la chambre de l'enfant à leur retour de l'hôpital. Elle le vit ensuite se rendre dans la chambre où ils se trouvaient maintenant.

Où s'était dissimulé le tueur.

La caméra était restée enclenchée pendant trente secondes après que Noah avait quitté la pièce pour retourner devant la maison où elle l'attendait.

Ensuite, plus rien.

— Il n'y a rien d'autre sur les images depuis le moment où tu es entré dans la chambre de la petite et que tu en es ressorti, dit-elle. Tes mouvements avaient déclenché la caméra. Le tueur est peut-être sorti de la chambre en rampant pour éviter de provoquer l'enregistrement des images.

Et, dans cette hypothèse, il pouvait être n'importe où dans la maison.

Noah récupéra son téléphone et le fourra dans sa poche

avant de s'emparer d'un petit pistolet caché dans le holster de sa botte.

— Mon arme de secours, murmura-t-il. Tu sais tirer, n'est-ce pas ?

— Oui, balbutia Everly.

Elle avait pris des cours de tir après qu'un ancien client l'avait menacée parce qu'elle avait perdu son procès. Elle était capable d'atteindre des cibles, mais elle n'était pas sûre de réussir à tirer sur une personne.

Cela dit, elle ferait feu sans hésiter pour protéger Noah ou Ainsley.

— Que vas-tu faire ? demanda-t-elle quand Noah s'éloigna d'elle. Ne me dis pas que tu vas regarder sous le lit.

— Non, bien sûr que non. S'il est dessous, il lui serait alors trop facile de m'abattre. Sortons plutôt d'ici pour nous rapprocher de la porte d'entrée.

Everly se demanda pourquoi, avant de prendre conscience qu'à un moment ou à un autre ils seraient peut-être contraints de fuir la maison pour rester en vie.

Cette éventualité n'apaisa pas sa panique, bien au contraire, mais Noah avait raison. Ils devaient se préparer au pire parce qu'ils ignoraient ce que le tueur avait en tête et tenterait de faire.

De plus, si l'un des adjoints devait entrer, il faudrait lui ouvrir la porte.

— Reste à côté de moi et quand nous nous éloignerons du mur, colle-toi à moi, ordonna Noah. Surveille ce qui se passe derrière nous. Je m'occupe du reste.

Elle hocha la tête et regretta de ne pas avoir le temps de dire quelque chose. Elle ne savait pas très bien ce qu'elle avait envie de lui dire, mais l'idée de perdre Noah lui était insupportable. Avoir refait l'amour avec lui l'expliquait, sans doute.

Mais elle comprit très vite qu'elle se trompait.

Ce n'était pas le sexe qui les avait rapprochés.

Mais les sentiments qu'ils éprouvaient l'un pour l'autre et qui les avaient conduits à faire l'amour. Elle avait été amoureuse de lui autrefois. Elle l'avait aimé de toute son âme.

Et elle sentait cet amour revenir.

— Qu'y a-t-il ? murmura Noah. Tu as poussé un gémissement.

Ce gémissement n'avait rien à voir avec le danger. Il était une réaction de frustration en comprenant que ce n'était vraiment pas le moment de mesurer à quel point Noah comptait pour elle.

— Rien, tout va bien, répondit-elle.

Ce n'était pas vrai, loin de là, mais cela permit à Noah de se remettre en mouvement.

Comme il le lui avait demandé, elle se colla à lui pour traverser sa chambre.

Aux aguets, ils s'efforçaient de capter le moindre bruit indiquant qu'ils étaient sur le point de tomber dans une embuscade.

Mais ils n'entendirent rien.

Il leur fallut une éternité pour atteindre la porte de la chambre. Chaque ombre semblait menaçante. Everly avait sans doute une imagination trop vive parce que, à tout moment, elle avait vraiment l'impression de voir surgir le tueur de partout.

Ils s'engagèrent dans le couloir, et si Everly promenait les yeux autour d'elle, ses regards revenaient sans cesse derrière elle, sur le lit… au cas où le justicier en sortirait, pour leur tirer dessus. Mais elle ne vit rien, n'entendit rien.

Où était-il ?

Et que comptait-il faire ?

Cette question se figea dans son esprit lorsqu'elle perçut un bruit. Non pas à l'intérieur de la maison. Mais au-dehors. Un grondement de moteur de voiture. Et bientôt des phares passèrent devant la fenêtre.

L'adjoint Molina ou Hudson avait peut-être appelé Grayson. Mais, dans cette hypothèse, il ne se précipiterait pas vers la maison au risque d'être abattu par erreur. Grayson était un shérif chevronné. Il savait gérer ce genre de situation.

Elle entendit des voix. L'une émanait peut-être de l'adjoint Molina. Mais l'autre était féminine.

— Bobby ? cria la femme.

Noah et Everly poussèrent un gémissement en reconnaissant Helen. Que fabriquait-elle ici ? Et surtout, comment allaient-ils réussir à la faire partir au plus vite ? Il était très risqué pour elle d'être ici avec le tueur à proximité.

Quand son téléphone sonna, Noah jura, mais l'appel provenait sans doute de l'adjoint Molina. Sans doute. Mais Everly prit conscience qu'il s'agissait peut-être de l'assassin qui essayait de détourner leur attention. En fait, si Bobby était le tueur, peut-être avait-il attiré Helen ici avec l'intention non seulement de se servir d'elle pour les distraire, mais aussi de la tuer.

Noah manœuvra pour qu'Everly soit dos au mur du salon et la protégea de son propre corps. Grâce à sa position, il pouvait également surveiller la pièce, au cas où l'assassin y surgirait. Il répondit alors à l'appel téléphonique. Il mit l'appareil sur haut-parleur pour garder les mains libres en cas d'attaque. Il prenait un risque, le tueur les entendait sans doute. Mais il était essentiel d'apprendre ce que l'adjoint Molina avait à dire.

— Que se passe-t-il ? demanda-t-il lorsqu'il eut l'adjoint en ligne.

— Helen Flemming vient de débarquer et n'a pas l'intention de partir. Elle cherche son beau-fils qu'elle croit en danger, ajouta Molina d'un ton précipité. Dois-je demander à Nelline de venir pour la conduire au bureau du shérif ?

— Non. Helen Fleming est peut-être un leurre, chargée de nous pousser à commettre une erreur, dit Noah. J'aimerais lui parler.

L'adjoint lui passa l'appareil, et bientôt ils entendirent la voix frénétique de Helen.

— Je ne trouve Bobby nulle part et j'ai un mauvais pressentiment. Je suis sûre qu'il a été blessé. Est-il ici ? Dans la maison, avec vous ?

Sans répondre, Noah ordonna :

— Helen, remontez dans votre voiture et retournez à l'hôtel. Il est dangereux pour vous d'être ici.

— Mais je dois retrouver Bobby ! répliqua-t-elle en sanglotant. S'il vous plaît, aidez-moi à le trouver.

Comme elle finissait sa phrase, Everly entendit la déflagration. Au même moment, elle sentit le sol trembler sous ses pieds. Il ne s'agissait pas d'un coup de feu.

Mais d'une explosion.

Le blast projeta Everly et Noah contre le mur. Sonnés, ils s'efforcèrent de rester debout et de surmonter le choc de l'adrénaline pour comprendre la situation.

Noah entendit des objets qui tombaient avec fracas dans la chambre d'Everly. À en juger à la fumée qui commençait à s'échapper de la pièce et à se répandre dans le couloir, le tueur y avait posé une bombe.

L'engin aurait pu les tuer, et le justicier en avait peut-être laissé d'autres. Comme il avait passé beaucoup de temps chez elle avant leur retour de l'hôpital, il avait eu la possibilité d'installer plusieurs explosifs sur des minuteries, en imaginant les faire exploser pendant leur sommeil.

La bombe dut faire trembler certaines fenêtres de la chambre parce que le système d'alarme d'Everly se déclencha. Il ne s'agissait pas d'une sirène mais de plusieurs bips pulsés. Un avertissement pour les prévenir que des problèmes avaient été détectés.

— Désactive l'alarme, lui ordonna Noah.

Les bips ne les aideraient plus et risquaient de masquer d'autres bruits.

Il fallut un moment à Everly pour réussir à tirer son smartphone de sa poche et à stopper les bips.

Noah aurait aimé la rassurer. Lui dire qu'il ferait tout pour les sortir de là, mais il n'en avait pas le temps.

— Que s'est-il passé ? cria Helen.

Sans répondre, Noah mit fin à l'appel. Il ne voulait pas être distrait par ses lamentations qui risquaient de couvrir les bruits d'un tueur. Il ne croyait pas Helen sciemment complice des meurtres. Mais cela ne voulait pas dire que Bobby, Jared ou River ne s'étaient pas servis d'elle, d'une manière ou d'une autre, pour tenter de les approcher, Everly et lui.

— Nous devons quitter d'urgence la maison, dit-il à Everly.

Elle en était bien consciente.

À en juger à l'odeur de fumée, l'explosion avait déclenché un incendie dans sa chambre.

— Quand nous arriverons devant la porte d'entrée, tu resteras sur le côté. Je la déverrouillerai et préviendrai Molina que nous sortons.

Il ne voulait pas qu'Everly et lui soient touchés par des tirs amis, et l'explosion avait probablement mis Molina sur les nerfs. Il devait appeler l'adjoint pour l'avertir.

Cet appel comportait d'énormes risques.

Parce que le tueur l'entendrait aussi.

Mais il le fallait.

Noah soupçonnait le justicier d'être dans les parages, à attendre. Pour voir si l'explosion avait bien mis fin à leurs jours comme il l'escomptait ou s'il devait les attaquer autrement pour y parvenir.

Il était impossible de distinguer des bruits de pas alors qu'autour d'eux des gravats continuaient à tomber.

De plus, l'orage ne leur facilitait pas la tâche. Il pleuvait de plus en plus fort. Ce déluge s'avérerait peut-être une bénédiction s'il y avait bien le feu. La maison d'Everly ne finirait pas en cendres. Noah ne préférait pas appeler les pompiers pour le moment.

Ils arrivèrent à la porte d'entrée et, comme il le lui avait recommandé, Everly se déplaça sur le côté. Elle jetait des regards autour d'elle, dans le salon et la cuisine, à la recherche d'un intrus sur le point de les attaquer.

Mais Noah était prêt à parier que le tueur les attendait dehors.

Sinon, pourquoi ne pas les avoir abattus à leur retour de l'hôpital ? Ou quand Everly et lui se trouvaient dans la salle de bains ?

Non, l'engin explosif faisait partie d'un plan et Noah devait être prêt à tout.

Il déverrouilla la porte et l'ouvrit doucement. Les phares de la voiture de Helen étaient toujours allumés sous la pluie battante, mais Noah ne vit pas la mère de Bobby.

Ni Molina.

Un mauvais pressentiment le saisit, un mauvais pressentiment qui s'aggrava lorsqu'il entendit un bruit de moteur. Pas celui de la voiture de Helen. Mais du SUV de Molina.

Et, quand il vit le véhicule se diriger vers la maison, il se sentit blêmir.

— Reste en retrait, dit-il à Everly.

Il mit les mains en porte-voix :

— Molina ? cria-t-il.

Pas de réponse.

Mais le SUV fonçait vers eux. Il était équipé d'un pare-chocs renforcé qui fit exploser le porche en bois.

Noah recula d'un bond et poussa Everly de côté. Mais il était trop tard. Le SUV percuta la maison. La structure de verre et de bois vola en éclats.

Une plus grande secousse encore s'ensuivit. Celle-ci venait de l'arrière de la maison.

De l'explosion d'une autre bombe.

Et, dans un grand bruit de tonnerre, le toit s'effondra sur eux.

17

Everly fut projetée à terre. Sa maison s'écroulait littéralement sur eux, mais le pire était à venir.

Quand elle entendit une autre explosion, qui provenait, elle aussi, de l'arrière, du porche arrière, elle comprit avec horreur que le tueur essayait de les enterrer vivants.

Elle repoussa les gravats sous lesquels elle était à moitié ensevelie pour se frayer un passage vers la surface. Tout en s'essuyant le visage de son avant-bras, elle s'efforça de se lever. Il lui fallait à tout prix retrouver Noah.

L'entreprise risquait de se révéler difficile d'autant que la pluie tombait à verse à travers le plafond éventré et que la fumée lui brûlait les yeux.

Non sans mal, elle parvint à se redresser et promena le regard autour d'elle. Noah n'était nulle part en vue. Pour ne rien arranger, l'arme qu'il lui avait confiée lui avait échappé des mains au moment de l'explosion. Elle ne parvenait pas à la retrouver et elle avait très peur d'en avoir besoin.

Elle entendit soudain Noah pousser un cri de douleur.

Elle se frotta les yeux dans l'espoir d'améliorer sa vision et de l'apercevoir. Quand elle sentit sa main lui saisir le bras, un immense soulagement s'empara d'elle.

Mais, très vite, ce soulagement se mua en terreur lorsqu'elle se rendit compte qu'il ne s'agissait pas de Noah.

Mais de l'homme à l'imperméable sombre, celui qui était entré chez elle en passant par la fenêtre.

Du tueur.

Elle ne distinguait pas ses traits parce qu'il portait un masque de ski et avait rabattu sa capuche sur la tête, mais elle vit la seringue qu'il avait sortie de sa poche. Elle leva la main pour l'arrêter.

Malheureusement, elle ne fut pas assez rapide et elle sentit l'aiguille piquer sa peau.

D'un mouvement brusque, elle envoya valser la seringue, la fit tomber, mais son agresseur avait réussi à lui injecter une partie de la drogue. Il lui saisit de nouveau le bras pour l'entraîner.

Elle appela Noah pour qu'il sache où elle se trouvait et pour qu'il l'aide à arrêter le type. Mais, au cas où il ne parviendrait pas à l'atteindre à temps, elle se débattit.

Elle lança un coup de pied à son agresseur et l'atteignit au tibia. Il poussa un cri aigu de douleur en grommelant des insultes. Il continua néanmoins de la traîner derrière lui.

De nouveau, elle le frappa, mais déjà le produit qu'il lui avait administré commençait à opérer. Un somnifère sans doute parce qu'elle s'assoupissait. Elle comprit qu'elle n'allait pas tarder à plonger dans l'inconscience. Cette éventualité la terrifiait. Si elle s'endormait, elle ne serait plus en état de se défendre et il la tuerait.

— Arrêtez ! cria Noah quelque part. Les mains en l'air !

Elle l'aperçut alors qu'il se redressait au milieu des gravats.

Il saignait, son visage était zébré de coupures, mais il tenait son arme à la main.

Et la pointait vers son agresseur.

Au lieu d'obtempérer, ce dernier se contenta de la positionner devant lui comme un bouclier humain. Il la plaqua contre lui pour descendre les marches du porche jusqu'à la portière ouverte du SUV.

Everly continuait de se débattre. Comme elle lui envoyait un violent coup de coude dans l'estomac, il la saisit par les cheveux pour la forcer à se tenir tranquille.

Une douleur la traversa, si vive qu'elle en perdit le souffle. En même temps, elle commençait à s'assoupir ce qui n'arrangeait rien, bien au contraire. Comme il la poussait sur le siège avant du SUV, elle aperçut quelqu'un allongé sur la banquette arrière.

Helen.

Un morceau de ruban adhésif couvrait sa bouche. Ses mains et ses pieds étaient ligotés, et malgré la pénombre Everly distingua ses yeux vitreux. Le type l'avait manifestement droguée, elle aussi.

Elle se tourna sur son siège pour le frapper à nouveau, mais il sortit une arme et la brandit. Non pas sur elle.

Mais sur Noah.

Il n'exprima aucune menace. Il n'en avait pas besoin. Le message était clair, et elle le reçut cinq sur cinq. Si elle continuait à se débattre, il tirerait sur Noah. À moitié assommé, ce dernier ne parviendrait peut-être pas à s'écarter à temps pour éviter la balle.

Elle risquait de le perdre.

Elle cessa de lui envoyer des coups de poing et de pied, mais ne renonça pas pour autant à se défendre. Évidemment, ce monstre avait l'intention de la conduire ailleurs pour la tuer. Et aussi pour tuer Helen. Et elle devait à tout prix l'en empêcher.

Le moteur du SUV tournait déjà et le type enclencha la première avant de foncer dans la rue. Noah sortit en trombe du jardin, leva son arme et le cibla. Mais, dans un état second, il ne parvint pas à viser correctement. Le tueur le savait parce qu'elle l'entendait ricaner.

En proie à une brusque colère, elle avait envie de lui arracher les yeux, de lui faire payer au prix fort toutes les vies qu'il avait prises. Mais elle devrait attendre que Noah ne soit plus dans son collimateur.

Derrière elle, Helen poussa un gémissement. Elle tentait manifestement de dire quelque chose, mais ses yeux étaient vitreux. Elle perdait déjà connaissance, et Everly devinait qu'elle allait, elle aussi, tomber sous peu dans l'inconscience. Le tueur n'avait pas réussi à lui injecter l'intégralité du contenu de la seringue, mais ce qu'il lui avait administré suffirait peut-être à l'assommer.

Comme ils dépassaient la voiture de Helen et le véhicule de patrouille de Noah, Everly aperçut un homme étendu, face contre terre, sur le sol.

Le cœur serré, elle comprit qu'il s'agissait de l'adjoint Molina. Elle pria pour qu'il ne soit pas mort, mais ils avaient affaire à un type qui avait déjà du sang sur les mains et qui n'hésiterait sans doute pas à tuer de nouveau.

— Si vous tentez quelque chose de stupide, Helen mourra, menaça-t-il à voix basse.

Il avait toujours l'arme à la main et tenait le volant de l'autre.

Everly s'efforça de reconnaître sa voix, mais elle n'avait toujours aucune certitude. En tout cas, s'il s'agissait de Jared, elle avait à présent la preuve qu'il n'avait aucun problème de mobilité, en réalité. Il conduisait en effet le SUV sans difficulté.

Pour une fois, l'orage jouait en sa faveur parce que la pluie frappait le pare-brise sans discontinuer et l'inondait. La visibilité en était réduite. Comme il ne distinguait pas bien la route au milieu des hallebardes, le tueur fut obligé de ralentir un peu. Mais les pneus du SUV dérapaient sur les immenses flaques d'eau qui couvraient l'asphalte. S'il continuait ainsi, il les tuerait tous.

— Je dois attacher Helen, dit Everly.

Elle fut un peu surprise qu'il ne le lui interdise pas. Elle se retourna, saisit la ceinture de sécurité et la mit autour de la malheureuse. Elle boucla également la sienne en espérant que cela suffirait à la protéger s'ils s'écrasaient contre un arbre.

— Où nous conduisez-vous ? demanda-t-elle dans l'espoir d'entendre de nouveau sa voix.

Identifier le tueur ne l'aiderait pas forcément à se défendre. Mais, s'il s'agissait de Bobby, elle tenterait alors d'utiliser Helen pour essayer de le raisonner.

— Fermez-la, grogna-t-il.

Everly battit des paupières. Elle s'efforçait toujours de lutter contre la torpeur qui l'envahissait. Elle remarqua qu'elle ne perdait pas connaissance aussi vite que lorsqu'il lui avait tiré dessus avec une fléchette sous le porche. Peut-être parce qu'il n'avait pas réussi à lui injecter une dose complète. Il était également possible que cette drogue ne soit pas aussi puissante que la précédente.

Pourquoi aurait-il préféré qu'elle ne soit pas complètement endormie ?

Une explication terrifiante la traversa.

Voulait-il qu'elle soit réveillée et consciente lorsqu'il la tuerait ? Ou plutôt lorsqu'il tenterait de la tuer. Parce qu'elle n'avait pas l'intention de lui faciliter la tâche, de se laisser faire.

Il s'éloignait de Silver Creek, peut-être parce qu'il se doutait que quelqu'un avait déjà prévenu Grayson. Noah aussi saurait quelle direction prendre pour partir à sa recherche.

Cependant, un problème demeurait. La route qui menait à la ville était étroite et sinueuse. Une course-poursuite en voiture n'était pas idéale, surtout au milieu d'un orage.

Ce qui signifiait que le tueur ne comptait pas aller loin.

Peut-être avait-il l'intention de s'engager sur un sentier forestier. Ils étaient nombreux par ici. Il garerait le SUV sous les arbres pour ne pas être repéré depuis la route. Grayson ou Noah risquaient de passer devant eux sans les voir.

Au loin, elle entendit le hurlement d'une sirène.

Noah, sans doute. Elle espérait se tromper. Mais elle le connaissait. Sa plaie à la tête n'était peut-être pas grave au point de lui interdire de conduire. De toute façon, même blessé, il ferait tout pour lui venir en aide.

Seule la mort l'empêcherait de s'élancer à son secours.

Ce qui signifiait que le justicier aurait la possibilité de le tuer, lui aussi.

Cette éventualité lui brisa le cœur. Elle n'avait pas envie de mourir. Elle voulait vivre longtemps avec sa fille. Mais il n'était pas question pour elle d'accepter que Noah se sacrifie.

Lorsqu'elle vit le tueur jeter des coups d'œil sur le bord de la route, elle comprit qu'il cherchait un sentier. Il en trouverait bientôt un, et voilà pourquoi elle devait impérativement faire quelque chose avant qu'il y parvienne pour espérer s'en sortir.

Mais quoi ?

Sa première idée, terrifiante, fut de causer un accident. Le simple fait d'y penser raviva de terribles souvenirs. Dans une succession de flash-back, elle revit la collision qu'elle avait provoquée il y a quatorze ans. Le sang. L'horreur qui l'avait saisie lorsqu'elle avait cru avoir tué une femme.

Mais en réalité elle n'avait tué personne.

Et cette prise de conscience l'aida à régir, à lutter à la fois contre la panique et contre la torpeur qui l'envahissaient. Elle n'avait qu'une seule chance et elle devait la saisir avant que le tueur ne quitte la route et ne l'entraîne dans les bois. Il aurait alors la possibilité de la tuer et ensuite de se servir d'elle pour s'attaquer à Noah.

Ce n'était pas une option.

Elle fit une rapide prière et, alors que les gyrophares du véhicule de patrouille clignotaient sur la route sombre derrière eux, elle envoya un violent coup de coude dans les côtes du tueur.

Avec un juron, il essaya de la frapper au visage avec son

arme, mais Everly s'accrocha à sa main comme si sa vie en dépendait.

Parce que sa vie en dépendait.

Celles de Noah et de Helen aussi.

Elle tint bon même lorsqu'il pressa la gâchette. La balle fit exploser le pare-brise. Mais loin de lâcher prise, elle lui enfonça les ongles dans la peau, si profondément qu'il en hurla de douleur.

Il essaya de la repousser, mais le SUV dérapa. L'homme tenta de saisir le volant, de redresser, mais il n'en eut pas le temps. Le véhicule quitta la route.

Le tueur poussa une ribambelle de jurons et cette fois-ci il n'eut pas la possibilité de dissimuler sa vraie voix.

Everly l'identifia. Elle comprit enfin qui était le justicier.

Au moment où le SUV s'écrasait contre une clôture

En pourchassant le SUV, Noah savait que cette course-poursuite pouvait devenir mortelle. Il pleuvait à verse, les routes étaient trempées, extrêmement dangereuses. Les pires conditions étaient réunies pour ce genre d'opération. Le tueur avait sans doute l'intention de conduire Everly dans un endroit isolé pour l'assassiner, mais il risquait aussi de la tuer en provoquant un accident.

Noah s'efforça de ne pas y penser et de se concentrer sur Everly. Il devait l'atteindre à temps, avant qu'il ne lui arrive malheur.

Mais soudain il vit le SUV faire un tête-à-queue sur la route glissante. Quand le véhicule dérapa dans une immense gerbe d'eau, le cœur de Noah se serra en comprenant que le conducteur avait perdu le contrôle. Peut-être Everly y était-elle pour quelque chose. Il ne la voyait pas, mais il la connaissait. Elle n'était pas du genre à se laisser faire. Everly était une battante. Elle se défendait, bec et ongles, il en était certain. Mais il était possible que la drogue que ce fumier lui avait injectée l'ait déjà assommée.

— Je ne suis pas loin derrière toi, dit Grayson via le haut-parleur situé sur le tableau de bord de la voiture de patrouille.

Noah l'avait appelé dès qu'il avait pris le volant. Il avait besoin de renfort, il en était conscient. Et l'adjoint Molina était blessé. Il l'avait vu étendu par terre devant chez Everly.

Grayson avait déjà demandé une ambulance, mais peut-être en auraient-ils besoin d'une autre.

Parce que devant lui le SUV quitta la route et s'écrasa contre une clôture.

Noah s'efforça de se rassurer. Un tel impact était moins grave que celui que le tueur avait provoqué en fonçant contre la maison. Everly y survivrait, il s'accrochait à cet espoir.

Non sans mal, il parvint à maîtriser son propre véhicule et à s'arrêter à une vingtaine de mètres. Avant même de s'extraire de l'habitacle, il vit la portière du côté conducteur du SUV s'ouvrir.

L'homme vêtu d'un imperméable sombre apparut.

Il n'était pas seul.

Il tenait Everly par les cheveux et l'entraînait avec lui vers les bois. Grâce à la lumière des phares, Noah aperçut son ravissant visage, marqué par des traces de sang, la terreur peinte sur ses traits. Mais elle essayait d'échapper au tueur, de se libérer de son emprise. Pourtant, elle cessa de se débattre lorsque le justicier se retourna et pointa un pistolet sur la voiture de patrouille.

Noah sauta à terre et, utilisant la portière de son véhicule comme bouclier, il brandit son arme. Mais il n'osait pas tirer. Vu la façon dont le tueur tenait Everly, s'il faisait feu maintenant, il risquait de la toucher.

— C'est fini, cria-t-il. Everly n'a pas tué Helen dans cet

accident de voiture, il y a quatorze ans. Vous n'avez aucune raison de rendre une prétendue justice.

Ses mots n'arrêteraient pas son interlocuteur, mais il cherchait à le faire parler pour savoir à qui il avait affaire. Quel qu'il soit, il était déterminé à tout faire pour lui interdire de commettre un autre meurtre. Et, s'il connaissait son identité, peut-être trouverait-il quelque chose pour détourner son attention.

Sans répondre, le type commença à courir vers des arbres, en tirant Everly avec lui. Noah se plaqua contre le SUV accidenté dont il se servit comme couverture. Il jura lorsqu'il entendit les gémissements venant de l'intérieur.

Helen.

Elle était ligotée sur la banquette arrière.

Noah ne sentait aucune odeur d'essence et, avec la pluie qui tombait à verse, le risque d'incendie était faible, mais il envoya un bref SMS pour informer Grayson de la situation. Et il repartit à la poursuite du tueur et d'Everly.

Il n'était pas question d'attendre l'arrivée de son oncle parce que, si le type parvenait à atteindre ces arbres, il aurait beaucoup trop d'endroits où se cacher.

Et, s'il réussissait à s'isoler dans un coin, il en profiterait pour tuer Everly, Noah en était certain.

Là, il l'utilisait comme bouclier, mais il n'aurait plus besoin d'elle dès qu'il serait hors de portée des balles de Noah.

Noah cavalait sous une pluie torrentielle, en sachant qu'il risquait à tout moment de glisser dans la boue et de tomber. Mais il devait garder le tueur dans sa ligne de mire.

Plus il s'éloignait des phares, plus cet objectif se révélait difficile à tenir. D'une certaine façon, l'orage lui facilitait la tâche. Des éclairs zébraient en permanence le ciel nocturne et éclairaient un peu la scène. Cela dit, si la foudre tombait à proximité, elle risquait de tuer Everly.

Derrière lui sur la route, Noah entendit le grondement de

moteur de la voiture de patrouille de Grayson, mais il ne ralentit pas. Il gardait son attention rivée sur Everly. Elle trébucha, peut-être exprès, et grâce à un éclair il la vit se tourner vers lui. Lorsque leurs regards se croisèrent, le temps parut suspendu.

Il devait la sauver.

Il n'était pas question de laisser ce fumier l'assassiner et l'enlever à Ainsley. Et à lui.

— C'est River, cria-t-elle.

River. Noah savait désormais à qui il avait affaire. Le suspect dont Jared avait parlé comme d'un homme tellement en colère qu'il en voulait au monde entier. Tellement en colère qu'il se moquait de s'attaquer à une femme innocente.

— Vous ne tuez pas pour la justice, River, lui lança Noah. Vous tuez pour vous couvrir, pour effacer vos traces.

Ce qui, bien sûr, signifiait que River tenterait aussi de le descendre, lui, maintenant que Noah connaissait son identité.

— Tout n'est que justice, rétorqua River.

— Non, vous ne cherchez qu'à sauver votre peau, répliqua Noah.

Il jura quand River atteignit les arbres. Ce dernier se cacha derrière eux avec Everly, s'accroupit pour ne pas devenir une cible trop facile et fit feu.

Heureusement, Noah avait anticipé son geste et s'était laissé tomber sur le sol détrempé. La balle de River le manqua.

Il espéra qu'elle s'était perdue.

Mais peut-être avait-elle atteint le SUV de Grayson.

Noah s'obligea à repousser cette éventualité et se mit à ramper jusqu'à Everly.

Il s'arrêta lorsqu'il entendit des bruits de lutte. Everly ne criait pas mais, à ses grognements, il devina qu'elle se battait avec River.

Il devait la rejoindre à temps.

Il se redressa pour courir de toutes ses forces. Il savait qu'à tout instant River pouvait lui tirer un coup mortel, mais il était déterminé à sauver Everly. Coûte que coûte. Rien ne l'arrêterait.

Mais il comprit bientôt la raison pour laquelle River n'en avait pas eu la possibilité. Lorsqu'il atteignit l'extrémité des arbres, il vit Everly envoyer un coup de pied à River. Mais, surtout, elle lui tenait la main d'une poigne de fer. Ce geste l'avait empêché de tirer.

Mais pas pour longtemps.

River la frappa de sa main gauche, assez fort pour la déséquilibrer. Il en profita pour l'attraper et la positionner devant lui. Il lui colla son pistolet sur la tempe.

Noah se cacha derrière l'un des arbres et chercha le meilleur angle pour tirer.

Il n'y en avait pas. Seul point positif, River ne tuerait sans doute pas Everly pour ne pas perdre son bouclier humain.

— C'est fini, cria Noah.

River se mit à ricaner.

— Vous espérez sans doute me convaincre de me rendre.

Noah n'avait aucune chance d'y parvenir, il le savait, mais tout en parlant il continuait à chercher le bon angle pour tirer dès que l'occasion se présenterait.

— Avouer ses fautes est un bon moyen de soulager une mauvaise conscience, dit-il. Vous avez assassiné Daisy et elle n'avait rien fait de mal.

— Elle s'apprêtait à me dénoncer, répliqua River. Je devais l'en empêcher. C'était de la légitime défense.

— Et Everly ? De l'autodéfense ?

— Absolument.

— Vous ne réussirez pas à vous enfuir, poursuivit Noah. Tôt ou tard, vous serez arrêté.

— Non, répliqua River. Bobby le sera. J'ai réuni suffisamment de preuves contre lui pour lui faire porter le chapeau. La majorité des meurtres lui seront attribués. Il s'en sortira sans doute en plaidant la folie mais, où qu'il finisse, il sera enfermé. Et pas moi.

— Peut-être.

Noah n'en était pas convaincu et ne le cacha pas. Son scepticisme déclencha la colère de River :

— J'aurais dû vous attendre dans la maison d'Everly et vous descendre tous les deux.

Il se leva, gardant Everly devant lui. Il avait visiblement l'intention de s'enfuir avec elle.

— Pourquoi ne pas l'avoir fait ? demanda Noah qui se déplaça également, prêt à le suivre, où qu'il aille.

— Parce que lorsque j'étais sous son lit, il m'est venu à l'esprit que vous risquiez à tout moment de regarder le babyphone, de comprendre ma présence et de me tirer dessus. Alors, je suis sorti de cette cachette en m'arrangeant pour rester hors de portée de l'œil des caméras. Et j'ai installé plusieurs engins explosifs dont un sous le lit. J'espérais que cette petite bombe vous ferait sortir de la maison en courant et me permettrait de capturer au moins l'un d'entre vous.

— Jared ou Bobby vous ont-ils aidé à confectionner ces explosifs ? demanda Noah pour détourner son attention.

— Sûrement pas. Vous aviez raison à propos de l'argent que je retirais chaque semaine. Beaucoup de gens ressentent le même dégoût que moi à propos de racailles qui échappent à la justice. J'ai acheté les services de l'un d'eux.

Une fois cette histoire terminée, Noah retrouverait cet expert en explosifs qui avait aidé River à faire tant de dégâts.

— Avez-vous assassiné votre mère aussi ? poursuivit Noah pour le faire parler.

— Et alors ? Elle le méritait, non ? Elle avait tué mon père.

Noah était écœuré de l'entendre parler avec tant de désinvolture d'un meurtre. Et maintenant, River voulait faire subir le même sort à Everly.

— Vous avez remarqué les retraits d'argent, poursuivit River, et c'est à ce moment-là que j'ai compris que faire sauter ma propre maison ne suffirait pas à m'exclure de votre liste de suspects. Et voilà pourquoi vous êtes tous les deux ici en ce moment.

Il s'était remis en mouvement. Il entraînait Everly vers un autre bosquet d'arbres. Derrière ce bois se trouvait un petit ranch où River avait sans doute dissimulé un véhicule pour s'enfuir.

Noah était bien décidé à l'en empêcher.

Sachant qu'il devait agir maintenant, il sortit de sa cachette et, comme il l'avait espéré, River s'arrêta et tourna l'arme dans sa direction.

River tira.

Et le rata.

Pas Noah.

Il l'atteignit à l'épaule, la seule partie qu'il pouvait cibler sans risquer de toucher Everly.

Everly en profita pour envoyer un violent coup de coude à River et s'écarter de lui. Et, lorsque River se retourna pour lui tirer dessus, Noah pressa la gâchette en premier.

Il tira deux balles dans la poitrine du tueur.

River tomba comme une pierre, et Noah courut vers lui pour envoyer valser son arme d'un coup de pied. Il se tourna vers Everly pour s'assurer qu'elle allait aussi bien qu'elle pouvait l'être, vu qu'ils avaient frôlé la mort. Puis il reporta son attention sur River. Il perdait beaucoup de sang.

— C'est fini, lui asséna Noah.

Le visage de River était crispé de douleur, mais il esquissa un rictus haineux.

— Oh ! non, ce n'est pas fini, répliqua-t-il, le souffle court. Vous n'avez pas gagné, inspecteur Ryland. Vous allez devoir vivre avec la mort de Helen sur la conscience. Pour de vrai, cette fois. Elle va mourir dans quelques instants parce que vous ne l'avez pas sortie de la voiture…

Noah n'eut pas le temps d'envoyer un texto à Grayson. Ni de faire quoi que ce soit.

Parce qu'une violente explosion déchira la nuit.

18

Le cœur d'Everly se serra en entendant l'explosion.

— Non ! Pas ça ! s'exclama-t-elle, catastrophée.

Après tout ce qu'ils avaient traversé, ils n'allaient pas retomber dans le même cauchemar !

— Quand River m'a fait sortir du SUV, il a pris quelque chose dans sa poche et l'a jeté sur la banquette arrière, dit-elle tandis que Noah pressait les doigts sur le cou de River pour s'assurer qu'il était mort.

Il l'était.

Noah se redressa pour la prendre dans ses bras. Il y avait tant d'émotion dans cette étreinte, tant de soulagement, que tous deux restèrent quelques instants silencieux, à savourer ce moment. Ils avaient survécu à ces épreuves.

Mais très vite ils se ressaisirent. Toute cette histoire n'était pas finie. Il leur fallait essayer de sauver Helen.

— River t'a-t-il droguée ? lui demanda Noah en la prenant par la taille pour l'entraîner.

— Oui, mais j'ai fait tomber la seringue avant qu'il ne m'injecte la dose complète.

Elle n'avait été qu'étourdie, mais tout se serait très mal terminé si elle avait été inconsciente. Elle n'aurait pas été en état de s'écarter de River et de permettre ainsi à Noah de tirer le coup de feu fatal.

Avec l'aide de Noah qui la soutenait et la serrait contre lui, ils se frayèrent un chemin pour quitter la forêt.

— River n'avait aucune raison de tuer Helen, dit-elle. Il n'a pas montré son visage dans le SUV et je suis sûre qu'elle ignorait qui il était.

Noah hocha la tête et continua d'avancer, mais elle savait à quoi il pensait. River n'avait pas lancé cet engin explosif dans le SUV parce que Helen risquait de l'identifier. Mais pour les atteindre, eux. Une dernière attaque. Il n'avait pas réussi à les tuer mais, avec ce geste gratuit, il avait espéré les condamner au remords éternel pour n'avoir pas été capables de gérer la situation.

Des sirènes se firent entendre. Everly reconnut celle de la police et celle d'une ambulance. Elle en fut soulagée avant de se rendre compte que Grayson ou les membres du SAMU avaient peut-être été à proximité ou même dans le SUV lorsque la bombe avait explosé.

Cette terrible éventualité la poussa à accélérer le pas.

Combien de personnes River avait-il tuées avec cet engin explosif ?

Comme si Mère Nature avait décidé de leur accorder un peu de répit, la pluie cessa alors qu'ils sortaient des arbres. Everly aperçut deux véhicules sur le bord de la route. La voiture de patrouille de Noah et celle de Grayson. L'ambulance était garée derrière.

Mais sa gorge se serra lorsqu'elle vit le SUV.

Ou plutôt ce qu'il en restait.

Il n'était plus qu'un amas de tôle carbonisée et de la fumée s'échappait du radiateur.

— Grayson, marmonna Noah.

Pendant un horrible instant, elle crut que Noah avait vu le corps sans vie de son oncle. Mais non. Grayson était bien vivant. Il s'était mis à l'abri derrière sa voiture de patrouille.

Il n'était pas seul non plus. Les deux membres du SAMU étaient avec lui.

Ainsi que Helen.

Grayson la tenait dans ses bras.

— Elle est saine et sauve, leur cria-t-il. Par miracle, je l'ai fait sortir juste avant que le SUV n'explose.

Un tel soulagement traversa Everly que ses jambes se dérobèrent sous elle, et elle s'effondra. Noah la rattrapa au vol, la souleva et la serra contre lui pour rejoindre Grayson.

— Savez-vous s'il y a d'autres explosifs ? demanda ce dernier.

— Je ne pense pas, répondit Everly. J'ai vu River n'en jeter qu'un sur la banquette arrière.

Grayson confia Helen aux membres du SAMU qui l'emmenèrent vers l'ambulance et il revint vers eux.

— Il s'agissait donc de River... J'ai entendu des coups de feu. Je suppose qu'il est mort ?

Noah hocha la tête. Dès qu'il parvint à la hauteur de Grayson, il remit Everly sur ses pieds. Mais il ne la lâcha pas pour autant.

— Je ferai un rapport complet en rentrant, dit-il. Mais River était le tueur et, quand il a tenté de s'enfuir en se servant d'Everly comme bouclier humain, je l'ai abattu.

— Bien, marmonna Grayson. Êtes-vous blessés ?

— Rien que des égratignures sans gravité, lui assurèrent-ils.

River avait tout fait pour les tuer, mais ils s'en tiraient avec des blessures mineures. Bien sûr, ils devraient vivre avec les souvenirs cauchemardesques des dernières heures. Mais avec le temps ils les oublieraient, Everly en était certaine. D'autant que River n'aurait plus la possibilité de faire d'autres victimes.

Tout était fini.

Le danger avait disparu.

Pourtant, elle sursauta lorsqu'elle aperçut les phares d'un véhicule qui approchait. Grayson sortit l'arme qu'il venait de remettre dans son holster.

— Je n'attends personne, déclara-t-il, ce qui amena Noah à l'imiter et à se placer de nouveau devant elle.

Les membres du SAMU se hâtèrent de faire monter Helen dans l'ambulance.

— Ne tirez pas ! cria un homme en ouvrant sa portière.

Il leva les mains en l'air pour leur montrer qu'il n'était pas armé.

Bobby.

Grâce à la lumière des phares, Everly remarqua qu'il avait le visage en sang.

— River est le tueur justicier, lâcha-t-il. Il m'a dit qu'il voulait me voir et, quand je suis venu chez lui, il m'a assommé, drogué et ligoté. Il avait sans doute l'intention de me faire porter le chapeau, la responsabilité des meurtres.

River avait donc laissé un autre témoin derrière lui.

— Vous vous êtes enfui, dit Grayson en s'approchant de lui pour le fouiller. Il n'a pas d'arme, lança-t-il à Noah.

— Dès que les effets de la drogue se sont dissipés, je suis parvenu à me détacher.

Bobby se tourna vers le SUV carbonisé et poussa un gémissement.

— River m'a dit qu'il allait faire exploser Helen. A-t-il réussi ? ajouta-t-il d'une voix blanche comme s'il n'était pas sûr d'être capable de supporter la vérité.

— Non, non, répondit Grayson. Helen est dans l'ambulance. Elle est blessée, mais son état n'inspire aucune inquiétude.

Bobby poussa un soupir de soulagement et tomba à genoux.

— Dieu merci, dit-il, les mains sur la tête.

— La dernière fois que nous vous avons vu, vous regrettiez que Helen soit en vie, lui rappela Noah.

— C'est vrai, mais quand j'ai pris conscience que ce fumier allait la tuer, j'ai compris que je n'avais pas du tout envie qu'elle meure, en réalité. River n'avait pas le droit de faire ça, ajouta-t-il.

— Non, dit Grayson. Et maintenant, il est mort. J'aurai besoin de vous entendre à propos de la façon dont il vous a capturé et enfermé. Mais pour l'instant, vous êtes libre d'aller voir votre belle-mère, si vous le souhaitez.

Bobby se leva d'un bond et se dirigea à grands pas vers l'ambulance. Mais il s'arrêta brusquement.

— Elle ne voudra peut-être pas me voir après toutes les horreurs que je lui ai dites.

— Bobby ? cria Helen avant qu'aucun d'eux puisse répondre. J'ai très envie de te voir. Je t'aime tant, mon chéri.

Bobby courut à l'arrière de l'ambulance pour des retrouvailles émouvantes, Everly en était certaine. Il faudrait peut-être quelque temps à Bobby pour pardonner à Helen, mais manifestement le processus était en bonne voie. Et dès que Bobby apprendrait que Helen avait risqué sa vie pour se mettre à sa recherche, il serait encore plus enclin à oublier les erreurs qu'elle avait commises dans le passé.

— Je vais attendre la police scientifique et les gars de la morgue, proposa Grayson en levant les yeux vers le ciel qui s'éclaircissait. Quant à vous deux, si vous êtes en état de conduire, retournez au ranch pour voir Ainsley. Elle est en pleine forme, ajouta-t-il. Mais l'embrasser vous fera du bien, Everly. Prenez peut-être le temps pour un brin de toilette d'abord...

Tous deux étaient en effet trempés jusqu'aux os et certaines de leurs plaies saignaient. Mais Grayson avait raison. Retrouver sa fille lui ferait du bien.

Noah l'enlaça, même si elle n'avait plus besoin d'aide pour marcher.

Elle prit place sur le siège passager de la voiture de patrouille tandis que Noah s'installait au volant. Mais, au lieu de démarrer, il l'attira à lui et l'embrassa.

Soudain, elle se sentit de nouveau près de défaillir, mais

ce regain de faiblesse n'avait rien à voir avec la peur ou des souvenirs cauchemardesques.

Mais avec le désir intense que provoqua son baiser.

Et avec l'amour qu'elle éprouvait pour cet homme hors du commun.

Elle décida alors de lui ouvrir son cœur.

Tendrement, elle prit son beau visage entre les mains et le regarda en face.

— Nous ne ferons jamais disparaître le passé, Noah. Mais le présent nous appartient. Comme l'avenir.

Il sourit avant d'esquisser une petite grimace parce que sa lèvre était coupée.

— J'aime bien cette idée. Quel genre d'avenir as-tu en tête ?

Mais, sans attendre qu'elle réponde, il poursuivit :

— Parce que moi, j'ai envie d'une vie avec Ainsley et toi. D'une vie où nous formerons une vraie famille. Où je pourrai te dire chaque jour combien je t'aime.

— Alors commençons maintenant, murmura-t-elle. Je t'aime, Noah Ryland.

Il sourit.

— Je t'aime, Everly.

Et ils s'embrassèrent passionnément.

Vous avez aimé cette enquête ?
Retrouvez en numérique les justiciers de Silver Creek :
1. Une cible si fragile
2. Le châtiment du passé

DEBRA WEBB

Les secrets de Sunset Rock

Traduction française de
ANDREE JARDAT

BLACK ROSE

HARLEQUIN

Titre original :
MURDER AT SUNSET ROCK

1

Firefly Lane, Sunset Cove, Tennessee
Mardi 6 juin, 16 heures

Alors qu'elle amorçait le dernier virage qui la conduisait chez elle, Olivia Ballard resserra machinalement les doigts autour de son volant. Son cœur se mit à battre plus fort.

Firefly Lane.

C'était là qu'elle avait grandi. Elle n'avait que quatre ans quand, à la mort de sa mère et alors que son père les avait abandonnées un an plus tôt, ses grands-parents l'avaient prise en charge et élevée. Désormais, elle n'avait plus personne. Elle était seule au monde. Elle poussa un soupir lourd de tristesse. D'ici peu, elle serait arrivée chez elle. Mais allait-elle se sentir encore chez elle, dans cette maison, maintenant que tous les gens qu'elle aimait étaient partis ?

De nouveau, sa vue se brouilla de larmes. Sa grand-mère – Gran, comme elle l'appelait affectueusement – l'avait quittée prématurément, elle aussi. Elle n'avait jamais réussi à faire le deuil de sa fille, son unique enfant. L'amour qu'elle portait à Olivia n'avait pas suffi à la guérir de cette perte qui lui avait brisé le cœur à jamais.

Elle chassa de son esprit ces pensées funestes pour concentrer toute son attention sur sa conduite. Le long chemin de terre qui traversait le bois lui sembla plus étroit que la dernière fois où elle était venue. La voûte que formaient les feuillages touffus bloquait la lumière du soleil, auréolant le sentier d'une espèce de crépuscule étrange. Elle roula environ cinq cents mètres, puis les arbres commencèrent à s'écarter et le paysage à s'ouvrir sur une large clairière au bout de laquelle se trouvait la maison familiale. C'était la seule habitation de Firefly Lane. Elle était entourée d'hectares de terres qui s'étendaient à travers bois jusqu'à la falaise en contrebas. Jeune fille, elle aimait longer ces parois rocheuses qui plongeaient dans le vide, jouant à se faire peur. Quand il la voyait partir, son grand-père ne manquait jamais de lui recommander la plus grande prudence. Cela la faisait rire doucement. Évidemment, à cet âge-là, le danger n'existe pas. On se croit immortel.

Willy.

Un sourire triste se dessina sur ses lèvres au souvenir de cet homme qu'elle avait tant aimé. Pendant toutes ces années où elle avait grandi à ses côtés, il avait été son repère. Son pilier. Père et grand-père à la fois. Celui qui, lorsqu'elle était petite fille, soignait ses écorchures et la consolait de ses chagrins d'enfant puis, plus tard, s'occupait avec elle de lui trouver la plus belle robe de bal.

Pourquoi avait-il fallu qu'il parte, lui aussi ?

Elle attrapa son smartphone, qu'elle avait laissé sur le siège passager, puis sortit de la voiture. Elle resta un instant immobile à contempler la haute clôture en pierre qui ceinturait partiellement le jardin. Will taquinait souvent son épouse à ce sujet. À ses yeux, cette muraille tenait plus de la décoration que de la protection. Dans ces moments-là, Gran lui rappelait qu'elle avait accepté de le suivre dans ce coin reculé du Tennessee à condition qu'il veuille bien consentir à lui faire bâtir la maison de ses rêves. Will avait cédé, bien sûr. Rien n'était jamais assez beau pour la femme qu'il aimait.

Le résultat était assez réussi. Avec les années, les massifs de fleurs avaient pris le pas sur la végétation. Des plantes grimpaient le long des murs de la maison qui avait des allures de cottage anglais, finalement.

Son cœur se serra à la vue de la Land Rover Defender de son grand-père, garée tout près de la maison, à l'ombre d'un immense chêne blanc. Will adorait cette vieille guimbarde dont il ne se serait séparé pour rien au monde. Lorsqu'il était derrière son volant, il disait qu'il avait l'impression de vivre un safari.

— J'aurais dû venir plus tôt, se reprocha-t-elle tout haut.

Les mots avaient dans sa bouche le goût amer d'un mélange de remords et de regrets.

Elle prit son sac et claqua violemment la portière dans un geste qui traduisait toute la colère et la frustration qu'elle ressentait à ce moment-là. Elle n'était pas revenue depuis Noël. Comment avait-elle pu laisser filer plus de six mois sans venir rendre visite à son grand-père ? Ils avaient beau se parler en visio trois ou quatre fois par semaine, ce n'était pas la même chose. Elle aurait dû venir. Elle aurait dû être là. Comme elle s'en voulait !

Maintenant, il était trop tard. Willy était mort.

Elle essuya d'un geste rageur les larmes qui s'étaient mises à ruisseler sur ses joues. Lorsqu'elle était arrivée à Chattanooga, elle s'était arrêtée à l'institut médico-légal où elle avait insisté pour voir son grand-père. Le shérif Arnold Decker, l'ami le plus proche de Will, avait déjà reconnu le corps, mais Olivia avait ressenti le besoin de vérifier par elle-même que Willy était vraiment parti. Même dans la mort, il affichait cette force tranquille qui le caractérisait le mieux. Comment un tel drame avait-il pu se produire ?

Elle frissonna alors que resurgissaient les images affreuses qui tournaient en boucle dans sa tête depuis le coup de fil que lui avait passé Arnold, la veille, pour lui annoncer que Will était mort. Des images des multiples fractures ouvertes et des blessures profondes qu'il avait à la tête, comme le lui avait expliqué Arnold à sa demande. Will avait fait une chute mortelle depuis la falaise de Sunset Rock. Le corps avait été trouvé par un groupe de randonneurs, sur un sentier en contrebas. Si Olivia avait bien entendu les mots, son cerveau s'était bloqué au mot « mort ». « Will est mort », avait dit Arnold.

Elle n'arrivait toujours pas à le croire.

Durant le trajet interminable qui l'avait conduite de Bozeman à Chattanooga, elle s'était reproché plus d'une fois d'avoir laissé passer cent cinquante-neuf jours depuis la dernière fois où elle avait serré son grand-père dans ses bras. Où elle avait respiré l'odeur familière de son eau de toilette aux notes boisées. Elle s'était repassé le film de ce dernier séjour, cherchant à s'en rappeler chaque détail, chaque minute passée avec lui. Mais rien de tout cela n'effaçait le remords qu'elle avait à ne pas être revenue voir le seul membre de sa famille qui lui restait.

Elle fixa la maison, hésitant à s'en approcher. Elle était épuisée. Elle avait conduit toute la nuit, sans pouvoir dormir. Depuis qu'elle les avait entendus, les mots du shérif la hantaient. « Liv, je suis désolé de t'annoncer que ton grand-père est mort. Quand tu seras arrivée, dis-moi si je peux faire quelque chose pour t'aider. Je suis tellement désolé ! Will était comme un frère pour moi. »

Elle l'avait remercié puis avait mis fin à l'appel. Elle avait été incapable de parler. Will… mort… C'était un cauchemar. Elle allait se réveiller.

Vingt-quatre heures plus tard, la petite fille en elle aurait voulu s'effondrer et pleurer toutes les larmes de son corps. Mais elle n'était plus une petite fille. Elle avait trente ans. Elle était géologue. Elle avait des responsabilités. Elle vivait à Bozeman dans une petite maison de ville qu'elle avait achetée à crédit. Elle avait sa vie. Des amis.

Mais plus de famille.

Elle ferma les yeux et s'exhorta à chasser le flot d'émotions qui menaçaient de s'abattre sur elle et de la fragiliser un peu plus qu'elle ne l'était déjà. Ce n'était pas le moment. Elle avait des tonnes de choses à régler. Elle avait juste pris le temps d'appeler son patron pour lui annoncer qu'elle devait s'absenter et qu'elle ignorait encore quand elle serait de retour. De toute façon, elle avait des semaines et des semaines de congé à prendre et elle n'avait aucun retard dans son travail. Elle inspira profondément tout en redressant les épaules. Elle devait à son grand-père de prendre soin de lui et de sa maison et ce, de la manière dont il aurait voulu que les choses se fassent.

Forte de cette décision, elle sortit de son sac à main son trousseau de clés.

— Courage, ma fille.

Elle mit un pied devant l'autre, monta les trois marches qui conduisaient au porche puis introduisit la clé dans la serrure. Elle prit une nouvelle inspiration, ouvrit la porte et pénétra dans l'entrée, le cœur battant. L'odeur familière de la maison l'assaillit aussitôt. Malgré ses craintes et même si elle avait quitté le cocon familial depuis plus de dix ans, elle serait toujours chez elle, ici.

Elle referma la porte derrière elle puis s'avança vers le salon. Ce qu'elle vit la cloua sur place.

Il régnait dans la pièce un chaos indescriptible qui fit s'emballer son cœur.

Elle retint son souffle. Celui ou celle qui avait fait ça se trouvait peut-être encore dans la maison.

Elle plongea la main dans son sac et en sortit la petite bombe lacrymogène que Will l'avait engagée à toujours avoir sur elle depuis le jour où elle avait quitté la maison. Un spray qui se révélerait bien dérisoire face à une arme à feu, mais c'était tout ce dont elle disposait pour se défendre. Toujours immobile, elle fixa le fusil de chasse accroché au-dessus de la cheminée. Elle tendit l'oreille. Aucun son, aucun bruit ne lui parvenait. Il fallait qu'elle bouge ; qu'elle aille chercher ce fusil.

Elle esquissa un pas vers la cheminée puis attendit, le cœur battant. Rien. Elle fit un autre pas, puis un autre, les sens en alerte, le regard mobile. Deux portes ouvraient sur cette pièce principale. La première donnait sur un couloir qui menait aux chambres et à la salle de bains ; la seconde donnait accès à une petite buanderie qui ouvrait, elle, directement sur l'extérieur.

La porte d'entrée était fermée à clé. Cela signifiait que le vandale avait dû entrer et ressortir – du moins l'espérait-elle – par cette porte, située à l'arrière de la maison.

Sa bombe lacrymogène à la main, elle fit sur la pointe des pieds les derniers pas qui la séparaient du fusil. Elle attrapa l'arme de sa main libre puis remisa la bombe dans son sac qu'elle fit doucement glisser au sol. Le fusil bien en main, elle balaya la pièce du regard.

Les coussins du canapé gisaient au sol, les chaises avaient été renversées, le contenu du buffet répandu sur le plancher en bois. Les tableaux et les photographies avaient été jetés aux quatre coins de la pièce comme de vulgaires ordures.

Ce spectacle affligeant fit monter en elle une vague de fureur vengeresse. Comment avait-on osé toucher aux œuvres de ses grands-parents, si chères à son cœur ? Indépendamment du fait qu'elle était très attachée à ces créations, celles-ci étaient d'une grande valeur. Willy et Gran étaient des artistes confirmés qui avaient plus que largement vécu de leur art respectif.

Ivre d'une colère contenue, elle s'engagea dans le couloir, la crosse du fusil calée contre son épaule et sa joue, son doigt sur la gâchette, prête à tirer. Si elle tombait nez à nez sur le vandale, mieux vaudrait pour lui qu'il ait le bon réflexe, celui de s'enfuir à toutes jambes.

Une hypothèse qu'elle jugeait peu probable.

Elle se rendit dans sa chambre, toujours en position de tir. À l'image du salon, cette pièce aussi avait été fouillée sans scrupule, sans que le vandale se soucie le moins du monde de la valeur sentimentale des objets qui s'y trouvaient. Il en allait de même pour la chambre de ses grands-parents et celle qu'avaient habitée ses parents. Gran avait insisté pour que la chambre reste telle qu'elle était à la mort de sa fille. Olivia n'y avait pas mis les pieds depuis des années. Elle passa ensuite dans l'unique salle de bains où là encore régnait un désordre indescriptible.

Ce n'est qu'une fois de retour dans le salon qu'elle se détendit un peu.

Si l'intrus se trouvait encore dans la maison au moment où elle y était entrée, il avait eu le temps de s'enfuir pendant qu'elle fouillait les chambres. Elle n'en resta pas moins vigilante.

Elle avança prudemment vers le cellier. Personne. Mais la porte qui donnait sur l'extérieur était ouverte.

Elle se mit à trembler comme une feuille. Elle s'approcha et tendit la main vers la serrure pour la verrouiller. Elle se ravisa de justesse. Il pourrait y avoir des empreintes digitales qu'elle ne devait pas polluer.

Elle inspira profondément, s'exhortant à retrouver son calme. Puis, quand elle sentit que son rythme cardiaque redevenait normal, elle s'appuya contre l'une des étagères et sortit son téléphone portable de la poche arrière de son jean. Au lieu de taper le 911, elle appela directement le bureau d'Arnold Decker. L'assistante qui lui répondit lui assura qu'elle allait le prévenir et qu'une patrouille allait être envoyée sur place sans tarder.

Un peu rassurée, elle rempocha son smartphone et s'autorisa à fermer les yeux. Willy était mort. Quelqu'un s'était introduit dans sa maison et l'avait fouillée de fond en comble. De toute évidence pour y chercher quelque chose. Mais quoi ?

Pour l'heure, elle n'en avait aucune idée, mais elle avait la ferme intention de le découvrir. Forte de cette détermination, elle décida d'aller jeter un coup d'œil dans les bâtiments annexes, un hangar et une vieille remise dans laquelle Willy avait aménagé un atelier pour Gran et un laboratoire photo où il passait des heures à développer ses films.

Les larmes lui montèrent aux yeux une fois de plus. Quel genre de monstre pouvait venir saccager la maison d'un homme qui venait tout juste de mourir ?

Concentre-toi sur ce que tu as à faire, s'ordonna-t-elle.

Lui revint alors en mémoire la manière dont Willy, quand elle était petite, lui avait appris à rechercher des jouets qu'elle avait égarés dans le jardin. Sélectionner une zone, la quadriller des yeux puis parcourir les différentes sections sans perdre de vue un centimètre carré. En procédant ainsi, de manière très méthodique, elle remarqua qu'il n'y avait aucune empreinte de pas. Cela dit, il n'avait pas plu depuis longtemps. La terre était sèche. Elle commença par inspecter le hangar. Tout semblait en ordre. Les outils de jardinage et le tracteur étaient rangés au même endroit que la dernière fois où elle était venue. En revanche, la remise avait subi le même sort que la maison. Tout était sens dessus dessous.

Bon sang ! Que cherchait donc cet intrus ? De l'argent, peut-être. Willy n'avait pas pour habitude de garder des sommes importantes chez lui, mais même quelques billets pouvaient représenter beaucoup d'argent pour quelqu'un qui n'avait rien.

Elle réalisa très vite qu'il manquait un des appareils photo de Willy. Pas n'importe lequel. Un Nikon vintage d'une grande valeur. Cet appareil, Willy le trimballait toujours avec lui. C'est bien simple, il ne s'en séparait jamais.

Intriguée, elle retourna dans la maison, juste au moment

où une voiture de police remontait l'allée, gyrophare allumé. Elle refit le tour de toutes les pièces mais ne trouva l'appareil nulle part. Il n'y avait qu'une explication : Willy l'avait emporté avec lui et il devait être à l'endroit où les randonneurs avaient découvert son corps. À l'heure qu'il était, sans doute se trouvait-il entre les mains de la police. Elle nota mentalement de poser la question à l'agent qui venait de sortir de la voiture de patrouille.

Elle remarqua distraitement que ce n'était pas Arnold Decker. Elle en fut soulagée. Elle n'avait pas le cœur à discuter de son grand-père avec quelqu'un qui l'avait bien connu.

Elle sentit sa détermination fléchir. Il ne restait plus rien de la montée d'adrénaline qui l'avait portée quelques instants plus tôt. De nouveau, elle était emportée par le chagrin.

Tiens bon. Ce n'est pas le moment de craquer.

Elle vit le policier enlever sa casquette alors qu'il s'approchait d'elle. Il la salua d'un hochement de tête.

— Liv. Je suis vraiment désolé.

Elle arrondit la bouche pour parler, mais aucun son n'en sortit. La surprise la rendait muette. Clouée sur place.

Huck Monroe.

Que venait-il faire ici ? Avait-il déjà appris la mort de Willy ? Avait-il fait tout le chemin depuis Miami pour venir lui présenter ses condoléances ?

Le rire sardonique qui lui montait aux lèvres s'étrangla dans sa gorge. Huck Monroe n'était jamais venu la voir en dix ans. Pas une seule fois. Pourquoi se préoccuperait-il de son sort maintenant ?

— Qu'est-ce que tu fais ici ? lui demanda-t-elle sans préambule.

Elle douta un instant de la réalité. Que faisait Huck ici, dans une voiture de la police du comté de Hamilton alors qu'il devrait être sous le soleil de la Floride, là où il avait choisi de s'établir, des années plus tôt ? Tout cela n'avait aucun sens. Son cerveau devait lui jouer des tours.

Il esquissa un faible sourire.

— Je vis ici, maintenant, répondit-il.

Il pointa du menton le SUV qu'il avait garé à quelques mètres de là.

— Je suis enquêteur. Je travaille au sein du département du shérif.

Elle en resta abasourdie. Pourquoi Willy ne lui en avait-il rien dit ? La réponse lui parvint, évidente : parce qu'elle avait expressément demandé à son grand-père de ne plus jamais prononcer le nom de Huck devant elle.

Elle s'empressa de chasser les souvenirs nostalgiques que la présence de Huck faisait resurgir.

Tant d'années s'étaient écoulées. Il y avait prescription. Qu'est-ce que cela pouvait bien lui faire – surtout à un moment aussi douloureux de sa vie – que l'homme qui lui avait brisé le cœur soit revenu vivre au pays ?

Pourtant, elle avait beau s'appliquer à afficher une expression neutre, elle avait dû accuser le coup car Huck, visiblement inquiet, s'approcha un peu plus d'elle pour poser une main sur son avant-bras.

— Ça va ? Tu es toute pâle.

Elle se dégagea d'un geste brusque.

— Je ne veux pas te voir. Je veux que le shérif m'envoie quelqu'un d'autre que toi.

— Tu ne veux pas que nous allions nous asseoir à l'intérieur ? proposa-t-il gentiment. Tu me raconterais ce qu'il se passe.

Elle, ce qu'elle voulait dans l'immédiat, c'était appeler Arnold Decker pour exiger qu'il lui envoie un autre enquêteur. Mais, même dans l'état émotionnel où elle se trouvait, elle comprenait que cette exigence pourrait passer pour un caprice malvenu. Il lui suffisait qu'elle se calme un peu. Dès que les mots et les images qui l'assaillaient sans cesse depuis la veille la laisseraient un peu en paix, elle serait en mesure de rassembler ses esprits et de réfléchir de manière plus objective. Et donc, d'accepter la présence de Huck puisqu'il ne représentait plus rien pour elle.

Elle poussa un soupir résigné.

— D'accord.

Alors qu'elle lui tournait le dos pour entrer dans la maison, elle l'entendit lui emboîter le pas sans attendre.

Il émit un long sifflement en voyant le chaos qui régnait à l'intérieur.

— Tu as remarqué s'il manquait quelque chose ? s'enquit-il en balayant la pièce des yeux.

— J'ai fait le tour et, oui, il manque le Nikon de mon grand-père.

Elle plaqua sur ses hanches ses mains qui s'étaient mises à trembler. Même ses jambes menaçaient de se dérober sous elle.

Elle mit sur le compte du choc de ces dernières vingt-quatre heures cet accès de faiblesse. Sans compter qu'au manque de sommeil s'ajoutait le fait de ne rien avoir avalé depuis la veille.

— Tu en es sûre ?

— Je crois. En tout cas, je ne l'ai trouvé nulle part. J'ai essayé de ne toucher à rien. À part le fusil de chasse que j'ai emporté avec moi quand je suis allée vérifier le hangar et la remise.

— Tu as eu la présence d'esprit de prendre cette arme, tu as bien fait. Je vais passer un coup de fil au département de la police scientifique pour qu'elle envoie des hommes relever les empreintes.

Ces mots ravivèrent sa souffrance. Une souffrance qui la submergea avec encore plus de force et de vivacité. Elle se sentit de nouveau sur le point de défaillir alors qu'elle avait envie d'aller hurler dans les bois.

— Le shérif m'a dit qu'il avait fait une chute mortelle, lâcha-t-elle avec peine.

Puis elle se mit à regarder Huck fixement. Huck, le garçon dont elle était tombée follement amoureuse à quinze ans. Le garçon avec lequel elle pensait passer le reste de sa vie mais qui avait décidé de ne pas l'attendre, préférant la plaquer sans un regard en arrière.

Elle se renfonça dans son fauteuil. Elle était épuisée. Physiquement autant que psychologiquement. Elle avait reçu l'appel d'Arnold la veille, à 14 heures. Elle avait tout laissé en plan pour se précipiter chez elle, fourrer quelques affaires dans un sac de voyage et sauter dans sa voiture pour arriver le plus rapidement ici. Elle avait conduit toute la nuit, ne s'autorisant que quelques brèves pauses dans les moments où la fatigue se faisait trop sentir. Son cerveau était comme anesthésié. Il ne fonctionnait plus correctement sans quoi elle aurait su quoi dire et quoi faire.

Willy était mort.

Parti pour toujours.

Elle regarda encore une fois le désordre qui régnait partout. Qui en voulait à son grand-père et pourquoi ?

Huck vint s'accroupir face à elle et la regarda droit dans les yeux.

— Le médecin légiste n'a rien trouvé d'anormal qui pourrait faire penser à un acte criminel, déclara-t-il. Cependant, compte tenu des actes de vandalisme qui ont eu lieu ici, nous devons creuser un peu plus afin de déterminer s'il n'y aurait pas un lien entre ceux-ci et la mort de ton grand-père. Cela nous conduirait à reconsidérer les conclusions actuelles.

Avait-elle bien compris le sens de ce qu'elle venait d'entendre ? Huck venait-il de lui suggérer que Willy ait pu être assassiné ?

Il fallait qu'elle en ait le cœur net.

— Tu veux dire que cette intrusion t'amène à penser que

la chute de Willy ne serait pas accidentelle ? Que quelqu'un l'aurait poussé dans le vide ? Qu'il s'agirait donc d'un homicide ?

Mais qui aurait pu en vouloir à son grand-père au point d'attenter à sa vie ? Ces dernières années, le vieil homme avait vécu en reclus. Et, du temps de Gran, tous les deux avaient parcouru le monde, passant plus de temps sur les routes que dans leur maison. Enfin... quand Laura avait été en âge de quitter le nid. Ensuite, ils avaient dû renoncer à cette vie de nomades pour élever Olivia. Jamais elle ne les avait entendus se plaindre de ce sacrifice qu'ils faisaient pour elle ni exprimer le moindre regret.

Un nœud se forma dans sa gorge en même temps que ses yeux se remplissaient de nouveau de larmes qu'elle s'exhorta à contenir.

Willy, son grand-père adoré, était parti. Le dernier membre de sa famille.

— Tu n'as pas répondu à ma question.

— Je veux dire que nous sommes en présence de concordance de faits suspects, précisa-il.

2

16 h 30

Huck gardait les yeux fixés sur Olivia. Elle semblait prête à s'effondrer à tout moment. Mais il n'y aurait rien d'anormal à cela. Elle venait de perdre son grand-père, le seul membre de sa famille qui lui restait. Pire, il y avait maintenant une raison de croire que la mort de ce dernier n'était pas accidentelle mais qu'il s'agissait d'un acte criminel.

Les membres de la police scientifique étaient arrivés sur place une heure plus tôt, mais ils n'en avaient toujours pas terminé. Pas tant à cause de la taille de la maison – qui n'était pas si grande – que de la quantité de meubles et d'objets qu'elle contenait. De toute évidence, Willy n'était pas du genre à se séparer facilement de quoi que ce soit. « Trop de souvenirs », disait-il toujours. En étaient témoins les innombrables photographies qu'il avait prises au cours de sa carrière et même après. Il y en avait partout. Mais il faut dire que William Ballard avait été un photographe de renommée mondiale, qui avait vu ses œuvres récompensées des prix les plus prestigieux.

Désertant la maison, Olivia était allée se percher sur la balançoire suspendue aux deux branches les moins biscornues du vieux chêne. Cet arbre avait toujours eu la préférence d'Olivia.

Ils avaient grimpé si souvent à l'assaut de son tronc robuste. Willy l'avait accrochée là pour Laura, quand elle était enfant.

Olivia paraissait si seule. Si perdue. Son cœur se serra à la voir si vulnérable. Il aurait aimé aller la prendre dans ses bras et lui murmurer des paroles réconfortantes à l'oreille, mais cette intimité n'était plus à l'ordre du jour. Dix ans s'étaient écoulés, et Olivia lui en voulait toujours. Elle ne lui pardonnerait jamais, c'était certain. Il serait même prêt à parier que si les circonstances avaient été différentes elle aurait cherché à l'éviter.

Elle n'était pas revenue ici depuis des mois. Depuis les fêtes de Noël, lui avait confié Willy. Huck avait alors failli sauter dans sa voiture pour aller vérifier que tout allait bien. Mais il avait renoncé. De son côté, il était revenu s'installer dans la région à l'automne. Willy avait été heureux de le savoir dans les parages. Il l'avait accueilli à bras ouverts, ne laissant rien transparaître des drames qui l'avaient frappé.

De toute évidence, Willy n'avait rien dit à Olivia de son retour à Chattanooga. Sans doute pour échapper à une confrontation qui se serait révélée aussi inévitable que pénible. Willy avait expliqué à Huck qu'Olivia ne voulait plus entendre parler de lui. Du moins, c'était ce qu'elle lui avait affirmé la dernière fois qu'il avait prononcé son nom devant elle. Elle le détestait d'être parti et refusait de prendre en considération ou même d'entendre les raisons qui l'avaient poussé à quitter la ville.

Il retourna dans la maison, incapable d'affronter plus longtemps le sentiment d'impuissance qu'il ressentait à l'égard d'Olivia. Pour lui épargner cette étape douloureuse mais néanmoins nécessaire, il lui avait proposé de l'emmener ailleurs, chez lui, à l'hôtel, n'importe où pourvu que ce soit loin d'ici. Elle avait refusé, bien sûr.

Il ne pouvait vraiment pas lui en vouloir. Elle avait le droit d'être en colère contre lui. Si, dix ans plus tôt, il n'avait pas compris sa réaction, aujourd'hui il admettait qu'elle avait ses raisons. Le temps lui avait fait changer d'avis. Il lui avait fait réaliser ses propres erreurs. Car, à vrai dire, il n'avait eu aucune raison valable de partir. Sinon qu'Olivia devait s'installer à Atlanta pour entamer des études universitaires et que la perspective de ne plus la voir qu'un week-end sur deux ne l'enchantait guère. Pire, elle attisait sa jalousie. Il avait tenu un an. Presque deux, même. Il avait intégré l'académie de police où il avait démarré sa carrière comme adjoint au shérif. Cette situation un peu bancale avait suffi à son bonheur un certain temps. Jusqu'à ce qu'il commette l'erreur fatale. Celle qui allait changer leur vie. Ils avaient chacun un emploi du temps si serré qu'ils avaient décidé bien à l'avance des dates où ils pourraient se retrouver. Mais un matin, sur un coup de tête, il avait décidé de lui faire une visite surprise. La certitude qu'elle était mieux que lui et que, par voie de conséquence, il n'était plus assez bien pour elle l'avait fait douter de sa fidélité.

Il l'avait surprise avec un groupe d'amis. Des amis de fac, disait-elle toujours. Ceux avec qui elle étudiait les week-ends où elle ne rentrait pas chez elle. Ils étaient installés autour d'une table de pique-nique, dans un coin tranquille, un peu à l'écart, du campus. Il avait fait quelques pas vers eux puis avait remarqué le garçon qui était assis à côté d'Olivia. Visiblement, elle ne le laissait pas indifférent.

Il aurait dû s'approcher de cette table et se présenter, un sourire aux lèvres, sûr de lui et de son statut de petit ami officiel d'Olivia. Mais, au lieu de cela, il avait passé tout son week-end à observer – épier, plutôt – Olivia et sa bande d'amis. La complicité qui semblait les lier avait fait surgir des images d'avenir improbable. Il ne serait jamais comme eux. Il n'était jamais allé à l'université et ne comptait pas y aller. Il ne conduisait pas de voiture de sport et ne portait pas de vêtements à la mode. Bref, il n'avait pas les codes pour intégrer ce milieu qui lui était étranger.

Il ne correspondait tout simplement pas à la vie qu'il voyait se dessiner pour Olivia. En la voyant tellement épanouie, il s'était souvenu des discours qu'elle lui avait tenus sur les voyages qu'elle ferait à travers le monde, les découvertes merveilleuses que son futur métier de géologue lui réservait. À vingt et un ans, Huck avait pris conscience du fait que ses possibilités étaient beaucoup plus restreintes que celles d'Olivia.

Il ne voulait pas lui imposer cela. Il ne voulait pas qu'elle sacrifie ses rêves pour lui, qu'elle se pose des limites. Alors il était parti. Il avait accepté le poste d'adjoint au shérif qu'on lui avait proposé à Miami. Il offrait à Olivia une vie libre de toute attache. Il était parti sans un mot d'explication ni pour elle ni pour son grand-père.

Aux yeux d'Olivia, il avait commis la pire des erreurs. L'erreur impardonnable.

En effet, elle ne lui avait jamais pardonné.

Il regarda le tableau qu'un des techniciens était en train de décrocher. Un portrait d'Olivia, peint par sa grand-mère que, d'aussi loin qu'il s'en souvienne, il avait toujours vu accroché à cette même place, au-dessus de la cheminée. Elle était encore plus belle aujourd'hui qu'elle l'était alors. Pourtant, étrangement, elle ne s'était pas mariée, n'avait pas fondé de famille. Fidèle à ses rêves, elle avait parcouru le monde et travaillé dans des pays qu'il n'avait jamais eu envie de visiter. Un an plus tôt, elle avait accepté un poste plus permanent à Bozeman, dans l'État du Montana. D'après Willy, elle avait décidé qu'il était temps de se poser enfin quelque part et de vivre une vie plus stable.

Avait-elle un homme dans sa vie ?

Il secoua la tête. Cela ne le regardait plus. Il avait renoncé au droit de le savoir en renonçant à elle, dix ans plus tôt.

À l'instant où il l'avait revue, il avait eu l'impression que ces dix années sans elle n'avaient pas existé. Il sentait encore le goût de leur dernier baiser sur ses lèvres ; la douceur de ses cheveux quand il les laissait filer entre ses doigts.

Il chassa ces pensées troublantes pour se concentrer sur le travail qui l'attendait. Cette maison avait été fouillée peut-être avant le décès de Willy. C'était à lui de le découvrir. Il devait bien ça à son vieil ami. Non seulement parce que celui-ci ne lui en avait pas voulu d'avoir brisé le cœur de sa petite-fille, mais parce qu'il l'avait toujours traité comme un membre de sa famille à part entière.

Il se devait aussi de ne pas décevoir Olivia une deuxième fois.

Fort de cette résolution, il alla la rejoindre. Il fallait décider maintenant de l'endroit où elle comptait passer la nuit. Ce ne serait certainement pas ici.

— Ils ont trouvé quelque chose ? demanda-t-elle.

Il ne l'avait pas remarqué jusque-là, mais elle n'avait pas prononcé son nom une seule fois depuis qu'il était arrivé. Signe évident qu'elle le détestait encore.

— Nous ne saurons rien tant que le rapport d'analyses n'aura pas été rendu. Dans une maison, les empreintes sont nombreuses. Faire le tri entre celles qui peuvent être là et celles qui ne doivent pas l'être prend du temps, répondit-il.

Elle acquiesça en silence puis ouvrit la bouche, s'apprêtant manifestement à dire quelque chose. Pourtant, elle la referma sans avoir rien dit.

— Je comprends que tu traverses un moment très difficile, ajouta-t-il d'une voix douce. Apprendre le décès de ton grand-père, revenir pour découvrir que ta maison a été mise à sac puis assister à une scène pareille… Mais il faut que tu te reposes un peu, Liv. La meilleure chose à faire dans l'immédiat est de passer une bonne nuit de sommeil loin d'ici et de revenir demain matin. Tu y verras plus clair.

Elle plongea son regard sombre dans le sien. Un regard si

rempli de détresse qu'une fois encore il eut envie de la prendre dans ses bras et de la consoler.

— Tu as raison, finit-elle par dire en détournant les yeux. Je vais suivre ton conseil et aller à l'hôtel. Demain sera un autre jour.

Elle se leva, laissant la balançoire osciller mollement derrière elle.

Il fut soudain saisi d'un sentiment d'urgence. La pensée que s'il la laissait lui échapper encore une fois il ne la reverrait plus, s'imposa à lui.

— Liv, attends. Je me suis installé dans la maison familiale. Tu la connais. Il y a de la place. Moi, je vais passer la plus grande partie de la nuit ici. Je te propose d'aller dormir là-bas. Tu y seras tranquille.

Puis, sans lui laisser le temps de refuser, il sortit son trousseau de clés de sa poche et décrocha celle de la maison qu'il lui tendit.

— Tiens. Tu seras en sécurité là-bas.

Sur ce, il tourna les talons et retourna vers la maison. Elle ne lui avait pas jeté sa clé au visage, elle ne lui avait pas couru après en l'insultant. Tout allait donc pour le mieux. Arrivé sur le seuil de la porte, il risqua un coup d'œil par-dessus son épaule. Elle montait dans sa voiture. Il poussa un soupir de soulagement puis esquissa un sourire satisfait. Juste au moment où elle démarrait un véhicule de police arrivait avec, au volant, Arnold Decker.

Huck redescendit les marches pour aller à la rencontre de son supérieur. Ce dernier venait de fêter ses soixante-dix ans mais ne manifestait pas la moindre intention de prendre une retraite que ses proches jugeaient pourtant bien méritée. C'était un shérif très apprécié de ses concitoyens qui avait été élu tout naturellement après que son prédécesseur avait été contraint de démissionner pour des raisons de santé.

— Bonjour, Monroe. Qu'avons-nous ?

En temps normal, le shérif ne se déplaçait pas en personne pour des faits qu'il considérait comme mineurs. D'autant plus que dans ce cas précis la présomption d'homicide n'était pas encore établie. Mais William Ballard était un cas particulier. À peine quelques années plus tôt, il figurait parmi les personnalités les plus importantes de Chattanooga. Puis, au fil des ans, liés par le même amour de la pêche, Decker et lui avaient développé une solide amitié qui ne s'était jamais démentie.

— Quand Olivia est rentrée chez elle, elle a trouvé la maison et la remise complètement retournées.

Si Huck avait volontairement mentionné la remise, c'était parce que Decker savait qu'elle abritait le laboratoire photo de Willy ainsi que ses œuvres majeures, celles qui avaient été récompensées.

— J'ai reçu le rapport du médecin légiste, annonça Decker. Il est formel. La cause de la mort est accidentelle. Il n'y a aucune raison de soupçonner un acte criminel.

Huck afficha une expression dubitative. Il était loin d'en être aussi sûr.

— Pourtant, il se pourrait bien qu'il y ait un lien entre cette intrusion et la mort de William Ballard, énonça-t-il.

— Nous verrons bien. Pour le moment, allons jeter un coup d'œil à l'intérieur.

Chattanooga et ses environs avaient beau former la quatrième plus importante agglomération du coin, il émanait de petites communautés comme celle de Sunset Cove une ambiance de village convivial où tout le monde se connaissait. Huck s'était souvent reproché d'en être parti et d'avoir abandonné Olivia sans un mot d'explication. Olivia venait de lui donner l'occasion de le réaliser : elle ne lui pardonnerait pas sa trahison.

Une boule d'angoisse se forma au creux de son ventre à l'idée qu'il était sans doute trop tard. Pourtant, il l'aurait juré, quand il l'avait vue sous le porche, il avait cru déceler dans son regard une petite lueur d'intérêt. Quelque chose qui disait que tout n'était pas perdu. À moins qu'il n'y ait vu que ce qu'il voulait y voir.

Arrête de penser à elle. Concentre-toi sur ton travail, mon vieux.

Decker balaya la pièce du regard.

— Bon sang !

Il secoua la tête.

— Il se pourrait bien que vous ayez raison, admit-il en tournant la tête vers Huck. Cela dit, ça peut être aussi quelqu'un qui, sachant Willy à la morgue et la maison vide, aurait profité de la situation. Il y a tellement de gens à la rue, prêts à faire n'importe quoi par désespoir…

Huck acquiesça d'un hochement de tête.

— C'est ce que j'ai d'abord pensé moi aussi ; mais il se trouve qu'aucun objet de valeur n'a été volé. Les bijoux de Joyce Ballard sont toujours dans sa chambre et, sans être spécialiste, on voit bien que ce ne sont pas des bijoux de pacotille. Il y a également une collection de pièces d'or et des services en argent qui valent à eux seuls une petite fortune. Ce sont des objets qui peuvent être facilement revendus ou échangés contre de la drogue. Ah si, il y a quelque chose… Olivia a remarqué qu'il manquait l'appareil-photo de son grand-père. À moins qu'il ait été retrouvé près du corps, ce qui ne figure pas dans le rapport, il a disparu.

Decker exhala un profond soupir.

— Bien, bien, se contenta-t-il de dire.

Il resta silencieux un court instant puis ajouta :

— Je veux que vous me meniez cette enquête au bout, Monroe. Willy était plus qu'un ami. Il était comme un frère pour moi. Je lui dois de trouver qui a fait ça. Sur un plan personnel, je veux la vérité. Et vite.

— Oui, chef.

Decker prêchait un convaincu. Personne dans le comté de Hamilton ne se souciait plus que Huck d'élucider cette affaire.

— Faites-moi savoir si vous avez besoin de quelque chose, poursuivit Decker. En attendant, prenez soin de sa petite-fille. C'est ce que voudrait Willy.

Il afficha un air navré.

— Si j'avais su qu'en arrivant elle voudrait se rendre directement à la morgue, je l'aurais accompagnée, ajouta-t-il. Pauvre petite. Elle n'a plus de famille aujourd'hui.

Huck aurait agi de même. Malheureusement, il se trouvait à Nashville au moment des faits et n'avait été mis au courant du décès de William Ballard que le matin même. Il aurait aimé appeler Olivia, mais à ce moment-là il n'avait pas le numéro de son téléphone portable. Sans doute l'une des consignes délivrées à Willy par Olivia. Ne pas être joignable pour Huck Monroe. Jamais.

— Ne vous inquiétez pas, chef. Je veillerai sur elle personnellement.

En effet, il avait bien l'intention de faire tout ce qui était en son pouvoir pour qu'Olivia ne manque de rien durant tout le temps qu'elle passerait à Sunset Cove. Elle serait sa priorité absolue. Et qui sait ? Peut-être ce drame la ferait-il revenir à de meilleurs sentiments à son égard. Quoi qu'il en soit, s'il s'avérait que William Ballard n'était pas mort à la suite d'une chute accidentelle, il se faisait fort de retrouver celui qui l'avait poussé dans le vide.

Twilight Trail, 19 heures

Olivia resta assise dans sa voiture un long moment, hésitant à en sortir.

Jusqu'à son départ pour l'université, cette ferme avait été

sa deuxième maison. Elle avait considéré les parents de Huck comme l'oncle et la tante qu'elle n'avait jamais eus. Willy et Gran étaient tous deux des enfants uniques qui eux-mêmes n'avaient eu qu'Olivia.

Elle se renfonça un peu plus dans son siège. Quelle triste ironie du sort que ses deux parents aient été des enfants uniques. Son père était un aventurier nomade jusqu'à ce que, de passage à Nashville, il rencontre Laura Ballard alors qu'elle était en troisième année à l'université Vanderbilt. Il aimait à clamer qu'elle lui avait volé son cœur. Pourtant, à peine quelques courtes années plus tard, il avait disparu. Il s'était évaporé dans la nature comme par enchantement. Puis Laura était morte. En l'espace d'un an Olivia avait perdu son père et sa mère.

D'aussi loin qu'elle s'en souvienne, à la maison, personne ne lui parlait jamais de son père. Sa grand-mère avait évoqué le sujet une fois, quand elle avait été en âge de comprendre. Mais elle s'était bornée à ne lui en dire que l'essentiel. C'est ainsi qu'elle avait appris le peu qu'elle savait sur lui. Le reste, elle le tenait de Huck qui avait questionné ses parents, à sa demande. Dès sa rencontre avec Kasey, Laura avait marché dans ses traces, adoptant son style de vie instable. Ils disparaissaient régulièrement, parfois plusieurs semaines d'affilée, même après la naissance d'Olivia, « pour le travail » avait sommairement expliqué Gran.

Olivia ressemblait trait pour trait à sa mère. Elle avait hérité d'elle la même chevelure brune et les mêmes grands yeux sombres. Regarder une photo de sa mère était comme regarder son reflet dans un miroir. L'exact contraire de son père qui était blond aux yeux bleus.

Comme Huck.

Elle ferma les yeux pour tenter de contenir le tourbillon de pensées et d'émotions que ce nom suscitait en elle. Huck l'avait abandonnée, lui aussi ; comme son père avait abandonné sa mère.

Stop !

Elle ouvrit la portière et, au moment de prendre son sac à main, réalisa qu'elle l'avait oublié chez elle. Tant pis. Pour l'heure, elle était bien trop fatiguée pour s'en préoccuper. Elle enverrait un SMS à Huck pour le lui demander, maintenant qu'ils s'étaient échangé leur numéro de téléphone. Elle attrapa son sac de voyage puis se dirigea d'un pas résolu vers la maison.

Contrairement à la maison de ses grands-parents, celle-ci s'élevait sur deux étages. Quand ils étaient enfants, Huck et elle avaient exploré chaque centimètre carré du grenier et des pièces du sous-sol. À cette époque, ils adoraient jouer aux chasseurs de fantômes ou aux gendarmes et aux voleurs, leurs deux jeux préférés. Huck n'avait qu'un an de plus qu'elle, une différence insignifiante qui expliquait qu'ils aient autant d'affinités. Si elle voulait être honnête, elle dirait qu'elle l'aimait depuis l'enfance. Un amour qui s'était épanoui au fil des ans.

Arrête un peu de t'aventurer sur ce terrain, s'ordonna-t-elle.

Elle grimpa les marches du porche. Un sourire se dessina sur ses lèvres quand elle vit que les deux fauteuils à bascule étaient toujours là, à la même place. Elle revit les parents de Huck installés là pour prendre l'air durant les chaudes soirées d'été. Son père était décédé d'une crise cardiaque, un an plus tôt. Incapable de vivre seule dans cette grande maison, sa mère était partie s'installer à Knoxville, pour se rapprocher de sa sœur aînée, veuve elle aussi. Sans doute ne s'attendait-elle pas à voir Huck revenir un jour vivre ici, dans la maison familiale. La question se posait : pourquoi avait-il attendu que sa mère en parte pour y revenir ? Elle aurait probablement apprécié le soutien et le réconfort que lui aurait procuré la présence de son fils dans des moments si difficiles.

Willy avait bien fait des commentaires en ce sens au sujet

de la famille Monroe, feignant d'ignorer Olivia qui lui signifiait pourtant clairement qu'elle ne voulait rien savoir, surtout concernant Huck. Elle n'était pas dupe. Elle avait bien compris que Willy rêvait de les voir trouver un moyen d'arranger les choses, voire de reprendre leur relation là où ils l'avaient interrompue. Pendant dix ans, il avait nourri cet espoir, sans jamais perdre une once de cet optimisme insensé.

Elle n'avait pas eu le cœur de briser son rêve de les voir à nouveau réunis. Car pour elle l'affaire était entendue, Huck Monroe ne referait jamais partie de sa vie. Elle avait tourné la page.

Elle déverrouilla la porte et entra. Dès qu'elle fut à l'intérieur, une odeur familière l'assaillit. Celle de l'après-rasage de Huck, qui flottait dans l'air, tenace. Pourquoi fallait-il que, dans une maison aussi grande, elle soit confrontée à la présence – même invisible – de cet homme, à l'instant même où elle en avait poussé la porte ? Pour un peu, elle en pleurerait de rage et de frustration.

Arrête.

Son grand-père était mort. La seule personne au monde qui lui restait. Elle ressentit soudain un vide immense. Elle se sentait seule et vulnérable. Secouée aussi à l'idée que quelqu'un ait pu détester Willy au point de le tuer.

Elle referma la porte derrière elle et la verrouilla. Une douche s'imposait.

Arrivée au bas des marches, une photographie encadrée attira son regard.

Sam. Samson, le labrador des Monroe qui occupait une place de choix dans ses souvenirs les plus doux.

Elle laissa tomber son sac par terre pour attraper le cadre. Du bout des doigts, elle caressa l'image de ce chien qu'elle avait tant aimé.

Il était mort l'année où Huck avait emménagé à Miami.

Il avait dix-sept ans. Une belle et longue vie pour un chien. Ce fidèle compagnon était de tous leurs jeux, de toutes leurs randonnées. L'ombre de leur ombre. Après ça, elle avait eu tant de chagrin qu'elle n'avait jamais pu se résoudre à prendre un animal de compagnie.

Elle plaqua le cadre contre sa poitrine et fondit en larmes. Elle se laissa tomber sur la première marche de l'escalier et pleura toutes les larmes de son corps, libérant tout le stress trop longtemps contenu. Elle pleurait sur Willy, sur le vide que sa disparition avait creusé en elle. Elle pleurait sur toutes les choses qui auraient dû être et ne seraient jamais. Mais surtout elle pleurait parce que, pour la première fois de sa vie, elle se sentait à la dérive.

Quand elle se fut un peu ressaisie, un long moment plus tard, elle se leva et alla replacer le cadre sur le guéridon. Elle monta péniblement l'escalier et se dirigea directement vers la chambre d'amis. Elle prit dans son sac le pyjama qu'elle avait emporté et se rendit dans la salle de bains.

Lorsque l'eau chaude eut rempli la cabine de vapeur, elle sentit avec force le parfum de vétiver que Huck utilisait encore et qui s'était dégagé de lui quand elle s'en était approchée de trop près. Mais, cette fois, elle s'ouvrit à cette fragrance jusqu'à s'en étourdir.

Car, à ce moment précis, elle éprouvait le besoin impératif, presque viscéral, de se raccrocher à quelque chose, n'importe quoi, qui l'empêcherait de sombrer tout à fait.

3

Mercredi 7 juin, 7 h 55

Olivia se brossa les cheveux et les rassembla en queue-de-cheval. Elle jeta un rapide coup d'œil à son reflet dans le miroir qui se trouvait au-dessus de la commode. Ses traits étaient tirés. Des cernes noirs soulignaient ses yeux rougis d'avoir trop pleuré. Elle se trouva affreuse.

Elle ferma les yeux et exhala un long soupir. Huck était levé depuis un bon moment déjà. Elle l'avait entendu marcher dans le couloir puis s'arrêter devant sa porte. Il n'avait pas frappé ni ne l'avait appelée. Sans doute avait-il réfléchi à l'une ou l'autre de ces possibilités avant de finir par renoncer.

Elle avait attendu, l'oreille aux aguets, soulagée quand elle l'avait entendu descendre l'escalier.

Depuis, elle hésitait à aller le rejoindre car cela signifiait l'affronter sur son terrain. Pourtant, elle n'était pas une étrangère dans cette maison. Elle s'y sentait chez elle. Enfants, Huck et elle y avaient partagé des jeux. Ils y avaient pris des repas ensemble. Ils avaient passé des heures à flâner dans le jardin. Le jour de ses treize ans, ils avaient échangé leur premier baiser dans sa chambre.

Elle secoua la tête. Ce baiser les avait étourdis tous les deux.

Ni elle ni lui ne l'avait initié. C'était juste arrivé, de manière naturelle, sans qu'ils se posent de questions. Ils écoutaient de la musique et, soudain, leurs visages s'étaient rapprochés. Après cela, ils ne s'étaient pas embrassés pendant plusieurs jours. En revanche, leurs mains ne se lâchaient pas. Ni quand ils couraient, ni quand ils se baladaient en ville, ni quand ils regardaient un film. Ils étaient inséparables, un peu comme s'ils étaient connectés l'un à l'autre en permanence. Elle se réveillait et se couchait en pensant à lui. Que dirait Huck de ceci ou de cela ? s'interrogeait-elle. Qu'allaient-ils faire aujourd'hui ? Quand s'embrasseraient-ils de nouveau ?

Quand elle était partie pour l'université, elle n'avait pas envisagé une seule seconde qu'elle devrait un jour vivre sans Huck. Ils seraient toujours ensemble comme ils l'avaient toujours été.

Sauf que cela n'était pas arrivé.

Elle se força à sortir du passé et attrapa son téléphone. Il avait besoin d'être chargé pour la journée, qui s'annonçait bien remplie.

S'armant de courage, elle quitta le refuge de sa chambre. Une odeur de toasts brûlés flottait dans la cage d'escalier. Un sourire se dessina sur ses lèvres quand elle entendit Huck jurer. Cela la rassurait de savoir que, de toute évidence, l'idée de se retrouver seul en tête en tête avec elle le rendait nerveux, lui aussi.

Elle s'arrêta sur le seuil pour l'observer un moment en silence. Elle le regarda retirer les toasts brûlés du grille-pain, en baisser la puissance avant d'y introduire deux nouvelles tranches de pain de mie. De la poêle posée sur la cuisinière s'élevait un filet de vapeur, signe que les œufs étaient un poil trop cuits. En revanche, une bonne odeur de café lui chatouillait les narines.

Une odeur qui la décida enfin à manifester sa présence.

— Bonjour.

Elle vit Huck se raidir alors qu'il se tournait vers elle.

— J'espère que ce n'est pas moi qui t'ai réveillée avec tout mon...

Il agita la main, désignant le désordre qui régnait un peu partout.

— Je n'ai jamais été très bon cuisinier, reprit-il. La cuisine était le domaine réservé de ma mère. Et à Miami, c'est si facile d'acheter des plats à emporter que j'ai renoncé à m'y mettre.

— Ne t'inquiète pas. Je n'ai pas vraiment faim, de toute façon.

Son regard se porta sur l'évier, placé sous la fenêtre à doubles vantaux qui donnait sur le jardin, et à côté duquel se trouvait la cafetière, à sa place habituelle. Elle avait souvent entendu la mère de Huck dire que savourer la vue qu'offrait cette fenêtre en même temps qu'une tasse de café était le moment de la journée qu'elle préférait.

— En revanche, je prendrais volontiers un café. J'en ai désespérément besoin.

Il lui adressa un sourire qui la fit frissonner de désir, bien malgré elle.

— Cela devrait être dans mes cordes.

Il alla remplir une tasse qu'il lui tendit.

— Noir et sans sucre, si je me rappelle bien.

— Tu as bonne mémoire, en effet.

— Je t'ai rapporté ton sac, comme tu me l'as demandé. Il est sur le canapé.

— Merci. J'avais surtout besoin de mon chargeur qui se trouve dedans.

— Donne-moi ton téléphone. Il y a un chargeur ici, sur le comptoir.

Elle sortit son smartphone de la poche arrière de son jean et le plaça dans sa large paume offerte.

— Merci.

Tout en le regardant faire, elle tira une chaise à elle et s'assit. Une fois le téléphone en charge, Huck se servit un café et vint s'asseoir à côté d'elle. Chacun de ses gestes – la manière qu'il avait de se déplacer, de se retourner vers elle, de s'asseoir, même – lui était si familier ! Pendant toutes les années où ils s'étaient aimés, il lui avait été aussi indispensable que l'air qu'elle respirait. Elle le connaissait aussi bien qu'elle se connaissait elle-même. Et pourtant, après dix ans passés loin l'un de l'autre, ils étaient comme deux étrangers.

C'était sans doute que certaines choses étaient si profondément ancrées en vous que même le temps ne pouvait pas les effacer, supposa-t-elle.

Son regard se posa sur le T-shirt bleu délavé qu'il portait. Elle le reconnut tout de suite. Il le portait déjà, à l'époque. Il était de la même couleur pâle que ses yeux. Une couleur si peu habituelle qu'on lui en faisait souvent la remarque.

Elle trouva soudain troublant de ne pas avoir pensé à lui pendant des années et d'avoir tout à coup l'impression qu'il lui avait désespérément manqué, à chaque minute de chaque jour qui s'était écoulé au cours de ces dix dernières années. Elle ressentait l'impression étrange que la partie d'elle qui lui manquait se trouvait là, devant elle.

Trop d'émotions, songea-t-elle. Perdre son grand-père avait ébranlé ses barrières défensives et la rendait en même temps plus fragile et plus avide de contacts humains.

Elle sirota son café en silence, cherchant à garder un semblant de contrôle sur ce flux d'émotions qui la submergeait.

Huck la regarda par-dessus sa tasse. Se débattait-il lui aussi avec le même ressenti ?

— C'est bon de te revoir, Liv, dit-il le premier. Même si les circonstances ne sont pas celles que nous aurions pu espérer. Tu sais à quel point j'aimais ton grand-père.

Oui, elle le savait. Sans qu'elle s'y attende, les larmes lui montèrent aux yeux. Une boule se forma dans sa gorge alors qu'elle esquissait un sourire triste.

— Je sais, oui, parvint-elle à répondre. Nous nous appelions plusieurs fois par semaine. Il me parlait des photos qu'il prenait au cours de ses randonnées ; me racontait les sentiers empruntés que j'aimais tant. En fait, il me parlait comme si j'étais à côté de lui.

Il la tenait informée du moindre détail lié au changement de saison et il le faisait avec un talent de conteur qui aurait pu faire de lui un grand écrivain. La capacité qu'il avait de lui décrire les paysages qu'il traversait et d'en capturer la beauté au travers de ses clichés avait été pour elle une grande source d'inspiration.

Huck secoua la tête.

— Willy était encore si plein de vie, si vigoureux, déplora-t-il. Il marchait tous les jours et, ces chemins, il les connaissait mieux que quiconque.

— Je ne peux pas croire qu'il ait pu s'approcher trop près, au risque de faire une chute mortelle, rétorqua-t-elle. Il était trop prudent pour commettre une erreur pareille.

Elle ferma les yeux un court instant puis les rouvrit en soupirant.

— Et même..., reprit-elle. En admettant qu'il se soit mis en danger, il était un marcheur assez chevronné pour faire face à un danger inattendu.

— C'est ce que j'ai dit au shérif.

— Qu'en pense-t-il ? Ils se connaissaient bien, mon grand-père et lui.

Huck haussa les épaules.

— Il n'écarte aucune piste, mais il a souligné le fait que Willy n'était plus tout jeune et qu'un moment d'inattention était vite arrivé. « Les réflexes ne sont plus aussi affûtés à soixante-dix ans passés et j'en sais quelque chose », a-t-il conclu.

— Il penche donc pour la thèse de la mort accidentelle ?

— Oui. En tout cas, c'était ce qu'il pensait jusqu'à ce qu'il voie la maison et la remise saccagées. Il m'a alors chargé de tout mettre en œuvre pour découvrir au plus vite dans quelles circonstances ton grand-père a trouvé la mort.

Elle le scruta un instant. Elle remarqua la tension dans ses épaules ; ses doigts qui faisaient tourner sa tasse dans un geste trahissant une grande nervosité.

— Que s'est-il passé, à ton avis ?

Il afficha un air préoccupé.

— À ce stade, nous ne pouvons être sûrs de rien, mais je trouve peu probable que Willy ait pu glisser seul dans le vide. Quoi qu'il en soit, j'ai bien l'intention d'étudier toutes les pistes et de trouver la réponse à cette question, d'une manière ou d'une autre.

— Qui aurait pu vouloir sa mort ? Je ne lui connaissais pas d'ennemis.

— C'est vrai que tout le monde l'aimait.

— Sauf celui qui l'a tué.

Elle avait prononcé ces derniers mots dans un souffle, comme pour elle-même.

— Je trouverai qui a fait ça, Olivia. Tu peux me croire. Je t'en fais la promesse.

— Je veux aller à Sunset Rock, lança-t-elle tout d'un coup. Je veux voir l'endroit où il a chuté.

Elle avait besoin de respirer l'air de là-bas pour tenter de comprendre ce qu'il avait pu ressentir dans ses derniers instants de vie. Son cœur se mit à battre plus fort sous le poids de la douleur qui revenait, lancinante.

— Si tu veux. Je t'y emmène.

Sunset Rock, 10 h 30

Huck avait insisté pour s'arrêter en chemin prendre quelque chose à manger. Olivia pensait ne rien pouvoir avaler mais, lorsque Huck était revenu avec un sachet de biscuits au bacon tout chauds, l'odeur alléchante lui avait finalement ouvert l'appétit.

Une fois la voiture garée à Point Park, ils continuèrent à pied, comme Willy l'avait fait des dizaines et des dizaines de fois dans sa vie.

Le site était vraiment impressionnant. La longue crête montagneuse courait le long de trois États – l'Alabama, la Géorgie et le Tennessee –, et s'élevait haut sur le plateau de Cumberland. Elle était très prisée des amateurs de randonnée mais également des coureurs et des grimpeurs. Ce paysage grandiose était immuable. Il suscitait toujours chez Olivia le même sentiment d'émerveillement. Comme en ce moment même où elle se disait qu'elle avait eu beaucoup de chance de grandir dans un décor aussi somptueux. Les grottes étaient nombreuses par ici. Lorsqu'elle était enfant, Willy l'emmenait les explorer, et elle se prenait alors pour une grande aventurière. Plus tard, c'était avec Huck qu'elle partait en découvrir d'autres, encore secrètes.

Willy lui laissait une grande liberté, toutefois elle devait obéir à une règle, une seule, mais à laquelle elle ne pouvait pas déroger : toujours laisser un plan détaillé des territoires sur lesquels Huck et elle comptaient s'aventurer. Elle devait alors fournir le circuit exact, l'heure de départ ainsi que l'heure de retour prévue. C'était la règle d'or.

Willy s'était-il appliqué cette règle à lui-même ou ne valait-elle que pour les autres ? Avait-il dit à quelqu'un où il comptait se rendre ce jour-là ?

Ils avaient marché environ trois kilomètres quand ils atteignirent Sunset Rock. L'endroit se trouvait en surplomb de la rivière Tennessee. Les chutes d'eau y étaient si dangereuses qu'il était impossible de ne pas rester extrêmement vigilant si on ne voulait pas y risquer sa vie.

— Le spectacle est d'une beauté toujours aussi saisissante, déclara Huck.

— C'est la dernière chose que Willy a vue, rétorqua-t-elle.

L'espace d'un court instant, cette idée eut sur elle un effet apaisant mais très vite relayé par la douleur d'avoir perdu son grand-père dans des conditions aussi dramatiques.

Ils restèrent un long moment côte à côte et immobiles, savourant en silence la beauté parfaite du paysage qui s'offrait à eux. Un cadeau du ciel dédié à Willy, décida Olivia. Pour elle, peu importait où était son enveloppe charnelle, car son âme se trouvait ici, tout autour d'elle, avec elle.

Ce fut Huck qui rompit le silence le premier.

— Tu te souviens de ce que nous faisions, parfois ? lui demanda-t-il.

Elle acquiesça d'un hochement de tête.

— Alors, ferme les yeux, poursuivit-il en entrelaçant ses doigts aux siens.

Elle lui obéit docilement. Les souvenirs affluèrent.

Elle se revit avec lui. À l'époque où ils étaient ensemble… Avant. Ils venaient ici, s'approchaient le plus près possible du bord puis restaient immobiles, les yeux fermés. Ils avaient alors l'impression d'être seuls au monde et de flotter dans les airs, livrés à des forces invisibles qui les rapprochaient l'un de l'autre de plus en plus.

Quand elle ne put plus supporter le silence abyssal qui régnait entre eux, ni l'attraction qu'il exerçait encore sur elle, elle rouvrit les yeux et dégagea sa main de la sienne. Elle vit alors passer dans le regard de Huck une souffrance similaire à la sienne.

— Je veux voir l'endroit où ils l'ont trouvé, dit-elle.

Huck acquiesça une nouvelle fois à sa demande.

— D'accord.

Ils effectuèrent la descente du sentier sans dire un mot, dans un silence religieux et d'humeur sombre. Olivia douta soudain d'être capable de supporter l'épreuve qui l'attendait. Pourtant, elle n'en dit rien et continua d'avancer.

Huck lui fit soudain quitter le sentier pour l'entraîner un peu à l'écart, sur le bas-côté. Elle remarqua tout de suite les touffes d'herbe piétinées par les sauveteurs ainsi que les pierres qu'ils avaient écartées sur le côté.

Et le sang. Une grosse tache de sang sur un rocher affleurant.

Le point d'impact. Là où la tête de son grand-père avait cogné, le précipitant vers une mort prématurée.

Une vague nauséeuse la submergea.

— Liv, ça va ? Tu es sûre de vouloir rester ?

Pour toute réponse, elle prit une profonde inspiration, s'exhortant à se ressaisir.

— Ils n'ont pas trouvé son appareil-photo, finit-elle par dire.

Or, s'il n'était ni dans la maison, ni dans la remise, ni dans la voiture de Willy, il aurait dû se trouver là, près du corps.

À moins... À moins que quelqu'un – le tueur, peut-être – l'ait récupéré.

— Je doute que l'équipe de sauveteurs s'en soit préoccupée, pointa Huck.

L'argument tenait la route. Elle leva la tête, cherchant du regard l'endroit où l'appareil, s'il n'avait pas été subtilisé, pourrait se trouver.

— Séparons-nous, proposa Huck qui semblait avoir lu dans ses pensées. Mais sois prudente.

Il ajouta, le regard fixé sur ses tennis en toile :

— Je suppose que tu as perdu l'habitude de crapahuter en montagne.

C'était vrai. Car, si elle avait emporté avec elle toutes ses chaussures de randonnée, la promotion dont elle avait très vite bénéficié la condamnait à passer le plus clair de son temps dans son bureau.

— Ça va aller, affirma-t-elle d'un ton qu'elle voulait persuasif.

Au-delà du tracé bien net du sentier, les broussailles épaisses recouvraient un terrain rocailleux qui pouvait se révéler traître par endroits. Mais elle continua d'avancer, adoptant la méthode qui lui avait apprise Willy et qui consistait à quadriller mentalement une zone si l'on était à la recherche de quelque chose. Il s'agissait ici de quadriller à partir du point d'impact.

Le point d'impact. Elle préférait utiliser cette expression plus technique plutôt que dire « l'endroit où Willy est mort » qui générait trop d'émotion.

Willy est mort.

Sa respiration s'altéra, mais elle s'appliqua à ne pas y prêter attention. Elle poursuivit son inspection, se faufilant entre les buissons, fouillant entre chaque rocher. Les souvenirs qu'elle avait de Huck et elle dans ces endroits étaient si nombreux qu'ils oblitéraient chacune de ses pensées. Elle se rappela qu'il y avait une grotte – une anfractuosité plutôt – quelque part par ici où ils adoraient se replier pour lire, pour parler de leur avenir, pour échanger des baisers passionnés qu'ils pensaient à l'époque porteurs de promesses infinies.

Elle se laissa guider par son instinct. Bien lui en prit. Quelques minutes plus tard, elle trouvait ce qui fut leur cachette secrète. Elle se glissa dedans et, lorsqu'elle arriva dans la partie la plus large du boyau, utilisa l'application torche de son smartphone pour en scruter attentivement les parois suintantes d'humidité. Son cœur fit un bond dans sa poitrine quand elle trouva ce qu'elle cherchait. Du bout des doigts, elle traça les initiales de leurs prénoms que Huck avait passé des heures à ciseler dans la roche dure de la cavité.

— Une éternité, pensa-t-elle tout haut.

Elle appuya son front contre la roche froide. Qui aurait dit qu'ils en seraient là, aujourd'hui ? Déchirés. Le cœur en miettes. Le sien, du moins. Et Willy disparu, lui aussi, comme les autres membres de sa famille.

Elle ferma les yeux. Sans lui, sa vie ne serait plus jamais la même, désormais. Elle songea à tout ce qu'elle ne lui avait pas dit la dernière fois où ils s'étaient parlé. Cela remontait à trois jours. Lui avait-elle dit qu'elle l'aimait ? Qu'il lui manquait ? Qu'elle aurait aimé être plus proche de lui pendant toutes ces années ?

Plusieurs fois elle s'était demandé si elle n'avait pas eu tort de parcourir le monde comme elle l'avait fait. L'Égypte, les pays d'Amérique du Sud, la Grèce. Tous ces mois passés à aller de sites archéologiques en sites archéologiques… Tout cela en valait-il la peine ? N'aurait-elle pas mieux fait de profiter de son grand-père en restant près de lui ?

Elle ne se posait pas toutes ces questions à l'époque, tranquillisée par le fait que Willy la pressait de questions sur ses voyages. Elle l'embarquait avec elle au travers de ses récits, et il lui donnait l'impression de s'en satisfaire. Mieux, même, de s'en réjouir pour elle.

Mais aujourd'hui, rongée par la culpabilité, elle regrettait toutes les occasions qu'elle avait ratées de passer plus de temps avec lui.

— Je me demandais où tu étais passée.

La voix de Huck la ramena brusquement sur terre. Dans la pénombre, elle ne distinguait que sa silhouette, mais sa présence emplissait l'espace en même temps qu'elle l'enveloppait, elle, tout entière. Elle manqua soudain d'air.

— J'avais complètement oublié cette caverne, prétendit-elle. Je suis tombée dessus par hasard.

— Moi, il m'arrive de venir ici.

Elle fronça les sourcils.

— Vraiment ?

— Vraiment. Nous avons passé tellement de moments heureux ici. C'est un endroit qui a une place à part dans mon cœur.

— Pourquoi ?

— Pourquoi quoi ?

Si elle ne pouvait voir clairement son visage, sa voix un peu étranglée trahissait un certain trouble. L'obscurité lui donna le courage de parler.

— Pourquoi es-tu revenu à Sunset Cove ? précisa-t-elle.

Il resta silencieux un long moment puis ébaucha une réponse :

— Maman avait déménagé chez sa sœur qui supportait mal de vivre seule. Pour tout te dire, je pense qu'elle non plus ne supportait plus de vivre à la maison depuis la mort de papa. Cela a été un soulagement pour elle d'en partir.

Olivia réalisa soudain qu'elle lui devait des excuses pour ne pas s'être manifestée au moment du décès de son père.

— Je suis désolée, dit-elle. J'étais au fin fond du Pérou quand ton père est mort. Je n'ai appris la nouvelle qu'une semaine plus tard.

— Je sais. Willy me l'avait dit.

— Je l'aimais beaucoup, tu le sais. Je le considérais un peu comme mon père.

Un long silence embarrassé s'étira entre eux, qui lui parut une éternité. Encore une fois, ce fut lui qui y mit un terme le premier.

— Pour en revenir à la raison qui m'a poussé à revenir ici, c'est parce que c'est maman qui me l'a demandé. Elle voulait bien partir vivre ailleurs, mais elle ne voulait pas vendre sa maison à un étranger. Un jour, elle m'a proposé de m'y installer.

— Et tu l'as fait ? Juste comme ça ? C'est très noble de ta part.

Le ton, sceptique, était teinté d'une pointe de sarcasme. Elle avait du mal à croire qu'il avait laissé derrière lui tout ce qui faisait sa vie à Miami juste pour réintégrer la maison familiale à la demande de sa mère.

— En fait, quand ma mère m'a fait cette proposition, j'avais déjà en tête de revenir. Je n'ai fait qu'anticiper mon départ de quelques mois.

Il laissa passer un blanc puis reprit :

— Cela ne te dérange pas que je sorte ? J'étouffe un peu, à vrai dire.

Sur ce, il sortit sans attendre qu'elle lui réponde. Elle resta seule un instant, le cœur battant d'avoir brusquement perdu cette proximité retrouvée.

Respire. Essaye de ne penser à rien.

Elle alla le rejoindre, enfin calmée.

— À mon avis, nous ne retrouverons pas l'appareil-photo de ton grand-père, dit-il quand ils eurent rejoint le sentier. Soit il ne l'avait pas emporté avec lui ce jour-là, soit quelqu'un le lui a volé.

Par « quelqu'un », Huck entendait-il son assassin ? Un frémissement d'horreur la parcourut tout entière.

— Il n'allait jamais nulle part sans lui. Tu le sais aussi bien que moi.

— C'est vrai.

Ce qui ne laissait qu'une option.

Quelqu'un l'avait bien subtilisé. Mais, compte tenu du fait que, dans la chute, il se serait fracassé au sol, il avait dû être volé avant que Willy ne tombe.

Elle imagina la scène. Willy qui s'accrochait à la sangle de son appareil... puis qui lâchait prise... et chutait dans le vide avant de s'écraser quelques mètres plus bas.

Elle s'empressa de chasser ces images insoutenables de ses pensées. D'autant plus que ce vol soulevait d'autres interrogations. Que contenait cet appareil de si important pour que quelqu'un veuille s'en emparer par tous les moyens ? Allant jusqu'à tuer.

— Tu crois que Willy avait pris des photos de quelque chose ou de quelqu'un qui auraient fait de lui une cible ? demanda-t-elle.

Il haussa les épaules.

— C'est possible. Il a pu faire une mauvaise rencontre qui lui aura attiré des ennuis.

Elle acquiesça d'un hochement de tête.

— Il aurait pu se trouver au mauvais endroit au mauvais moment, en effet.

— Il se peut aussi qu'il ait eu affaire à une connaissance du passé qui aurait resurgi. Willy était un bourlingueur. Il a dû faire d'innombrables rencontres au cours de ses voyages. Il a pu tomber sur des gens pas toujours recommandables. Quelqu'un qui, connaissant sa renommée, aurait voulu lui soutirer de l'argent, par exemple.

— Il ne t'a pas dit s'il avait eu des visites, ces derniers temps ?

Elle secoua la tête.

— En revanche, il me semblait préoccupé la dernière fois que nous nous sommes parlé.

— Quand était-ce ?

— Dimanche matin.

Elle se repassa le film de leur discussion afin d'en saisir le moindre détail.

— La discussion a duré moins de temps que d'habitude. Willy avait l'air pressé de raccrocher. Il m'a dit qu'il avait beaucoup à faire.

À ce moment-là, cet empressement à mettre un terme à leur échange ne l'avait pas alarmée. Mais, sous un éclairage nouveau, c'était un élément à prendre en considération.

— Et son smartphone ? demanda-t-elle, l'idée lui venant d'un coup.

Elle s'était tellement focalisée sur l'appareil-photo qu'elle en avait oublié que le téléphone portable de Willy pouvait contenir des réponses précieuses aux questions qu'ils se posaient.

— Il doit se trouver dans la jeep. C'est Decker qui a ramené la voiture chez Willy. Et comme il pensait sa mort accidentelle, il n'a pas dû le mettre sous scellés, comme pièce à conviction.

Elle ne se souvenait pas de l'avoir vu quand elle avait cherché l'appareil-photo. Mais encore une fois, à ce moment-là, elle faisait une fixation sur le Nikon et pas sur un autre appareil.

— Mais maintenant que la mort de Willy est suspecte, je vais demander qu'il le soit. Si tant est que nous le retrouvions. Heureusement, j'ai chargé une équipe d'effectuer le relevé de tous ses SMS et appels vocaux. Nous aurons accès à tout, même aux messages qui auraient été effacés. Nous saurons très vite si un numéro revient de manière récurrente, ce qui prouverait qu'il était en contact régulier avec quelqu'un.

— Il me tarde de rentrer pour vérifier s'il se trouve dans le 4x4.

— Nous commencerons par là, bien entendu. Sinon, nous passerons la maison au peigne fin. C'est moi qui suis chargé de l'enquête et j'entends bien m'y consacrer entièrement jusqu'à ce qu'elle soit résolue.

— Huck, je sais très bien que tu aurais pu te décharger de cette affaire sur quelqu'un d'autre. Aussi je veux que tu saches que je te suis très reconnaissante de ce que tu fais pour moi et pour Willy.

Elle avait prononcé de manière spontanée, toute naturelle, ce nom qu'elle s'était interdit de prononcer tout haut pendant si longtemps. Curieusement, au lieu de s'en vouloir, elle en éprouvait un sentiment de délivrance jubilatoire.

Elle s'en réjouissait tellement qu'elle décida de mettre un terme aux hostilités. Compte tenu de circonstances, il était urgent de rétablir un contact normal, d'oublier les vieilles rancœurs, bref de tourner le dos à un passé qu'elle ne devait plus ruminer.

Au moment de monter dans la voiture, elle décida même d'aller plus loin. Puisqu'elle allait accompagner Huck dans cette enquête, autant se montrer honnête.

— Ce que j'essayais de dire, reprit-elle, c'est que je te remercie du fond du cœur de t'impliquer personnellement dans cette affaire alors que tant de temps a passé depuis la dernière fois où nous nous sommes vus.

Elle vit alors passer dans son regard quelque chose qui ressemblait à un mélange de colère et de frustration.

— D'abord, je considérais Willy comme un membre de ma famille, rétorqua-t-il. En tant que tel, j'ai à cœur de faire la lumière sur les circonstances de sa mort. Ensuite, je te rappelle que conduire des enquêtes, c'est mon métier.

Le ton un poil raide n'entama pas le calme intérieur qu'elle venait de retrouver.

— Tu as raison, dit-elle. Ça n'empêche que notre histoire ne s'est pas terminée dans les meilleures conditions, que tu es parti de Sunset Cove longtemps avant d'y revenir et que tu ne passais jamais nous rendre visite quand tu allais voir tes parents. Tout cela fait que j'aurais compris que tu passes la main.

— Attends… Tu es en train de dire que tu t'attendais à ce que je refuse cette enquête parce que *je* serais parti, il y a dix ans ?

— Exactement.

— Je te rappelle que c'est toi qui es partie la première.

Il avait parlé d'un ton si lourd de reproches qu'elle en ressentit un profond sentiment d'injustice.

— Je suis partie étudier à l'université, riposta-t-elle avec âpreté. Il était prévu que je revienne une fois mes diplômes en poche.

— J'ignore d'où tu tiens tes informations, mais sache que je passais voir Willy chaque fois que j'en avais l'occasion et que je l'appelais au moins une fois par mois.

Elle en resta muette de surprise. Pourquoi Willy ne lui avait jamais parlé de la relation qu'ils entretenaient ?

La réponse, elle la connaissait.

Parce que tu lui avais dit que tu ne voulais plus entendre parler de lui. Jamais.

— Je t'ai appelé, lança-t-elle.

Ces mots si longtemps contenus lui avaient échappé malgré elle. Elle en éprouva un sentiment mêlé de honte et d'humiliation. Pourtant, elle poursuivit :

— Encore et encore. Au début, je veux dire. Comme tu restais injoignable, j'ai même laissé des messages à tes parents. Tu ne m'as jamais rappelée.

Il ne trouva rien à dire. Il garda les lèvres scellées, attentif à sa conduite.

Elle regarda fixement son profil. Comment pouvait-il rester silencieux alors qu'elle venait de se mettre à nu devant lui ? Qu'elle venait de lui livrer d'elle l'image de la pauvre fille plaquée qui s'accrochait désespérément à son amour perdu au risque d'y laisser sa dignité ?

Il était parti sans un regard en arrière et, aujourd'hui encore, il n'avait aucune explication à lui donner.

Elle se raidit dans son siège. Elle accepterait son aide si cela pouvait accélérer les choses.

Mais lui pardonner ?

Cela, elle ne le pourrait jamais.

4

Firefly Lane, midi

Huck gara sa voiture derrière celle d'Olivia. Ils s'étaient mis d'accord sur le fait de laisser de côté leurs rancœurs personnelles et d'unir leurs efforts pour fouiller ensemble la maison et la remise. En attendant, elle avait insisté pour qu'il fasse un crochet par chez lui. Elle voulait récupérer son sac de voyage et repartir dans sa propre voiture. Le message était clair : elle ne passerait pas une deuxième nuit sous le même toit que lui.

Il n'avait pas cherché à argumenter. La décision lui appartenait. Il ne pouvait que s'y plier. Il la regarda sortir de la voiture et marcher vers la maison d'une démarche légèrement chaloupée. Jeune femme, elle était déjà belle. Adulte, elle était magnifique.

Garde la tête froide, mon vieux, s'ordonna-t-il.

Il sortit de la voiture à son tour mais, au lieu d'aller rejoindre Olivia, il alla d'abord jeter un coup d'œil dans la jeep de Willy. Son téléphone ne s'y trouvait pas. Il se félicita intérieurement d'avoir ordonné des relevés téléphoniques.

Alors qu'il se dirigeait vers la maison, il repensa à ce que lui avait dit Olivia. Il lui aurait été facile de lui révéler la raison qui l'avait poussé à renoncer à elle, dix ans plus tôt. Mais à quoi bon ? À quoi cela lui aurait-il servi de lui avouer qu'il avait été stupide ? Que son manque de maturité et d'assurance avait ruiné leur relation ? Qu'il n'avait écouté que son ego au lieu de provoquer une discussion qui aurait sans doute dissipé tout malentendu ? Il avait jugé que cela ne changerait rien aux choses. Quand il avait réalisé qu'il avait commis la plus grosse erreur de sa vie, il était déjà trop tard. Il ne pouvait plus retourner en arrière. Encore moins aujourd'hui... Dix ans plus tard.

Ce qui était fait était fait.

Il en avait fait sa devise.

Celle qui l'avait aidé à ne pas s'effondrer quand il avait choisi de renoncer à la femme qu'il aimait plus que tout.

Il avait alors décidé d'aller de l'avant, sans un regard en arrière. C'était cela ou il serait devenu fou de chagrin et de frustration.

Quand il arriva dans la maison, Olivia se tenait immobile au beau milieu du salon. Après leur discussion avortée – par sa faute, il l'admettait volontiers – et en dépit de la trêve qu'ils avaient résolu de s'accorder, il espérait juste qu'elle ne le détestait pas trop. Il perdit tout espoir de voir les choses se dérouler calmement quand elle tourna la tête vers lui et qu'elle le jaugea d'un air glacial.

— J'ai changé d'avis, lui annonça-t-elle de manière abrupte. Je te remercie de l'aide que tu m'as apportée jusque-là, mais je vais me charger seule de fouiller de nouveau la maison.

Tandis qu'il s'appliquait à encaisser le coup sans broncher, elle enfonça un peu plus le clou.

— Je suis sûre que tu as mieux à faire que de perdre ton temps ici, à chercher quelque chose qu'il est peu probable que nous trouvions, d'ailleurs.

— Je pourrais mettre la main sur autre chose qui pourrait t'échapper et se révélerait être une pièce à conviction.

— Je crois que je saurais reconnaître une pièce à conviction si je tombais dessus, insista-t-elle sans changer de ton. Si le cas se présente, je ne manquerai pas de t'appeler.

Sur ce, elle passa devant lui et alla ouvrir la porte d'entrée en grand.

— Merci encore.

Ces deux petits mots prononcés avec détachement lui firent l'effet d'un coup de poignard en plein cœur.

La cruauté dont elle faisait preuve à son égard fit naître en lui une bouffée de colère qu'il parvint pourtant à contenir. Il avait envie de lui hurler sa frustration au visage. Ils étaient adultes aujourd'hui. Dix ans s'étaient écoulés. Elle ne pouvait pas lui pardonner ? Ils ne pouvaient pas être amis, au nom de la relation qui les avait liés si longtemps l'un à l'autre ?

Il sortit sans rien montrer de l'émotion qui le submergeait. Mais, le seuil à peine franchi, il se retourna pour lui faire face.

— Tu n'étais pas obligée d'être si dure, Liv, lui lança-t-il.

Elle pinça les lèvres en même temps qu'elle contractait ses mâchoires.

— C'est comme ça, rétorqua-t-elle d'un ton sans appel.

La dureté de son regard lui fit comme une brûlure dans le dos alors qu'il regagnait sa voiture. Il se glissa derrière son volant et, en manœuvrant, vit qu'elle le regardait toujours. Sans doute pour s'assurer qu'il partait bien. Ou pour le voir à terre.

Car Olivia Ballard était la seule personne au monde capable de le retourner de la sorte. La seule capable de lui donner envie de ficher en l'air la vie qu'il s'était patiemment construite sans elle. Une vie de dix ans durant laquelle il n'avait pas pu l'oublier. Dix ans pendant lesquels il avait espéré qu'un jour elle le retrouverait et lui dirait qu'elle n'avait jamais cessé de l'aimer. Un fantasme qui ne fonctionnait que dans ses rêves.

La sonnerie de son téléphone portable le ramena brusquement sur terre. C'était Arnold Decker.

— Monroe, dit-il après avoir pris l'appel.

— Au vu des nouveaux éléments, j'ai demandé au légiste de procéder à d'autres examens, annonça le shérif sans préambule. Il a dit qu'il allait s'en occuper aujourd'hui même et qu'il pourrait rendre le corps dès demain. Transmettez l'information à Olivia, voulez-vous ?

— Bien, chef.

L'idée de devoir se confronter de nouveau à elle ne l'enchantait guère, mais il n'avait pas vraiment le choix.

— Olivia et moi sommes allés à Sunset Rock pour faire un tour à l'endroit où le corps de Willy a été retrouvé, poursuivit-il. Nous n'avons rien relevé qui pourrait orienter l'enquête dans une direction ou dans une autre. À l'heure qu'il est, Olivia repasse la maison et la remise au peigne fin pour vérifier s'il manque autre chose que l'appareil-photo.

Decker exhala un profond soupir.

— J'ai bien peur que nous ne trouvions pas grand-chose, malheureusement.

Sur ces paroles qui n'auguraient rien de bon, il fallait bien le reconnaître, Decker raccrocha. Aussitôt, Huck appela Olivia. Il n'avait pas le courage de retourner l'affronter. Par chance, il tomba directement sur sa boîte vocale.

De toute façon, elle avait raison. Il avait autre chose à faire que de l'accompagner dans ses recherches. Il était tenu d'interroger les nombreux amis de Willy ; de se rendre dans les endroits qu'il fréquentait ; de parler à tous ceux qui l'avaient vu au cours des deux ou trois dernières semaines. Qu'est-ce que Willy avait en tête ? Avait-il fait mention de problèmes qu'il aurait rencontrés ? S'il s'avérait qu'il s'agissait bien d'un homicide, il devait bien y avoir un témoin quelque part qui avait vu ou entendu quelque chose.

Autant dire chercher une aiguille dans une botte de foin.

Olivia vivait mal le fait d'avoir congédié Huck comme elle l'avait fait, mais elle avait ressenti le besoin impérieux de se retrouver seule. Elle avait besoin de temps et de distance pour commencer enfin le pénible travail de deuil qui l'attendait.

Elle avait décidé de démarrer par la chambre de Willy et de Gran. Une pièce assez grande mais qui semblait plus petite, encombrée comme elle l'était par les innombrables trésors que sa grand-mère avait accumulés au fil des ans et que Will avait conservés comme autant de reliques précieuses. Les murs étaient presque entièrement recouverts de cadres de fleurs séchées qu'elle avait elle-même cueillies et pressées. Une passion qui ne datait pas d'hier. Olivia les avait toujours vus là. Elle fit courir ses doigts sur la courtepointe que Gran avait confectionnée et qu'elle affectionnait tant. Elle se demanda si Laura avait hérité des talents de sa mère. Olivia n'avait que peu de souvenirs de sa maman. Gran ne lui en parlait que rarement tant le sujet lui était douloureux. Olivia n'avait réellement compris la souffrance de sa grand-mère que lorsque Huck avait brutalement disparu de sa vie. Et encore, elle, ce n'était que son petit ami qu'elle avait perdu !

Elle prit la photo encadrée de sa mère qui trônait sur la commode. C'est vrai qu'Olivia lui ressemblait énormément. Willy disait toujours qu'elles se ressemblaient comme deux gouttes d'eau. Très émue, elle dessina du bout des doigts les contours du visage de sa mère. Son regard s'attarda sur le pendentif qu'elle avait autour du cou : une fleur de tournesol suspendue au bout d'une chaîne en or qu'elle ne quittait jamais. Un cadeau que lui avait fait Willy pour son seizième anniversaire.

Laura n'avait pas vraiment élevé sa fille. Aussitôt après la naissance d'Olivia, elle avait repris sa vie aventureuse avec Kasey. Ils passaient alors plus de temps par monts et par vaux qu'auprès de leur enfant. Ils ne faisaient que de brèves apparitions avant de repartir très vite vers de nouvelles aventures.

Olivia avait trois ans quand son père les avait abandonnées, sa mère et elle. Il n'était jamais revenu. Envolé. Disparu des radars. Laura avait été dévastée. D'après ce que lui avait dit son grand-père, elle n'avait plus jamais été la même. Un an plus tard, elle était morte. Ces photos étaient tout ce qui restait à Olivia de ses parents. Des moments dont elle ne savait pas s'ils étaient réels ou s'ils n'existaient dans son imagination que parce qu'ils avaient été alimentés par les récits que lui en avaient faits ses grands-parents. Au fil des ans, quand elle avait compris que son père ne reviendrait jamais, Olivia l'avait définitivement rayé de sa mémoire.

Son père, c'était Willy, l'homme qui l'avait élevée. Le seul qui l'avait aimée d'un amour inconditionnel et avait toujours été présent dans sa vie.

Elle ferma les yeux, luttant contre une nouvelle bouffée d'émotion. Si seulement Willy n'était pas parti seul sur ce sentier !

Elle replaça le cadre sur la commode. La femme sur la photo était une étrangère, décida-t-elle. Tout comme l'homme qui avait joué à être son père pendant les trois premières années de sa vie.

Elle fouilla méthodiquement chacun des tiroirs de la commode puis ceux des tables de chevet. Elle vérifia sous le lit, sous le matelas puis dans la penderie. Partout où elle passait, elle remettait de l'ordre là où l'intrus avait tout retourné. Au fil de son inspection, elle tomba sur des objets qui la firent sourire, sur d'autres qui la firent pleurer.

Elle passa ensuite dans la salle de bains. Au moment d'entrer dans sa chambre, elle hésita pour finalement décider que cela pouvait attendre. Huck avait suffisamment occupé ses pensées, au cours de ces dernières heures. Se replonger dans les souvenirs de leur enfance commune – et Dieu sait s'il y en avait ! – était plus qu'elle ne pourrait supporter.

Le moment était venu de s'occuper de la chambre de sa mère. Elle ouvrit la porte et alluma. Là encore, elle passa tout en revue et remit à sa place tout ce qui avait été flanqué par terre.

Aussitôt qu'elle ouvrit la porte de la penderie, l'odeur de sa mère lui emplit les narines. Ses vêtements étaient suspendus là depuis plus de vingt-cinq ans, ses chaussures parfaitement alignées sur le sol. Olivia glissa un pied dans l'une d'elles. En se surprenant à faire ce que font toutes les petites filles, un sourire se dessina sur ses lèvres.

Elle délaissa le placard pour se diriger vers le bureau sur lequel trônait une photo de son père. Elle scruta le visage de cet homme qui avait un jour décidé que les deux femmes de sa vie ne valaient pas le coup qu'il reste auprès d'elles. Il était grand, mince et beau. Très beau.

Après s'être assurée que dans cette pièce non plus il ne manquait rien, elle sortit et referma la porte derrière elle.

— Au salon, maintenant, dit-elle tout haut.

En voyant la lourdeur de la tâche qui l'attendait, un profond découragement l'envahit. Par où commencer ? Elle décida que ce serait par la cheminée.

Des bûches étaient empilées dans l'âtre, prêtes à être utilisées. Même à cette période de l'année, les soirées pouvaient être fraîches. Elle écarta les bûches et vérifia sous la grille. Elle ne trouva rien d'anormal, pas plus que dans le récupérateur de chaleur, tapissé de suie.

Elle grimpa ensuite sur une chaise pour remettre à sa place le tableau qui avait été jeté au sol sans ménagement, un portrait de Laura peint par sa grand-mère. Elle esquissa un sourire amusé à l'idée qu'elle n'avait pas hérité de son talent de peintre. En revanche, elle avait l'œil du photographe, même si elle était loin d'égaler celui de Willy.

Puis, comme elle l'avait fait avec les chambres et la salle de bains, elle remit de l'ordre dans la pièce. Il n'était pas question de repartir en laissant la maison de ses grands-parents dans cet état.

Il était près de 18 heures quand elle eut fini de ranger l'ensemble de la maison. Elle avait faim. Normal. Elle n'avait rien avalé depuis le matin. Elle alla fouiner dans le frigo et en ressortit du fromage et des crackers, les deux en-cas préférés de son grand-père.

Tout en mangeant, elle se remémora les dernières conversations téléphoniques qu'elle avait eues avec lui. Mis à part le fait qu'il lui avait paru un peu distrait – une distraction qu'elle avait mise sur le compte d'une fatigue passagère liée à l'âge –, elle n'avait rien remarqué d'anormal. S'il avait des problèmes, pourquoi ne lui en avait-il pas parlé ? Parce qu'il n'avait pas été capable de reconnaître le danger qui se présentait ?

Son cœur se serra à la pensée que son grand-père était devenu vulnérable et qu'elle n'avait pas été là pour le protéger ou tout au moins pour le mettre en garde. Si elle était venue plus tôt, elle aurait remarqué ce changement chez lui. Elle avait été négligente et elle s'en voulait profondément.

Elle se rappela soudain un détail qui avait peut-être son importance mais auquel, à ce moment-là, elle n'avait pas prêté attention. Au cours de leur dernière discussion qui avait eu lieu le dimanche matin, elle lui avait annoncé son intention de venir le voir pour la fête des Pères. Il ne s'en était pas réjoui, comme il aurait dû le faire. Au contraire, il avait cherché à la dissuader. Il avait prétexté que les voyages en avion n'étaient plus aussi sûrs qu'avant et il avait même suggéré qu'ils attendent les fêtes de fin d'année pour se retrouver.

Elle avait vaguement protesté puis avait fini par accepter

sans trop se poser de questions. Mais, maintenant qu'elle y repensait, cela ne ressemblait pas du tout à Willy. Cette histoire de sécurité ne tenait pas la route.

Pourquoi avait-il tellement insisté pour qu'elle ne vienne pas ?

Cette question la taraudait encore alors qu'elle jetait à la poubelle l'assiette en carton et la serviette en papier qu'elle avait utilisées. Willy ne se serait jamais privé du plaisir qu'il avait à la voir. Surtout sous un prétexte aussi ridicule. Pourquoi voulait-il la tenir à l'écart ? Cela avait-il un lien avec la personne qui l'avait tué ?

Il fallait qu'elle arrête de se torturer. Elle avait encore tant de choses à régler. Et pour cela, elle avait besoin d'avoir les idées claires. Elle avait encore l'inventaire du hangar et de la remise à faire. Plus tôt elle s'y mettrait, plus tôt elle aurait terminé.

Forte de cette résolution, elle traversa la cour d'un pas déterminé. Dehors, les rayons déclinants du soleil rasaient la cime des arbres. La nuit n'allait pas tarder à tomber. Olivia décida de commencer par le hangar, là où Willy rangeait sa tondeuse et ses outils de jardinage. Gran s'était réservé un coin du bâtiment qu'elle avait transformé en abri de jardin personnel. Ses gants en cuir épais se trouvaient encore sur l'établi où elle les avait laissés la dernière fois qu'elle s'en était servie. Les pots dans lesquels elle faisait ses semences étaient parfaitement alignés sur une étagère au-dessus. Même le chapeau de paille à larges bords qu'elle portait pour se protéger du soleil quand elle jardinait était là, accroché à sa patère.

Olivia caressa les gants mais les laissa à leur place. Willy tenait à ce que chaque chose, chaque objet ayant appartenu à sa chère épouse reste à la place exacte où elle les avait disposés avant de partir.

Elle balaya une dernière fois du regard l'ensemble des lieux. Rien ne manquait.

Elle passa sans attendre à la remise.

Pour y être déjà entrée au moment de sa première inspection, les odeurs qui s'en dégagèrent ne la frappèrent pas de manière aussi intense. Elle concentra d'abord toute son attention sur l'atelier de Gran. Situé dans la partie sud de la remise, il bénéficiait de trois larges fenêtres qui laissaient entrer la lumière à flots. Lorsque l'on connaissait l'importance de l'éclairage pour un artiste peintre, le choix avait été judicieux. Les tubes de peinture et les pinceaux étaient rangés sur des étagères, sous les fenêtres. Sa grande table de travail trônait au milieu de la salle, son chevalet à sa place habituelle, à proximité d'une des fenêtres. Il supportait un tableau inachevé représentant un paysage. Olivia reconnut le parc Coolidge, un des lieux les plus prisés des habitants de Chattanooga.

Le client qui avait passé commande à Gran voulait l'emporter tel qu'il était, mais Willy s'y était fermement opposé. Comme pour tout le reste, ce tableau devait rester là où il se trouvait à la mort de sa femme. Willy était d'autant plus attaché à cette œuvre qu'elle était la dernière entreprise par sa femme. Olivia était heureuse et soulagée de voir qu'elle n'avait pas été endommagée.

Elle ouvrit un à un les tiroirs de la table, en inspecta le contenu puis passa aux boîtes de rangement en bois que sa grand-mère utilisait pour y stocker ses tubes neufs. Pour autant qu'elle puisse en juger, il ne manquait rien.

Elle se rendit donc dans ce qui était le laboratoire photo de Willy, un vaste espace un peu à l'écart, sans toile de fond puisqu'il ne faisait jamais de portraits. Deux ordinateurs et une imprimante étaient disposés sur une table haute devant laquelle étaient alignés des tabourets. Les appareils ronronnaient, prêts à être utilisés. Une étagère au-dessus ployait presque sous le poids d'innombrables classeurs.

Tout passer en revue allait lui demander pas mal de temps. Elle s'installa donc sur l'un des tabourets et se plongea sans attendre dans l'étude des fichiers du premier ordinateur, puis du second. Elle n'y trouva rien d'autre que des photos de paysages.

Elle éplucha ensuite les mails, mais là encore elle ne trouva rien d'anormal qui aurait pu l'alerter.

Restait la chambre noire. De petite dimension, l'inspection devrait être rapide.

La porte était fermée à clé.

Elle secoua la tête. Évidemment. Willy la verrouillait systématiquement quand il en sortait. Il ne lui fallut que quelques secondes pour se rappeler où il cachait la clé de secours, au cas où il égarerait celle qu'il gardait toujours dans sa poche.

Elle retourna le clavier du premier ordinateur. La clé se trouvait bien là, maintenue en place par du ruban adhésif.

La pièce était divisée en deux parties. D'un côté, Willy stockait ses fournitures : papier, agrandisseur et massicot ; de l'autre, le révélateur, le bain d'arrêt, le fixateur, un point d'eau et la zone de séchage. Willy y avait accroché ses derniers tirages.

Curieusement, les clichés étaient tous suspendus à l'envers, la face blanche tournée vers l'extérieur.

Pourquoi ?

Tous les photographes accrochaient leurs tirages, images vers eux, de manière à les voir au premier coup d'œil.

Intriguée, elle décrocha la première des six photos. C'était une vue de ce qui semblait être un quartier du centre-ville de Chattanooga, prise de nuit. En arrière-plan, elle distingua un bar. À première vue, pas vraiment le genre d'établissements que fréquentait son grand-père. À l'intérieur, devant la porte, on distinguait la silhouette d'un homme. Elle ne pouvait pas voir son visage, mais il était grand et mince. Il portait un T-shirt sous une chemise à carreaux, un jean et une casquette de base-ball qui cachait à demi son visage.

Elle prit une deuxième photo. Sur celle-ci, l'homme sortait

du bar. Là encore, la photo était trop floue pour qu'elle puisse voir ses traits. Elle décrocha les quatre autres clichés. Le sujet ne variait pas. Ils tournaient tous autour du même homme. La dernière le montrait montant à bord d'une berline noire garée le long du trottoir. Malheureusement, la plaque n'était pas visible.

Son cœur battant à tout rompre, elle empila les photos. Elle tenait là ce qui semblait être des indices qui méritaient d'être étudiés de plus près. Avant de sortir, elle vérifia les étagères qui se trouvaient sous la table et déplaça les bidons de produits chimiques pour voir si quelque chose était caché derrière. Elle ne trouva rien.

Un instant, elle pensa à appeler Huck mais, très vite, elle y renonça. Elle avait besoin d'un peu plus de distance.

Quand elle franchit la porte de la remise, la nuit était tombée. Elle traversa la cour à grandes enjambées et entra par la porte de derrière. En refermant derrière elle, elle laissa échapper les photos qui s'éparpillèrent au sol.

— Zut ! jura-t-elle tout haut.

En s'agenouillant pour les ramasser, elle se rappela qu'elle avait oublié de fermer à clé la porte du laboratoire. Elle allait devoir y retourner.

C'est alors qu'un bruit sourd se fit entendre.

Elle se figea sur place, la main immobile au-dessus des photos.

Avait-elle pensé à verrouiller la porte d'entrée avant de sortir ? Non. Bien sûr que non. Willy ne verrouillait jamais les portes quand il était à la maison. Elle avait donc grandi avec l'idée qu'ici elle était à l'abri de tout.

Grossière erreur.

Car à ce moment précis il semblait bien que quelqu'un était dans la maison.

Les battements de son cœur redoublèrent d'intensité. Elle se releva aussi silencieusement que possible, l'oreille aux aguets.

Elle n'entendait que le martèlement de son cœur qui pulsait à ses tempes.

Un claquement sec la fit violemment sursauter.

La porte d'entrée.

Quelqu'un venait de rentrer… ou de sortir.

Sur la pointe des pieds, elle alla se cacher sous le dégagement qui se trouvait sous les premières marches de l'escalier. Elle se renfonça autant qu'elle le pouvait et se tint ainsi, accroupie, la peur au ventre.

Elle resta dans cette position inconfortable un long moment durant lequel plus aucun bruit suspect ne lui parvint. Quand elle estima qu'elle ne risquait rien, elle se glissa hors de sa cachette et fit le tour des pièces, scrutant l'obscurité. Par une des fenêtres, elle risqua un œil au-dehors. Elle ne vit aucune voiture hormis la sienne et la jeep de son grand-père.

Retenant son souffle, elle alla prendre le fusil de Willy. Elle éprouva un vif soulagement quand elle sentit la crosse froide de l'arme dans ses paumes.

L'arme en main, elle se dirigea vers l'interrupteur et alluma le plafonnier.

Elle lança un rapide coup d'œil au salon. Elle ne remarqua rien d'anormal. Tout était exactement dans l'état où elle l'avait laissé avant de sortir.

— Tout va bien, dit-elle tout haut, comme pour s'en persuader.

Elle prit une profonde inspiration, s'exhortant à se calmer. Elle attendit que son rythme cardiaque soit revenu à la normale avant d'aller verrouiller toutes les portes qui donnaient sur l'extérieur. Elle alla ensuite récupérer la loupe et les photos que, dans sa hâte à vouloir aller se cacher, elle avait laissées par terre. Elle les disposa sur la table à manger.

Son arme bien en main, les sens en alerte, elle parcourut le reste des pièces pour s'assurer que personne ne se cachait à l'intérieur. Elle regarda partout ; dans chaque placard, sous chaque lit, derrière le rideau de douche.

Il n'y avait personne.

Un peu rassurée, elle laissa la colère prendre le dessus sur le soulagement.

Bon sang ! Que se passait-il dans cette maison ?

Elle retourna à la table où elle avait laissé les photos.

Elle posa son arme, la gardant toutefois à portée de main. Elle s'assit et étala les clichés devant elle. Elle prit celle où l'on discernait le mieux le visage de l'homme et le scruta attentivement à la loupe. Malheureusement, la photo était trop floue pour qu'elle puisse en tirer quelque chose. En y regardant de plus près, elle vit que le T-shirt qu'il portait sous sa chemise ouverte arborait le logo d'une équipe de football.

Toujours à l'aide de sa loupe, elle examina ensuite la devanture du bar et ce qu'elle pouvait voir de la rue. Pourquoi Willy aurait-il suivi et photographié un type dans un quartier de la ville qui semblait mal famé ?

Tout cela n'avait aucun sens.

Pas plus que la chute mortelle qu'il avait faite à un endroit qu'il connaissait par cœur et dont il mesurait tous les dangers.

Était-ce l'homme de la photo qui était entré chez elle ce soir ?

Si c'était le cas, étaient-ce ces photos qu'il cherchait à récupérer ? Pourquoi ne s'était-il pas rendu directement au laboratoire photo ?

Autre hypothèse : si les photos n'étaient pas ce qu'il voulait récupérer, qu'était-il venu chercher ? Ce qu'il n'avait pas trouvé la première fois ?

Trop d'interrogations restaient sans réponse.

Elle attrapa son téléphone portable et, cette fois, n'hésita pas. Elle appela Huck.

Elle avait beau s'en défendre, elle avait besoin de lui.

5

Firefly Lane, 21 h 30

Huck pila devant l'entrée et se précipita vers le porche où Olivia l'attendait, le fusil de son grand-père à la main. Penser à ce qui aurait pu lui arriver le rendait malade. Il avait beau la voir saine et sauve devant lui, le sentiment de panique qui l'avait envahi au moment où elle l'avait appelé pour le mettre au courant des derniers événements ne faiblissait pas. Pourquoi lui avait-il obéi ? Pourquoi avait-il pris le risque de la laisser seule ? Certes, elle ne lui avait pas laissé le choix, mais il aurait dû insister. Il aurait dû mettre l'accent sur les dangers qu'il y avait à rester ici alors qu'un intrus avait mis la maison à sac.

Cela ne se reproduirait pas. Il s'en faisait la promesse. Du moins tant que l'enquête ne serait pas bouclée. Qu'elle le veuille ou non, elle ne passerait pas une minute de plus sans lui. Un frisson de peur lui parcourut l'échine. Un homme était rentré dans la maison alors qu'Olivia s'y trouvait.

— Il est parti, dit-elle d'une voix tremblante.

— Je vais quand même aller m'en assurer.

— Je t'attends ici.

— Je préférerais que tu viennes avec moi. On ne sait jamais. Ton visiteur peut être tapi quelque part dans le jardin.

Elle ne chercha pas à protester. Elle acquiesça en silence puis le suivit docilement à l'intérieur.

Elle avait l'air d'être en état de choc. Cela pouvait se comprendre. La maison était isolée, quasiment au milieu de nulle part. Les premiers voisins étaient à des kilomètres de là.

Olivia sur les talons, il passa chaque pièce en revue. Il lui sauta aux yeux qu'elle avait tout remis en ordre.

— Je vais aller inspecter le hangar et la remise, déclara-t-il alors qu'ils se trouvaient dans la cuisine. Toi, tu restes ici. Viens fermer à clé derrière moi et n'ouvre à personne.

L'espace d'un court instant, il crut qu'elle allait protester, mais non. Une fois encore, elle céda.

Elle avait l'air si vulnérable, tout d'un coup, si perdue, qu'il aurait aimé la prendre dans ses bras et lui murmurer des paroles réconfortantes à l'oreille. Mais le temps pressait. Un inconnu s'était introduit chez elle et la priorité était d'éclaircir ce mystère.

Il sortit et attendit sur les marches d'entendre le bruit de la clé tourner dans la serrure avant de s'éloigner.

Puis il se dirigea vers le hangar, son arme de service à la main. La cour n'était pas éclairée. Une volonté de l'épouse de Willy qui ne voulait d'aucune pollution lumineuse chez elle afin, disait-elle, de pouvoir admirer les étoiles. Heureusement, il connaissait les lieux comme sa poche et pouvait marcher le long des bordures en pierre qui jalonnaient la cour les yeux fermés.

Comme Olivia avant lui, il ne remarqua rien d'anormal ni dans le hangar ni dans la remise.

Quelques minutes plus tard, il était de retour et frappait à la porte.

— Olivia, c'est moi. Tu peux ouvrir.

Il entendit de nouveau le bruit de la clé qui tournait dans la serrure puis la porte s'ouvrit.

— Alors ? s'empressa-t-elle de demander.

Il secoua la tête.

— Personne, répondit-il. Soit notre intrus est parti depuis longtemps, soit il est caché dehors, quelque part.

Il rengaina son arme et referma la porte à clé derrière lui.

— En venant, je n'ai remarqué aucun véhicule garé le long de la route et je n'en ai pas vu non plus sortir du chemin quand je m'y suis engagé. Mais quelqu'un a pu se garer beaucoup plus loin pour ne pas attirer l'attention puis venir à pied jusqu'ici.

Pour tout commentaire, Olivia appuya son fusil contre le mur et s'approcha de la table.

— Il y a quelque chose que je ne t'ai pas dit au téléphone. J'ai trouvé ça dans la chambre noire de Willy.

Elle pointa du doigt la série d'images qu'elle avait alignées sur la table.

— J'imagine que ce sont les dernières photos qu'il a développées, ajouta-t-elle.

Huck prit la première qui se présentait, puis la suivante.

— Je reconnais le quartier, dit-il sans hésiter une seconde. Pas le mieux fréquenté de la ville. C'est le dernier endroit où je m'attendrais à voir Willy s'aventurer.

— Il devait filer cet homme, je pense. Les photos sont floues. Pas moyen de voir le visage de ce type, même à la loupe. Mais essaye, toi. Tu le reconnaîtras peut-être.

Il prit la loupe et scruta longuement le visage de l'homme, ou plutôt le peu qu'il pouvait en distinguer.

— Non, dit-il. Je ne vois pas qui ça peut être. Mais surtout, je ne comprends pas pourquoi Willy aurait suivi cet homme, de nuit, pour le prendre en photo.

Elle secoua la tête, marquant elle aussi son incompréhension.

— Je n'en ai aucune idée. D'autant moins que Willy ne s'intéressait qu'aux paysages. Il avait toujours son appareil avec lui, au cas où, mais de là à prendre ce genre de photos, cela n'a aucun sens.

Elle se frotta les yeux et laissa échapper un soupir empreint de lassitude.

— Je ne comprends rien à tout ce qui se passe.

— Nous finirons par trouver.

Ce n'était pas des paroles en l'air. C'était une promesse qu'il lui faisait.

— Demain, nous irons jeter un coup d'œil à ce bar. Avec un peu de chance, nous pourrons rencontrer le patron et lui parler.

— Pourquoi attendre demain ? Moi, j'y vais tout de suite.

Elle s'était levée d'un bond de sa chaise, déjà prête à partir.

Bon sang ! Il n'aurait pas pu se taire ? Il aurait dû se douter de sa réaction.

— J'imagine que je ne te ferai pas changer d'avis ?

— Tu me connais bien.

— Dans ce cas, je viens avec toi.

— Je n'ai pas besoin de garde du corps.

— Je n'en doute pas, mais il se trouve que c'est mon enquête et que, par conséquent, c'est moi qui décide de ce que je dois faire ou pas.

Elle l'affronta du regard une poignée de secondes avant de céder.

— Très bien.

Elle alla chercher le fusil de Willy et le rangea à sa place.

— Mais assure-toi de ne pas te mettre en travers de mon chemin, ajouta-t-elle.

Il sourit intérieurement. Il retrouvait la Liv de sa jeunesse. Rebelle et intrépide.

— Nous verrons cela le moment venu, lui concéda-t-il. Qu'en penses-tu ?

Pour toute réponse, elle attrapa son sac à main et se dirigea d'un pas résolu vers la porte d'entrée. Elle ne prit pas la peine de lui laisser l'opportunité de décider quelle voiture ils allaient prendre. Elle fila droit vers son SUV de fonction, ouvrit la portière et s'installa sur le siège passager, attendant sans lui adresser la parole qu'il se glisse derrière le volant.

Olivia détestait depuis toujours les marques de galanterie. Combien de fois lui avait-elle reproché d'ouvrir sa portière à sa place ou de s'effacer pour la laisser entrer la première dans un restaurant.

« Je n'ai pas quatre ans, Huck. Je peux me débrouiller toute seule », lui disait-elle d'un ton proche de la colère.

Elle aimait montrer qu'elle n'avait besoin de personne. De toute évidence, elle était restée sur ses positions.

Il la regarda discrètement à un moment où elle semblait perdue dans ses pensées.

Willy lui avait toujours soutenu qu'elle n'avait eu aucune relation sérieuse depuis qu'il l'avait quittée. Belle comme elle était, il en doutait. Le vieil homme ne lui aurait-il pas menti ? Ne lui aurait-il pas dit ce qu'il avait envie d'entendre, juste par charité ? Les réseaux sociaux ne l'avaient pas plus renseigné. Elle n'alimentait les siens que de posts ayant un lien avec sa profession. Au début, il ne supportait pas de la voir, même en ligne. C'était trop douloureux. Pourtant, il y retournait sans cesse, comme pour se punir d'être parti loin d'elle. Il éprouvait le besoin irrépressible, un brin masochiste il fallait bien l'admettre, de l'épier dès que son travail lui en laissait l'occasion.

— Willy m'a dit que tu n'avais personne dans ta vie, c'est vrai ?

Voilà bien une question troublante à laquelle il ne s'attendait pas. Surtout de la part d'Olivia qui avait fermement décidé de se désintéresser de son sort aussitôt qu'il était sorti de sa vie.

Avait-elle cherché à se renseigner sur sa vie privée comme il l'avait fait de son côté ?

— Pardon ? feignit-il de s'étonner, juste pour se donner le temps de se ressaisir.

— Tu sais comment était Willy, poursuivit-elle en regardant droit devant elle. Il te considérait comme un membre de la famille. Du coup, il lui arrivait de me parler de toi.

Une manière habile de lui signifier que si elle avait de ses nouvelles, c'était malgré elle.

— Je vois...

Elle lui répondit par un silence éloquent.

— Il me parlait de toi à la moindre occasion, ajouta-t-il en souriant.

Il regrettait de ne pas pouvoir lui dire à quel point il aimait écouter le vieil homme lui raconter les pérégrinations de sa petite-fille à travers le monde. Cette complicité remontait à loin. Bien avant qu'il ne revienne à Chattanooga, Willy et lui s'appelaient régulièrement, et arrivait toujours le moment où le sujet dérivait vers Olivia.

— Il me manque.

Elle avait prononcé ces trois petits mots dans un souffle si chargé de tristesse qu'il se retint avec peine de ne pas lui prendre la main.

— Tu n'as pas répondu à ma question, insista-t-elle d'une voix qui avait retrouvé toute son assurance.

Il lui lança un coup d'œil en biais.

— Quelle question ?

— C'est vrai ? Tu n'as personne dans ta vie ?

Il n'était pas sûr de la réponse à donner car, s'il y avait quelqu'un sur cette terre capable de le fragiliser ou de le faire souffrir, c'était bien elle. Mieux valait chercher à gagner un peu de temps.

— Qu'est-ce que tu entends par « personne » ?

Elle éclata d'un rire moqueur.

— Sérieusement, tu ne peux pas répondre simplement par oui ou par non ?

Il sentait son regard inquisiteur peser sur lui.

— C'est si important de le savoir ?

Elle haussa les épaules dans le but manifeste de lui faire comprendre qu'elle se fichait de la réponse.

— En réalité, non, lâcha-t-elle.

Le ton désinvolte avec lequel elle venait de le tacler lui fit l'effet d'une lame en plein cœur.

— Dans ce cas, il n'y a rien à rajouter, conclut-il.

Le reste du trajet jusqu'à Chattanooga se fit dans un silence pesant.

Même à cette heure tardive où les gens étaient censés être rentrés chez eux, le trafic était dense. Ville de dimension moyenne, Chattanooga connaissait pourtant les inconvénients d'une grande cité.

Arrivé à l'adresse que lui avait indiquée son GPS, Huck se gara à une cinquantaine de mètres de l'établissement.

— Je veux aller voir à l'intérieur, déclara-t-elle.

Évidemment. À quoi d'autre aurait-il pu s'attendre ?

— Les chances que nous tombions sur ce type sont infimes, rétorqua-t-il, histoire de tempérer ses ardeurs.

Elle lui répondit par un regard sans appel.

— J'ai emporté la photo où on voit le mieux son visage. Pour peu que ce soit un habitué, nous trouverons bien un barman ou une serveuse qui le reconnaîtra. Je sais comment les flics abordent les témoins. J'ai vu ça à la télé dans les séries policières.

Le fait qu'elle se fiche ouvertement de lui le piqua au vif.

— Alors tu devrais savoir que dans ce genre d'endroits on ne balance pas son prochain, répliqua-t-il vertement. La loi du silence, tu connais ? En plus, je te rappelle que *je* suis flic.

Pour toute réponse, elle lui lança un dernier regard hostile et s'empressa de sortir, claquant la portière derrière elle.

— Bon sang ! jura-t-il tout haut avant de se précipiter à sa suite. Liv, attends !

Peine perdue. Elle ne l'entendait pas.

Il se mit à courir pour la rattraper tout en tirant sur le bas de sa chemise dans le but de couvrir son arme de service.

— Liv, redescends un peu !

— Je sais ce que je fais, répliqua-t-elle par-dessus son épaule, sans même ralentir le pas.

Enfin arrivé à sa hauteur, il la retint par le bras, la forçant à s'arrêter. Elle darda sur lui un regard brûlant de colère.

— Liv, reprit-il d'un ton radouci, il ne s'agit pas d'aller explorer des contrées lointaines ou de partir à la découverte de civilisations englouties. Ce quartier grouille de gens dangereux qui vivent du trafic de produits illicites qui peuvent leur rapporter gros. C'est le genre de types qui n'hésitent pas à tuer pour sauver leur peau ou leur fric. Tu comprends ça ?

Elle dégagea son bras d'un geste brusque.

— Je ne suis pas idiote. Je sais très bien ce qui se passe ici.

Elle pointa du menton le bas de sa chemise duquel dépassait la crosse de son arme à feu.

— Je sais aussi que ton revolver fait de toi une cible bien plus visible que moi.

Sur ce, elle le planta là et s'éloigna à grands pas. Il n'avait plus qu'à accepter l'idée qu'elle n'en ferait qu'à sa tête. Comme toujours.

Le bar était bondé de monde. Toutes les tables étaient occupées, et il ne restait plus un seul tabouret de libre au comptoir. Des groupes de clients, leur verre à la main, occupaient l'espace entre le bar et les tables.

Un panneau clignotant indiquait que le service restauration était fermé. Huck ricana intérieurement. Il était clair qu'on ne venait pas ici pour manger.

Olivia se fraya un passage dans la foule compacte avec une

aisance qui le surprit. À croire qu'elle faisait ça tous les jours. Il la suivait de près, attentif aux gens qui les entouraient. Une fois au bar, elle fit signe à l'un des deux serveurs de s'approcher puis elle lui montra la photo de l'inconnu. Le serveur secoua la tête. Elle fit la même chose avec l'autre serveur et obtint de lui la même réponse négative.

Loin de se décourager, elle passa ensuite aux serveuses qui officiaient en salle. L'une d'elles attira particulièrement l'attention de Huck. Une grande blonde anguleuse. Pamela, selon le badge qui était accroché à son chemisier. Quand Olivia lui avait montré la photo, comme aux autres, elle avait répondu par la négative, mais la fraction de seconde où elle avait hésité avait suffi à Huck pour le conforter dans l'idée qu'elle mentait.

Par chance, un tabouret se libéra qu'il ne laissa pas lui échapper. Il s'installa tout en gardant un œil rivé sur Pamela. Il ne la quitta pas des yeux même quand il demanda deux bières au serveur venu prendre la commande.

Olivia lui lança un regard réprobateur.

— Je ne bois toujours pas de bière, lui glissa-t-elle à l'oreille.

Il se tourna alors vers elle et approcha son visage si près du sien que leurs bouches se touchèrent presque. Ce contact physique, le premier depuis qu'ils se revoyaient, fit naître en lui une onde de désir qu'il s'empressa de refouler.

— Tu as remarqué que nous ne sommes pas dans un bar à vins ? lâcha-t-il d'un ton moqueur.

Il fit glisser vers elle une des pintes que le serveur venait de poser devant lui puis reporta son attention sur Pamela. Se méprenant sur son regard insistant, celle-ci lui adressa un sourire enjôleur auquel il répondit.

Il n'avait bu que la moitié de sa bière quand il la vit poser son plateau au bout du comptoir et se diriger vers les toilettes.

Il se pencha à l'oreille d'Olivia.

— Je reviens tout de suite.

— Où vas-tu ?

Il fit un signe de tête en direction du couloir où Pamela venait de disparaître.

— Aux toilettes. Ne bouge pas d'ici. D'accord ?

Elle leva les yeux au ciel.

— Où veux-tu que j'aille ?

— Je suis sérieux, Liv.

Elle prit sa bière et en but une gorgée.

— Va, finit-elle par dire.

Il détestait l'idée de savoir Olivia seule dans ce repaire de gangsters, mais il aurait plus de chances de tirer quelque chose de Pamela s'il était seul plutôt qu'accompagné d'une autre femme.

Un peu à contrecœur, il quitta son tabouret pour se faufiler parmi la foule. Le couloir qui menait aux toilettes était désert, l'issue de secours maintenue ouverte par un cale-porte. Il supposa que Pamela était sortie prendre l'air le temps de sa pause.

Il avait raison. Il la vit qui, adossée au mur de l'établissement, tirait sur une cigarette. Il s'approcha d'elle tout en restant sur ses gardes.

— Votre amie n'est pas venue avec vous ?

Elle lui souffla la fumée de sa cigarette au visage. Sans rien montrer de son agacement, Huck balaya l'écran de fumée d'un revers de main.

— Vous connaissez le type que nous recherchons.

Ce n'était pas une question. À son ton, elle comprit qu'il valait mieux ne pas nier.

— Il traîne dans le coin régulièrement.

— Vous savez comment il s'appelle ?

— Non.

Elle s'interrompit pour tirer une longue bouffée de sa cigarette.

— Il n'est venu au bar que deux fois.

— Vous lui avez parlé ?

— Possible.

Huck se retint avec peine de lui balancer que son service allait s'arrêter là si elle ne se montrait pas plus coopérative. Mais il parvint à tempérer son impatience.

— Il était avec quelqu'un ?

— Non. Les deux fois il était seul.

— Combien pour me dire de quoi vous avez parlé ?

Elle esquissa un sourire narquois.

— Votre amie ne serait pas contente si vous me donniez ce que je veux.

Elle ponctua ses paroles d'un regard appuyé sur le renflement de son pantalon qui ne laissait aucun doute quant à ses intentions.

— Nous pourrions trouver un compromis, proposa-t-il.

Elle jeta son mégot par terre et l'écrasa de la pointe de son escarpin.

— Ne vous fatiguez pas, répondit-elle. Il cherchait une femme.

— Une femme en particulier ?

Elle acquiesça d'un hochement de tête.

— D'après la photo qu'il m'a montrée, je dirais qu'il cherchait votre amie.

Sa bombe lâchée, elle lui tourna le dos et retourna à l'intérieur.

Il resta planté là un long moment, en pleine confusion. Tout cela n'avait aucun sens. Pourquoi un inconnu serait-il venu ici, dans ce bar mal famé, à la recherche d'Olivia alors qu'elle ne vivait plus à Chattanooga depuis plus de dix ans et n'avait jamais mis les pieds dans un endroit pareil ?

Il retourna au bar, cherchant instinctivement Olivia du regard. Son cœur se mit à cogner dans sa poitrine quand il vit qu'elle n'était plus là où il l'avait laissée. Il scruta la foule du regard en jurant entre ses dents serrées. Bon sang ! Où était-elle encore passée ?

La peur au ventre, il continua de la chercher d'un regard fébrile. Quand, enfin, il la repéra au fond de la salle, en grande discussion avec un grand type baraqué, sa peur se mua en fureur.

Il se précipita vers elle et la saisit par le bras.

— On y va.

Elle le fusilla d'un regard noir.

— Qu'est-ce que tu fais ? gronda-t-elle tandis que l'homme faisait un pas vers lui, l'air menaçant.

— Oublie, lui intima Huck.

L'homme leva les deux mains devant lui et les laissa retomber avant d'aller se fondre dans la foule.

— On y va, répéta Huck tout en entraînant Olivia avec lui.

Elle grommela quelque chose, mais ses mots se perdirent dans le brouhaha ambiant.

— Qu'est-ce qu'il te prend, bon sang ! pesta-t-elle dès qu'ils furent dehors.

— Je t'en parlerai en temps voulu.

Elle se dégagea d'un geste brusque puis s'arrêta net, refusant d'aller plus loin.

— Je ne bougerai pas d'ici tant que tu ne m'auras pas dit ce que t'a dit la serveuse.

— D'accord, mais pas ici.

Il la vit avec soulagement se remettre en marche. Il lui emboîta le pas tout en lançant des coups d'œil furtifs par-dessus son épaule afin de s'assurer qu'ils n'étaient pas suivis. Il ne s'agissait pas de baisser la garde.

Elle n'attendit pas longtemps pour repartir à l'attaque. À peine venaient-ils de s'installer dans son SUV qu'elle revint à la charge :

— Alors ? Qu'est-ce qu'elle t'a dit ?

— D'abord, comment sais-tu que je lui ai parlé ?

— Le miroir derrière le bar. Je vous ai vus échanger des regards et des sourires tous les deux. Quand je l'ai vue poser son plateau et aller aux toilettes j'ai bien compris quand tu es parti que tu chercherais à lui parler.

— Je suis allé la retrouver dehors. J'avais vu qu'elle te mentait en te disant qu'elle ne connaissait pas l'homme de la photo.

— Et ?

Il ne lui répondit pas tout de suite. Il prenait un certain plaisir à la voir bouillir d'impatience.

— Elle ignore comment s'appelle l'homme de la photo, mais elle l'a vu deux fois au bar. D'après ce qu'elle m'a dit, il cherchait quelqu'un.

— Qui ? Certainement pas Willy. Il ne fréquentait pas ce genre d'endroits.

Il hésita un instant à la manière dont il allait amener la chose.

— Non. En fait, il était à la recherche d'une femme, commença-t-il prudemment.

— Il lui a donné un nom ?

Il la sentait exaspérée. En effet, elle ne put se contenir davantage.

— Tu comptes me faire attendre longtemps comme ça ? explosa-t-elle.

— Non, il ne lui a pas donné de nom. Il lui a juste montré une photo.

— Avec ça, nous sommes bien avancés, râla-t-elle, la mine renfrognée. Je ne comprends rien à toute cette histoire.

Elle marqua une courte pause avant de repartir à l'attaque.

— Et cette femme, à quoi ressemblait-elle ?

Il hésita un instant à lui répondre. Mais à quoi bon repousser à plus tard ? De toute façon, elle le harcèlerait jusqu'à ce qu'elle obtienne gain de cause.

— À toi, répondit-il. Pamela m'a dit que la femme qu'il recherchait te ressemblait.

6

Firefly Lane, 23 h 50

Olivia ne dit pas un mot durant tout le trajet. Ce qu'elle venait d'apprendre la laissait interloquée.

Elle n'avait jamais mis les pieds dans ce bar. Elle ne connaissait ni l'homme de la photo ni cette serveuse du nom de Pamela. Pourquoi donc cet étranger que Willy avait filé et dont il avait pris plusieurs clichés la cherchait-il, qui plus est dans un endroit pareil ? Si Willy s'était retrouvé embringué dans une sale histoire, il aurait alerté la police. Mieux, il en aurait parlé à son vieil ami Arnold Decker.

Il y avait de quoi se poser des questions, non ? Plus elle y réfléchissait, plus elle se disait que toute cette histoire n'avait aucun sens.

Elle nageait déjà en pleine confusion, mais la révélation que venait de lui faire Huck ne faisait que soulever un peu plus d'interrogations.

La voix de Huck la ramena brusquement sur terre au moment où ils arrivaient devant chez elle.

— Tu devrais aller chercher un sac pour la nuit, suggéra-t-il d'une voix douce – trop douce. Tu ne peux pas rester ici.

Elle le regarda fixement. Croyait-il vraiment qu'elle allait lui obéir comme une enfant sage ? Elle aurait voulu lui crier son refus de le suivre, mais le trop-plein d'émotions avait eu raison de sa nature rebelle.

— C'est pourtant ce que je vais faire, répondit-elle simplement.

Dans un premier temps, il se contenta de regarder à travers le pare-brise ; ensuite, il tourna lentement la tête vers elle pour dire :

— Dans ce cas, je reste aussi.

Que pouvait-elle répondre à cela ? C'était elle qui l'avait appelé pour lui demander de l'aide. Et puis, elle avait bien conscience que, à vouloir tout gérer seule, elle jouait avec le feu. Il ne lui restait plus qu'à se résigner.

— Comme tu voudras. Tu dormiras sur le canapé.

Sur ce, elle ouvrit sa portière et sortit la première, soucieuse de mettre de la distance entre elle et lui. Ce n'était pas parce qu'ils allaient dormir sous le même toit qu'elle devait subir sa présence.

Il lui avait fallu des années pour se libérer de lui, comme un drogué lutte pour se libérer de son addiction. Elle y avait mis du temps, mais elle avait fini par surmonter les souffrances liées à ce sevrage que Huck lui avait imposé de vivre. Il n'occupait plus ses pensées quand elle ouvrait les yeux le matin et les fermait le soir pour dormir.

Aussi refusait-elle de redevenir cette femme dépendante qui ne pouvait pas vivre sans lui.

Non, non, non !

D'un geste nerveux elle ouvrit la porte de la maison et la laissa ouverte derrière elle. Sans un regard pour lui, elle alla s'enfermer dans sa chambre. Elle se laissa glisser le long de sa porte fermée et plissa très fort les yeux pour faire barrage aux larmes qui menaçaient de couler. Pleurer ne lui ramènerait pas son grand-père ni ne résoudrait le mystère lié à sa mort. Seule la force lui permettrait d'aller de l'avant et, bon sang !

elle avait bien l'intention de ne pas se laisser aller. Pour trouver les réponses aux questions qu'elle se posait, la force était la seule arme dont elle disposait.

Willy lui avait souvent répété qu'elle était douée d'une force rare, et elle entendait se montrer à la hauteur.

Quand elle sentit que le flot d'émotions était passé, elle se leva et actionna l'interrupteur. Elle avait toujours aimé sa chambre. La chambre de son enfance. Elle s'y était toujours sentie en sécurité. Comme protégée.

Mais cette certitude venait de basculer brutalement. Le poster de son groupe de rock préféré avait été arraché. Un poster qu'elle avait fixé au mur avec du ruban adhésif, au-dessus de sa tête de lit, alors qu'elle n'avait que dix-sept ans. À présent, il pendait lamentablement par un coin. Sur le mur quelqu'un avait écrit en noir, en lettres capitales :

JE SAVAIS QUE TU REVIENDRAIS

Elle s'avança, le cœur battant, et effleura la peinture du bout des doigts. Elle était sèche. Celui ou celle qui avait écrit ce message l'avait fait en son absence, signe qu'on l'épiait. Signe également que la personne en question avait une clé de la maison qui lui permettait d'aller et venir comme bon lui semblait.

— Huck ! hurla-t-elle.

Une poignée de secondes plus tard, la porte s'ouvrait à la volée et Huck déboulait dans la pièce en courant.

— Quoi ?

Elle n'eut pas à lui répondre. Il venait de découvrir le message.

— Huck, je suis sûre d'avoir fermé la porte en partant. Celui ou celle qui a fait ça doit avoir une clé.

— Tu ne peux pas rester ici ce soir, Liv.

Comme précédemment, cette intrusion eut le don de susciter en elle une bouffée de colère vengeresse plutôt qu'une peur qui aurait été bien légitime.

— Je reste, annonça-t-elle d'un ton résolu.

Il comprit qu'il serait inutile de discuter. Il poussa un soupir teinté d'un mélange de lassitude et de résignation.

— Je préviens le shérif, dit-il en dégainant son smartphone. Je vais lui demander de nous envoyer quelqu'un de la police scientifique.

Elle le laissa seul. Elle passa rapidement de pièce en pièce pour vérifier qu'il ne manquait rien ou que le vandale n'avait pas laissé d'autres messages ailleurs. Une fois son inspection terminée, elle alla préparer du café. Ils en auraient bien besoin car, de toute évidence, ils n'allaient pas pouvoir se coucher de sitôt.

— Ils ne seront pas là avant une bonne heure, lui apprit Huck venu la rejoindre.

— Je me demande bien ce qu'ils vont pouvoir trouver, rétorqua-t-elle. Visiblement, ce type se plaît à brouiller les pistes.

— Nous verrons bien. En attendant, je vais devoir retourner jeter un coup d'œil dans le hangar et la remise. Je préférerais que tu viennes avec moi.

— Si tu veux.

Ils refirent ensemble ce qu'elle avait déjà fait seule la veille. Et, comme lors de la précédente inspection, ils ne relevèrent rien d'anormal. Tout était en ordre.

C'est au moment où ils retournaient à la maison qu'une question lui vint à l'esprit. Willy était un vrai professionnel, doublé d'un artiste talentueux. Comment avait-il pu faire des photos aussi ratées, qui plus est à six reprises ?

Elle venait de se servir un café quand le sergent Snelling arriva. C'était un grand type baraqué qui inspirait la confiance.

Épuisée, elle se laissa tomber sur une chaise et se mit à siroter son café. Malgré la fatigue, elle n'arrivait pas à faire le vide dans son esprit. Si Willy connaissait des problèmes, pourquoi ne lui en avait-il pas parlé ? La réponse fusa, immédiate : parce qu'il n'était pas dans sa nature de se plaindre ou de s'épancher. À ses yeux, cela aurait été le signe qu'il prenait de l'âge. Or, il était bien déterminé à vivre jusqu'à cent ans. C'est ce qu'il lui avait assuré quand Gran était morte. C'était la manière qu'il avait trouvée de rassurer la petite fille de neuf ans qu'elle était alors ; de lui faire comprendre que lui ne partirait pas de sitôt. Qu'il serait toujours là pour elle. Qu'il ne l'abandonnerait pas.

Sauf qu'il était parti, lui aussi, et qu'il n'avait pas cent ans.

Les larmes lui brouillèrent la vue. Elle avait tellement envie de pleurer ! Mais, fidèle à la promesse qu'elle s'était faite, elle s'exhorta à ne pas se laisser aller. *Sois forte.* Quelqu'un avait poussé Willy dans le vide. Elle en avait la certitude. Elle devait trouver qui avait fait ça et s'assurer qu'il paye pour le crime qu'il avait commis.

Cela ne lui ramènerait pas son grand-père, mais lui rendre justice était la moindre des choses.

Elle poussa un long soupir. S'obligeant à penser à autre chose, elle termina son café, mit sa tasse dans l'évier puis se rendit dans le salon. Là, elle alla chercher les albums photos que sa grand-mère avait faits puis, assise par terre, commença à les feuilleter par ordre chronologique.

Le premier rassemblait des photos de ses grands-parents en compagnie de leur petite Laura. Willy avait été d'une beauté renversante qui avait perduré à travers les âges. Olivia avait toujours trouvé étonnant qu'il ne refasse jamais sa vie après tant d'années. Surtout après qu'elle avait quitté la maison. Un jour, elle lui avait demandé s'il se sentait seul. Il avait éclaté de rire avant de lui répondre que la solitude n'était qu'un état d'esprit. Sa vie était remplie de son art et des belles choses qui l'entouraient et qu'il fixait sur la pellicule et cela lui suffisait.

Lui avait-il dit ce qu'elle avait voulu entendre ? Qu'elle suffisait à son bonheur ?

Elle passa en revue les photos de Laura, sa mère. Elle avait hérité de la beauté de Willy. Les gens s'accordaient à dire qu'Olivia et Laura se ressemblaient comme deux gouttes d'eau, mais elle persistait à penser que sa mère était nettement plus belle qu'elle. Il n'y avait pas beaucoup de photos de son père. Seulement deux où on le voyait, souriant largement à l'objectif.

Si, jusque-là, elle n'avait pas vraiment pensé à lui, des questions lui venaient en voyant ces photos. Où vivait-il ? Était-il toujours vivant ? Qu'est-ce qui l'avait poussé à les abandonner, Laura et elle ? Elle ignorait tout de lui. Les rares fois où elle avait interrogé ses grands-parents, ils s'étaient contentés de lui répondre que son père était un aventurier que même sa famille n'avait pas réussi à stabiliser.

Laura avait-elle souffert longtemps de cette trahison ? Avait-elle aimé cet homme jusqu'à son dernier soupir ? Elle n'en était pas convaincue mais, pour avoir vécu elle aussi l'abandon et les grandes souffrances qu'il générait, elle pouvait imaginer que mourir d'amour était possible.

Au travers de ces nombreux clichés, elle se voyait grandir. Au fil des pages, elle apparaissait de plus en plus souvent en compagnie de Huck. Elle esquissa un sourire. Ils étaient tombés amoureux dès l'enfance, sans même savoir que ce qu'ils vivaient était une grande histoire d'amour.

Elle sursauta au bruit de la porte d'entrée qu'on refermait.

— Il reviendra vers nous s'il a du nouveau, annonça Huck.

Plongée comme elle l'était dans son passé, elle n'avait pas vu ni entendu les deux hommes traverser la pièce. Elle se releva et alla remettre les albums à leur place.

— J'ai pensé que..., dirent-ils ensemble.

Cette complicité retrouvée les fit sourire.

— Toi d'abord, insista-t-il.

— Il doit y avoir un lien entre ces différents événements, commença-t-elle. Celui qui a tué Willy l'a fait parce qu'il avait une idée derrière la tête. Il voulait quelque chose que seul Willy pouvait lui donner. Ce qui semblerait dire que mon grand-père connaissait le tueur. Peut-être même très bien, au point qu'ils aient fait cette dernière randonnée ensemble.

— Une randonnée que le tueur aurait pu proposer lui-même, ce qui ferait de cette mort un meurtre avec préméditation.

Elle approuva d'un hochement de tête.

— Cela me tue de l'admettre mais, en effet, c'est ce que je crois.

Elle le regarda aller au comptoir pour remplir une tasse de café.

— Il y a le message de ce soir, dit-il. Il ne fait aucun doute que c'est à toi qu'il était adressé.

Un frisson lui parcourut l'échine à l'idée que quelqu'un l'espionnait.

— Malheureusement, j'en suis convaincue, moi aussi.

— Tu ne vis plus dans le coin depuis des années, ce qui tendrait à prouver que celui qui a écrit ce message savait que tu étais là.

— Je ne connaissais aucun ennemi à Willy, assura-t-elle. Je ne vois vraiment pas qui aurait pu lui vouloir du mal.

— Je sais. J'ai interrogé plusieurs personnes aujourd'hui et toutes m'ont répondu qu'elles n'avaient rien remarqué dans le comportement de Willy laissant supposer qu'il avait des problèmes. Pour eux, il était ce bon vieux Willy, un homme respectable et respecté.

— Avec ça, nous sommes bien avancés.

— Et tant que nous n'en saurons pas plus, je persiste à dire que tu es en danger, ici, Liv.

— Nous en avons déjà parlé, Huck. Ce n'est pas ce message qui me fera changer d'avis.

— Comme tu voudras.

Elle fit soudain le lien entre la dernière discussion téléphonique qu'elle avait eue avec son grand-père et le message peint sur le mur de sa chambre.

— Un détail m'est revenu dont il faut que je te parle, dit-elle. Quand j'ai annoncé à Willy que je comptais venir le voir pour la fête des Pères, il n'a pas paru emballé. Il m'a donné toutes sortes de raisons pour que je ne vienne pas. Sur le coup, je n'y ai pas trop prêté attention mais, maintenant, je me demande si ce détail n'a pas son importance et s'il n'est pas à relier avec ce message.

— Connaissant Willy, il est certain que si pour une raison ou pour une autre il était en lien avec des truands, il aura cherché à te protéger en te gardant éloignée de la maison.

— Mais... J'y pense...

Elle se précipita vers le frigidaire où toutes sortes de notes étaient fixées à l'aide d'aimants.

— Il n'y est plus, dit-elle en se tournant lentement vers Huck. J'avais mis un post-it avec mon nom et mon adresse pour le cas où les services d'urgence auraient besoin de me joindre. Quelqu'un l'a enlevé.

Oubliant son café, Huck s'approcha et, à son tour, passa en revue chacun des post-it.

— Il y a un autre endroit où il gardait ce genre d'informations ? s'enquit-il.

Sans dire un mot, elle se rua vers un des tiroirs du vaisselier et l'ouvrit. C'était là que son grand-père rangeait les paquets d'enveloppes et les timbres, de même qu'un vieux carnet d'adresses dans lequel il consignait les coordonnées de ses proches. D'une main fébrile, elle alla à la page O. Elle avait été arrachée.

Une idée affreuse lui traversa soudain l'esprit. Willy aurait-il été assassiné pour la pousser à revenir ici ?

— Que sais-tu de ton père ? demanda Huck.

De toute évidence, la même idée lui était venue.

Elle secoua la tête, incapable de se défaire de ce scénario insupportable qui lui trottait dans la tête.

— Rien de plus que tu ne saches déjà, répondit-elle. Ma mère et lui se sont rencontrés à l'université. Elle est tombée enceinte, a abandonné ses études et ils sont venus s'installer ici. J'avais trois ans quand il est parti. Autant dire que je n'ai aucun souvenir de lui.

Sa gorge se serra à l'étouffer à la pensée qu'elle pouvait être à l'origine de la mort de son grand-père.

— Willy n'a plus jamais eu de ses nouvelles ? insista Huck. Ils n'ont eu aucun échange ? Pas de lettres ? Pas de coups de fil ? Après tout, tu étais sa fille. Il aurait pu chercher à te contacter.

— Pas que je sache.

Il se frotta le menton, signe chez lui que les rouages de son cerveau étaient en marche.

— As-tu des papiers attestant qu'il avait renoncé à ses droits parentaux ?

— Je ne porte pas son nom, mais il m'a reconnue.

— Nous allons voir si nous pouvons le retrouver, histoire d'écarter cette piste. Ou, au contraire, de la creuser.

Elle poussa un profond soupir.

— Je ne vois pas pourquoi il réapparaîtrait après tout ce temps, dit-elle.

— On ne sait jamais. Qui nous dit que tout ce temps, il ne l'a pas passé derrière les barreaux ? Il savait que Willy était un photographe renommé. Il voulait peut-être lui soutirer de l'argent. Autre hypothèse : la fibre paternelle lui est subitement venue et il a eu envie de renouer avec sa fille.

Quelle aurait été la réaction de Willy si Kasey s'était manifesté avec de telles prérogatives en tête ? Il ne faisait aucun doute qu'il aurait pris les mesures qui s'imposaient pour la protéger. Comme cacher ses coordonnées, par exemple.

— Mais dans ce cas, poursuivit Huck, pourquoi Willy ne

t'en aurait-il pas parlé ? Tu n'es plus une enfant et, quoi qu'il ait pu faire, Kasey est et restera ton père.

— Willy aura appris qu'il a mal tourné et il aura voulu me protéger ? suggéra-t-elle.

Le doute, affreux, s'insinua de nouveau.

— Et si Willy était mort à cause de moi ?

— Ne t'inflige pas ça, Liv.

Il n'avait pas esquissé un geste pour se rapprocher d'elle, mais elle le sentit plus proche par la pensée.

— Mais si...

— Tu es fatiguée, la coupa-t-il. La journée a été longue, tu devrais essayer d'aller dormir. Je vais aller fermer les portes à clé. Si tu as besoin de moi, je serai sur le canapé.

Sans trop s'en expliquer la raison, elle eut envie de le retenir.

— Huck, pourquoi es-tu revenu ? Je veux dire... la vraie raison.

Au lieu de fuir la discussion comme elle aurait pu s'y attendre, il chercha son regard et l'accrocha.

— Tu veux vraiment le savoir ? C'est important pour toi ?

Pour toute réponse, elle continua à le bombarder de questions.

— Tu as vécu une relation amoureuse qui s'est mal terminée ? Tu ne supportais plus de vivre à Miami ? Tu as refusé une promotion ?

Il planta dans le sien un regard perplexe.

Elle en avait trop dit. Ce flot d'interrogations venait de trahir l'intérêt qu'elle lui portait encore. Pourquoi n'était-elle pas allée se coucher ? Elle aurait mieux fait de continuer à ruminer les horribles suspicions qui lui trottaient dans la tête plutôt que de se montrer intrusive comme elle venait de le faire.

— Et toi ? Pourquoi n'es-tu pas revenue ? s'enquit-il à son tour.

Elle hésita à lui dire la vérité. À quoi bon mentir ? Huck était flic. Il le verrait tout de suite.

— Pour être honnête, je réfléchis à cette possibilité depuis deux ans.

Elle détourna la tête, incapable de soutenir plus longtemps ce regard incisif qui semblait vouloir sonder le fond de son âme.

— Au début, mon travail me passionnait, poursuivit-elle. Je voyageais beaucoup et je n'avais pas le temps de penser à autre chose qu'à mon travail. Quand l'occasion s'est présentée de m'installer dans le Montana, je pensais vraiment avoir fait le bon choix.

— Willy m'a dit que tu voulais te poser un peu.

Son grand-père lui avait-il dit aussi qu'elle avait le sentiment qu'il lui manquait quelque chose ? Qu'elle avait besoin d'une vie en dehors de sa carrière professionnelle ? Qu'elle avait envie de fonder une famille ?

Elle n'en voulait pas à Willy d'avoir trahi ses confidences. Quoi qu'il ait dit à Huck, il l'avait fait parce qu'il nourrissait l'espoir de les voir un jour laisser leurs vieilles rancœurs derrière eux et retomber dans les bras l'un de l'autre.

— À mon âge, beaucoup de gens ressentent le besoin de vivre une vie plus sédentaire, expliqua-t-elle d'un ton faussement désinvolte.

Ce changement de vie, elle en avait éprouvé le besoin presque viscéral juste après avoir fêté son vingt-neuvième anniversaire. Elle avait alors commencé à penser de manière presque obsessionnelle aux projets d'avenir que Huck et elle avaient formés alors qu'ils n'étaient encore que des enfants. Il y aurait d'abord les études, bien sûr. Puis, une fois les diplômes en poche, le mariage. Mais avant ils parcourraient le vaste monde. Quand ils en auraient assez, ils s'installeraient près de leur famille respective pour fonder leur propre foyer.

Dix ans avaient passé. Elle avait trente ans, Huck trente et un, et ses rêves d'une vie heureuse avec lui s'étaient écroulés comme un château de cartes.

Quelle idiote elle avait été !

Elle s'empressa de chasser de son esprit ces souvenirs encore douloureux.

— Nous avions fait de grands projets pour nos trente ans, dit-il comme s'il avait lu dans ses pensées.

Était-ce la manière dont il avait prononcé ces mots, d'une voix un peu rauque teintée de regret ou était-ce la teneur des mots en eux-mêmes, elle n'en savait trop rien, mais les larmes lui montèrent aux yeux.

— Il y a si longtemps, rétorqua-t-elle dans un souffle chargé d'émotion vive.

Elle se figea en le voyant tendre la main vers elle. Le cœur battant, elle sentit ses doigts effleurer sa joue puis, dans un geste d'une infinie douceur, glisser une mèche de cheveux derrière son oreille.

— C'est vrai, dit-il en laissant sa main retomber mollement. Mais nous le voulions vraiment. Je n'ai jamais rien vécu d'aussi intense depuis...

— Huck, le coupa-t-elle avec trop d'empressement, c'était un amour d'adolescents comme en vivent tous les jeunes à cet âge-là. C'était merveilleux, mais nous n'étions que des enfants. Nous n'étions pas dans le monde réel. Cela ne pouvait pas durer.

L'espace d'un instant, elle crut qu'il allait protester. Finalement non. Au lieu de cela, il lui tourna le dos et s'éloigna.

— Je vais fermer les portes à clé, lui lança-t-il par-dessus son épaule.

Avait-il compris qu'elle mentait ?

Car en réalité ce qu'elle désirait ardemment, plus que tout, c'était lui.

7

Jeudi 8 juin, 8 heures

Huck avait déjà préparé le café quand Olivia vint le rejoindre dans la cuisine. Il l'avait entendue se lever un peu plus tôt puis prendre sa douche et retourner ensuite dans sa chambre où elle avait passé un moment, silencieuse.

— Bonjour, lui lança-t-elle en se dirigeant tout droit vers la cafetière.

À peine si elle l'effleura du regard.

Elle n'avait quasiment pas fermé l'œil de la nuit. Il l'avait entendue tourner en rond dans la chambre de ses grands-parents. Lui-même avait passé une nuit blanche, le moindre bruit le maintenant en état d'alerte permanente.

— Bonjour, répondit-il en écho.

Il fit un geste de la main en direction des assiettes en carton sur lesquelles il avait disposé des toasts au fromage.

— J'ai joué la sécurité, ce matin, plaisanta-t-il.

En guise de remerciement, elle esquissa une moue dédaigneuse.

— Je n'ai pas très faim quand je me lève. J'ai besoin d'un peu de temps et de café.

— Moi aussi.

Sa tasse à la main, elle alla s'asseoir à table.

— J'espère que tu as mieux dormi que moi.

— En réalité, c'est difficile de monter la garde et de dormir en même temps, répliqua-t-il.

— J'avoue que j'ai eu du mal, confessa-t-elle. Passer la nuit au milieu de toutes leurs affaires…

— J'imagine.

Elle avait rassemblé ses cheveux en une queue-de-cheval qui lui donnait un air juvénile. Elle semblait avoir seize ans, tout à coup.

— Je connais ce T-shirt, dit-il en souriant.

Un vieux T-shirt fané à la gloire du groupe Nirvana.

— Je suis partie tellement vite que je n'ai pas emporté grand-chose. J'ai juste fourré quelques affaires dans mon sac de voyage. Heureusement, je garde des vêtements de secours ici.

Un sourire se dessina sur ses lèvres.

— Tu te rappelles la tête de Willy quand je suis rentrée à la maison avec ça sur le dos ? Il voulait savoir pourquoi j'avais acheté un truc pareil. Je lui ai répondu que c'était parce que Callie Letterman en avait un. Tu te souviens de Callie ? C'était la fille la plus populaire du lycée.

— Je m'en souviens très bien. Elle travaille comme caissière au supermarché de Gunbarrel Road. Mariée, deux enfants. Son mari est prof de sciences au collège de Dread Hollow.

— Sans blague ! Elle qui voulait tenter sa chance à New York pour devenir mannequin.

— Il faut croire que ça n'a pas marché.

Elle prit dans son assiette un des toasts qu'elle commença à picorer du bout des dents.

— Bref, quoi qu'il en soit, Willy m'a interdit de porter ce T-shirt tant que je ne saurais rien de ce groupe et des messages que leurs chansons véhiculaient.

— Quand on connaît leurs angoisses existentielles, je comprends ton grand-père.

Ce moment de grâce où elle évoquait des anecdotes joyeuses cessa brusquement en même temps que son visage s'assombrissait.

— J'ai repensé à la possibilité que l'auteur du message dans ma chambre soit mon père, dit-elle. Et que ce soit lui que l'on distingue sur les photos. Même si elles sont floues, on voit bien que ce n'est pas la silhouette d'un jeune homme.

Vingt-sept ans. Cela faisait vingt-sept ans que Kasey Aldean les avait abandonnées, sa mère et elle. Heureusement, elle avait eu la chance d'avoir un grand-père comme Willy. Un grand-père qui l'avait élevée comme l'aurait fait un père.

Elle reposa son toast dans son assiette. Elle n'en avait même pas mangé la moitié.

— Hier, je t'ai dit que, à ma connaissance, il n'avait pas cherché à contacter Willy. Mais imaginons qu'il l'ait fait et que Willy ne m'en ait rien dit, qu'il n'ait pas relayé le message. Il était tellement remonté contre lui ! Je ne crois pas qu'il était capable de lui pardonner.

Sur ce point, elle n'avait pas tort. Aux yeux de Willy, rien ne pouvait justifier qu'un père digne de ce nom se volatilise dans la nature en laissant femme et enfant derrière lui sans même un mot d'explication.

— Je te l'ai dit. Je vais lancer des recherches. Voir s'il a été arrêté ou si ses empreintes digitales figurent dans le système de fichiers. S'il est fiché, je devrais pouvoir le localiser.

— Ce message est le seul indice concret que nous ayons pour le moment. Mais je ne vois toujours pas l'intérêt de se manifester après tant d'années.

— Qui sait si, pétri de remords, il n'aura pas versé dans la religion et aura voulu se racheter, répliqua-t-il, un brin moqueur. Ou, raison beaucoup moins noble mais beaucoup plus probable, il est réapparu dans votre vie pour extorquer de l'argent à ton grand-père.

Hormis les frais de scolarité d'Olivia, Willy n'avait pas dépensé grand-chose au cours des vingt dernières années. La majeure partie de ses revenus provenaient de ses travaux de photographie et des droits d'auteur qu'ils lui rapportaient. Huck n'avait aucune idée du montant de ses comptes en banque, mais il imaginait qu'il était assez important. Assez important pour tenter quelqu'un comme Kasey qui aurait pu penser que Willy devait le dédommager pour lui avoir sacrifié sa fille. Combien d'argent valait une fille au regard de son père ?

Cette idée lui donna la nausée. Quel genre d'homme pouvait considérer son propre enfant comme une valeur marchande ?

— Je voudrais que tu saches que j'apprécie énormément ce que tu fais, dit-elle. En réalité, je me demande si j'ai envie que tu le retrouves. Parce que s'il n'est pas l'auteur de tout cela, il pourrait saisir l'occasion de vouloir me contacter. Or, je ne tiens pas à le rencontrer, encore moins à le connaître.

Touché par le désarroi qu'il sentait pointer dans sa voix, il prit sa main dans la sienne et la pressa doucement.

— Si je le retrouve, je m'assurerai qu'il le sache, rétorqua-t-il.

Elle esquissa un sourire hésitant.

— Merci.

La vibration de son portable le prévint de l'arrivée d'un SMS.

— C'est le légiste, annonça-t-il aussitôt après l'avoir lu. Il dit que tu peux…

Il s'interrompit brièvement pour répondre.

— Je lui ai demandé de faire transférer le corps au funérarium. Celui où les pompes funèbres avaient emmené ta grand-mère.

— Je te remercie. J'appellerai M. Nelson pour lui donner mes instructions. Willy voulait être incinéré, comme Gran.

Huck avait dix ans quand la grand-mère d'Olivia était morte. La cérémonie avait eu lieu à Sunset Rock en présence de la famille et des amis proches. Il était là aussi au moment où ses cendres avaient été dispersées du haut d'une falaise. Le genre de chose qui impressionne quand on est encore qu'un petit garçon.

— Comment vont se passer les obsèques ? demanda-t-il. Tu as eu le temps d'y réfléchir ?

Elle secoua lentement la tête.

— Un jour, il m'a clairement dit qu'il ne voulait aucune cérémonie. Il voulait juste que ses cendres soient dispersées à Sunset Rock, comme pour sa femme, mais sans fanfare.

Cela lui ressemblait bien. Car si à une époque il avait eu sa part de gloire et de notoriété, depuis plusieurs années, il aspirait à la discrétion et à l'anonymat.

— Tu seras là, n'est-ce pas ? C'est ce que Willy aurait voulu.

— Bien sûr.

Juste à ce moment-là, quelqu'un frappa à la porte.

— Ne bouge pas, dit-il. Je vais voir qui c'est.

Olivia se leva en même temps que Huck. Qui cela pouvait-il être ? Le sergent Snelling venu avec du nouveau ? Elle regarda Huck qui vérifiait par la fenêtre.

— C'est Madeline Lockhart, du *diner*, dit-il.

Olivia vit tout de suite de qui il s'agissait. Quand elle était petite, et qu'ils allaient manger chez elle, Madeline lui donnait toujours une plus grosse part de gâteau qu'aux autres.

Elle suivit Huck dans le couloir.

— Bonjour, madame Lockhart, lança Huck en ouvrant la porte.

— Bonjour, Huck, répondit-elle dans un large sourire. Comment va ta maman ?

— Elle va très bien, merci. Sa sœur et elle ont attrapé le

virus du voyage. En ce moment, elles font une croisière quelque part dans les Caraïbes.

— C'est merveilleux !

Il s'écarta légèrement sur le côté pour la laisser entrer. Aussitôt, l'attention de Madeline se porta sur Olivia qui était restée un peu en retrait.

— Oh ! ma pauvre chérie ! Je suis tellement désolée pour toi et pour Willy.

De sa main libre - l'autre tenait un plat rectangulaire recouvert d'une feuille de papier aluminium -, elle la serra contre sa poitrine généreuse.

— Merci, dit Olivia. J'ai encore du mal à croire qu'il ne soit plus là.

— Je t'ai apporté ton plat préféré. Tu sais, le gratin de pâtes au poulet et à la crème.

Olivia esquissa un sourire reconnaissant. Ce gratin, elle en raffolait toujours autant.

— C'est tellement gentil à vous, Madeline. Merci beaucoup. Je vais vous faire une confidence, j'ai beau essayer, je n'arrive pas à le réussir comme vous.

Madeline la remercia d'un petit hochement de tête. Ses traits accusaient maintenant une grande tristesse.

— Vous savez déjà quand vous allez disperser ses cendres ? Il m'a dit que c'était ce qu'il voulait. J'aimerais vraiment être parmi vous ce jour-là.

Olivia se rappela toutes les fois où Madeline avait gratifié son grand-père de son sourire éclatant quand ils allaient là-bas. Avait-il fini par remarquer l'intérêt particulier qu'elle lui portait ? Il semblerait que oui pour qu'il en arrive à lui faire part de ses dernières volontés.

— Bien sûr, Madeline. Je vous le demande, même. Et je ne manquerai pas de vous tenir informée de la date.

Elle vit le soulagement se peindre sur son visage.

— Bien, dit Madeline. Je vais vous laisser. Vous devez être très occupés.

Elle avait parlé sans malice, un sourire bienveillant aux lèvres.

— Madeline, avant que vous partiez, je peux vous poser une question ? lança Huck.

— Bien sûr, mon petit.

— Willy vous semblait-il préoccupé ces derniers temps ? Vous aurait-il parlé d'une visite qu'il aurait eue ?

Madeline n'hésita qu'un court instant.

— C'est vrai que maintenant que vous le dites... Il ne m'a parlé de rien, mais il avait l'air tracassé.

— Si nous en discutions autour d'un café ? proposa-t-il.

— J'aurais bien aimé, mais comme vous le savez j'ai un restaurant à faire tourner et mon équipe doit déjà être en place, à cette heure-là.

— Vous dites que quelque chose tracassait Willy ? insista Olivia. Comment cela ?

Madeline haussa les épaules.

— Eh bien, vous ne le saviez peut-être pas, mais nous avions l'habitude de passer nos soirées ensemble.

Elle s'interrompit, embarrassée, le rose aux joues. Olivia lui offrit un sourire encourageant.

— Je suis si heureuse de savoir qu'il n'était pas seul, dit-elle.

— Dimanche dernier, reprit Madeline, j'ai remarqué qu'il était particulièrement distrait. J'avais l'impression qu'il était ailleurs. Quand je lui ai demandé si quelque chose n'allait pas, il a fait comme s'il ne comprenait pas et il a parlé de tout autre chose.

— Il n'a pas fait mention de quelque chose ou de quelqu'un ? s'enquit Huck. Essayez de vous rappeler. Le moindre détail peut avoir son importance.

Devant leur insistance affichée, elle fit aller son regard perplexe de l'un à l'autre.

— Que se passe-t-il ? Êtes-vous en train de me dire que Willy n'est pas mort de manière accidentelle ?

— Et vous, qu'en pensez-vous ? demanda Olivia d'un ton plus tranchant qu'elle n'aurait voulu. Vous passiez beaucoup de temps avec lui. Vous ne voyez vraiment pas ce qui aurait pu le préoccuper à ce point ?

Madeline afficha un air contrit.

— Non.

Elle ferma les yeux tout en exhalant un profond soupir.

— Quand Decker est venu m'annoncer que Willy avait fait une chute mortelle, je ne pouvais pas le croire. C'est lorsque le médecin légiste a dit qu'il n'avait rien trouvé de suspect que j'ai essayé de me faire une raison.

Touchée par la détresse qui pointait dans sa voix, Olivia regretta sa dureté. Elle lui pressa gentiment le bras.

— Nous trouverons, lui assura-t-elle. Nous irons au fond des choses et nous trouverons.

— Vous avez ma parole, ajouta Huck.

Une larme roula sur la joue de Madeline, qu'elle essuya du bout des doigts.

— Même si je sais au fond de moi qu'il n'a pas pu tomber tout seul, je refuse l'idée que quelqu'un l'ait poussé. C'est trop horrible. Willy ne méritait pas de mourir comme ça.

Olivia se mordit les lèvres pour ne pas pleurer, elle aussi.

— Madeline, vous vous rappelez quand vous l'avez vu avec son appareil-photo pour la dernière fois ?

— L'appareil-photo ? Vous voulez dire celui qu'il trimballait toujours avec lui ?

Olivia acquiesça en silence.

— Nous ne l'avons pas retrouvé. Ni ici ni à l'endroit où on a découvert son corps.

— C'était dimanche. Nous sommes allés déjeuner en ville et il l'avait, j'en suis certaine.

— Où avez-vous déjeuné ? s'enquit Huck.

— Au Big River Grill. Nous adorons… Nous adorions cet endroit.

— Et ensuite, qu'avez-vous fait ?

— Il ne se sentait pas très bien. D'après lui, c'étaient les tacos au poisson qui lui restaient sur l'estomac. Nous sommes rentrés chez moi. Il devait être aux alentours de 14 heures. Il a même refusé de rester dîner, ce soir-là. Il est rentré plus tôt que prévu.

Elle marqua une pause, le regard vague, semblant perdue dans les souvenirs de cette dernière soirée.

— Un peu plus tard, je l'ai raccompagné jusqu'à la porte pour le regarder partir comme je le faisais toujours. Mais ce soir-là, il n'a pas pris le chemin de sa maison.

— Il est retourné en ville, devina Huck.

— Exactement. Enfin, c'est la direction qu'il a prise.

Elle enroula ses bras autour d'elle, donnant l'impression qu'elle avait soudain froid.

— J'ai pensé qu'il voulait prendre un autre chemin pour rentrer, mais je suis sûre que ce n'était pas le cas.

Olivia passa le plat à Huck et prit Madeline dans ses bras.

— Merci, lui dit-elle. C'est très important que nous comprenions dans quel état d'esprit se trouvait Willy avant sa mort.

Madeline approuva d'un hochement de tête.

— Soyez prudents, dit-elle. Si Willy n'est pas tombé tout seul, celui qui a fait ça peut encore rôder dans les parages. Et qui sait s'il n'a pas en tête de tuer de nouveau ?

— Montre-lui la photo, dit Huck à Olivia.

Elle n'y avait même pas pensé. Elle sortit son portable et montra la série de photos à Madeline.

— Elles étaient dans la chambre noire. Je suppose que ce sont ses derniers clichés.

Madeline scruta attentivement chacune des photos puis secoua la tête.

— Ces photos sont très floues, dit-elle. Vous êtes certains que c'est Willy qui les a prises ? Je ne le vois pas faire un travail aussi médiocre.

Sur ce, elle s'apprêta à prendre congé. Pendant que Huck la raccompagnait jusqu'à sa voiture, Olivia retourna dans la cuisine, perdue dans ses pensées. Elle reprit sa place à table et, une nouvelle fois, passa attentivement les photos en revue. Elle les scruta une à une, cherchant ce qui pouvait bien avoir été ciblé et qui leur aurait échappé. Les six photos montraient clairement qu'elles avaient été prises à différentes heures de la soirée.

Madeline avait raison. Jamais Willy n'aurait pris d'aussi mauvaises photos. Elles étaient le résultat du travail d'un d'amateur, pas d'un professionnel comme lui. Comment cette réalité ne lui avait-elle pas sauté aux yeux ?

La voix de Huck la fit sursauter.

— Tu as trouvé quelque chose ?

Elle leva les yeux sur lui.

— Madeline a raison. Ce n'est pas Willy qui a pris ces photos.

— Rembobinons le film de la journée de dimanche, suggéra-t-il. C'est là que se trouve le nœud du problème. Madeline et Willy déjeunent ensemble. Ils sont de retour chez elle vers 14 heures car Willy ne se sent pas très bien. Mais lorsqu'il repart, au lieu de prendre la direction de chez lui il prend la direction du centre-ville.

Il s'arrêta brutalement de parler, comme frappé une fulgurance.

— Bon sang ! J'ai vu Willy, dimanche, en fin d'après-midi. Nous nous sommes croisés au supermarché. J'entrais au moment où lui en sortait.

— Tu te rappelles s'il avait son appareil-photo avec lui ?

— Il ne l'avait pas, répondit-il sans hésiter. Mais cela ne veut rien dire. Il est possible qu'il l'ait laissé dans sa voiture, le temps de faire ses courses.

— Justement, tu as remarqué s'il avait acheté quelque chose ? Il avait des sacs à la main ? Je te pose la question parce qu'il n'y a quasiment rien dans son frigo à part un reste de fromage et une brique de lait.

Elle le vit fouiller dans sa mémoire pour tenter de revivre ce bref instant dans ses moindres détails.

— Il avait un sac duquel dépassaient une baguette et le goulot d'une bouteille de vin, répondit-il finalement.

— Du vin ? C'est étrange. Willy ne buvait pas.

— Il l'avait peut-être acheté pour Madeline.

— Il faudra penser à le lui demander.

— Revenons à notre chronologie. Le corps de Willy a été trouvé le lendemain. Lundi, donc, vers 14 heures. C'est le shérif Decker en personne qui a pris l'appel.

— Les photos ont été prises de nuit avec son appareil, probablement lundi soir. Ce n'est donc pas Willy qui a pu les prendre mais sans doute son assassin qui est ensuite venu les développer ici. Ce qui laisse supposer qu'il savait que Willy avait un laboratoire photo et que je n'étais pas encore arrivée.

— En plus, comme nous pensions que la mort de Willy était accidentelle, il savait également qu'il ne courait aucun risque à rester ici. Puisqu'il n'y avait pas homicide, aucun enquêteur ne viendrait faire de relevés d'empreintes.

Il s'interrompit brièvement avant de reprendre :

— Et si la bouteille de vin lui était destinée ? Si Willy l'avait invité à dîner dimanche soir ? Cela expliquerait pourquoi il n'est pas resté chez Madeline.

— Bon sang, tu as raison.

— Avec ces indices, nous pouvons en déduire que l'heure de la mort se situe dimanche, en début de soirée. Et que c'est cette même personne qui aura retourné la maison de fond en comble dans l'espoir d'y trouver ce qu'il était venu chercher. Ce qui pourrait être le mobile du crime. Tu as raison, Olivia. Notre homme a bien une clé de cette maison.

Tout allait soudain si vite ! Elle en était tout étourdie.

— Il faut vérifier le trousseau de Willy, proposa-t-elle. Je verrai tout de suite s'il manque la clé de la maison et celle du labo. Si tant est que nous mettions la main dessus.

Huck se passa une main dans les cheveux, signe chez lui que son esprit était en ébullition.

— Decker a dit que la jeep de Willy était garée au parking de Sunset Rock, commença-t-il à récapituler. C'est Decker en personne qui l'a ramenée ici, lundi après-midi, après que le corps de Willy a été découvert.

Il fit un geste vers la porte d'entrée.

— Les clés doivent donc se trouver dans la jeep, là où Willy a dû les laisser après être sorti d'ici.

Dans un même mouvement, ils se ruèrent dehors. D'une main fébrile, Olivia ouvrit à la volée la portière du côté conducteur. Le trousseau était bien là, accroché au contact. Il lui suffit d'un rapide coup d'œil pour constater qu'il manquait la clé de la maison et celle de la remise.

— Il a pris les clés après avoir tué Willy, dit-elle dans un murmure.

Elle sentit ses jambes se dérober sous elle en même temps que les bras robustes de Huck qui l'attiraient tout contre lui.

— Nous l'aurons, Liv. Je te le promets.

Elle s'autorisa ce moment de faiblesse un court instant avant de se dégager à regret de cette douce étreinte.

— Il faut que nous retournions dans le quartier où ont été prises les photos, déclara-t-elle d'une voix qu'elle voulut forte. C'est là-bas que se trouve la clé du problème. Nous devons absolument mettre la main sur des témoins qui auront vu traîner Willy dans le coin ou l'homme qui a pris ces photos ou encore celui qui figure sur ces photos.

— Tu as raison. Cette piste vaut la peine d'être creusée.

— Je vais chercher mon sac.

Rick's Bar and Grill, Chattanooga, 10 h 30

La rue était déserte, à cette heure-là, ce qui permit à Olivia et Huck de se garer facilement.

— Par où commençons-nous ? demanda-t-elle.

— Par ce salon de manucure, juste là, trancha-t-il sans hésiter. Ensuite, nous suivrons les commerces dans l'ordre où ils se présentent.

— Nous partons chacun de notre côté ?

Elle avait posé la question pour la forme car, la réponse, elle la connaissait d'avance.

— Sûrement pas. Nous restons ensemble.

Elle esquissa un sourire amusé. Elle ne s'était pas trompée.

Une fois la porte du salon franchie, elle resta délibérément un peu à l'écart. Mieux valait s'effacer face à Huck. Le fait qu'il ait un physique avantageux ne pouvait que jouer en sa faveur. En effet, les deux employées entrèrent avec un plaisir évident dans le jeu des questions et des réponses auquel il les soumettait.

Malheureusement, aucune des deux ne put les renseigner. Pas plus Willy que l'homme de la photo ne leur disaient quelque chose. Compte tenu du fait qu'elles fermaient la boutique au moment où le bar ouvrait, cela n'avait rien d'étonnant.

Ils se heurtèrent à la même réponse dans l'imprimerie d'à côté.

— Pour tout vous dire, conclut le propriétaire des lieux, je ferme toujours avant la nuit. Le quartier n'est pas sûr.

Ce qui confirmait les doutes d'Olivia. Willy ne se serait jamais risqué jusqu'ici. Il n'avait aucune raison de traîner dans un endroit pareil. Ce mystère était si épais qu'elle se sentit soudain profondément découragée. Et s'ils ne découvraient jamais la vérité ? Si le meurtrier de son grand-père restait introuvable ?

Rien de tout cela n'avait de sens. Ni ces photos floues, ni l'inconnu qui figurait dessus, ni la présence de son grand-père dans ce quartier mal famé.

Heureusement, ce moment d'abattement ne dura qu'un court instant. Portée par la volonté de ne pas laisser ce crime impuni, elle recouvra très vite sa détermination.

— Essayons de comprendre pourquoi notre homme a pris ces photos et les a développées, pensa-t-elle tout haut. Et surtout, pourquoi il les a laissées en évidence. Manifestement pour que je les trouve, puisque le message dans ma chambre est la preuve qu'il savait que je reviendrais. Bon sang, quel casse-tête !

— Ce message est aussi la preuve que Willy lui avait assuré que tu ne viendrais pas, pointa Huck. Et c'est dans le doute qu'il a planqué tes coordonnées. Pour que ce salaud ne tombe pas dessus.

Une idée affreuse lui traversa l'esprit.

— Tu crois que Willy a été tué parce qu'il ne voulait pas révéler à son assassin où il pouvait me trouver ?

Huck n'eut pas besoin de lui répondre. Son air sombre était éloquent.

— Oh mon Dieu, dit-elle dans un souffle.

— Nous ne pouvons pas en être sûrs, Liv.

Il avait parlé d'une voix douce mais qui, curieusement, au lieu de l'apaiser lui donnait envie de hurler.

Prends sur toi. Inspire.

Elle fit tant et si bien que, au moment où ils atteignaient le dernier commerce de la rue, elle avait retrouvé une certaine assurance.

Le magasin était une petite épicerie qui faisait l'angle de la rue. La climatisation poussée à fond la fit frissonner de froid. Ils furent accueillis par une femme petite mais corpulente, aux cheveux grisonnants, qui semblait approcher les soixante-dix ans.

Une fois de plus, Olivia laissa Huck parler. Comme il l'avait fait avec les interlocuteurs précédents, il servit à la femme son discours habituel puis lui montra les photos. La femme chaussa des lunettes de lecture puis prit tout son temps pour les examiner attentivement. Leur déception fut grande quand, une fois de plus, la réponse fut négative.

Olivia alla se poster devant la grande porte vitrée et se mit à observer la rue, pensive. Était-il raisonnable d'imaginer que son père ait pu revenir après tant d'années ? En voulait-il à Willy pour une raison ou une autre ? Willy savait-il quelque chose au sujet de Kasey dont il ne lui avait jamais parlé ? Un terrible secret qu'il avait préféré garder pour lui ?

— Merci, entendit-elle Huck dire.

Elle retourna le rejoindre au moment où il tendait sa carte à la femme.

— Si jamais quelque chose vous revenait, n'hésitez pas à me contacter.

Mais la femme ne l'écoutait pas. Elle regardait Olivia fixement.

— Vous êtes avec lui ? s'enquit-elle.

— Oui, répondit Olivia que cette insistance mettait mal à l'aise.

La femme fronça les sourcils tout en secouant la tête.

— C'est bizarre, j'ai l'impression de vous avoir déjà vue.

Puis elle claqua des doigts, une lueur victorieuse au fond des yeux.

— Attendez... Attendez... Ça y est, j'y suis ! Un homme est

venu ici dans la semaine. Il m'a montré une photo de vous. Il vous cherchait.

Une poussée d'adrénaline accéléra les battements de son cœur.

— Vous vous souvenez du jour ? demanda-t-elle, pleine d'espoir.

— Mardi, peut-être, mais je n'en suis pas certaine. Ce que je peux dire, par contre, c'est qu'il s'est montré insistant. Il n'arrêtait pas de dire qu'on vous avait vue dans le quartier.

Olivia posa sur Huck un regard perplexe.

— Ce n'est pas possible. Je ne suis jamais venue avant.

La femme posa les poings sur ses hanches, manifestement mécontente qu'on mette sa parole en doute.

— Eh bien, ce type prétendait le contraire.

— Vous êtes bien sûre que l'homme de la photo n'est pas celui qui est venu ici ? intervint Huck.

— Faites-moi revoir un peu ces photos.

Huck lui tendit de nouveau son portable. Elle les examina de nouveau attentivement.

— Je ne peux pas l'affirmer. Tout ce que je peux dire c'est qu'ils ont la même taille, la même morphologie et les mêmes cheveux grisonnants. Ce que je peux dire aussi, c'est que ce n'était pas l'autre homme que vous m'avez montré.

Ce n'était donc pas Willy, comprit Olivia. Cette information ne rendait pas pour autant ce mystère moins épais.

— L'homme que vous avez vu portait les mêmes vêtements que sur la photo ? la pressa Huck.

— Non, il était habillé différemment.

— Et ses yeux ? Vous avez remarqué la couleur de ses yeux ? Ils étaient bleus ?

Son front se plissa sous l'effet de l'intense effort qu'elle fournissait pour tenter de se rappeler.

— Je n'arrive pas à m'en souvenir, répondit-elle finalement.

Ce que je sais, c'est qu'ils étaient clairs. Mais de là à vous dire s'ils étaient bleus, gris ou verts, ça, je ne peux pas.

— Il ne vous a pas laissé de carte ? Ou un numéro de téléphone ?

— Une minute, dit la femme.

Là-dessus, elle se tourna vers le tableau d'affichage accroché au mur derrière son comptoir et y prit une des nombreuses cartes de visite qui y étaient épinglées.

— Tenez. Si ça peut vous aider. Il n'y a pas de nom, mais il y a un numéro de téléphone.

Sans tarder, Huck appela le numéro sous l'œil attentif autant qu'aiguisé des deux femmes.

— Messagerie vocale, dit-il après avoir raccroché. Nous réessayerons plus tard.

— Attendez..., dit la femme.

Olivia et Huck s'échangèrent un regard interrogateur. Qu'allait-elle leur révéler ?

— Je me souviens d'autre chose. Quelque chose que cet homme m'a dit quand il m'a donné la carte.

Olivia retint son souffle. Enfin, ils allaient avoir un nom, un élément utile qui allait les faire avancer.

— Il a dit que si jamais je vous voyais, poursuivit la femme, je devais immédiatement l'appeler à ce numéro ou appeler la police.

Elle fixait Olivia de ses yeux légèrement plissés. Ses traits affichaient une profonde méfiance.

— Ah bon ? s'étonna Olivia. L'appeler lui, je comprends puisqu'il me cherche. Mais pourquoi la police ?

— Parce qu'il a dit que vous étiez dangereuse.

8

Firefly Lane, 13 h 30

Huck rappela le numéro plusieurs fois. En vain. Il fit une dernière tentative avant de se résigner à laisser un message.

En rentrant, ils étaient passés par Nelson's Funeral Home, la société des pompes funèbres qui devaient orchestrer les funérailles de Willy. Les cendres devaient être rendues à Olivia le lendemain matin. Elle avait chargé Huck de prévenir Madeline Lockhart et le shérif Decker, ce qu'il avait fait en chemin. Il en avait profité pour faire le point sur l'avancée de l'enquête avec ce dernier.

En réalité, il n'y avait pas grand-chose à en dire sinon que l'information donnée par la commerçante confirmait ce que le message laissé dans la chambre suggérait déjà : un homme était à la recherche d'Olivia. On pouvait supposer sans trop se tromper que cet inconnu avait un lien avec la mort de Willy et qu'il était l'auteur du message et de la mise à sac de la maison.

En revanche, Huck ne s'était pas attardé sur la deuxième partie de la discussion. Olivia ne présentait aucun danger et elle ne pouvait pas être une habituée du quartier. Elle n'avait pas remis les pieds dans le Tennessee depuis les fêtes de fin d'année.

Arrivé chez Olivia, il se gara derrière son SUV. Contrairement à son habitude, elle ne chercha pas à sortir la première pour l'empêcher d'aller lui ouvrir sa portière. Elle restait immobile et silencieuse sur son siège, comme prostrée. Il faut dire qu'elle venait de vivre deux moments particulièrement difficiles. En moins d'une heure, elle avait appris qu'un inconnu répandait la rumeur selon laquelle elle était dangereuse, puis elle avait dû régler les formalités liées aux obsèques de son grand-père.

Il lui caressa doucement le bras.

— Liv, je connais quelqu'un à Miami qui pourrait nous aider.

Elle tourna lentement la tête vers lui et attendit la suite.

— Un ancien flic, poursuivit-il. Il est détective privé aujourd'hui. Il a le genre de contacts que les flics ne sont pas censés utiliser. Il saura nous dire à qui correspond ce numéro de téléphone.

Elle approuva en silence.

— Merci, dit-elle dans un souffle.

— Tu n'as pas à me remercier. En attendant, nous pourrions fouiller de nouveau dans les affaires de ta mère pour voir si nous trouvons quelque chose d'autre sur ton père. Qu'en penses-tu ?

— Que tu as dû lire dans mes pensées, répondit-elle.

À sa voix, il comprit qu'elle avait surmonté ce moment d'abattement. Ils gravirent ensemble les marches du porche. Le soleil était déjà brûlant. La journée s'annonçait caniculaire. Des températures trop élevées pour un mois de juin.

— Tu sais, dit Olivia alors qu'ils remontaient ensemble l'allée qui conduisait à la maison, quand la serveuse nous a dit qu'un homme cherchait quelqu'un qui me ressemblait, je n'y ai pas cru une seconde. Mais maintenant... Avec le témoignage de cette femme... Huck, je suis perdue. Quel sens donner à tout cela ?

— Cela prendra le temps qu'il faudra, mais nous trouverons. Je te le promets.

Alors qu'elle s'apprêtait à ouvrir la porte, il lui prit la clé des mains.

— Laisse-moi faire, tu veux bien ?

Elle lui donna la clé sans protester.

Il entra le premier, sur le qui-vive, embrassa les lieux d'un rapide coup d'œil.

— Tout semble normal, dit-il en l'invitant à le suivre à l'intérieur. Je vais quand même aller vérifier les autres pièces. Pendant ce temps, tu peux commencer à chercher dans les affaires de ta mère.

Il marqua une courte pause pour lui adresser un sourire qui se voulait réconfortant.

— Ensuite, je ferai réchauffer le gratin que nous a apporté Madeline. Nous avons besoin de manger un peu. Nous ne pouvons pas fonctionner qu'à l'adrénaline.

— D'accord, dit-elle en lui rendant son sourire.

Après avoir fait le tour de la maison et tandis qu'Olivia était toujours dans la chambre de ses parents, il passa un coup de fil à Dex Trainor, son ami détective.

— Monroe ! s'exclama Dex. Je n'en reviens pas que tu ne sois pas encore revenu. Je parie qu'il doit y avoir autre chose que tes montagnes qui te retient là-bas.

— *Home, Sweet Home*, cita-t-il en réponse. Je ne connais rien de mieux.

Il était sincère. Il lui avait fallu dix ans pour le comprendre, mais il ne repartirait pour rien au monde.

— Trêve de plaisanterie. Qu'est-ce que je peux faire pour toi, mon vieux ?

— J'ai un numéro de téléphone. Tu pourrais me dire à qui il correspond ?

— Cela ne devrait pas poser de problème. Transfère-moi le numéro et je verrai ce que je peux trouver.

Huck s'exécuta, laissant Dex lui donner des nouvelles des

collègues qu'ils avaient eus en commun. Cette vie était derrière lui à présent. À aucun moment il n'avait regretté le choix qu'il avait fait. Quelques minutes plus tard, ils mettaient fin à l'appel, Dex promettant à Huck de revenir très vite vers lui avec le renseignement demandé.

Après avoir fait réchauffer le gratin et mis le couvert, il alla rejoindre Olivia dans la chambre de ses parents. Elle était assise par terre, les jambes croisées, penchée sur ce qui semblait être de vieilles lettres.

Il alla s'asseoir à côté d'elle.

— Tu as découvert quelque chose ?

Elle pointa du menton la pile d'enveloppes qui se trouvaient dans une boîte en carton, près d'elle.

— Rien qui puisse nous aider, en tout cas. Ce sont les lettres que ma mère a écrites à ma grand-mère quand elle partait avec mon père.

Il attrapa l'enveloppe posée en haut de la pile et en étudia l'écriture élégante, faite de pleins et de déliés.

— Regarde, dit Olivia, elle signait avec des petits cœurs.

— Tu étais très petite quand ta mère est morte, mais est-ce que tu te rappelles avoir entendu tes grands-parents dire d'elle qu'elle avait des problèmes ?

— Des problèmes de quel ordre ?

— D'ordre psychologique.

Elle secoua la tête.

— Ils ne me parlaient d'elle qu'en termes positifs. Ils me disaient qu'elle était belle ; qu'elle était pleine de vie ; qu'elle leur avait apporté beaucoup de bonheur ; et surtout qu'elle m'adorait.

— Ils ne t'ont jamais dit qu'elle était une bonne mère ? Qu'elle s'occupait bien de toi ? Et elle, elle ne parlait pas de l'avenir qu'elle envisageait avec toi ?

Elle fronça les sourcils d'incompréhension.

— Non, répondit-elle simplement. Tu crois que ma mère avait des problèmes de santé mentale ? Ou qu'elle se droguait et qu'elle a succombé à une overdose ? Et que ce serait pour cette raison que mes grands-parents étaient toujours si fermés à son sujet ?

— C'est une idée à ne pas écarter. Je pourrais demander si un rapport médico-légal a été effectué.

— Tu pourrais aussi en parler à ta mère. Il se peut qu'elle sache des choses qu'elle n'a jamais voulu me dire pour ne pas me faire de peine.

Il se releva le premier et lui tendit la main, dans un geste galant que, pour une fois, elle accepta sans protester.

— Je l'appellerai plus tard, quand nous aurons mangé. Le gratin est prêt.

— Je meurs de faim.

— Moi aussi.

Ils prirent leur temps, savourant pleinement ce moment de partage. Ce ne fut qu'une fois leur repas achevé que Huck appela sa mère. Il plaça l'appareil au centre de la table, en mode haut-parleur.

— Huck, mon chéri, quelle bonne surprise ! s'exclama sa mère. Tu m'attrapes au vol. Nous rentrons tout juste de La Nouvelle-Orléans et mettons le cap dimanche pour Nashville.

— La vie est belle, à ce que j'entends.

Un petit rire en cascade lui répondit.

— Merveilleuse ! Mais nous sommes éreintées.

— Maman, je suis avec Olivia. J'ai mis l'appel sur haut-parleur pour qu'elle puisse entendre.

— Olivia...

Elle resta silencieuse un moment avant de présenter ses condoléances à Olivia.

— Merci, madame Monroe. Je suis si heureuse d'avoir Huck avec moi.

La surprise le cueillit. Voilà bien des mots qu'il pensait ne plus jamais entendre de sa bouche.

— Tu sais que si cela était possible, je ne manquerais pas d'être présente aux obsèques de Willy, ma chérie. Malheureusement, nous étions au beau milieu de l'Océan quand j'ai appris l'affreuse nouvelle. Je suis vraiment désolée de ne pas pouvoir être là.

— Vos pensées m'accompagnent, madame Monroe. C'est ce qui compte.

— Maman, en fait, nous avons des questions à te poser.

— C'est le bon moment. Je me repose un peu dans ma cabine avant d'aller dîner. Qu'avez-vous à me demander, les enfants ?

— Je laisse Liv t'en parler.

— Madame Monroe, je sais peu de choses de ma mère et je pense que ce que mes grands-parents m'en ont dit était biaisé. Aussi, j'aimerais connaître la vérité. Pouvez-vous me dire si maman avait des problèmes ?

Un profond silence s'ensuivit. Tous deux attendirent la réponse, légèrement tendus.

— Petite, ta maman était une enfant adorable et très jolie, commença Mme Monroe. Puis elle est devenue une belle jeune femme. Tu le sais sans doute, mais tu lui ressembles beaucoup.

— C'est vrai.

— Quand elle a rencontré Kasey, ton père, elle est tombée éperdument amoureuse de lui. Très vite, elle s'est retrouvée enceinte. Elle a laissé tomber ses études pour revenir vivre chez ses parents avec Kasey. Willy et Joyce étaient déçus, bien sûr. Ils ne s'attendaient pas à un tel revirement de situation. Pourtant, ils ont fait contre mauvaise fortune bon cœur et les ont accueillis à bras ouverts.

Elle marqua une courte pause puis reprit son récit :

— Et puis, tu es née. Au début, tout semblait aller pour le mieux. C'est ensuite que cela a commencé à se gâter. Tu n'étais qu'un nourrisson quand Kasey a commencé à s'absenter, puis tu devais avoir dans les six mois quand ta mère s'est mise à l'accompagner dans ses voyages. Au début, ils disparaissaient une semaine ou deux. Puis ils ont commencé à s'absenter plus régulièrement et pour des périodes plus longues.

— Comment cela, ils « disparaissaient » ? Mes grands-parents m'ont toujours dit qu'ils voyageaient pour leur travail.

Un autre silence pesant s'ensuivit.

— Je déteste devoir te dire ça, Liv. D'autant que Joyce et Willy avaient choisi de ne pas t'en parler.

— Madame Monroe, s'il vous plaît. Je *veux* la vérité. J'ai besoin de savoir.

— C'est important, maman, insista Huck. Il se passe des choses ici. Connaître la vérité au sujet de Laura nous aiderait à les comprendre.

— Des choses ? reprit Mme Monroe, d'un ton devenu inquiet. Quel genre de choses ?

— Tout va bien, maman. Il ne s'agit pas de moi.

— Bien.

Elle semblait sceptique, mais elle n'insista pas.

— Souvent, Laura ne donnait pas de nouvelles, reprit-elle. Tes grands-parents n'avaient aucune idée de l'endroit où Kasey et elle se trouvaient et, quand elle rentrait, elle semblait préoccupée. Comme ailleurs. Je n'étais pas au courant de tous les détails, mais ce que je sais, c'est que Willy et Joyce s'inquiétaient tout le temps pour ta maman. Joyce redoutait plus que tout de les voir un jour partir avec toi et disparaître pour de bon. Dieu merci, ça n'est pas arrivé.

Olivia en resta interloquée. Pourquoi Willy ne lui avait-il jamais parlé de ce pan de leur histoire familiale ? De leurs craintes ? Elle pouvait comprendre que Gran n'ait jamais rien dit, Olivia était encore une enfant quand sa mère était morte. Mais Willy aurait dû lui en parler à un moment ou à un autre.

— Est-ce que Willy et Joyce vous ont dit quelle était la raison de ce changement de caractère ?

Elle aurait aimé stopper net ce qui prenait des tournures d'interrogatoire. Pourtant, elle se forçait à poursuivre malgré ses réticences. Il lui fallait aller au bout.

— Willy était convaincu qu'il était arrivé quelque chose de grave à ta mère. Il pensait qu'elle était tombée dans la drogue même s'il n'en a jamais eu la preuve. En fait, c'est au moment où elle a quitté l'université pour revenir chez eux qu'ils ont remarqué qu'elle avait changé. Parfois, ils retrouvaient la Laura d'avant, mais cela devenait de plus en plus rare. Elle était devenue colérique, violente, même.

— Violente ? s'étonna Olivia qui ne s'attendait pas à de telles révélations.

— Il est arrivé que Kasey revienne avec des ecchymoses au visage, et plusieurs fois Laura a fracassé des objets par terre. Dans ces moments-là, elle était dans une rage folle. Quelque chose n'allait pas chez elle, c'est certain.

— Elle est vraiment morte d'une pneumonie, comme on me l'a dit ?

À la lumière de ce qu'elle venait d'apprendre, elle ne croyait plus à la version de Willy. Il avait voulu la protéger d'une réalité trop dure, mais au prix de mensonges qu'elle ne supportait plus.

La voix de Mme Monroe se fit infiniment douce.

— En réalité, poursuivit-elle, je ne sais pas de quoi Laura est morte, mais ce n'était pas d'une pneumonie.

— Bon sang ! gronda Huck. Pourquoi ne me l'as-tu jamais dit ?

— Parce que Willy me l'avait demandé. Il m'avait fait

promettre de ne jamais en parler à personne. Et voilà que vous venez de me faire rompre cette promesse.

Olivia se sentit prise dans un tel tourbillon d'émotions qu'elle en avait la tête qui lui tournait un peu.

— Je comprends ce que vous ressentez, madame Monroe, dit-elle. Croyez-moi, je ne vous en veux pas. Bien au contraire, sachez que j'apprécie votre franchise. C'était très important pour moi de savoir. Compte tenu des circonstances, il ne s'agit pas de trahir une promesse. Willy ne vous en aurait pas voulu.

— Liv a raison, maman. C'était important qu'elle sache.

— Tu sais, Huck, reprit Mme Monroe, ton père et moi étions âgés quand nous t'avons eu. Nous n'arrivions pas à avoir d'enfants. Aussi, avant ta naissance, Willy et Joyce nous ont laissés aimer leur fille comme notre propre enfant. Tout allait pour le mieux mais, parfois, les choses tournent mal pour des raisons qui nous échappent. Le drame est arrivé. La pire chose que puissent endurer des parents. Mais il faut que tu saches une chose, Liv. C'est grâce à toi s'ils ne se sont pas totalement effondrés. Tu leur as donné la force et le courage de rester debout et de continuer à aller de l'avant. Ne l'oublie jamais.

— Merci, madame Monroe, dit Olivia d'une voix rauque d'émotion.

— Merci, maman. Je te rappelle très vite.

— À bientôt, mon chéri. Je vous aime tous les deux.

Tandis que Huck mettait fin à l'appel, Olivia sortit. Elle avait besoin d'air. Besoin d'évacuer ce trop-plein d'émotions qui la submergeait. Elle entendit Huck sortir derrière elle.

— Je suis désolé, Liv, dit-il. Je t'assure que je ne savais rien de tout cela.

— Au moins, maintenant, je comprends pourquoi ce type, en supposant qu'il soit mon père, me cherche partout en faisant courir le bruit que je suis folle, moi aussi. Il doit penser que je suis comme elle.

— Liv, écoute-moi.

Il la prit doucement par le bras, la forçant à se tourner vers lui et à le regarder.

— Tu n'as rien à voir avec la Laura que ma mère vient de nous décrire. Ce n'est pas la mère de tes souvenirs. Tu es la femme la plus douce et la plus gentille que je connaisse. Tu ne ferais jamais de mal à quelqu'un. Je suis certain que ta mère était comme toi mais que quelque chose, un événement que nous ignorons, a fait d'elle une personne différente. Aussi triste que soit la réalité, tu n'es pas responsable et cela ne veut pas dire que tu vivras la même chose.

— Tu as raison, approuva-t-elle. C'est juste que je ne m'attendais pas à de telles révélations.

— Finalement, ce n'était pas une si bonne idée de parler à ma mère.

— C'était nécessaire. Il fallait bien que nous sachions la vérité.

Elle le prit gentiment par la main.

— Viens, allons marcher un peu.

Ce n'est qu'en chemin qu'elle comprit où ses pas les guidaient. Un court instant plus tard, elle repéra le banc en bois qu'abritait le vieux chêne. Joyce avait planté tout autour de son tronc massif des parterres de fleurs à la mémoire de sa fille.

Olivia s'assit sur le banc que Willy avait construit. En guise de pierre tombale, il avait gravé le nom de Laura sur le bois.

Huck s'assit à côté d'elle. Elle était heureuse qu'il soit là. Elle avait plus que jamais besoin de lui. Elle fixa les fleurs.

Pourquoi avait-il fallu qu'une telle tragédie s'abatte sur sa famille ? Willy et Joyce étaient des gens bienveillants. Ils ne méritaient pas de vivre tant d'événements dramatiques.

Quelle aurait été leur vie si Kasey ne les avaient pas abandonnées, sa mère et elle ? Laura aurait-elle été une maman comblée en même temps qu'une femme épanouie ?

Si c'était bien lui qui rôdait dans les parages, elle se faisait fort de lui mettre la main dessus.

Elle lui demanderait alors de rendre des comptes.

S'il s'avérait que c'était lui qui avait précipité Willy dans le vide... elle ne savait pas trop comment elle réagirait.

Elle serra la main de Huck dans la sienne.

Il l'aiderait à faire le bon choix. Cela ne faisait aucun doute.

9

Firefly Lane, vendredi 9 juin, 9 h 30

Olivia fixa son reflet dans le miroir. Sa robe ivoire lui allait parfaitement bien. Elle s'était levée le matin avec l'idée que pour cette occasion spéciale elle allait mettre une des robes de sa mère.

Dans sa précipitation à partir, elle avait fourré quelques affaires dans son sac de voyage, oubliant de prendre une tenue adéquate pour les obsèques de son grand-père. Il se serait moqué qu'elle porte un jean ce jour-là, mais elle tenait à lui faire honneur.

Sa vue se brouilla de larmes à l'idée que, une fois ses cendres disséminées, il n'y aurait plus rien de lui.

Un coup discret frappé à sa porte la ramena brusquement sur terre. Sans doute le shérif Decker venu récupérer l'urne funéraire.

Ce n'était pas le shérif. C'était Huck. Pour l'occasion, il avait opté pour un jean et une chemise bleu marine qui faisait ressortir celui plus pâle de ses yeux. Elle avait toujours aimé se perdre dans ce regard clair.

La veille, elle l'avait accompagné chez lui récupérer quelques affaires. Elle avait fait l'erreur de le suivre jusque dans sa chambre où elle avait tout de suite vu la photo encadrée qui trônait en bonne place sur sa commode. Une photo prise par Willy à Sunset Rock, la veille de son départ pour l'université. Elle avait la même quelque part, chez elle, à Bozeman.

— Tu es prête ?

— Je suis prête.

Comme à son habitude, il ouvrit la portière pour elle. Cette fois, elle ne fit aucun commentaire. Elle s'installa, un sourire amusé aux lèvres.

— Huck..., commença-t-elle alors qu'ils descendaient l'allée. Ce n'est peut-être pas le meilleur moment pour aborder le sujet, mais il faut que je te dise quelque chose.

Il lui coula un regard en biais.

— Je t'écoute.

— Je te dois des excuses.

— Non, c'est moi qui ai mal agi avec toi. Les mots me manquent pour te dire à quel point je regrette le mal que je t'ai fait.

Elle jugea que le moment était venu de laisser derrière elle le passé et son cortège de rancœurs.

— Ta présence à mes côtés dans un moment aussi douloureux pour moi suffit à effacer le passé, assura-t-elle. Et j'espère sincèrement qu'avec le temps, nous pourrons être amis.

Il lui sourit.

— Je serai toujours là pour toi, Liv.

Il ne l'exprimait pas clairement, mais devait-elle comprendre qu'il aspirait à la même chose qu'elle ?

D'ailleurs, comment pourraient-ils ne pas être amis ?

Ils firent le reste du trajet en silence. Huck alla se garer sur le parking le plus proche de leur destination. Compte tenu des escarpins qu'elle portait, pas vraiment faits pour la marche, elle loua cette initiative. Une voiture était déjà là.

— C'est la voiture de Decker, fit remarquer Huck.

En effet, le shérif et sa femme attendaient, l'urne contenant les cendres de Willy dans les mains de Decker. Madeline Lockhart se tenait près d'eux, les yeux rouges d'avoir trop pleuré. Malgré son chagrin, Olivia la trouvait magnifique. Elle était heureuse que son grand-père l'ait eue dans sa vie. Chaque personne méritait d'avoir quelqu'un.

Elle glissa un coup d'œil vers Huck. Il méritait d'avoir quelqu'un dans sa vie. Pourquoi était-il toujours célibataire, lui aussi ?

Leur relation les avait-elle empêchés de se lancer dans une histoire sérieuse ?

— Olivia...

Decker lui tendit l'urne.

— Je me disais que ce serait une bonne chose si chacun de nous dispersait un peu de ses cendres, proposa-t-elle.

Decker parut touché.

— C'est une bonne idée. Merci d'y avoir pensé.

— Voulez-vous commencer ?

— C'est un honneur.

Decker évoqua sa longue amitié avec Willy, puis il plongea une main dans l'urne et laissa les cendres couler entre ses doigts. Ensuite, il passa l'urne à Olivia qui se tourna vers Mme Lockhart.

— Madeline...

Cette dernière la remercia en silence, les larmes aux yeux.

— Tu me maques déjà tellement, Willy, commença-t-elle tout bas.

Quand son tour fut arrivé, Olivia se tourna vers Huck.

— Tu veux bien te joindre à moi ?

Il acquiesça d'un hochement de tête puis alla se placer à côté d'elle. Ils étaient venus ensemble tant de fois, ici, dans ce lieu qu'affectionnait particulièrement Willy. Ils restèrent un long moment unis dans un silence religieux à contempler la beauté époustouflante du paysage. Puis Olivia l'invita en silence à commencer le premier.

— Merci d'avoir toujours été là pour moi, Willy. La vie ne sera plus la même sans toi.

Olivia battit des cils pour chasser les larmes qui menaçaient de couler.

— Je t'aime, Willy, dit-elle d'une voix tremblante d'émotion. Je vais faire en sorte que ce qui te tenait à cœur se réalise. Que tous les rêves que tu nourrissais pour moi se concrétisent.

Plus que tout, il souhaitait la voir heureuse. Son bonheur passerait-il de nouveau par Huck ? Elle lui avait proposé qu'ils restent amis. C'était déjà un premier pas.

Decker attendit que son épouse et Madeline soient installées dans la voiture pour accompagner Olivia et Huck jusqu'à leur véhicule.

— J'ai parlé ce matin à l'inspecteur principal qui dirige l'enquête et ils n'ont rien trouvé, dit-il. Aucune des empreintes relevées ne figure dans notre base de données.

Huck secoua la tête.

— C'est bien ce que je craignais.

— Cela prouve juste que notre criminel est malin et qu'il savait ce qu'il faisait.

— De mon côté, j'essaye toujours de trouver l'identité de l'homme qui figure sur les photos.

S'il parla à Decker de la commerçante, en revanche il ne mentionna pas le numéro de téléphone qu'il avait relevé dans sa boutique ni le coup de fil passé à Dex Trainor, son ami détective.

Olivia comprenait cette omission volontaire. Le shérif ne verrait pas d'un bon œil cette démarche personnelle qui sortait du cadre du protocole auquel Huck devait obéir.

— Et maintenant ? demanda-t-elle aussitôt que Decker se fut éloigné. Que faisons-nous ?

— Dans l'immédiat, nous rentrons chez toi. Tu as besoin de changer de chaussures.

Elle laissa échapper un petit rire.

— Tu as raison. Il faudrait que je change de tenue, aussi, non ?

— J'aime beaucoup cette robe.

Elle le remercia d'un sourire puis regarda défiler ce paysage qu'elle connaissait si bien et qui la ramenait chez elle.

Chez elle, dans cette maison où elle n'habitait plus depuis dix ans mais qu'elle considérait toujours comme *sa* maison.

— Monroe.

La voix de Huck la ramena brusquement sur terre.

Il écouta sans l'interrompre ce que son interlocuteur avait à lui dire.

— Merci, vieux. Je te revaudrai ça.

Il mit fin à l'appel et tourna la tête vers Olivia.

— C'était mon ami de Miami, dit-il. Le numéro enregistré correspond à un téléphone prépayé.

Elle fronça les sourcils d'incompréhension.

— Ce qui veut dire ?

— Ce qui veut dire qu'il n'y a pas d'abonné correspondant à ce numéro. En plus, il y a de fortes chances pour qu'il ait été payé en liquide, histoire de ne laisser aucune trace ni aucune chance de remonter jusqu'à l'acheteur.

Ce n'était pas la réponse qu'elle espérait.

— Super, dit-elle d'un ton sinistre.

— Nous continuerons à chercher, Liv, et nous trouverons.

— Merci.

— Ne me remercie pas. Même si ce n'était pas mon métier, je n'abandonnerais pas.

Elle ne s'attendait pas à autre chose de sa part. Même si une petite voix intérieure lui soufflait qu'il l'avait déjà abandonnée une fois, elle voulait croire que, désormais, il serait toujours là pour elle.

Firefly Lane, 11 h 30

La première chose qu'Olivia fit en entrant chez elle fut de retirer ses chaussures. Elle vit Huck faire un signe de tête vers la cuisine. Intriguée, elle suivit son regard et aperçut, posé bien en évidence sur la table de la cuisine, l'appareil-photo de son grand-père.

— Ne bouge pas de là, lui intima-t-il. Je vais m'assurer qu'il n'y a personne dans la maison.

Elle le regarda dégainer son arme de service. Il l'avait laissée dans son SUV le temps de la cérémonie mais, Dieu merci, il avait eu la présence d'esprit de la récupérer avant d'en sortir.

Un court instant plus tard il était de retour.

Elle se précipita sur l'appareil-photo mais se retint de justesse de le prendre.

— Je dois attendre que la police scientifique ait relevé les empreintes ?

— Inutile. Il n'en a jamais laissé. Je ne vois pas pourquoi il changerait de mode opératoire maintenant.

Convaincue qu'il avait raison, elle prit l'appareil, le tourna et le retourna sous tous les angles pour vérifier qu'il n'avait pas été endommagé.

— Quelqu'un a pris des photos, dit-elle.

— C'est volontaire. C'est pour que tu les voies. Il joue avec toi, Liv.

— Eh bien qu'il joue. Mais ce n'est pas lui qui gagnera, crois-moi. Je vais me changer et je file dans la chambre noire.

Bouillant d'impatience, Huck regardait Olivia procéder aux différentes étapes du développement du film. D'abord elle le retira de l'appareil, puis elle l'immergea successivement dans le bain révélateur, le bain d'arrêt et enfin le bain fixateur. Cette troisième phase achevée, elle découpa la bande en segments qu'elle suspendit pour les faire sécher.

— C'est lui, dit-elle en examinant le premier tirage avec la loupe dont se servait Willy. C'est le même homme que celui des premiers clichés.

Arrivée au dernier tirage, elle sursauta violemment.

— Il est mort. Enfin, on dirait bien. À moins que ce soit encore un jeu malsain.

Il prit la loupe qu'elle lui tendait et scruta attentivement chacune des photos. Olivia avait raison. L'homme était bien le même que celui des clichés précédents et, en effet, il était mort. Manifestement de deux balles dans la poitrine. Il gisait sur le sol, baignant dans une mare de sang.

Il revint sur les autres photos. Sur l'une d'elles on voyait l'homme marcher le long d'un trottoir, s'apprêtant à tourner à l'angle d'une rue dont on ne discernait pas la plaque.

— Je crois savoir où il est, dit-il. Il faut que nous le retrouvions.

— Il est vraiment mort ?

— Ça m'en a tout l'air.

Il fit des photos des plans dont ils auraient besoin, puis ils quittèrent la maison pour prendre la direction de Chattanooga.

— Pourquoi le criminel aurait-il fait ces photos pour que nous les voyions ? demanda-t-elle. C'est incompréhensible.

Il lui lança un coup d'œil en biais. Elle regardait droit devant elle, l'air inquiet.

— Comme tu l'as dit, nous avons peut-être affaire à un sadique qui se plaît à nous balader. Ce serait pour lui une sorte de jeu.

— Quel genre de personnes pourrait trouver du plaisir à jouer avec la mort ?

Il hésita à lui répondre. Il pouvait se tromper mais, au fond de lui, il savait que non.

— En général, quand un tueur aime jouer c'est qu'il a déjà tué, finit-il par répondre.

— Tu veux dire qu'il pourrait s'agir d'un tueur en série ?

Il y avait tant d'effroi dans sa voix qu'il regretta sa franchise.

— Ce n'est pas ce que j'ai dit, déclara-t-il. Il a pu tuer à deux reprises et ne pas vouloir récidiver. De toute façon, à ce stade, nous n'avons aucune certitude. Nous ne pouvons qu'élaborer des hypothèses.

— En supposant que le meurtrier soit mon père, cela ferait de lui un récidiviste.

Ce n'était pas une question.

À quoi bon lui mentir ?

— Oui.

— Quelles sont les autres options ? Car il doit bien y en avoir, n'est-ce pas ?

Il ralentit alors qu'ils arrivaient aux abords de la ville.

— Oui. Il y en a.

— Il pourrait être dérangé ? Malade mental, je veux dire.

— C'est possible.

— Admets que c'est difficile à avaler alors que je viens d'apprendre que ma mère souffrait elle aussi d'un problème psychologique.

— Je comprends, mais toi, tu n'es ni une tueuse ni une malade mentale.

Elle détourna les yeux.

— Le feu est vert, murmura-t-elle.

— Liv, tu es encore stressée par la perte de ton grand-père. Donne-toi le temps. Tu n'es pas mauvaise et tu n'as aucun problème d'ordre psychologique.

— Qu'en sais-tu ? rétorqua-t-elle avec un brin d'agressivité. Toi et moi, nous ne nous sommes pas vus pendant dix ans. Qui te dit que je n'ai pas fait de séjours en hôpital psychiatrique ?

— Je l'aurais su. Willy me l'aurait dit.

— Il nous a caché l'état de santé de ma mère. Il faut croire qu'il ne te disait pas tout.

— Parce que l'essentiel de nos discussions tournait autour de toi. Je le poussais sans cesse à me donner de tes nouvelles.

— Pourquoi ?

Il avait perçu dans sa voix un mélange de frustration, d'irritation et de quelque chose qui ressemblait fort à de la tristesse.

— Parce que je me soucie de toi.

— Pourquoi te soucies-tu de moi après tout ce temps ?

Par chance ils venaient d'arriver. Il n'aurait pas à lui répondre. Du moins pas dans l'immédiat.

— Nous y voilà, dit-il, soulagé de pouvoir échapper à la pression qu'elle exerçait sur lui.

Elle se pencha en avant pour scruter les lieux.

— C'est sinistre, ici, lança-t-elle tout en détachant sa ceinture de sécurité. Et maintenant, qu'est-ce qu'on fait ?

— On commence par visiter le premier pâté de maisons. C'est désert. L'endroit idéal pour abattre quelqu'un et pour que le crime reste inaperçu quelque temps.

Elle sortit la première et examina les deux côtés de la rue.

— On dirait bien que ces maisons sont inoccupées.

— Cela nous facilitera la tâche.

Il n'y avait que deux voitures stationnées le long de la rue. L'épaisseur de poussière qui les recouvrait semblait indiquer qu'elles se trouvaient là depuis longtemps.

Olivia emboîta le pas à Huck qui se dirigeait tout droit vers la première maison sur leur gauche.

— De toute évidence ces maisons ne sont pas habitées depuis des lustres. Elles sont toutes délabrées.

— Ce quartier est à l'abandon depuis pas mal de temps maintenant. Mais il ne le restera plus très longtemps. Des promoteurs ont mis la main dessus pour y faire construire des résidences haut de gamme.

— Tant mieux.

Ils passèrent d'une maison à une autre. Sur la photo, l'homme était allongé sous une sorte de patio ou de porche, en aussi mauvais état que les habitations.

Ils venaient d'arriver à la cinquième maison quand une odeur nauséabonde leur parvint. Une odeur de cadavre.

— Reste là, intima-t-il à Olivia. Je ne veux pas que tu t'approches davantage. Il y a de fortes chances pour que le corps soit là.

Elle acquiesça sans broncher tandis qu'il dégainait son arme de service. Il était peu probable que le tueur rôde autour de la scène de crime, mais sait-on jamais ?

À l'arrière de la maison, il trouva le patio et, étendu dans son sang, la victime. La scène était semblable à la photo. Compte tenu de l'état de décomposition du corps, la mort devait remonter à vingt-quatre heures, voire plus.

Il appela Decker pour lui faire part de sa découverte avant même d'en informer la police de Chattanooga. Comme il n'avait pas de gants sur lui, il ne pouvait pas palper le corps pour y chercher d'éventuels papiers d'identité.

Cet homme était-il le père d'Olivia ?

Si la réponse était non, qui était cet homme ?

10

14 h 50

Huck commençait à perdre patience.

Olivia et lui attendaient depuis plus d'une heure, mais ni l'enquêteur principal ni les officiers de police envoyés sur place n'étaient réapparus de l'arrière de la maison.

Appuyée contre la portière côté passager, Olivia affichait un visage impassible derrière lequel il devinait une nervosité grandissante.

Si ce type était bien son père… Huck pouvait à peine imaginer ce qu'elle ressentait, à attendre, là, qu'on veuille bien lui donner un indice. Car à l'exception de l'âge qui semblait correspondre, pour l'heure, rien ne pouvait confirmer l'identité du mort.

— L'enquêteur nous a oubliés, non ?

— Disons que nous ne sommes pas sa priorité. Il a un boulot préliminaire à faire et il le fait. Cela peut prendre encore un peu de temps.

— Si l'homme qui me recherchait et qui maintenant est mort était bien mon père, je ne comprends pas pourquoi il voulait me faire passer pour une folle dangereuse.

— Sans doute pour faire réagir les gens. Ils sont plus enclins à faire un effort de mémoire s'ils se croient en danger. Moi, je me demande plutôt pourquoi il pensait te trouver dans ce quartier.

— Willy l'aura peut-être orienté là-bas pour brouiller les pistes. Parce qu'il voulait me protéger.

— Si Willy te pensait à ce point-là en danger, pourquoi ne t'a-t-il pas mise en garde ?

— En effet, c'est incompréhensible. Je ne comprends pas non plus pourquoi il n'en a pas parlé à Decker.

— Ou à moi. Je l'ai eu au téléphone le dimanche, juste avant le drame. À aucun moment il n'a laissé entendre qu'il avait des problèmes.

— Monroe...

Huck tourna la tête vers l'inspecteur qui, enfin, venait de les rejoindre.

— Inspecteur Kepler...

Kepler hocha la tête puis se mit à feuilleter son carnet de notes.

— Rappelez-moi ce qui vous a amenés ici, demanda-t-il.

Huck lui refit un bref résumé des événements.

— Vous dites, mademoiselle Ballard, que vous ne connaissez pas l'identité de cet homme ?

— Non, répondit Olivia.

Huck salua intérieurement sa présence d'esprit. Mieux valait pour l'instant garder leurs soupçons pour eux.

— Bien.

Kepler fit une courte pause durant laquelle il replongea le nez dans son bloc-notes.

— Cet homme s'appelle Louis Rogers, poursuivit-il. C'est un détective privé de Chattanooga. Un détective de bas étage qui ne traitait que des affaires mineures.

— Vous êtes certain de son identité ? lança Olivia. Ses papiers ne sont pas des faux ?

Kepler secoua la tête.

— Non. Je connais ce type. Nous étions à l'école primaire ensemble. Il m'arrivait de le croiser sur certaines affaires. Quoi qu'il en soit, avez-vous une idée de la raison pour laquelle quelqu'un aurait envoyé des photos de cet homme à votre grand-père ? Ou pourquoi ce dernier aurait pris des photos de lui ?

— Non. Je n'en ai pas la moindre idée. Je ne suis revenue en ville qu'il y a quelques jours, pour assister aux obsèques de mon grand-père.

— Je vois.

Kepler ajouta à l'adresse de Huck :

— Vous m'avez dit que William Ballard était mort entre dimanche soir et lundi matin, probablement assassiné. Ce gars-là, lui, est mort depuis deux jours, plus ou moins. Le légiste est en route, il pourra nous le confirmer.

— Sinon, vous avez trouvé quelque chose dans la maison ?

Il avait jeté un coup d'œil par les fenêtres accessibles mais n'avait rien vu.

— Non. Les maisons de ce quartier sont toutes vétustes.

— OK.

Huck lui tendit sa carte.

— N'hésitez pas à m'appeler si vous avez besoin de moi ou si vous trouvez quelque chose qui pourrait être utile à mon affaire.

Kepler fourra la carte dans la poche de sa veste.

— J'attends de vous la même chose, dit-il.

— Cela va sans dire.

Sur ce, Kepler leur tourna le dos et retourna sur la scène de crime.

— Et maintenant ? s'enquit Olivia.

— Maintenant, nous filons faire un tour au bureau de Rogers.

— Bonne idée.

— Espérons qu'il a au moins un employé qui pourra nous aiguiller sur une piste.

Ils croisèrent le médecin légiste au moment où ils allaient s'engager sur la voie express.

Kepler allait être retenu pour un bon moment. Ils avaient le champ libre.

Lee Highway, 16 heures

Le bureau de Louis Rogers se trouvait dans un centre commercial, coincé entre un magasin de bonbons en liquidation et un local libre à la location.

Olivia s'attendait à pire. Sans être résidentiel, le quartier semblait tranquille et les commerces, bien qu'anciens, étaient loin d'être délabrés. Par chance, une femme se trouvait dans le bureau de Rogers.

— Nous sommes fermés, annonça-t-elle en levant sur eux ses yeux rougis de larmes.

De toute évidence, elle avait appris la nouvelle.

Huck lui montra sa plaque.

— Inspecteur Monroe, fit-il. Voici mon adjointe, Olivia Ballard. J'aurais quelques questions à vous poser.

Le visage de la femme se ferma aussitôt.

— Je ne m'attendais pas à avoir la visite de la police aussi rapidement.

Au vu des dossiers éparpillés sur le bureau, Olivia comprit que l'assistante avait en tête de se débarrasser de certaines preuves compromettantes avant l'arrivée de Kepler. Il était courant que les détectives privés opèrent en marge de la loi.

— Vous n'avez rien à craindre de nous, lui assura Huck. Ce n'est pas moi qui suis chargé de cette enquête, mais si vous vouliez bien répondre à quelques questions...

Elle accepta d'un hochement de tête.

— Le grand-père de mon adjointe est mort, probablement

assassiné lui aussi, poursuivit-il. C'est la seule raison pour laquelle nous sommes ici.

La femme fit aller son regard de l'un à l'autre.

— Allez-y. Mais faites vite. Je n'ai pas beaucoup de temps devant moi pour mettre un peu d'ordre dans tout ça.

— Je comprends. J'irai donc droit au but. Savez-vous sur quelle affaire travaillait votre patron en ce moment ?

— Il enquêtait sur un problème familial lié à un certain William Ballard.

Le cœur d'Olivia se mit à cogner dans sa poitrine.

— C'était mon grand-père, dit-elle. C'est lui qui a été assassiné.

L'assistante ferma les yeux en même temps qu'elle poussait un profond soupir.

— C'est bien ce que je craignais, répliqua-t-elle. J'ai entendu dire que M. Ballard était mort, mais il n'était pas fait mention de meurtre. Louis avait disparu depuis mercredi matin. Ce jour-là, il avait reçu un coup de fil très tôt dans la matinée. Il m'a dit qu'il devait aller à un rendez-vous et il n'est jamais revenu.

— Vous aviez signalé sa disparition à la police ?

Elle secoua la tête.

— Il m'avait dit de ne pas m'inquiéter et de ne donner l'alerte qu'au bout de sept jours.

— Vous pouvez nous en dire plus sur l'affaire dont il s'occupait ?

Olivia retint son souffle. Allaient-ils enfin avoir quelques éléments de réponse aux innombrables questions qu'ils se posaient ?

— M. Ballard tenait à ce que cette affaire reste secrète. Il était impératif pour lui que personne ne sache sur quoi il voulait que nous enquêtions. Louis ne m'a jamais donné de détails et je ne lui en ai jamais demandé. Lorsqu'un client exige le secret, il vaut mieux se faire discret. Louis s'est donc limité à me dire ce que j'avais besoin de savoir, mais rien de plus. J'ignore pratiquement tout de cette enquête.

L'espoir qu'avait nourri Olivia de voir enfin leur enquête avancer se dissipa d'un coup. À tous les coups, ils allaient se retrouver de nouveau dans une impasse.

— Vous n'avez vraiment rien entendu qui puisse nous aider ? insista-t-elle.

— Non. Je suis désolée. Louis et M. Ballard se sont rencontrés en dehors du bureau. Moi-même je n'ai jamais vu votre grand-père. Je n'ai pas eu non plus l'occasion de lui parler au téléphone. En revanche, ce que je peux vous dire, c'est qu'il est possible que Louis ait fait appel à l'une ou l'autre de ses sources pour l'aider dans cette affaire.

— Vous auriez des noms, des coordonnées à nous donner ?

La femme hésita un instant.

— En d'autres circonstances, je ne le ferais pas. Mais si cela peut vous aider à trouver qui a tué mon Louis...

Elle arracha d'un bloc-notes à spirales une page sur laquelle elle inscrivit trois noms et les coordonnées correspondantes.

— Les contacts avec lesquels Louis avait l'habitude de travailler, expliqua-t-elle en tendant la feuille à Huck.

Ils se quittèrent sur la promesse de se tenir mutuellement au courant d'éventuelles nouvelles avancées de l'enquête.

Tandis qu'ils roulaient, une idée, obsessionnelle, tournait en boucle dans la tête d'Olivia : la mort de son grand-père prenait une tournure criminelle qui dépassait le cadre du simple homicide.

En route, Huck insista pour qu'ils s'arrêtent manger un bout. Il en profiterait pour essayer de joindre les contacts de Rogers.

Il choisit un *diner* sur Tremont Street dont il savait qu'il y trouverait la tranquillité nécessaire pour passer ses coups de fil. En effet, il n'y avait pas beaucoup de monde et la musique jouait en sourdine.

Olivia picora son sandwich du bout des lèvres. Les émotions de la journée lui avaient coupé l'appétit.

Les deux premiers appels furent infructueux. Huck laissa à chacun des destinataires un message vocal dans lequel il promettait une récompense contre toute information. Une méthode qu'il savait efficace. En général, les personnes concernées ne tardaient pas à rappeler.

Au troisième nom ne correspondait aucun numéro de téléphone mais l'adresse d'un lieu de travail. En l'occurrence, une station de lavage de voitures par chance située à quelques rues de là.

— Je ne comprends toujours pas pourquoi Willy est resté si secret là-dessus. Le mystère autour de cette histoire s'épaissit de jour en jour, dit-elle en repoussant son assiette. Moi qui croyais que nous n'avions aucun secret l'un pour l'autre.

Il prit dans la sienne sa main qu'il pressa doucement, dans un geste infiniment tendre.

— Il ne faut pas lui en vouloir, Liv. Il n'avait en tête que de te protéger. En revanche, je ne comprends pas pourquoi il ne s'est pas tourné vers moi pour l'aider.

— Sans doute pensait-il pouvoir s'en sortir seul. Enfin, avec l'aide d'un détective privé.

— Mais moi, je suis flic.

— Justement. C'est peut-être la raison pour laquelle il ne voulait pas que tu saches.

Il la regarda fixement. Manifestement, cette possibilité ne lui avait jamais traversé l'esprit.

— Tu penses qu'il ne voulait pas que nous sachions ce qui se passait ?

Elle hocha lentement la tête.

— S'il a appris que mon père était un criminel, comme nous le supposons, il aura voulu me le cacher. À moi, mais aussi à toi, pour que tu ne m'en dises jamais rien.

Songeur, Huck laissa sur la table le montant correspondant à l'addition.

— Voyons un peu si nous aurons plus de chance avec notre troisième larron, dit-il en se levant.

Alors qu'ils se dirigeaient vers la voiture, Olivia ressentit un vide abyssal en elle. Son grand-père lui manquait tellement ! Serait-elle capable de surmonter seule ce nouveau drame ?

Elle lança un coup d'œil furtif à Huck qui cheminait à côté d'elle. Il y avait eu un moment, au cours de ces dix dernières années, où elle avait fini par se convaincre qu'il ne lui manquait plus. Qu'elle pouvait enfin vivre sa vie sereinement sans lui. Mais, en le regardant lui ouvrir sa portière, elle comprit qu'elle n'avait fait que se mentir à elle-même. Elle n'avait fait que refouler ce manque qu'elle avait de lui. Huck était en sommeil dans son esprit, mais il venait de resurgir avec une acuité presque douloureuse.

Elle se força à garder les yeux sur la route et à se focaliser sur le présent. Résoudre le mystère lié à ces meurtres devait rester sa priorité.

Un court instant plus tard, ils arrivaient en vue de la station de lavage.

— Pour le moment, je préfère que tu m'attendes dans la voiture, dit-il alors qu'il se garait le long d'un mur. Je n'en ai pas pour longtemps.

Elle était bien trop fatiguée pour trouver la force de protester.

— D'accord, répondit-elle docilement.

Paraissant rassuré, il sortit de la voiture puis, après avoir verrouillé les portières, s'avança vers l'accueil. Il en ressortit un court instant plus tard. Olivia le vit se diriger tout droit vers l'un des employés, occupé à finir de sécher un véhicule avec une peau de chamois. Quand elle aperçut les deux hommes engager une discussion qui dura plusieurs minutes, elle sentit l'espoir renaître.

C'est le cœur battant qu'elle regarda Huck revenir vers elle.

— Rogers lui a donné une adresse à surveiller, annonça-t-il en reprenant sa place derrière le volant. Il devait le prévenir si quelqu'un entrait ou sortait de la maison.

— Il a vu quelqu'un ?

Il secoua la tête.

— Non. Mais nous aurons peut-être plus de chance.

Vine Street, 18 h 30

Une demi-heure s'était écoulée depuis que Huck s'était garé de l'autre côté de la rue, à l'adresse donnée par le contact de Rogers, et il ne s'était toujours rien passé. Sur le mur de clôture un panneau signalait que la maison était à vendre.

Un autre panneau indiquait que la maison de droite était, elle, à la location. Sous le porche de celle de gauche, il y avait une vieille dame assise dans un fauteuil à bascule. Elle s'éventait à l'aide d'un éventail.

— Si on allait jeter un coup d'œil par une des fenêtres, à l'arrière ? suggéra Olivia qui semblait elle aussi à bout de nerfs.

— Comme tu l'as sans doute remarqué, nous sommes repérés. Nous pourrions commencer par nous faufiler derrière une des maisons vides. Une fois là, je passerai par-dessus la clôture pour voir s'il y a moyen d'entrer dans l'habitation qui nous intéresse.

— Je suppose que tu veux dire « nous » ?

— S'il doit y avoir effraction, je préfère que tu ne sois pas avec moi.

Pour tout commentaire, elle leva les yeux au ciel et sortit de la voiture.

Évidemment. Comment avait-il pu penser une seconde qu'elle lui obéirait docilement ?

Résigné, il sortit à sa suite et lui emboîta le pas. Tandis qu'ils traversaient la rue, ils saluèrent la dame d'un signe de tête auquel elle ne daigna pas répondre.

Ils s'arrêtèrent devant le panneau de location pour prendre une photo des coordonnées de l'agence immobilière puis, feignant d'être intéressés, s'avancèrent un peu plus dans le jardin jusqu'à ne plus être vus. Une fois à l'arrière, et comme il l'avait suggéré, Huck enjamba la clôture qui séparait les deux propriétés. Olivia l'imita aussitôt.

De la porte vitrée qui donnait sur le jardin, on pouvait voir la cuisine et, dans le prolongement, une partie du salon. Huck se servit d'un pan de sa chemise pour tourner la poignée. La porte s'ouvrit.

— Surtout ne touche à rien, intima-t-il à Olivia. Ce n'est pas la peine de laisser nos empreintes partout.

Elle acquiesça en silence.

Après une rapide inspection, ils constatèrent que les placards de la cuisine ne renfermaient que quelques boîtes de conserve et deux paquets de biscuits salés. Ils passèrent dans le salon qui n'était meublé que d'une chaise pliante comme celles qu'utilisent les campeurs. Ils ne trouvèrent ni papiers ni objets personnels.

Le reste de la maison était à l'identique. Vide. Dans l'une des deux chambres, il y avait un sac de couchage déplié à même le sol et dans la salle de bains une savonnette usagée.

Quelqu'un vivait ici, manifestement dans la clandestinité la plus totale.

— On devrait y aller avant que la voisine se doute de quelque chose, dit Huck.

Olivia approuva de la tête.

Ils ressortirent comme ils étaient venus puis, une fois certains d'être entendus, feignirent un enthousiasme qu'ils étaient pourtant loin de ressentir.

— Pas le début d'une piste, déplora Olivia, dépitée, alors qu'ils roulaient en direction de chez elle. Je commence à croire que nous ne trouverons jamais rien.

Huck prit sa main dans la sienne et la serra doucement.

— Pour le moment, dis-toi que nous tâtonnons dans le noir. Mais nous verrons bientôt le bout du tunnel. Je te l'assure.

Il le pensait vraiment. Ce n'était qu'une intuition, mais il avait le sentiment que le dénouement était proche.

Firefly Lane, 21 heures

Olivia était heureuse de se retrouver chez elle. Elle était épuisée et n'aspirait qu'à passer une soirée tranquille.

Elle éprouvait le besoin viscéral de ne plus penser à rien. De faire le vide total dans son esprit.

Elle sortit de la douche, presque détendue.

Elle se sécha les cheveux, enfila une chemise de nuit en coton qu'affectionnait sa grand-mère puis descendit rejoindre Huck dans la cuisine. L'odeur de bacon frit qui s'en échappait la fit saliver.

— On ne peut pas dire que ce soit un dîner gastronomique, mais il a le mérite d'exister, plaisanta-t-il.

— Ça sera délicieux, je n'en doute pas.

Elle se mit à table et engloutit son assiette en moins de deux.

— Je n'aurais pas dû manger tout ça, dit-elle d'un ton faussement contrit.

Ils éclatèrent d'un rire complice qui, l'espace d'un instant, lui fit tout oublier. Curieusement, elle se sentit détendue comme elle ne l'avait pas été depuis bien longtemps. Il faut dire qu'elle avait sombré dans un tourbillon d'émotions si profond qu'elle ne pouvait que remonter à la surface.

— À mon tour d'aller prendre une douche, annonça soudain Huck.

— Vas-y. En attendant, je vais aller jeter un coup d'œil aux infos. J'ai l'impression d'être coupée du monde depuis une éternité.

Parfois, se tenir éloignée des médias et des réseaux sociaux pouvait se révéler bénéfique. Willy ronchonnait souvent à ce sujet. Il disait alors qu'ils n'étaient qu'un moyen de se couper de la vie réelle. Elle n'était pas loin de penser la même chose.

Elle s'installa sur le canapé et passa de chaîne en chaîne sans vraiment s'intéresser à ce qu'elle voyait. Car toutes ses pensées étaient tournées vers Huck, qu'elle imaginait nu sous la douche, l'eau ruisselant sur son corps d'athlète tout en muscles. Comment avait-elle pu faire comme s'il n'existait plus ?

Elle supposa qu'il avait sans doute dû faire la même chose avec elle.

Dans quelle mesure tout cela avait-il de l'importance ? Car une chose était certaine, ils allaient devoir redéfinir les contours de leur relation. Quelle forme allaient-ils lui donner, désormais ?

Ils allaient redevenir des amis, décréta-t-elle résolument. De vrais amis. D'ailleurs, n'étaient-ils pas déjà tombés d'accord là-dessus ?

Pourtant, le désir qui l'électrisait n'était pas à mettre sur le compte de l'amitié. Un désir qui lui tenaillait le corps... qui la submergeait tout entière comme le ferait une vague géante. Elle ne voulait pas d'une simple amitié avec lui. Elle voulait sentir ses bras l'envelopper, sa bouche écraser la sienne dans des baisers passionnés, leurs corps fiévreux se presser l'un contre l'autre.

Elle ferma les yeux, s'exhortant à éteindre le feu qui la dévorait.

Elle avait besoin de se calmer ; de reprendre le contrôle de ses émotions.

Juste à ce moment-là, elle entendit la porte de la salle de bains s'ouvrir puis le bruit des pas nus de Huck qui marchait dans le couloir. Elle n'était pas de taille à lutter contre le désir qui s'était mis à la consumer de nouveau. Elle se fichait de perdre la bataille. Elle jetait l'éponge.

Elle se leva d'un bond du canapé pour se précipiter vers lui.

Son cœur cognait tellement fort dans sa poitrine qu'elle en avait presque du mal à respirer. Huck la regardait courir vers lui, si surpris qu'il en laissa échapper la serviette qu'il tenait enroulée autour de ses hanches. Elle se jeta sur lui, enroula les bras autour de son cou et pressa ses lèvres sur les siennes.

Elle l'embrassait avec fougue, portée par l'urgence de son désir.

— Liv..., murmura-t-il contre sa bouche. Tu es sûre ? C'est bien ce que tu veux ?

Pour toute réponse, elle plongea les mains dans ses cheveux humides et l'embrassa de nouveau.

C'est alors qu'ils entendirent l'explosion.

Huck passa de la béatitude à la concentration en une fraction de seconde. Il s'écarta brusquement d'Olivia et courut chercher son arme de service.

— Ne bouge pas d'ici, lui ordonna-t-il.

Au lieu de lui obéir, elle s'élança derrière lui.

Un souffle puissant se fit entendre suivi d'une nouvelle déflagration.

Huck se tenait immobile dans la cuisine. Son smartphone pressé contre l'oreille, il regardait par la fenêtre, comme hypnotisé.

Elle suivit son regard. Des flammes immenses s'élevaient du fond du jardin.

Quelque chose brûlait.

Elle se précipita à la fenêtre.

La remise, dévorée par les flammes, était en train de partir en fumée.

11

Firefly Lane, samedi 10 juin, 2 heures

Immobile sous le porche, impuissante et dévastée, Olivia contemplait le désastre. Tout ce que ses grands-parents avaient tant aimé et qui avait été une part importante de leur vie était parti en fumée.

Rien. Il ne restait rien.

Les pompiers avaient eu beau se démener, ils n'avaient pas réussi à sauver ce qui avait été le laboratoire de Willy et l'atelier de peinture de Gran. Elle s'appuya contre un des piliers en bois, les suivant des yeux tandis qu'ils s'affairaient à présent à rassembler leur matériel.

Plantés au milieu de la cour, Huck et Arnold Decker les regardaient faire, eux aussi.

Elle avait pleuré toutes les larmes de son corps pendant des heures jusqu'au moment où elle s'était résignée à accepter ce nouveau coup du sort. À quoi bon se lamenter ? Il n'y avait rien qu'elle puisse faire pour changer les choses.

Willy était parti, et ce bâtiment qu'il considérait comme un refuge venait de partir, lui aussi.

Cet endroit ne serait plus jamais le même. Plus jamais.

— Liv...

Elle tourna la tête vers Huck qui la regardait fixement, un masque de désolation sur le visage. Elle aurait tellement aimé se fondre dans ses bras pour retrouver le moment de grâce qu'ils avaient partagé juste avant le départ de l'incendie.

— Nous avons trouvé deux bidons d'essence sur place, dit-il. Decker les ramène avec lui comme pièce à conviction.

En effet, le shérif traversait la cour, un bidon en plastique rouge à chaque main.

L'incendie était donc criminel.

Quelque chose se brisa en elle. La résignation se mua d'un coup en une lassitude infinie, proche de la renonciation.

— Tu devrais rentrer, déclara Huck d'une voix douce. Essaye de dormir un peu. Je te rejoins dès que j'ai fini.

Elle approuva en silence. Mais, plutôt que de s'effondrer sur son canapé comme elle avait d'abord pensé le faire, elle se rendit dans la salle de bains. Elle retira ses vêtements imprégnés de l'odeur âcre de la fumée et entra dans la douche. Combien de temps passa-t-elle sous le jet, elle n'en savait rien, mais l'eau était froide quand elle entendit Huck l'appeler.

— Liv ? Tout va bien ?

Frissonnante de froid, elle ferma le robinet.

— Oui. J'arrive. J'en ai pour une minute.

Elle se frictionna avec une serviette-éponge puis sécha ses cheveux, chacun de ses gestes lui demandant un effort considérable. Elle enfila le T-shirt en coton qu'elle portait souvent en guise de chemise de nuit. La douceur du coton sur sa peau nue lui fit du bien.

Alors qu'elle regardait son reflet dans le miroir en pied, les paroles de la commerçante lui revinrent en mémoire.

« Il m'a montré une photo de vous. Il a dit que vous étiez dangereuse. »

Pourquoi Willy aurait-il donné à Louis Rogers une photo d'elle ? Pourquoi aurait-il demandé à cet homme de la rechercher ?

Et surtout, pourquoi la décrire comme une folle à lier ? Elle ne connaissait pas ce détective. Elle ne l'avait jamais rencontré.

Tout cela n'avait aucun sens, et elle était bien trop fatiguée pour tenter de dénouer les fils de cette énigme.

Elle ouvrit la porte. Huck se tenait dans le couloir, visiblement inquiet.

— Ça va ? s'enquit-il.

— Oui. Tu vas devoir attendre un peu. Il n'y a plus d'eau chaude.

Elle traversa le salon, veillant à ne pas regarder par les fenêtres. Elle ne supporterait pas de revoir le paysage de désolation qui régnait au fond du jardin.

Arrivée dans sa chambre, elle se laissa tomber sur son lit, priant pour que le sommeil l'emporte très vite loin de la réalité.

Son vœu ne fut pas exaucé. Un long moment plus tard, elle ne dormait toujours pas. Les yeux grands ouverts, elle visualisait chacun des bruits qui lui parvenaient. Huck qui entrait dans la douche ; Huck qui ouvrait le robinet ; Huck qui laissait l'eau ruisseler sur son corps nu. Puis il y eut un instant de silence au terme duquel la porte s'ouvrit. L'odeur parfumée de la savonnette lui arrivait par ondes successives.

Tout son corps se tendit soudain de désir. Huck viendrait-il la rejoindre ?

Elle l'écouta se déplacer dans la maison, vérifier les portes et les fenêtres. Puis elle entendit ses pas dans le couloir. Elle ferma les yeux, le cœur battant, le souffle court.

Il s'arrêta sur le seuil.

— Liv, tu dors ?

Ne lui réponds pas. Ne lui réponds pas.

— Non.

Idiote.

— Tout est fermé. Je vais dormir dans le salon. N'hésite pas à m'appeler si tu as besoin de moi.

Elle hésitait entre le retenir ou le laisser partir.

— Huck ?

— Oui ?

Elle rouvrit les yeux. Sa silhouette se découpait à contre-jour. Si au moins il n'avait pas été à demi nu. Si au moins elle n'était pas si faible.

— J'ai besoin de toi.

Il n'esquissa pas le moindre geste, ne prononça pas le moindre mot.

Elle en ressentit une déception si vive qu'elle eut l'impression que son cœur allait s'arrêter de battre.

— C'est bien ce que tu veux, Liv ? dit-il enfin.

— Oui, répondit-elle sans hésiter.

Il alla s'allonger à côté d'elle et lui fit une place au creux de son bras.

Elle se lova avec bonheur dans cet abri qu'il lui offrait. Un abri dans lequel, l'espace de quelques heures, il ne pourrait rien lui arriver de mal.

— Serre-moi fort, murmura-t-elle.

Il resserra son étreinte et déposa un baiser chaste sur sa tempe.

— Aussi longtemps que tu le voudras.

Pour toujours.

Deux petits mots qu'elle n'osa pas formuler tout haut car elle craignait qu'ils ne lui soient inspirés par un trop-plein d'émotions mais aussi par l'incertitude et la douleur d'avoir autant perdu en si peu de temps.

8 heures

La sonnerie insistante d'un téléphone la réveilla en sursaut. Elle ouvrit les yeux, tendit l'oreille. Ce n'était pas son portable.

Elle rejeta les couvertures au pied du lit et se redressa. Elle avait mal à la tête, sa gorge et ses yeux étaient irrités. Les effets de la fumée, sans doute. Elle se leva et alla enfiler un jean, un T-shirt et une paire de sandales en cuir. Elle brossa ses cheveux qu'elle attacha en queue-de-cheval. Voilà. Elle était prête à aller retrouver Huck dans la cuisine.

Elle le trouva posté devant la fenêtre, le regard probablement rivé sur les décombres. Une douleur fulgurante la transperça. Elle alla au comptoir se remplir une tasse de café.

Huck se tourna vers elle, un sourire aux lèvres.

— Bonjour.

Comment faisait-il pour paraître si... reposé, si détendu, après les événements de la nuit ? Des images surgirent des heures qu'ils avaient passées dans les bras l'un de l'autre. Elle sentait encore avec acuité le contact de sa peau contre la sienne, la puissance de ses membres qui l'enveloppaient, l'odeur virile qui se dégageait de lui. Un frisson de désir la parcourut.

— Bonjour, répondit-elle en retour. Qui était-ce au téléphone ?

— L'assistante de Rogers. Elle a trouvé quelque chose qui pourrait nous aider.

Instantanément l'espoir resurgit.

— Elle a pu parler avec un des contacts de Rogers que je n'avais pas pu joindre. Rogers avait l'air de s'intéresser de près à une clinique psychiatrique sur Pineville Road, juste à la sortie de Mocassin Bend Road. Comme cela n'a rien à voir avec ses autres affaires, elle a pensé que cela pouvait concerner le cas Ballard.

— C'est une clinique ou un hôpital ?

— Une clinique privée. Mais tu as raison, il y a aussi un hôpital dans le même secteur.

— Si nous allions faire un tour par là-bas ? proposa-t-elle, incapable de refréner son impatience.

— Prends le temps de finir ton café. Je vais jeter un coup d'œil aux décombres.

Une fois son café avalé, elle retourna dans sa chambre pour troquer son T-shirt, qu'elle jugeait trop décontracté, contre un chemisier rose un peu plus habillé.

Quelques minutes plus tard, elle retrouvait Huck qui l'attendait déjà sous le porche.

— Prête ?

— Prête.

Elle attendit qu'ils aient roulé un peu avant de poser la question qui lui brûlait les lèvres :

— Tu as une idée du lien qu'il peut y avoir entre cette clinique et ma famille ?

— Pas la moindre. Pendant que je t'attendais, j'ai passé un coup de fil à ma mère. Je lui ai demandé si elle avait entendu dire que quelqu'un dans l'entourage de Willy ou Joyce avait été interné. Elle m'a répondu que non. Ou, en tout cas, elle n'était pas au courant.

— C'est tout de même une possibilité à envisager. Si ma mère n'était pas morte depuis près de trente ans, on aurait pu penser à elle.

Les mots du détective lui revinrent avec force.

« Cette femme est dangereuse. »

— Il se peut que cette piste ne nous conduise nulle part, dit Huck. Que l'intérêt que Rogers portait à cette clinique n'ait rien à voir avec notre affaire.

— Et qu'a dit son assistante ?

— Elle a dit que cette information n'avait aucun lien avec les autres affaires que traitait Rogers. Et que, par conséquent, elle pouvait avoir un lien avec ce que cherchait à savoir Willy.

— C'est bien ce que je pensais.

Un doute l'assaillit soudain.

— Dis-moi la vérité, Huck. Est-ce que j'ai connu des problèmes que, pour une raison ou pour une autre, j'aurais occultés ?

Après tout ce qu'elle avait appris, elle était en droit de se poser des questions sur sa santé mentale, non ?

— Non, Liv. Jamais.

Elle se sentit un peu plus légère. Huck ne lui mentirait pas de manière aussi naturelle, même pour la protéger d'une vérité trop cruelle.

Mocassin Bend Road était une zone boisée nichée au creux d'un méandre de la rivière Tennessee. Cette configuration exceptionnelle la faisait plutôt ressembler à un parc national. Il leur fallut un peu plus de trente minutes pour atteindre les abords de la clinique, bâtie à l'écart de la route, au beau milieu du bois.

— Comment allons-nous procéder ? demanda Olivia alors que Huck garait son 4x4 dans un parking réservé aux visiteurs.

— La manière directe. Je ne connais rien de mieux pour susciter l'effet de surprise. Donc, nous entrons et je me présente en demandant à parler au responsable.

Tout en parlant, il avait rangé son arme dans la boîte à gants, qu'il verrouilla.

— Alors, allons-y.

La clinique avait des allures de manoir. Olivia imaginait à peine combien pouvait coûter un séjour dans un endroit pareil. À en juger par les limousines qui étaient stationnées à proximité, l'argent n'était pas un problème.

L'imposante porte d'entrée à double battant ouvrait sur un hall majestueux qui n'était pas sans rappeler ceux des hôtels de luxe des grandes villes. De même que le bureau d'accueil qui avait des allures de conciergerie.

Olivia resta un peu en retrait quand Huck, fidèle au plan qu'il venait de lui soumettre, s'approchait de la réception où se tenait un jeune homme souriant.

— J'aimerais parler à la personne en charge de cet établissement, lança-t-il en lui exhibant sa plaque sous le nez.

— Vous avez de la chance, répondit le jeune homme sans se départir de son sourire. M. Cyrus est généralement absent le samedi, mais il se trouve qu'aujourd'hui il est là. Il est actuellement en réunion. Elle devrait s'achever dans une demi-heure.

— Très bien. Dans ce cas, je vais attendre. Merci.

Il alla rejoindre Olivia qui patientait près d'une table ronde au milieu de laquelle trônait un énorme bouquet de fleurs des champs.

— Le directeur s'appelle Cyrus, lui apprit-il. Il est en réunion. Nous avons trente minutes devant nous.

Cyrus… Ce nom ne lui disait rien.

— Quelles sont nos chances pour qu'il réponde à nos questions ?

— Je dirais minimes. À tous les coups, il va se retrancher derrière le secret professionnel.

— Tu penses la même chose que moi ?

— Possible.

— Alors, voilà ce que je te propose. Toi, tu restes par ici. Tu attends Cyrus. De mon côté, je vais traîner dans les couloirs voir ce que je peux trouver.

— Je n'aime pas l'idée de nous savoir séparés.

— Cet endroit est sécurisé à mort. Que veux-tu qu'il arrive ?

Elle s'attendait à ce qu'il proteste. Mais au lieu de cela il accepta d'un hochement de tête.

— Sois prudente, dit-il simplement.

— Ne t'inquiète pas. Je ne prendrai aucun risque.

Sur ce, elle alla se mêler à un groupe de visiteurs qui venait d'entrer. Une fois certaine qu'elle n'avait pas été repérée, elle se détacha du groupe pour se diriger d'un pas assuré vers un salon attenant. Elle le traversa puis longea une immense véranda dont les nombreuses plantes vertes en pot laissaient penser qu'elle faisait office de jardin d'hiver.

Elle se déplaçait sans hésiter, soucieuse de donner l'impression qu'elle savait exactement où elle allait. Elle arriva à l'endroit où le vaste couloir qu'elle avait emprunté se divisait en deux. Elle prit à droite. Le couloir était bordé de chaque côté de portes numérotées. Sans doute les chambres des résidents. Il devait donc y avoir des caméras. Il lui suffit d'un rapide coup d'œil pour les repérer. Il y en avait deux, placées à des endroits stratégiques.

Terrain miné. Mieux valait ne pas s'attarder.

Elle accéléra le pas. Un court instant plus tard, elle franchissait une porte vitrée qui ouvrait sur un vaste patio divisé en boudoirs dont la plupart étaient occupés.

Le moment était venu de mener son enquête.

Elle porta son attention sur une jeune employée qui, souriante, allait de table en table débarrasser les verres vides et discuter avec les résidents.

Elle s'installa à une table libre et attendit patiemment de pouvoir l'aborder. Elle l'interpella au moment où elle passait devant sa table.

— Excusez-moi, mademoiselle, dit-elle en se levant. Auriez-vous vu cet homme ? Nous avons reçu des plaintes à son sujet. Il paraît qu'il vient importuner les résidents.

Elle lui montra la photo de Louis Rogers et attendit, le cœur battant d'espoir.

— Non. Je ne l'ai jamais vu, répondit la jeune femme. Vous faites partie de la sécurité ? Il paraît qu'ils ont engagé de nouveaux agents après ce qu'il s'est passé.

Le pouls d'Olivia s'accéléra.

— J'ai un mandat d'État, lança-t-elle, faute de mieux et en espérant que cela suffirait à ne pas éveiller les soupçons de la jeune employée.

— C'est dingue. Depuis quarante-deux ans que cet établissement existe, il n'était encore jamais arrivé qu'un résident s'échappe.

— Ne vous inquiétez pas. Nous ferons en sorte que cela ne se reproduise pas.

— C'est sûr que cela nous rassurerait.

Sur ces paroles, elle tourna les talons et reprit son service. Olivia regagna le premier salon où se trouvait un bar. Elle se dirigea tout droit vers l'employée qui se tenait derrière le comptoir. Comme elle l'avait fait quelques minutes plus tôt avec la serveuse, elle lui montra la photo de Rogers et lui posa la même question.

La femme fronça les sourcils. Malheureusement, là encore, la réponse fut négative.

— Non, je ne le connais pas et je ne l'ai pas vu traîner par ici. Vous avez des raisons de croire qu'il est impliqué dans ce qu'il s'est passé dans le bâtiment D ?

— C'est possible, répondit Olivia de manière évasive. Vous n'avez rien remarqué d'anormal, ici ou ailleurs ?

Elle parlait sans savoir, soucieuse de ne pas griller cette couverture improvisée qu'elle avait endossée.

— Non. Et pourtant, j'ai pris mon service il y a un bon moment.

— Très bien. Je vous remercie.

Loin de se décourager, elle remonta le couloir en sens inverse. Cette fois, quand elle arriva au bout, elle prit en direction de l'escalier, cherchant des yeux un panneau qui lui indiquerait où se trouvait le bâtiment D. À tout hasard elle franchit une porte de sortie qui se trouvait sur sa droite. Elle donnait directement sur l'extérieur, dans une zone de trois bâtiments.

Elle passa devant l'entrée A puis la B, arriva enfin devant la D. La porte était sécurisée. Elle ne pouvait s'ouvrir qu'avec un badge. Olivia décida de faire le tour du bâtiment, à la recherche d'autres entrées. Il devait bien y avoir quelque part une issue de secours ou une porte de service réservée au personnel.

Elle avançait, le cœur battant et l'oreille aux aguets. Combien de temps encore avant qu'elle ne se fasse surprendre ? Car, sans uniforme, ses chances de passer inaperçue s'amenuisaient au fil des minutes. Elle imaginait la sécurité se précipiter sur elle pour l'emmener sans ménagement Dieu sait où. En fait, elle était tiraillée à parts égales entre peur et excitation.

Là aussi, il y avait un patio, mais celui-ci était très différent du précédent. Il n'était pas décoré de plantes vertes et n'était pas divisé en petits boudoirs intimes. Il se dégageait de l'endroit une austérité qui faisait froid dans le dos. Olivia remarqua que les baies coulissantes étaient remplacées par une clôture électrique inquiétante.

Une femme seule était assise à l'une des tables. Olivia s'avança, veillant à ne pas franchir les limites. Aussitôt qu'elle l'aperçut, la femme commença à s'agiter sur sa chaise en même temps qu'elle ouvrait des yeux ronds. Puis, au grand étonnement d'Olivia, elle se leva d'un bond et piqua droit sur elle. Arrivée à la clôture, elle s'arrêta net et planta un regard affolé dans celui d'Olivia.

— Qu'est-ce que tu fais ici ? demanda-t-elle d'une voix craintive tout en lançant des coups d'œil furtifs par-dessus son épaule.

— Bonjour, commença Olivia qui ne savait pas trop quoi dire.

— Tu avais dit que tu ne reviendrais jamais. Jamais.

Le cœur d'Olivia fit un bond dans sa poitrine. Il fallait qu'elle saisisse cette perche qu'on lui tendait si elle voulait en apprendre plus. Vite ! Trouver quelque chose à dire.

— Il fallait que je le fasse, improvisa-t-elle.

La femme fit un pas de côté.

— Tu n'aurais pas dû revenir. Jamais. Maintenant, ils vont savoir.

Sur ces paroles énigmatiques, elle lui tourna le dos et s'enfuit. Olivia resta pétrifiée, incapable d'esquisser le moindre geste.

Firefly Lane, midi

Au moment où Huck vit Olivia arriver, Cyrus venait de lui opposer une fin de non-recevoir. Il n'accepterait de répondre à ses questions que lorsqu'il serait muni d'un mandat de perquisition en bonne et due forme.

Huck s'inquiétait pour Olivia. Quand ils avaient quitté la clinique, elle était restée longtemps sans dire un mot. Puis, elle était sortie d'un coup de son mutisme pour lui raconter sa brève rencontre avec la résidente. Il avait cherché quelque chose à lui dire qui serait susceptible de la rassurer. En vain.

Car il n'y avait qu'une explication possible à ces propos qui bien que paraissant décousus ne l'étaient pas. Et, pour l'heure, il n'était pas question de s'aventurer sur ce terrain.

Quand ils arrivèrent chez Olivia, Decker était déjà là, à faire les cent pas. Huck n'avait eu d'autre choix que de demander à le voir. Il avait conscience d'avoir outrepassé ses droits et, à vrai dire, il n'était plus aussi certain de pouvoir gérer seul la suite à donner à cette affaire.

— Qu'est-ce que vous fichez, Monroe ? s'exclama Decker sans préambule. Je viens de recevoir un coup de fil de Cyrus, le directeur de la clinique psychiatrique de Pineville. Il paraît que vous avez débarqué là-bas sans crier gare, qui plus est sans mandat, et que vous avez harcelé tout le monde.

— Je n'ai harcelé personne, se défendit-il. Je voulais juste dire un mot à Cyrus.

— C'est ma faute, intervint Olivia. C'est moi qui ai cherché à interroger des employés. Mais entrons, voulez-vous ? Nous serons mieux à l'intérieur pour discuter de tout cela.

Aussitôt qu'ils furent installés dans le salon, elle se lança dans le récit de ce qu'ils avaient appris de l'assistante de Rogers puis des agissements qui en avaient découlé. Elle prit sur elle l'entière responsabilité de cette incursion à la clinique, ne donnant à Huck qu'un rôle mineur de garde du corps.

Quand elle se tut, Decker chercha confirmation dans le regard de Huck.

— À vrai dire, ce n'est pas vraiment ainsi que les choses se sont passées. Olivia ne cherche qu'à me...

— Ça suffit, trancha Decker. Nous sommes tous chamboulés. Si nous buvions un verre, histoire de nous détendre un peu avant de reprendre cette discussion ?

Dire que Huck fut surpris serait un doux euphémisme. Olivia, elle, vit dans cette proposition l'occasion qui leur était donnée d'apaiser les esprits.

— Bonne idée, dit-elle. Je vais chercher ce qu'il nous faut.

Un court instant plus tard, elle était de retour avec une bouteille de whisky et trois verres qu'elle remplit à moitié. Dans un même mouvement, tous trois vidèrent leur verre d'un trait.

— Je vais te dire ce que Willy aurait dû te dire il y a bien longtemps, Olivia, commença Decker en posant son verre vide sur la table basse.

Huck se raidit. Cette introduction n'augurait rien de bon, il le pressentait. Olivia devait ressentir la même chose. Forcément. Pourtant elle n'en laissa rien paraître.

— Je t'écoute, dit-elle d'une voix assurée.

— Laura... ta maman, a toujours été... comment dire ? instable. Avec le recul, ce comportement aurait dû nous alerter. Mais nous avons préféré nous voiler la face. Quand elle a rencontré ton père, puis qu'ils ont commencé à disparaître de manière régulière, Willy et Joyce s'en sont accommodés. Laura était heureuse, c'était tout ce qui comptait. Les choses ont commencé à se dégrader à ta naissance.

— Comment cela ?

Les yeux d'Olivia se mirent à briller d'une émotion qu'elle semblait avoir beaucoup de mal à contenir.

Le cœur de Huck se serra. Il hésitait entre la prendre dans ses bras pour lui murmurer des paroles tendres à l'oreille ou frapper Decker.

— Laura était ingérable, Olivia, poursuivit le shérif. Et sa rencontre avec ton père n'a rien arrangé. Bien au contraire. Quand ils réapparaissaient après des semaines d'errance, il lui fallait des jours pour se remettre d'aplomb.

— De quoi parle-t-on ? le pressa Olivia. De dépression profonde ? De schizophrénie ?

— Elle a été diagnostiquée schizophrène.

Decker marqua une courte pause puis reprit :

— Quand tu as eu trois ans, ton père est parti seul. Elle ne l'a pas supporté. Ça a été terrible. Il a fallu l'hospitaliser. Nous l'avons emmenée à Pineville où la clinique est connue pour sa discrétion. Willy et Joyce étaient dévastés, bien sûr, mais ils ne voulaient pas que ça se sache à Chattanooga.

— Combien de temps est-elle restée là-bas ? demanda Huck.

— Trois mois. Peu de temps après sa sortie, ton père est revenu. Pendant un temps, les choses semblaient aller mieux entre eux. Olivia avait l'air heureuse. Jusqu'à ce jour terrible où...

Il marqua une nouvelle pause, plus longue cette fois.

— Ce loser lui a annoncé qu'il devait repartir sans elle. Elle a piqué une crise terrible. Elle l'a tué. J'étais là. J'ai essayé de l'en empêcher, mais je n'ai pas pu. Il y avait une telle haine, une telle violence en elle.

Olivia était devenue livide. Elle semblait dans un tel état de choc que Huck quitta sa place pour aller s'asseoir à côté d'elle. Il prit sa main dans la sienne et la tapota doucement.

— Qu'est-ce que vous racontez ? gronda-t-il d'une voix sourde.

Decker secoua la tête et poursuivit son récit, comme pour lui-même.

— Willy et Joyce m'ont supplié de les aider. De couvrir ce qui, malheureusement, était un crime. Ils ne voulaient pas que leur fille aille en prison. Ils disaient qu'elle était trop fragile ; que ça la tuerait. Ils étaient mes amis. Je ne pouvais pas les laisser comme ça. Et puis, je me suis dit que ce bâtard ne manquerait à personne. Il n'avait pas de famille. Il fallait penser aussi à Olivia. Comment pourrait-elle se construire avec un tel passif ?

— Vous avez aidé Willy à dissimuler un meurtre ?

Huck n'en revenait pas.

— Oui, j'ai fait ça. Envoyer Laura en prison n'aurait pas ramené Kasey à la vie. Tout le monde avait trop à perdre.

Huck passa autour des épaules d'Olivia un bras qui se voulait protecteur. Par ce geste, il voulait lui signifier qu'il était là, à ses côtés, qu'elle pouvait compter sur lui. Il aurait tant aimé que cette discussion n'ait pas eu lieu. Qu'Olivia n'ait pas entendu toute cette histoire sordide au sujet de sa famille. Une histoire qui faisait partie de son histoire personnelle.

— Shérif, je vais vous demander d'arrêter là. En poursuivant, vous feriez de nous des complices.

— Non, intervint Olivia. Je veux tout savoir. Que s'est-il passé ensuite ?

Decker hésita un court instant. Sans doute réfléchissait-il aux implications que cette confession allait avoir sur son avenir.

— Nous avons enterré le corps, puis nous avons fait comme si rien de tout cela n'était arrivé, reprit-il finalement. Laura a sombré dans une dépression dont rien ni personne ne pouvait la sortir. Elle se laissait mourir. Willy et Joyce l'ont fait de nouveau interner à Pineville. Elle en est sortie au bout de quelques mois. Et puis, un jour, elle s'est rendue au barrage et elle a sauté. Elle avait laissé un mot à ses parents. Malheureusement, ils l'ont trouvé trop tard.

Un silence de plomb s'ensuivit qu'Olivia fut la première à rompre.

— Je te remercie, dit-elle en se levant. J'avais besoin de connaître la vérité.

Le visage blême, elle quitta le salon pour sortir dans le jardin.

Choqué par ces révélations, Huck hésita entre l'envie de courir après elle et celle de mettre son poing dans la figure de Decker.

— Faites ce qui vous semblera le mieux, dit Decker en se levant à son tour. Je ne pouvais plus garder ça pour moi. Il fallait qu'elle sache. Et je vais vous dire une chose : si c'était à refaire, je le referais.

12

13 h 30

Huck sortit rejoindre Olivia. Elle se tenait immobile au milieu de la petite allée en pierre qui traversait le jardin. Le contraste entre les massifs aux couleurs éclatantes qui l'entouraient et la noirceur des décombres du hangar était si saisissant qu'il resta un long moment à l'observer en silence avant de manifester sa présence.

— Dis-moi que tu ne savais rien de cette sordide histoire, dit-elle dans un murmure.

Il secoua la tête.

— J'imagine un peu à quel point cela a dû être dur pour Willy de porter ce fardeau durant toutes ces années.

Elle tourna son visage vers lui. Ses yeux lançaient des éclairs.

— Il m'a menti, dit-elle. Il aurait dû me parler à un moment ou à un autre. Il n'a aucune excuse.

— Liv, tu es en colère, c'est normal. Tout cela est encore trop frais. Mais quand tu auras pris le temps d'y réfléchir, tu comprendras le choix qu'il a fait.

Elle éclata d'un rire sardonique qui lui broya le cœur.

— Je ne vois pas bien comment cela serait possible. Toute ma vie s'est construite sur des mensonges.

Il la prit par les épaules, la forçant à le regarder dans les yeux.

— Willy et Joyce t'aimaient plus que tout. Ta mère aussi, t'aimait. Du mieux qu'elle le pouvait. Du mieux que le lui permettait son état de santé. Ta famille t'a menti dans le seul but de te protéger, Liv.

La colère avait cédé le pas à une infinie tristesse.

— Quelles qu'en aient été les raisons, j'ai grandi dans le mensonge, insista-t-elle, les yeux remplis de larmes.

Il la fixa intensément. Le moment était venu de lui dire *sa* vérité.

— Parfois, on ment parce qu'on pense sincèrement agir pour le mieux. Moi aussi, je t'ai menti, Liv.

Elle se borna à soutenir son regard, attendant avec résignation ces nouvelles révélations qui allaient l'enfoncer un peu plus dans le chagrin.

— Quand je t'ai quittée, ce n'était pas parce que je ne t'aimais plus mais parce que je t'aimais trop.

Elle écarquilla les yeux, semblant ne pas croire à ce qu'elle entendait.

— Qu'est-ce que tu racontes ?

— Tu me manquais trop. Alors un samedi matin, j'ai pris la route pour venir te voir. Je voulais te faire une surprise. Au lieu de me manifester je vous ai observés, tes amis et toi, pendant deux jours. J'ai remarqué la manière dont un des garçons de ton groupe te couvait du regard. Comment il riait à ce que tu disais. La complicité qu'il y avait entre vous. Moi, je n'étais pas un universitaire. Je n'étais qu'un jeune policier qui n'aurait pas grand-chose à t'offrir. Je ne voulais pas être un frein à ta carrière. Je me suis effacé.

— Tu es parti comme un voleur sans même vouloir me parler ? M'expliquer tes doutes ?

— Je ne pouvais pas. C'était trop douloureux. J'ai préféré laisser tomber.

— Tu veux dire *me* laisser tomber !

Sa voix vibrait d'une colère qu'elle avait du mal à contenir.

— Tu es parti parce que...

— J'ai fait ce que je pensais être le mieux pour toi, la coupa-t-il.

— Tu as surtout été lâche. C'était tellement plus facile que de te battre. D'ailleurs, tu n'avais pas à te battre. Ce garçon que tu as vu était un crétin. Un type qui draguait toutes les filles du campus. Il n'était rien pour moi. Et toi... Toi, tu étais tout pour moi.

Elle ne lui laissa pas le temps de trouver les mots susceptibles de la retenir. Ivre de rage, elle le planta là et partit en trombe.

Olivia claqua la porte derrière elle et courut se réfugier dans sa chambre. La coupe était pleine. Elle ne voulait plus penser à tous ces mensonges. Pour l'heure, sa priorité était de savoir qui se cachait derrière les meurtres de Willy et de Louis Rogers et qui avait mis le feu à la remise.

Tout à ses réflexions, elle ôta son chemisier, enfila un T-shirt puis défit sa queue-de-cheval.

Qu'est-ce que je fais encore ici ?

Willy était mort. La remise réduite en cendres. Elle pouvait faire changer les serrures et repartir.

Rester plus longtemps dans cette maison ne servait à rien.

Sauf qu'elle n'irait nulle part tant que l'assassin de Willy ne serait pas derrière les barreaux. Son grand-père avait passé sa vie à tenter de la protéger – certes, pas toujours de la meilleure des façons – parce qu'il l'aimait. Elle aussi, elle l'aimait. Elle lui devait bien de rester ici le temps que durerait l'enquête.

Forte de cette décision, elle alla chercher une paire de chaussettes et des baskets, et s'assit sur le bord du lit pour les enfiler.

— Je n'ai pas fait le bon choix.

Elle tourna la tête vers Huck qui se tenait, contrit, sur le seuil.

— C'est vrai, rétorqua-t-elle en se penchant en avant pour se chausser. Tu aurais dû me faire confiance. Me parler. Au lieu de ça, tu m'as plaquée.

Il secoua la tête avec véhémence.

— Ne dis pas ça, Liv. Je t'en supplie.

Il chercha son regard et s'y accrocha.

— Je n'aurais jamais dû faire ça. À ce moment-là, j'ai fait ce que je pensais être le mieux. Avec le temps, j'ai compris que j'avais commis la plus grosse erreur de ma vie.

Elle s'approcha de lui et l'épingla d'un regard dur.

— Et quand as-tu eu cette révélation ? Avant ou après le dixième message que j'ai laissé sur ta boîte vocale ? Ou peut-être après que je suis venue tambouriner à ta porte mais que, là encore, je n'ai obtenu aucune réponse. Ou peut-être était-ce des mois après, alors que je passais encore des nuits blanches à pleurer sur toi ?

Elle vit son visage se décomposer. Manifestement, elle avait atteint son but. Elle lui avait fait mal.

Pourtant, elle ne tirait aucune gloire de cette victoire un brin mesquine, elle devait bien l'admettre. Au contraire, même, elle lui laissait un goût amer dans la bouche.

— Je me suis trompé. Quand je l'ai réalisé, j'aurais fait n'importe quoi pour que tu me pardonnes mais j'avais peur que ce soit trop tard.

— Tu n'es qu'un lâche.

Elle plaqua sa paume sur sa poitrine et le poussa dans le couloir. Puis, sans un regard pour lui, elle sortit.

Il lui emboîta le pas. Grand bien lui fasse.

Elle avait des choses plus urgentes à régler.

Une fois dans le hangar, elle attrapa une pelle et la lui lança. Il lui en fallait une seconde. Elle la trouva derrière une rangée de râteaux et de bêches.

— Tant qu'à rester ici, autant te rendre utile.

— D'accord.

Il ne lui posa aucune question. Il la suivit docilement jusqu'au grand chêne au pied duquel se trouvait la sépulture de sa mère.

— Toute ma famille est morte, dit-elle. Mais réfléchis bien. Pourquoi mes grands-parents n'ont-ils pas émis le souhait de se faire inhumer ici, auprès de leur enfant unique ? J'aurais déjà dû y penser au moment de la mort de Gran. Pourquoi avoir voulu que ses cendres soient dispersées à Sunset Rock alors qu'elle adorait sa fille au point d'en mourir ? Il y a quelque chose qui cloche là-dedans.

— Liv, je comprends ton raisonnement, mais tu ne peux pas faire ça. Tu ne peux pas exhumer un corps sans autorisation préalable.

— Si, je le peux. Qui pourrait m'en empêcher ? Mais je te laisse le choix. Tu peux m'aider ou partir. M'abandonner, tu l'as déjà fait, non ?

Il encaissa ce coup bas sans broncher.

— Qui espères-tu trouver dans ce cercueil ?

Elle haussa les épaules.

— Exactement, je n'en sais rien. Mais je sens que la clé du problème se trouve là.

— Decker t'a pourtant dit que Laura était morte.

— Dans ce cas, pourquoi Willy a-t-il chargé Rogers de la retrouver ? Pourquoi cette femme à Pineville m'a-t-elle prise pour elle ?

— D'après ce que nous a dit Decker, ta mère a été internée deux fois là-bas.

— C'est vrai. Mais la femme qui m'a parlé avait dans les trente-cinq ans, tout au plus. Donc si elle était déjà internée à dix ans – ce dont je doute –, elle ne pourrait pas se souvenir de ma mère aussi précisément.

— J'ignorais ce détail. Tu ne me l'avais pas dit.

— Je n'en voyais pas l'utilité. Jusqu'à la confession de Decker.

À la manière dont il la regardait, elle comprit qu'il était traversé des mêmes interrogations. Puisque la femme qui s'était enfuie de la clinique n'était pas Olivia, qui était-ce ?

— Il nous faut des gants, pointa Huck.

Quelques minutes plus tard ils revenaient du hangar, chacun muni d'une paire de gants de jardinage en cuir épais.

Ils se mirent à creuser en silence jusqu'à se trouver devant une fosse rectangulaire d'une cinquantaine de centimètres de profondeur.

— Si nous faisions une pause, le temps de boire un peu d'eau ? suggéra Huck en s'étirant.

Olivia était en nage, ses bras et ses mains lui faisaient mal mais, portée par l'adrénaline, elle ne pouvait plus s'arrêter.

— Pas encore, dit-elle sans s'interrompre.

C'est alors que sa pelle, au lieu de s'enfoncer dans la terre meuble, heurta quelque chose de dur. Elle s'accroupit au bord du trou et commença à gratter avec ses mains gantées puis à écarter doucement la terre sur les côtés. Bientôt apparut une petite plaque lisse et blanche. Olivia continua à gratter jusqu'à découvrir le haut d'un crâne humain. Elle se releva d'un bond en poussant un cri.

Huck se précipita vers elle et fixa des yeux ce qu'elle venait de révéler au grand jour. À son tour, il s'accroupit. Du bout des doigts, il épousseta la terre qui recouvrait encore en partie le crâne puis il le sortit de la fosse et le déposa sur l'herbe, au pied de l'arbre.

Quelques minutes plus tard, des ossements venaient rejoindre le crâne. Puis ce furent des fragments de tissu et, encore plus tard, ce qui restait d'une paire de baskets.

Des baskets bien trop grandes pour avoir appartenu à une femme.

Olivia et Huck se regardèrent puis se remirent à creuser en silence.

Ce fut Olivia qui trouva le portefeuille. Incapable de l'ouvrir elle le tendit à Huck qui en sortit un permis de conduire.

— Kasey Aldean, lut-il à voix haute.

Olivia regarda fixement le crâne et les ossements qu'ils avaient regroupés sur l'herbe.

Ils venaient de découvrir le cadavre de son père.

Où était sa mère, alors ?

13

18 heures

— Je voulais t'épargner une peine supplémentaire, expliqua Decker.

Olivia réprima avec peine l'envie de hurler qui lui montait à la gorge.

— Qu'est-ce que tu racontes ?

Decker pointa du menton les ossements.

— Je t'ai dit que Willy et moi nous sommes débarrassés du corps pour protéger ta mère. Eh bien, c'est là que nous l'avons enfoui.

— Et ma mère, où est-elle enterrée alors ?

Decker voûta le dos.

— Elle n'est pas enterrée, répondit-il. Nous avons cherché son corps pendant des jours. Sans résultat. On ne l'a jamais retrouvé.

Il redressa soudain les épaules, donnant l'impression qu'il n'avait plus à se justifier.

— Il faut que tu arrêtes avec ça, Liv. Il faut que tu ailles de l'avant, que tu reprennes ta vie en main. Fouiller dans ton passé comme tu le fais ne t'apportera pas la paix intérieure dont tu as besoin. De toute façon, on ne peut pas réécrire l'histoire. Ce qui est fait est fait.

Sur ce, il fit un signe de tête à Huck et s'éloigna à grandes enjambées. Huck le suivit. Sans doute avait-il des choses à lui dire qu'il ne voulait pas qu'elle entende. Même s'il avait essayé de ne pas le montrer, lui aussi avait été ébranlé par les révélations de Decker puis par leur découverte macabre.

Elle ferma les yeux. Elle ne se souvenait pas d'avoir été aussi furieuse contre quelqu'un.

Sauf quand Huck l'avait quittée et qu'il avait foulé aux pieds ses rêves de vivre une vie heureuse avec lui. Mais là, c'était différent. Elle secoua la tête, cherchant à comprendre ce qui venait de se produire.

Arnold Decker était le shérif de cette ville. Un homme investi d'une autorité et qui se devait de faire respecter la loi. Et il lui demandait de faire comme si elle ne venait pas de déterrer les ossements d'un homme assassiné pour « aller de l'avant ».

Son père.

Le crâne n'avait pas été défoncé. Les os ne présentaient aucune fracture.

Comment Laura l'avait-elle tué ? Lui avait-elle administré un poison mortel ? Lui avait-elle tiré une balle en plein cœur ?

Quelle importance ? La réalité était qu'elle l'avait tué puis qu'elle s'était suicidée.

Elle ferma les yeux. Sa mère n'avait donc pas pensé une seconde à elle, sa fille ? Aux conséquences que ses actes auraient sur elle ? À ce moment-là, avait-elle déjà décidé qu'Olivia serait mieux sans elle, élevée par ses grands-parents ?

Elle eut soudain l'impression de manquer d'air. Il fallait qu'elle s'éloigne de cette fosse.

Elle était presque arrivée à la maison quand Huck la rejoignit.

— Ça y est. Il est parti.

— Tu crois à tout ce qu'il nous a raconté ? demanda-t-elle soudain.

— Pourquoi mentirait-il ?

— Nous avons la preuve que mon père est mort. Et Willy n'aurait pas demandé à son meilleur ami de l'aider à couvrir le crime si la meurtrière n'avait pas été sa fille. Ces deux points sont indiscutables.

Sans rien dire, Huck sortit son smartphone de sa poche et se mit à tapoter sur le clavier.

— J'ai trouvé l'annonce du décès de ta mère dans une rubrique nécrologique, dit-il au bout de quelques minutes. En revanche, il n'y a rien sur un suicide ou une noyade qui aurait eu lieu au barrage à cette époque-là.

— C'est impossible que les médias locaux n'en aient pas parlé.

— Sauf si Decker et Willy ont caché ça aussi. Decker a pu demander aux sauveteurs de rester discrets, de ne pas ébruiter l'affaire.

— Ou sauf si ma mère ne s'est pas suicidée. Qui sait si elle n'a pas laissé le mot pour brouiller les pistes puis s'est juste enfuie.

— Elle aurait refait surface récemment, ce qui aura inquiété Willy qui aurait fait appel à Louis Rogers pour tenter de la retrouver.

Cette hypothèse était tellement énorme qu'un flot d'émotions contradictoires déferla sur elle.

— Il faut que j'en aie le cœur net. Si ma mère est vivante, je veux la retrouver. Je veux savoir si c'est elle qui a poussé Willy dans le vide. Tu comprends, Huck, il faut que je...

Il lui prit la main et la pressa tendrement dans la sienne.

— Commençons par essayer de savoir si elle est toujours en vie et où elle se trouve.

Elle acquiesça docilement. Huck avait raison. Il ne fallait pas brûler les étapes mais procéder dans l'ordre.

— Si nous retournions dans la maison abandonnée ? Tu

sais, celle où nous avons vu le sac de couchage. C'est peut-être là-bas qu'elle se cache.

— J'allais te le proposer.

Vine Street, 19 h 10

La rue était calme, mais il n'y avait rien d'étonnant à cela. Le samedi soir, les gens sortaient dîner au restaurant ou restaient chez eux à regarder la télé.

Huck se gara à la même place que la fois précédente. Et comme la fois précédente aussi, la vieille dame prenait l'air sous son porche.

— Je vais aller lui parler, déclara Olivia.

— Je te suis. Nous n'avons rien à perdre, de toute façon.

En les voyant, la femme arrêta de se balancer dans son fauteuil à bascule et les regarda approcher.

— Bonsoir, lança Olivia. Je m'appelle Olivia Ballard et voici mon ami, Huck Monroe. Vous pourriez nous donner quelques renseignements sur la maison qui est à louer ?

La femme les jaugea un long moment sans rien dire.

— Je croyais que c'était celle qui est à vendre qui vous intéressait, dit-elle finalement.

Elle se méfiait d'eux, c'était évident.

— En réalité, nous hésitons entre les deux, poursuivit Olivia.

La femme afficha un air sceptique qui disait clairement qu'elle n'était pas convaincue.

— Avancez-vous sous le porche, finit-elle par dire. Je suis un peu dure d'oreille. Je vous entendrai mieux.

Un court instant plus tard, Olivia était assise dans le fauteuil à bascule qui se trouvait à côté de celui de la femme et Huck sur la balancelle.

Aussitôt, la femme riva sur Olivia un regard insistant.

— Je vous ai déjà vue, affirma-t-elle.

— Oui. Vous avez dû me voir quand je suis venue voir la maison d'à côté.

La femme secoua la tête.

— Non, non. je vous ai vue plusieurs fois entrer et sortir de cette maison, comme si vous y habitiez. La dernière fois, c'était lundi et il ne faisait pas encore nuit.

Huck ne dit rien. Il préférait laisser à Olivia le soin de gérer cette information comme elle le voulait.

— Vous avez raison, dit-elle d'un ton faussement désinvolte. Je n'ai rien dit parce que je n'étais pas sûre que vous m'ayez vue. En fait, il est important que personne ne le sache.

— À vous voir faire, j'ai bien compris que vous vous cachiez. Je n'ai pas appelé la police parce que j'estimais que cela ne me regardait pas. Et puis, du moment que vous ne faisiez pas de grabuge… Thelma…

Elle s'interrompit pour pointer du menton les maisons qui se trouvaient au bas de la rue.

— Thelma m'a dit qu'elle vous avait parlé et que vous étiez très aimable.

Son regard d'aigle alla soudain épingler Huck.

— Je vois que vous avez trouvé quelqu'un pour vous aider. J'espère qu'il est fiable.

Olivia opina.

— Oui, je crois que je peux compter sur lui, dit-elle en lui souriant. D'ailleurs, il faudrait que je dise à Thelma que je ne suis plus seule. Vous savez si elle est chez elle ?

— Si sa voiture est dans l'allée, c'est qu'elle est là.

Olivia se leva, donnant le signal du départ.

— Je vous remercie de n'avoir parlé de moi à personne.

— Vous avez bien fait de ne pas vous montrer quand ce type surveillait la maison. Il est resté planté là deux jours entiers.

— Je l'avais vu rôder. Je me méfiais.

Tandis qu'ils s'éloignaient, Olivia lança un coup d'œil à Huck. Lui aussi avait compris que ce n'était pas Olivia que la vieille femme avait vue. C'était une femme qui lui ressemblait mais, depuis son porche, elle n'avait pas remarqué la différence d'âge.

Les soupçons devenaient peu à peu certitude : quoi qu'ait affirmé Decker, Laura Ballard était vivante.

La maison de Thelma se trouvait à une centaine de mètres de là. Une voiture rouge était garée dans l'allée.

Olivia prit une profonde inspiration et monta les marches qui menaient à la porte d'entrée, sous le porche. Elle n'eut pas le temps de frapper. La porte moustiquaire s'ouvrit sur une femme d'un certain âge, probablement Thelma.

— Tout va bien ? s'enquit cette dernière avant de réaliser son erreur.

— Bonjour, vous êtes Thelma ?

La femme acquiesça de la tête avant de sortir.

— Oui. Excusez-moi, je vous ai prise pour quelqu'un d'autre. C'est fou comme vous vous ressemblez. C'en est même troublant.

— Je m'appelle Olivia Ballard. J'aimerais vous poser quelques questions sur la femme qui vit dans la maison inoccupée.

Le regard de Thelma se fit suspicieux.

— Quel genre de questions ? Ils ont envoyé quelqu'un à sa recherche, comme elle l'avait prédit. Je n'ai pas l'intention de vous aider si elle ne veut pas être retrouvée.

— La femme avec qui vous avez parlé est Laura Ballard, la mère d'Olivia, intervint Huck. Ce qu'elle ne vous a peut-être pas dit, c'est qu'elle est en danger. Les personnes qui la recherchent ne sont pas des enfants de chœur, vous pouvez me croire. En nous aidant, vous aiderez Laura.

— Il est inscrit sur votre SUV que vous êtes flic, insista Thelma. Qui me dit que vous lui voulez du bien ?

— Thelma, il faut que vous nous fassiez confiance, la supplia Olivia. Il ne faut pas que quelqu'un la trouve avant nous.

Thelma hésita un court instant.

— Laura s'est enfuie d'un endroit où elle était enfermée contre son gré depuis des années, répondit-elle enfin. Elle m'a révélé qu'elle ne pouvait faire confiance à personne et qu'elle s'inquiétait pour sa fille.

— Thelma, on m'a laissée croire toute ma vie que ma mère était morte, rétorqua Olivia d'une voix étranglée.

— Elle m'a dit aussi que la seule personne qui aurait pu l'aider avait été assassinée.

— Vous a-t-elle dit qui était cette personne ?

— Non. Je ne l'ai pas revue depuis le jour où nous nous sommes parlé.

— Vous a-t-elle dit autre chose ? insista Olivia. Qui la retenait prisonnière ?

— Je sais juste qu'elle essayait de s'enfuir depuis des années mais que, jusque-là, toutes ses tentatives avaient échoué.

Comprenant qu'ils n'en tireraient rien de plus, Huck lui tendit sa carte.

— Si jamais vous avez des nouvelles, appelez-moi.

Ils allaient partir quand Thelma ajouta :

— Ils lui ont fait subir des traitements de choc. Pour la punir, paraît-il.

— Comment était-elle quand vous l'avez vue ? demanda Olivia.

— Comment cela ?

— Vous a-t-elle semblé désorientée ? Effrayée ? Fébrile ? Agitée ?

— Rien de tout cela. Elle avait l'air d'aller bien. Et surtout, elle était très déterminée à trouver quelqu'un susceptible de l'aider.

— Nous sommes les bonnes personnes pour cela, affirma Olivia d'une voix forte.

Sur ce, ils partirent, sentant sur eux le regard de Thelma qui ne les quittait pas.

— Liv, je veux que tu sois très prudente, déclara Huck alors qu'ils roulaient depuis un moment en silence. Nous ne connaissons pas encore tous les tenants et les aboutissants de cet imbroglio. Ce qui est sûr, c'est que Willy ne se serait jamais laissé embarquer dans une telle galère à moins d'y avoir été contraint.

— Vers qui pouvons-nous nous tourner, maintenant ?

Il prit sa main dans la sienne, dans un geste infiniment tendre.

— Nous sommes là l'un pour l'autre, Liv. Et nous trouverons le coupable, je te le promets.

Mais une question le taraudait : Decker ignorait-il vraiment que Laura était vivante ?

Firefly Lane, 20 h 30

Olivia se sentait perdue. Elle ne savait plus quoi croire ni quoi penser.

Elle en voulait à Willy de ne pas lui avoir dit ce qu'il savait. Si, comme l'avait affirmé Decker, il avait agi dans le seul but de protéger sa fille, elle aurait pu comprendre. Mais elle avait le droit de connaître la vérité.

Elle regarda par la fenêtre ce qu'il restait de la grange. Comment avaient-ils pu en arriver là ?

Elle repensa aux dernières heures qu'avait vécues Willy. Tant de questions se bousculaient dans sa tête. Savait-il alors que Laura s'était échappée de la clinique ? Était-ce pour elle qu'il avait acheté une bouteille de vin ? Parce qu'ils devaient dîner ensemble ? Était-ce à Willy que Laura faisait allusion quand elle avait dit à Thelma que la seule personne qui aurait pu l'aider était morte, assassinée ?

Une idée lui vint, qu'elle devait aller vérifier. Elle ouvrit l'album photos où elle savait trouver des clichés de sa mère adulte. Elle alla s'asseoir sur le canapé et se mit à en feuilleter les pages.

— Qu'est-ce que tu cherches ? lui demanda Huck, venu s'asseoir à côté d'elle.

— Ça, répondit-elle.

Elle montra du doigt une photo sur laquelle on voyait sa mère poser avec un verre de vin rouge à la main.

— Maman buvait du vin. Et si c'était avec elle que Willy avait rendez-vous ce dimanche soir ? Il aurait acheté la bouteille pour elle ; parce que c'était elle qu'il devait recevoir.

Il se leva d'un bond.

— Il n'y a qu'un moyen de le savoir. Il nous faut récupérer cette bouteille.

— Grand-père avait l'habitude de trier ses déchets. Elle doit se trouver dans la poubelle dédiée au verre à recycler. Viens, allons voir.

Le raisonnement d'Olivia était le bon. Un court instant plus tard, Huck sortait la bouteille du bac à verre en prenant garde à ne pas l'attraper par le col. Olivia alla chercher un sac-poubelle dans lequel il introduisit la bouteille.

— Je vais passer un coup de fil à Snelling pour qu'il vienne la récupérer. Avec un peu de chance, il pourra peut-être accélérer les choses.

— OK. Pendant que tu téléphones, je vais prendre une douche.

Elle passa dans sa chambre, attrapa une chemise de nuit

propre dans sa commode, puis alla s'enfermer dans la salle de bains.

Elle laissa l'eau couler un long moment sur sa peau nue avant de se frictionner le corps de son gel douche préféré. Elle se lava ensuite les cheveux, se massant doucement le cuir chevelu. En quelques minutes, elle sentit la tension de ses muscles se détendre un peu.

La détente fut de courte durée. Très vite, des images de la découverte macabre qu'ils avaient faite l'assaillirent. De nouvelles interrogations fusèrent, qui ne lui laissaient aucun répit. Willy et Gran savaient-ils que Kasey, son père, était enterré là, dans leur jardin ?

Une nouvelle fois, la pensée que son grand-père lui avait tu un tel secret l'affecta. Elle essaya encore de comprendre cette décision. En vain. Elle ne trouvait aucune raison valable qui aurait pu justifier que Willy la laisse dans une telle ignorance. Pourquoi lui cacher une vérité qui la touchait de si près ? Si Laura souffrait réellement d'une maladie mentale, sa fille était en droit de le savoir, d'autant plus qu'il pouvait s'agir d'une maladie héréditaire.

Pourtant, Thelma leur avait assuré que Laura ne présentait aucun signe de déséquilibre mental. Olivia n'était pas spécialiste en psychiatrie, mais elle savait que certains malades connaissaient des moments de lucidité. C'était peut-être durant l'une de ces parenthèses que Laura avait accosté Thelma.

Elle était fatiguée. Elle avait besoin de faire le vide dans son esprit. Elle ferma le robinet et sortit de la douche. Elle se sécha, enfila sa chemise de nuit et alla rejoindre Huck qui s'affairait dans la cuisine.

— Je crois que nous avons épuisé toutes nos ressources, dit-il. Il va nous falloir faire appel à un livreur. Qu'est-ce qui te ferait plaisir ? Italie ? Mexique ? Asie ?

— Je rêve d'une pizza.

— C'est parti !

Il pianota sur le clavier de son téléphone.

— Nous serons livrés dans trente-cinq minutes, annonça-t-il en rempochant son appareil.

— Super.

— En attendant, que dirais-tu de partager une bière ? Il n'en reste qu'une.

Il lui passa la canette.

— À toi l'honneur. C'est mon tour d'aller prendre une douche.

— Au fait, qu'a dit ton collègue de la scientifique ? Il va passer ?

— Il est déjà passé. Et figure-toi qu'il était porteur d'une nouvelle intéressante.

Olivia ouvrit la canette et en but une gorgée. La bière n'était pas sa boisson préférée, mais l'alcool l'aiderait à se détendre un peu.

— Vas-y. Je t'écoute.

— Selon sa femme, qui est adjointe au shérif, Arnold Decker aurait donné sa démission. Il a évoqué des raisons personnelles.

— Tu es sérieux ?

— Très sérieux.

— Tu penses que cette décision a quelque chose à voir avec les événements de ces derniers jours ?

La réponse était évidente. Il n'avait pas eu d'autre choix, compte tenu du fait que, désormais, tous deux connaissaient son sombre secret.

— C'est très probable.

— Il n'a pas fait le bon choix, dit-elle.

Olivia connaissait Decker depuis l'enfance. Si elle avait de la sympathie pour lui, elle ne lui reconnaissait pas pour autant le droit d'avoir montré le mauvais chemin à Willy. Willy était son ami. Il aurait dû lui parler, tenter de le raisonner, au lieu de l'aider à protéger sa fille.

— Je suis d'accord avec toi, approuva Huck en se dirigeant vers la porte.

Elle le regarda disparaître dans le couloir, un sourire reconnaissant aux lèvres. Elle était vraiment heureuse de l'avoir à ses côtés dans ces moments si difficiles à vivre.

Elle traîna dans le salon, sa bière à la main. Elle s'arrêta devant le tableau accroché au-dessus de la cheminée puis devant les photos encadrées disposées sur le bahut en chêne massif. Elle ressentit soudain un vide immense. Elle n'avait plus de famille, et une partie de son histoire familiale était partie en fumée dans l'incendie de la remise.

Était-ce Laura qui avait mis le feu ? Elle aussi qui avait écrit le message sur le mur de sa chambre ?

Si Laura savait que sa fille était là, si elle voulait lui parler, pourquoi n'était-elle pas venue la trouver ici, tout simplement ? Olivia n'était pas responsable de ce qui lui était arrivé. Elle n'avait aucune raison de lui en vouloir.

Et si c'était elle qui était responsable de la mort de Willy ?

Elle chassa avec force cette éventualité qui lui était insupportable.

Elle sortit et resta immobile sous le porche à scruter l'obscurité. Sa mère était-elle là, tapie dans un bosquet, à l'épier ? Attendait-elle l'occasion de lui parler seule à seule ?

Ou le bon moment pour la tuer, elle aussi ?

Elle vida d'un trait le reste de la canette réservée à Huck. Elle la posa sur la balustrade et descendit dans le jardin. Les massifs en fleurs exhalaient un doux parfum qui masquait légèrement l'odeur persistante de fumée.

Elle repensa aux ossements que Huck et elle avaient exhumés et laissés sur l'herbe. Elle ressentit soudain l'impression d'avoir commis un sacrilège. Tôt ou tard, il faudrait bien qu'ils fassent une déclaration. Les ossements seraient alors emportés pour y être analysés. Ils sauraient à ce moment-là quelle avait été la cause du décès.

Pourrait-elle revivre un jour dans cette maison, théâtre de tant de drames ?

Il ne lui restait personne, ici.

À l'exception de Huck.

Un frisson de désir la parcourut qu'elle s'empressa de refouler. Il y avait des ponts qu'on ne pouvait plus franchir même s'ils ne s'étaient pas totalement écroulés. Huck et elle resteraient amis. Ils s'en étaient fait la promesse.

Huck était un homme bien, elle ne pouvait le nier. Malgré elle, au travers des récits que lui en faisait son grand-père, elle avait suivi son parcours, l'évolution de sa carrière.

L'âge lui allait bien. Elle le trouvait encore plus attirant que lorsqu'ils étaient plus jeunes.

Il l'avait traitée avec tant de respect. Bien plus qu'elle ne l'avait fait. Elle avait tellement eu envie de lui, la veille. Elle aurait fait l'amour avec lui s'il n'avait pas mis des barrières entre eux, toujours par respect pour elle. Pour lui laisser le temps de réfléchir. De décider si elle ne le regretterait pas.

Ou parce qu'il avait une femme dans sa vie.

Au gré de ses monologues, Willy avait laissé entendre que Huck était seul mais peut-être qu'il n'en savait rien. Que c'était une partie de sa vie que Huck gardait secrète.

Une boule se forma dans sa gorge. Pourquoi ? N'avait-elle pas décidé que son passé était derrière elle, désormais ? Qu'elle était passée à autre chose ?

Mensonges.

Elle avait fréquenté d'autres hommes. Des histoires qui avaient duré quelques semaines, voire quelques mois, mais jamais rien de sérieux.

Jamais rien qui se rapproche de près ou de loin de ce qu'elle avait vécu avec Huck.

Leurs erreurs avaient-elles ruiné à jamais leur chance de vivre quelque chose de permanent ?

Allait-elle en finir, partir et prétendre ne plus tenir à lui ? Faire comme s'il la laissait de marbre ?

Dans ce cas, elle n'aurait jamais les réponses espérées.

Il n'en était pas question.

Elle fit volte-face et retourna à la maison. Elle ne pouvait pas partir sans savoir, sans être sûre.

Elle s'arrêta dans l'entrée pour prendre une profonde inspiration. Puis, d'un pas décidé, elle s'engagea dans le couloir.

Huck sortit de la salle de bains pile au moment où elle arrivait devant la porte.

— Je vais m'habiller, dit-il en resserrant sur lui la serviette qu'il avait nouée autour de ses hanches.

Elle alla se planter devant lui et le regarda droit dans les yeux.

— Dis-moi que tu n'as pas envie de moi. Dis-le-moi et je promets de ne plus t'importuner avec ça.

Il afficha un air tendre qui la bouleversa.

— Qu'est-ce qui te fait penser que je n'ai pas envie de toi ? demanda-t-il.

— Prouve-le.

Il prit son visage entre ses mains en coupe puis tout doucement effleura ses lèvres des siennes. Le monde s'arrêta de tourner. Plus rien n'exista alors que le goût de leurs bouches scellées l'une contre l'autre, l'odeur virile qui se dégageait de lui et le contact de son corps musculeux contre le sien.

Il l'embrassa jusqu'à ce qu'elle se sente presque fondre en lui. D'une main fébrile, elle dénoua la serviette qui glissa au sol. Huck la souleva et l'emporta jusque dans sa chambre.

Il lui ôta sa chemise de nuit puis bascula avec elle sur le matelas. Elle plongea alors dans un monde fait de sensations. Elle sentait avec acuité sa bouche qui agaçait ses tétons tendus de désir, ses mains qu'il promenait sur sa peau nue et frissonnante.

Ils retrouvèrent instantanément les gestes du passé, les caresses qui les faisaient gémir de plaisir.

À ce moment précis, plus rien d'autre ne comptait.

14

Dimanche, 11 juin, 9 h 30

— Tu en es sûre ?

Olivia fixa l'homme qui était assis en face d'elle, de l'autre côté de la table. Celui qui lui avait rappelé toute la nuit, alors que leurs corps imbriqués n'arrivaient pas à se détacher l'un de l'autre, ce qu'elle avait perdu dix ans plus tôt. Ses caresses, le goût salé de sa peau et celui de ses baisers enflammés. Rien ni personne ne les séparerait de nouveau.

Huck ressentait-il la même chose ? Elle n'en était pas certaine. Elle s'était réveillée dans un lit vide. Huck s'était déjà levé et avait préparé le café. Mais pire, il lui paraissait distant. Avait-elle dit ou fait quelque chose qui l'avait contrarié ? Allait-il fuir une seconde fois ?

— Certaine, répondit-elle. Tous ces secrets de famille sont restés enfouis bien trop longtemps. Je ne veux plus de ce poids sur mes épaules.

Elle s'interrompit pour remplir sa tasse vide. Une nouvelle dose de caféine allait rajouter à sa nervosité grandissante mais tant pis !

— Nous n'avons pas besoin de mentionner le rôle qu'a joué Decker dans cette histoire, poursuivit-elle. Ce sont Willy et Gran qui ont fait appel à lui. Il les a aidés en sachant qu'il prenait tous les risques.

— Liv, il ne faut pas commettre la même erreur que ton grand-père. Nous n'allons pas le couvrir. Il faut qu'il prenne ses responsabilités dans cette affaire.

Il n'avait pas tort, finalement. Sans doute que, Decker faisant pratiquement partie de la famille, elle manquait d'objectivité.

— C'est ton supérieur. La décision t'appartient.

Il la remercia d'un hochement de tête.

— J'ai quelques coups de fil à passer. Je vais demander à la police scientifique de venir terminer l'exhumation. Ils pourront faire analyser le squelette entier.

— Merci.

Leurs regards se croisèrent, mais très vite Huck détourna la tête.

— Si tu as besoin de moi, je serai sous le porche.

Elle le regarda sortir. Se pouvait-il qu'elle se soit trompée à ce point ? Qu'elle ait mal interprété la nuit d'amour qu'ils avaient passée ensemble ?

Elle se leva. Elle aussi avait besoin de prendre l'air. Elle venait de se lever quand un bip lui annonça l'arrivée d'un texto.

Elle sortit son smartphone de la poche de son pantalon et baissa les yeux sur l'écran.

Willy.

Son cœur se mit à battre la chamade. Le SMS avait été envoyé depuis le téléphone de son grand-père. Cela ne pouvait être que son assassin.

Inspire, s'ordonna-t-elle.

Elle prit une profonde inspiration et sortit en lisant son message.

Il faut que je te raconte comment les choses se sont véritablement passées.

À peine venait-elle de lire le dernier mot qu'un deuxième message arriva.

C'est maman.

Elle crut que ses jambes allaient se dérober sous elle au moment où lui parvint un troisième SMS :

Retrouve-moi au vieux chêne, là où je suis censée être enterrée.

Elle hésita entre courir retrouver sa mère ou aller prévenir Huck. La raison l'emporta. Elle alla rejoindre Huck. Il était en ligne. Elle lui brandit son téléphone sous le nez de sorte qu'il puisse lire la suite de messages.

— Merci, Snelling, dit-il. Prévenez-moi dès que votre équipe sera en route.

Il lui prit le téléphone des mains et lut les textos plus attentivement.

— Tu viens de les recevoir ?

— À l'instant. Ils ont été envoyés du téléphone de Willy.

Sans un mot, Huck glissa son portable dans la poche arrière de son jean et alla chercher son arme de service qu'il avait laissée sur un guéridon, près du fauteuil à bascule.

— Allons-y, lança-t-il.

— Si c'est bien ma mère et qu'elle te voit, elle pourrait s'enfuir, objecta-t-elle.

— Il n'est pas question que je te laisse aller là-bas toute seule.

Il avait parlé d'un ton ferme qui n'entendait pas être discuté.

— Si je n'avais pas voulu que tu viennes, je serais sortie par la porte de derrière et tu n'aurais rien vu.

— Très bien, je vais prendre le chemin de garde. Celui que nous prenions quand on ne voulait pas se faire voir.

Elle approuva d'un hochement de tête.

— D'accord. Et moi, je passerai par l'allée principale.

— Surtout, ne mets pas trop de distance entre toi et moi. Prends ton temps.

— Ne t'inquiète pas, je n'ai pas l'intention de courir le moindre risque.

— OK. Je te laisserai trente secondes d'avance.

Un sourire se dessina sur ses lèvres. C'était ce qu'ils faisaient quand ils ne voulaient pas que Willy et Gran sachent qu'ils allaient à la falaise. Ils marchaient tranquillement jusqu'à la remise, se glissaient par l'arrière puis filaient à travers bois.

Elle s'apprêtait à partir de son côté quand il la retint par le bras.

— Sois prudente.

— Toi aussi.

Sur ce, elle contourna la maison puis s'engagea sur l'allée dallée. Quand elle arriva à l'orée du bois, elle s'arrêta pour envoyer un SMS.

J'arrive

Les battements de son cœur s'accélérèrent. Sa mère était là, quelque part. Elle allait la rencontrer. Était-elle folle ? Dangereuse ? Était-ce bien elle qui lui avait fixé ce rendez-vous ? La seule chose dont elle était sûre, c'était que celui qui avait envoyé ces textos depuis le portable de Willy était celui qui l'avait tué.

Elle avançait prudemment, tendue, l'oreille aux aguets. Et si sa mère cherchait à lui tendre un piège ? Si elle était armée et avait en tête de la tuer, elle aussi ? Comme Rogers et comme Willy ?

La sépulture se trouvait près de la falaise.

Quelqu'un avait poussé Willy dans le vide.

De là à faire le lien entre les deux, il n'y avait qu'un pas qu'il était facile de franchir.

Elle s'exhorta à ne pas céder à la panique. Huck était là, à quelques mètres, qui veillait sur elle. Avec lui à ses côtés, elle ne risquait rien. En tournant la tête, elle pourrait distinguer sa silhouette rassurante.

Ce serait prendre le risque qu'il se fasse repérer.

Ne te retourne pas. Avance.

Au moment où elle vit le grand chêne, elle sentit son cœur s'emballer. Elle avança encore.

— Olivia...

C'était une voix de femme.

Elle se retourna lentement. Son double se tenait immobile devant elle.

— Comme tu es belle.

Laura fit un pas en avant. Olivia recula instinctivement.

— Excuse-moi. Je ne voulais pas t'effrayer.

Olivia se ressaisit. Elle n'aurait pas peur. Elle combla la distance qui la séparait de sa mère jusqu'à être à sa portée.

— Tu ne me fais pas peur, affirma-t-elle d'une voix qu'elle voulait assurée.

Un sourire doux se dessina sur les lèvres de Laura.

— Je suis tellement heureuse de te voir, dit-elle dans un souffle.

C'est bien ma mère. Elle n'est pas morte. Comment Gran et Willy ont-ils pu me faire ça ?

Une vague d'émotion la submergea.

— Tu voulais me parler, se contenta-t-elle de dire alors qu'un flot ininterrompu d'interrogations se bousculait dans sa tête.

— Tu ne dois pas faire confiance à Decker. C'est lui qui a tué ton père.

Des larmes roulèrent sur ses joues.

— Et lui aussi qui a tué ton grand-père.

Quelque chose se brisa en Olivia. Elle crut que son cœur allait s'arrêter de battre.

— Je ne te crois pas.

Les deux hommes étaient amis depuis toujours. Pourquoi

Decker aurait-il fait une chose pareille ? Pourquoi aurait-il chargé Laura de meurtres qu'il aurait commis ?

— C'est toi qui as tué mon père. Decker nous l'a dit.

Laura baissa les yeux en même temps qu'elle voûtait les épaules. Elle affichait un air de profonde lassitude. Tout d'un coup, elle donnait l'impression d'avoir bien plus que ses cinquante ans. Olivia avait devant elle une femme usée, âgée, bien loin de la jeune femme des photos que sa mère avait pieusement conservées dans des albums.

Au bout d'un temps qui parut infini à Olivia, Laura sortit du silence dans lequel elle s'était murée.

— Il t'a menti, Olivia, dit-elle avec force. Je veux rétablir la vérité.

— D'accord. Mais à une condition.

Laura scruta le visage de sa fille.

— Laquelle ?

— Que tu parles devant Huck. Il m'aide depuis le début. Tu peux lui faire confiance. Et si ce que tu dis est vrai, il fera tout pour t'aider.

Puis comme sa mère ne disait rien, elle ajouta :

— Tu as ma parole. Huck ne me trahirait jamais.

Laura hésita encore.

— Si tu en es sûre...

Olivia envoya un SMS à Huck qui les rejoignit moins de trente secondes plus tard.

— C'est bon de vous voir, madame Ballard, dit-il.

Cette empathie déclencha chez Laura un torrent de larmes.

— Merci, dit-elle d'une voix tremblante, une fois qu'elle se fut un peu ressaisie.

— Vas-y, maman, nous t'écoutons, déclara Olivia.

Plus elle observait sa mère, moins elle voyait en elle la folle furieuse que lui avait décrite Decker.

— Du plus loin que je me souvienne, papa et Decker ont

toujours été amis, commença-t-elle. Il était toujours gentil avec moi. Il se montrait très paternel. Mais à mesure que je grandissais, son regard sur moi changeait. Jusqu'au jour où il m'a agressée sexuellement. J'avais treize ans.

Olivia et Huck échangèrent un regard interloqué.

— Tu peux le prouver ? demanda Olivia.

Laura secoua la tête, fuyant leur regard.

— C'est exactement ce qu'il me disait quand je menaçais de le dénoncer. Que je ne pourrais jamais le prouver et que personne ne me croirait. Même pas mes parents. Il venait juste d'être nommé chef adjoint. Tout le monde l'aimait et le respectait.

Olivia frissonna d'un mélange de dégoût et de révolte. Comme Laura s'était arrêtée de parler, elle l'encouragea à poursuivre.

— Vas-y. Continue.

— J'ai cessé de lutter et je l'ai laissé faire. J'ai perdu le compte du nombre de fois où... Je passais mon temps à essayer de le fuir ; à trouver des stratagèmes pour éviter de rester seule avec lui. Puis, enfin, j'ai obtenu mon diplôme de fin d'études secondaires et je suis allée à l'université, loin de lui. J'étais tellement soulagée. Enfin, j'allais pouvoir échapper à mon bourreau. Mes parents me manquaient terriblement, mais le soulagement de ne plus voir ce salaud valait le sacrifice.

Elle s'interrompit un instant, le visage sombre.

— Le répit a été de courte durée. Un jour, il est venu m'attendre à la sortie des cours et il a recommencé à me harceler. J'ai compris alors que je ne serais jamais débarrassée de lui tant que je n'aurais pas trouvé un homme qui m'aime et me protège.

Un sourire nostalgique se dessina sur ses lèvres.

— J'ai eu de la chance. Quelque temps après j'ai rencontré Kasey. Nous étions très heureux ensemble. Je suis tombée enceinte et nous avons décidé d'un commun accord de rentrer à la maison. Je savais que je pourrais compter sur mes parents.

Elle ferma les yeux.

— Je n'aurais jamais imaginé qu'il reviendrait à l'attaque, mais c'est pourtant ce qu'il a fait.

— Il a recommencé alors que tu étais enceinte ?

Olivia était horrifiée.

— Non. Tu avais trois ans. Il m'avait fichu la paix jusque-là. Je pensais que c'était terminé ; qu'il était passé à autre chose ou qu'il avait trouvé une autre proie. Ton père et moi avions formé le projet de nous lancer dans l'agriculture biologique. Nous voulions faire la surprise à mes parents, aussi nous ne leur en avions pas parlé. Nous partions souvent à la recherche de l'endroit idéal. Il nous arrivait de nous absenter plusieurs semaines mais, si je laissais Kasey poursuivre seul les recherches, je rentrais toujours à la maison pour toi. Tu me manquais tellement !

Olivia était au bord des larmes. Elle avait un tel sentiment de gâchis !

— Tu veux dire que papa et toi ne disparaissiez pas sans raison ?

— Bien sûr que non ! Qui t'a dit ça ?

— Decker.

Elle omit de citer la mère de Huck. À quoi bon ? Elle n'avait fait que répéter ce qu'on lui avait dit.

Olivia sentit une telle détresse chez Laura qu'elle en fut bouleversée. Pourtant, le doute subsistait. Et si cette femme n'était pas sa mère ? Et si elle était sa mère mais qu'elle lui mentait ? D'autre part, Olivia se demandait comment Willy avait pu se tromper à ce point sur un homme qu'il considérait comme son meilleur ami.

— Ses mensonges avaient marché sur mes parents. Pourquoi pas sur vous ? Il a fait en sorte de les inquiéter. De me faire passer pour une folle. J'ai attendu longtemps avant d'en parler à Kasey. Quand enfin je l'ai fait, il a suggéré que nous tendions un piège à Decker. Je devais organiser un rendez-vous sans lui dire que Kasey serait là. La confrontation s'est terminée par des menaces. Kasey lui a ordonné de ne plus jamais s'approcher de moi sinon...

— Comment Decker a-t-il pris ces menaces ? s'enquit Huck.

Laura tressaillit au son de sa voix. À croire qu'elle avait oublié qu'il était là.

— Il... Il l'a tué. Il lui a tiré une balle en plein cœur.

Laura fondit de nouveau en larmes.

— Je... je n'ai rien pu faire, hoqueta-t-elle. Il m'a attrapée, m'a mis l'arme dans la main puis m'a frappée si violemment que j'ai perdu connaissance. Il en a profité pour m'administrer des hallucinogènes. Mon comportement erratique a fini de convaincre mes parents que Decker disait la vérité. C'était moi qui avais tué mon mari. Decker leur avait aussi fait croire que nous nous droguions et que je ne supportais pas de voir Kasey partir sans moi ; que cela me rendait hystérique. Tout cela n'était qu'un tissu de mensonges. J'avais beau essayer de rétablir la vérité, le mal était fait. Personne ne me croyait. Le psychiatre de Pineville m'a assommée d'anxiolytiques et d'antidépresseurs. Pour le coup, j'étais réellement droguée. Finalement, au bout de quelques mois, j'ai pu sortir. J'ai réussi à ne pas prendre le traitement que m'avait prescrit le médecin et à retrouver mes esprits. Mais même là, alors que je n'étais plus sous l'influence des médicaments, mes parents ne m'ont pas crue. Se sentant menacé, Decker a manigancé pour me faire interner de nouveau à Pineville. J'ai compris que la seule façon de m'en sortir serait de fuir. Un an plus tard, l'occasion s'est présentée. J'ai pu me sauver.

— Et tu as simulé ton suicide, dit Olivia.

— C'était mon intention, oui. Mais Decker m'a rattrapée.

Il a laissé le mot que j'avais écrit pour mes parents et il m'a ramenée à Pineville. Mes parents n'ont jamais su que j'étais vivante.

— Le directeur de la clinique était de mèche avec Decker ? demanda Huck.

— Oui. À l'époque, c'était Leo Rich. Decker devait avoir un gros dossier sur lui. Assez gros pour obtenir de lui tout ce qu'il voulait.

— Est-ce toi qui as tué Willy ?

La brutalité de la question fit sursauter Laura.

— Bien sûr que non ! se défendit-elle avec force. Comment peux-tu imaginer une chose pareille ? Je n'ai même plus tenté de m'enfuir. Je m'étais même résignée à finir mes jours dans cette clinique jusqu'au jour où Decker m'a raconté ce qu'il avait fait et menacé, si j'essayais autre chose, de s'en prendre à toi.

— Qu'entendait-il par « essayer autre chose » ? questionna Huck.

Olivia eut soudain besoin de s'asseoir. Épuisée, elle s'effondra sur un rocher tout proche.

— J'ai passé plus de vingt-cinq ans, enfermée dans cette clinique, reprit Laura d'une voix tremblante d'émotion. Un jour, ils ont cessé de me garder en isolement. Je me suis alors liée d'amitié avec des patientes qui avaient le droit de passer le week-end en famille ou d'autres, qui allaient sortir pour de bon. Je leur ai raconté mon histoire tragique et les ai suppliées de transmettre un message à mon père. Malheureusement, comme par hasard, l'une est morte en glissant sur le carrelage de la douche ; une autre a été retrouvée pendue dans sa chambre ; la troisième s'est ouvert les veines. J'ai compris que personne ne pourrait me sauver. Que Decker trouverait toujours un moyen de m'arrêter.

— Tu veux dire que ce type, ce Leo Rich, qui était à la solde de Decker, aurait tué les personnes susceptibles de t'aider à sortir ?

Laura opina d'un hochement de tête.

— C'est la seule explication.

— Finalement, vous avez fini par réussir à vous échapper, pointa Huck.

— Oui. Mais les agissements de Decker avaient fait leur œuvre. J'étais tellement laminée qu'il m'a fallu longtemps avant d'oser de nouveau. Je m'étais vraiment résignée à mourir là-bas.

Elle ferma les yeux et secoua la tête.

— Honnêtement, je ne sais pas pourquoi il ne m'a pas tuée, comme les autres. Un jour, alors qu'il était venu me voir, je lui ai posé la question.

— Il venait te rendre visite ?

— Il est venu plusieurs fois. Il disait qu'il ne supportait pas de ne pas me voir. Il a juré qu'il ne me laisserait jamais partir.

— Il y a des caméras de surveillance tout autour de l'établissement, dit Olivia. Nous pourrons le retrouver facilement. Les vidéos sont archivées, normalement.

— Sauf qu'il a dû y penser, lui aussi. Cela ne m'étonnerait pas qu'elles aient disparu. Croyez-moi, ce salaud est capable de tout. D'ailleurs, il l'a prouvé, non ?

Elle marqua une courte pause puis reprit son récit.

— J'ai passé deux ans à tisser une relation avec une des patientes. Personne ne le savait. Nous avions pris toutes les précautions pour que ça ne sache pas car nous savions que, sinon, elle serait éliminée, elle aussi. Elle est sortie vendredi dernier. Je lui ai confié un collier. Ce n'était pas n'importe quel collier. C'était celui que m'avait offert mon père pour mon seizième anniversaire, un tournesol au bout d'une chaîne en or, que je portais toujours. La preuve que j'étais vivante. Dimanche matin, elle est allée trouver Willy et lui a dit où je me trouvais et ce qu'avait fait Decker.

— C'est elle qui t'a dit qu'elle était allée voir Willy ?

Laura secoua la tête.

— Non. Elle ne pouvait pas prendre le risque de me contacter à Pineville. Mais je sais qu'elle l'a fait parce que lundi, Decker est venu à la clinique. Il m'a dit qu'il avait appris ce que j'avais fait et que ma bêtise l'avait poussé à tuer son meilleur ami. Mon père. C'est là qu'il a ajouté que si jamais je recommençais ou si je tentais autre chose pour sortir de là, il s'en prendrait à toi. J'ai paniqué. Je ne pouvais plus rester là sans rien faire alors qu'il menaçait clairement de te tuer. Alors, j'ai décidé de tout mettre en œuvre pour tenter de m'échapper encore une fois.

Elle s'interrompit un court instant avant de poursuivre :

— Je crois bien que j'ai blessé sérieusement un des gardiens. Ce n'était pas mon intention, mais je n'avais pas le choix. Il fallait que je me sauve si je voulais te sauver.

Un silence pesant s'installa entre eux que Huck rompit le premier.

— Pendant que je te suivais, Snelling a appelé, dit-il. Ils ont trouvé les empreintes de Decker sur la bouteille de vin. Il avait essayé de les effacer, mais il en restait pas mal qui ont permis de déterminer que c'était les siennes.

— Decker boit du vin ? s'étonna Olivia.

— Oui, répondit Laura. Il boit du vin rouge.

— C'est vrai, renchérit Huck. C'était un sujet de plaisanterie entre nous. Un shérif qui préfère le vin à la bière, ce n'est pas si courant.

— Il m'a raconté que Willy et lui avaient dîné ensemble dimanche soir, continua Laura. Papa l'avait invité pour le confronter. Il lui a rapporté le message que mon amie lui avait transmis. Ils se sont battus et Decker lui a porté un coup mortel. Comme il fallait qu'il se débarrasse du corps, il l'a embarqué dans sa voiture et l'a jeté du haut de la falaise, à Sunset Rock.

Laura laissa échapper un nouveau sanglot.

— Le cynisme de cet homme était horrible. Il m'a raconté tout ça avec un détachement ignoble, en riant, même.

Olivia s'était mise à pleurer, elle aussi. Elle pleurait sur la mort de son père, sur celle de Willy, sur ce que Decker avait fait à s sa famille ; à la manière dont il l'avait détruite.

— Il y avait un détective privé, dit Huck. Un certain Louis Rogers.

— Oui. Decker l'avait engagé pour me retrouver. Il y est parvenu. Je lui ai raconté ce que faisait Decker et il m'a crue. Surtout quand je lui ai dit que c'était Decker qui avait assassiné Willy. Évidemment, quand Decker l'a appris, il ne lui a laissé aucune chance. Il l'a éliminé, lui aussi.

— Des mensonges... Encore des mensonges...

Huck se retourna brusquement en entendant la voix de Decker. Le canon de son arme à feu pointée sur lui l'empêchait de faire le moindre geste pour tenter d'attraper la sienne.

— Decker..., commença-t-il prudemment. Baissez votre arme. Nous savons que cette femme ment ; qu'elle prépare un mauvais coup. Vous n'avez pas à vous défendre ni à essayer de prouver quoi que ce soit. Nous avons bien compris que cette femme est folle.

— Huck..., protesta faiblement Olivia.

— Je ne suis pas folle ! hurla Laura.

— Bien sûr que si, tu l'es, affirma Decker d'une voix effrayante. Je me suis donné assez de mal pour le prouver, d'ailleurs. J'ai saccagé la maison de Willy, j'ai mis le feu à la grange, j'ai tué Willy. Si lui et Joyce étaient toujours de ce monde, ils vous le diraient.

Il éclata d'un rire sinistre.

— Les pauvres ! Ils n'ont jamais pensé une seconde que je les manipulais comme des marionnettes.

— Voilà ce que je propose, continua Huck sur le même ton

conciliateur. Nous allons emmener Laura au poste et tenter de tirer toute cette histoire au clair.

— N'essaye pas de m'entourlouper, Monroe. Je ne suis pas idiot. Je sais très bien que vous avez retrouvé mes empreintes sur la bouteille de vin.

Puis, se tournant vers Olivia il ajouta dans un ricanement lugubre :

— Dommage. Demain on dira que ta folle de mère, en fuite, a remis ça. Elle vous a tués tous les deux comme elle a tué son mari avant vous.

— Il y a juste un problème, Decker, rétorqua Olivia d'une voix qu'elle voulait assurée. Personne ne vous croira cette fois.

— Sauf qu'aucun d'entre vous ne sera plus là pour dire la vérité.

Un hurlement de bête déchira l'air en même temps que Laura se jetait sur Decker.

Des coups de feu retentirent.

15

Hôpital d'Erlanger, Chattanooga, midi

Olivia faisait les cent pas dans la salle d'attente.

Sa mère était toujours au bloc opératoire. La balle que Decker avait eu le temps de tirer avant que celle de Huck ne lui explose le cerveau avait atteint sa cible. Laura avait été grièvement blessée.

Elle avait été transportée aux urgences dans un état critique. Le pronostic vital était engagé.

Olivia arpentait la salle en se tordant les mains d'angoisse. Elle ne voulait pas que sa mère meure alors qu'elles venaient tout juste de se retrouver après vingt-cinq ans de séparation.

S'il vous plaît, mon Dieu, faites qu'elle vive.

Heureusement, Decker, lui, était mort.

En ce moment même, Snelling, qui assurait l'intérim, perquisitionnait la clinique psychiatrique. D'après ce qu'un adjoint de Decker avait rapporté à Huck, Leo Rich, le directeur de l'époque avait provoqué la mort, selon lui accidentelle, d'une jeune étudiante. Y voyant l'intérêt qu'il pourrait un jour y trouver, Decker l'avait couvert et, depuis, le lui faisait payer.

Toute cette histoire et chacun des mots qui y faisait référence rendaient Olivia malade. Rien ni personne ne pourrait lui rendre son père et son grand-père, mais elle avait encore sa mère. Et c'est pour cela qu'elle suppliait le ciel qu'on ne la lui reprenne pas. Laura avait vécu l'enfer. Elle avait été retenue prisonnière vingt-cinq ans dans une clinique psychiatrique où elle n'avait rien à y faire. Après toutes les épreuves qu'elle avait traversées, elle méritait de retourner à une vie normale.

— Des nouvelles ? s'enquit Huck, venu la rejoindre.

Elle secoua la tête.

— Et toi ? Tu as du neuf ?

— Le sergent Snelling vient d'appeler. Ses hommes ont retrouvé le collier de ta mère, mais aussi des photos que Decker faisait d'elle au fil des ans. Plusieurs d'entre elles ont été prises alors que Laura était internée.

Elle grimaça une moue de dégoût. Elle ne voulait plus entendre parler de ce monstre. Elle souhaitait juste qu'il aille brûler en enfer. Dire que sa mère ne se trouvait qu'à quelques kilomètres de Willy pendant tout ce temps ! Comme elle avait dû se sentir seule et abandonnée de tous !

— C'est bien, répliqua-t-elle d'un ton neutre qui était loin de refléter la haine qui l'animait. C'est une preuve de plus contre lui.

La porte s'ouvrit soudain sur le chirurgien. Olivia scruta son visage, le cœur battant.

Alors qu'elle sentait ses jambes faiblir sous elle, le bras protecteur de Huck vint s'enrouler autour de ses épaules.

— Votre mère a bien supporté l'opération, annonça enfin le médecin. Il va lui falloir du temps pour se remettre complètement, mais elle est hors de danger.

— Quand pourrai-je la voir ?

— Elle va passer environ une heure en salle de réveil, puis si tout se passe bien elle sera transférée en chambre. Vous pourrez la voir à ce moment-là.

Olivia était entre rires et larmes, Elle était tellement heureuse et soulagée qu'elle se confondit en remerciements.

Une fois la porte refermée sur le chirurgien, elle se tourna vers Huck.

— Je te remercie pour tout ce que tu as fait, dit-elle d'une voix débordante d'émotion. Sans toi, je n'aurais jamais pu faire éclater la vérité et maman serait toujours entre les griffes de ce monstre.

Le visage jusque-là plutôt optimiste de Huck s'assombrit d'un coup.

— Cela sonne comme des adieux, dit-il. Je me trompe ?

Elle lui adressa un sourire qui se voulait rassurant.

— Je vais devoir retourner à Bozeman, répondit-elle. J'ai des affaires à régler là-bas si je veux revenir.

Son visage s'éclaira de nouveau.

— Tu veux dire, pour de bon ?

— Pour le meilleur et pour le pire. Car vois-tu, Huck Monroe, si je reviens vivre ici, il faudra tout prendre.

— J'accepte avec joie, Olivia Ballard.

Il approcha son visage du sien et déposa sur ses lèvres un baiser porteur de promesses infinies.

Vous avez aimé ce roman ?
Retrouvez l'atmosphère de Lookout Mountain :
1. Mystères à Dread Hollow
2. Les secrets de Sunset Rock